LES SENTIERS DE L'EXIL

Du même auteur

La Forge au loup, Presses de la Cité, 2001
La Cour aux paons, Presses de la Cité, 2002
Le Bois de lune, Presses de la Cité, 2003
Le Maître ardoisier, Presses de la Cité, 2004
Les Tisserands de la licorne, Presses de la Cité, 2005
Le Vent de l'aube, Presses de la Cité, 2006
Les Chemins de Garance, Presses de la Cité, 2007
La Figuière en héritage, Presses de la Cité, 2008
La Nuit de l'amandier, Presses de la Cité, 2009
La Combe aux oliviers, Presses de la Cité, 2010
Le Moulin des Sources, Calmann-Lévy, 2010
Le Mas des Tilleuls, Calmann-Lévy, 2011
Les Bateliers du Rhône, Presses de la Cité, 2012
Les Dames de Meuse, Omnibus, 2012
La Grange de Rochebrune, Calmann-Lévy, 2013
Retour au pays bleu, Calmann-Lévy, 2013
Romans de ma Provence, Omnibus, 2014
Le Fils maudit, Calmann-Lévy, 2014

Françoise Bourdon

LES SENTIERS DE L'EXIL

Collection
« France de toujours et d'aujourd'hui »
dirigée par
Jeannine Balland

calmann-lévy

COUVERTURE
Maquette : Atelier Didier Thimonier
Photographie : © Francis Burst

ISBN 978-2-7021-5577-6
ISSN 2107-2639

« Le vent se lève ; il faut tenter de vivre ! »

Paul VALÉRY

Prologue

1822

Debout sur le seuil de sa demeure, Nathanaël Bragant, comme chaque matin, contemplait l'aube qui blanchissait.

Il voyait émerger de la nuit les dépendances, les écuries, l'étable et, au-delà, les silhouettes des tilleuls et des arbres fruitiers.

À quarante-huit ans, il était un fermier aisé. On le respectait, on citait même sa réussite en exemple. Son épouse Anna lui avait donné deux fils et une fille. Il aurait pu se dire heureux. Mais il ne l'était pas vraiment.

Il aspira une longue goulée d'air frais. L'automne était en chemin. Les feuilles des saules commençaient à dorer. La terre grasse du Brandebourg collait à ses souliers ferrés. Parfois, lorsqu'il en saisissait une poignée, il se demandait à quoi ressemblait la terre de Jéricho. Il en avait si souvent entendu parler par son grand-père Jean qu'il avait parfois l'impression de connaître ce domaine situé au pied des Cévennes, du côté d'Anduze. Mais ce n'était qu'une illusion.

Si grand-père Élie, leur ancêtre, avait dessiné au fusain les contours de Jéricho, entouré d'arbres fruitiers, de châtaigniers et de mûriers, aucun Bragant, depuis quatre générations, ne l'avait revu.

Nathanaël siffla son chien, Vaillant, qui accourut. C'était un berger roux et blanc, avec une drôle de tache en forme d'étoile sur le sommet de la tête. Une solide amitié liait l'homme et le chien.

Nathanaël sortit sa tabatière de la poche de son pantalon de velours et prisa.

Cette tabatière en buis, qui était en fait une grivoise – une râpe à tabac munie en son extrémité d'un petit récipient –, avait une histoire. Le beau-père de grand-père Élie, Ézéchiel, marin dans ses jeunes années, l'avait rapportée des Indes. Elle avait accompagné les Bragant, de génération en génération, sur les chemins de l'exil.

Nathanaël caressa d'un geste familier le décor de feuillage. Lui-même transmettrait la tabatière à son aîné, David, en même temps que sa ferme.

Un léger parfum de rose le fit se retourner. Anna se coula contre lui. Pieds nus, elle frissonnait dans sa chemise de lin. Il entoura ses épaules d'un bras protecteur.

— Je remercie chaque jour le Seigneur pour notre vie paisible, déclara-t-elle.

Une douleur aiguë pinça le cœur de Nathanaël. Pouvait-il lui dire que lui ne se satisfaisait pas de cette existence rythmée par les saisons ? Parce qu'au fond de lui, il porterait toujours le deuil de Jéricho, le domaine perdu.

Anna ne pouvait pas comprendre. Sa famille, originaire d'un village de la Spreewald, n'avait jamais quitté le Brandebourg.

« Il est temps de rentrer », se dit-il brusquement.

En France, sur la terre cévenole de ses ancêtres huguenots.

LIVRE I
LÉAH

1

1680

Élie Bragant s'immobilisa dans l'allée bordée de mûriers pour inspecter le ciel. D'un bleu opalescent, ourlé de nuages clairs, il annonçait une belle journée de septembre. Son fils ou sa fille naîtrait-il avant la fin du jour ? Une prière monta aux lèvres d'Élie. « Seigneur, que ta volonté soit faite. »

À vingt-huit ans, il se considérait comme un homme heureux. Il avait agrandi Jéricho, la propriété familiale, développant de nouvelles méthodes de culture. Au domaine, on vivait en autarcie, même si Élie se rendait assez souvent à Anduze en compagnie de Jeanne. Jeanne ! Un soupir gonfla sa poitrine. Il aimait éperdument sa jeune femme. Il l'avait aperçue pour la première fois au temple, alors qu'elle chantait le psaume XXXIII, et il avait su qu'il n'en aimerait jamais une autre. Blonde, très blonde, avec des reflets presque argentés, Jeanne avait des yeux verts, une silhouette élancée et des lèvres pleines. Les jeunes gens d'Anduze et des environs cherchaient à se faire remarquer d'elle, mais, ce jour-là, elle n'avait vu qu'Élie. Leurs regards s'étaient croisés à plusieurs reprises alors qu'elle répétait :

Je bénirai le Seigneur en tout temps,
Sa louange sans cesse à mes lèvres.
Je me glorifierai dans le Seigneur :
Que les pauvres m'entendent et soient en fête.

Il esquissa un sourire. Ézéchiel Crozier, le père de Jeanne, forgeron de son état, avait accueilli favorablement se demande. Ancien marin, veuf de bonne heure, Ézéchiel avait élevé ses deux filles, Jeanne et Suzon, avec amour et rigueur. Les petites avaient suivi l'enseignement du pasteur et elles étaient aussi bonnes ménagères que lettrées. Ézéchiel savait que leur beauté constituait leur meilleur atout. Jeanne, l'aînée, était plus souriante que Suzon. La cadette était plus délurée, sans toutefois oser enfreindre les principes de leur père. À près de soixante ans, le forgeron, toujours fier de sa robustesse, soulevait encore une charrette. Homme droit, il était respecté dans toute la région.

Élie réprima un soupir. Son propre père était mort d'une fluxion de poitrine dix ans auparavant. Tout naturellement, il s'était consacré au domaine, épaulé par Catherine, sa mère. Celle-ci avait la haute main sur la maison et la magnanerie. Élie se chargeait des bêtes, des cultures, du verger et de la châtaigneraie. Comme nombre de propriétés cévenoles, Jéricho avait été bâti à flanc de coteau, épousant chaque particularité du terrain. La maison, édifiée à mi-pente, faite de murs épais de pierre, chapeautée de lauzes de schiste, s'articulait autour d'une cour intérieure à demi fermée. Elle comportait les pièces d'habitation, la magnanerie, le bûcher et le four à pain. « La maison des Bragant », pensa Élie, le cœur gonflé de fierté. La vigne donnait bien. En contrebas, on trouvait le jardin potager et des prairies irriguées. Une source et deux ruisseaux procuraient l'eau indispensable aux cultures. Le grand-père d'Élie, Samuel Bragant, avait creusé des réserves étanches, les « gorgas », afin de stocker l'eau de la source. Des escaliers étroits en pierres grossières permettaient de passer d'une terrasse à l'autre. Au-dessus des corps de bâtiment s'étageaient l'aire à battre, les ruchers, les terrasses sèches et la châtaigneraie.

L'ensemble avait fière allure.

« Vous seriez heureux, père », songea Élie.

Jean Bragant s'était passionné pour les travaux d'Olivier de Serres, un coreligionnaire de Villeneuve-de-Berg, qui avait conçu une ferme modèle sur ses terres du Pradel où il avait introduit le houblon et le maïs et développé la culture de la soie. Il avait foi dans le progrès.

Élie tendit l'oreille. Il perçut un gémissement sourd, qui le bouleversa. Jeanne était dure au mal et il n'osait imaginer l'intensité de sa souffrance. Catherine l'assistait. Il avait toute confiance en elle mais il ne pouvait s'empêcher d'avoir peur. Tant de jeunes femmes mouraient durant l'enfantement !

Il crispa les poings. Jeanne était tout pour lui. Les derniers mois, quand il posait la main sur le ventre de sa femme qui s'arrondissait, il pensait au blé qui levait. Jeanne était plus belle encore dans la plénitude de sa grossesse et il ne cesserait jamais de la désirer, de l'aimer.

Un cri, un seul, emplit le silence. Élie se précipita à l'intérieur de la maison. Prudence, la servante, le bonnet de travers, entretenait un feu d'enfer dans la salle.

Catherine passa la tête dans l'entrebâillement de la porte de la chambre, là même où elle avait donné naissance à Élie et à Blanche, morte en bas âge.

— Tout va bien, mon fils, déclara-t-elle d'une voix apaisante. Jeanne est très courageuse mais il lui faut encore souffrir. Tu peux retourner vaquer à tes occupations, l'enfant n'a pas montré le bout de son nez.

Il la remercia d'un sourire ému.

— Tu es sûre, mère ?

— Certaine, mon fils.

Il émanait de la personne de Catherine Bragant une impression de calme et de sérénité. D'humeur égale, elle s'imposait sans avoir besoin d'élever la voix. Toujours vêtue de noir depuis la mort de son époux, elle s'accordait pour seule coquetterie un bonnet blanc qui éclairait son visage au teint clair. Catherine connaissait les secrets des plantes et confectionnait crèmes et onguents dans une petite pièce attenante à la clède[1]. Élie l'aimait et l'admirait.

Il fit demi-tour. Augustin, le valet, l'attendait sur le seuil.

— Un cavalier s'approche de Jéricho, maître Élie, lui annonça-t-il.

La main en visière, le maître de maison scruta le chemin d'accès. Il vit le visiteur s'avancer dans un nuage de poussière. Lui et sa monture paraissaient fourbus.

Élie ne le connaissait pas. Les lois de l'hospitalité, cependant, lui commandaient de recevoir l'inconnu avec égards. Comme il n'avait pas envie de le faire entrer dans la maison où Jeanne était en travail, il l'invita à le suivre sous la treille où ils aimaient à se réunir aux beaux jours. Le visiteur s'assit sur le banc avec un grand soupir et accepta le pichet de vin clairet que son hôte lui proposait. Son chapeau posé sur le banc, il vida son gobelet avant de se racler la gorge.

— Maître Bragant, c'est votre oncle qui m'envoie.

1. Séchoir à châtaignes.

Tobie Bragant, le frère cadet de son père, était pasteur à Montpellier. Élie hocha la tête tout en tendant l'oreille. Jeanne ne gémissait-elle pas à nouveau ?

Rassuré provisoirement, il sourit au visiteur.

— Mon oncle se porte-t-il bien ?

Le cavalier, après s'être présenté – il se nommait Nathan Verclause –, fit la moue.

— Le pasteur se montre très inquiet de la situation, répondit-il. Il m'a confié une lettre à votre intention, maître Bragant.

Il tira la missive de son pourpoint, la lui tendit. Élie le remercia d'un signe de tête après s'en être saisi.

— Vous allez partager notre repas et vous reposer, proposa-t-il.

— Je vous remercie, maître Bragant, mais je dois porter d'autres messages dans la région. J'accepterai volontiers un en-cas mais il n'est point question de repos.

— Je comprends.

Il se leva, demanda à Prudence de servir un copieux repas au cavalier. Elle l'entraîna dans la cuisine, une pièce immense au sol dallé de schiste, aux meubles robustes, en bois de châtaignier. La cheminée, monumentale, abritait la crémaillère, les pots à feu, les poêles à frire, les cuillers en bois et le tisonnier. Un dressoir présentait la « belle » vaisselle en étain, tandis que les assiettes et bols de terre étaient rangés dans des coffres.

Marie, la cuisinière, eut tôt fait de préparer de belles tranches de pâté de sanglier, une omelette aux cèpes, accompagnée d'une salade bien croquante, des petits fromages de chèvre et une belle part de tarte aux noix. Le tout arrosé de vin du domaine.

Verclause fit honneur au festin improvisé et partit après avoir chaleureusement remercié son hôte.

Il avait à peine enfourché sa monture qu'un hurlement glaça le sang d'Élie. Il se précipita dans la chambre, aperçut Jeanne, arc-boutée dans leur lit. Les rideaux protégeant d'ordinaire leur intimité étaient largement tirés. Jeanne gémit sourdement.

— File ! lui enjoignit sa mère. C'est là affaire de femmes.

Quelques minutes plus tard, il perçut le cri d'un nourrisson. Prudence lui fit signe depuis le seuil.

— C'est un garçon, maître Élie, bien fait et tout ce qu'il y a de vigoureux. Écoutez-le brailler !

Pour l'instant, Élie se souciait presque exclusivement de sa Jeanne. Il avait oublié le visiteur et la lettre de son oncle.

Il s'en souvint deux jours plus tard, alors que Jeanne se remettait doucement de cette première délivrance. Elle donnait le sein à leur fils Jean et la lumière dorée de septembre éclairait son visage aux traits purs.

Il aurait aimé être peintre, mais devait se contenter d'avoir un bon coup de crayon.

La missive était cachetée. Il la déchira à demi, lut en fronçant les sourcils.

De grands drames se préparent, mon neveu, avait écrit le pasteur Tobie. *Non contents de détruire nos temples comme ils l'ont fait l'an passé à Dieulefit et au Poët-Laval dans le Dauphiné, nos ennemis s'attaquent maintenant à l'exercice du fief chez nos gentilshommes de la religion. Il n'est plus possible pour eux de célébrer le culte dans leur château ou demeure.*

Élie fut tenté de hausser les épaules. Son oncle n'avait-il pas une fâcheuse tendance à dramatiser la situation ?

Maître chez lui, propriétaire d'un domaine prospère, jeune père d'un garçon, Élie se sentait invincible. Que pouvait-il leur arriver à Jéricho ?

2

1683

Depuis le pied du donjon des comtes de Valentinois, la vue embrassait les Trois-Becs et la montagne de Couspeau. Le village étageait ses toits en déclinant une gamme de tons patinés par les ans.

Rieuse, Léah se retourna vers Gabriel, qui l'avait accompagnée jusqu'à la poterne.

— Tu traînes ! lui lança-t-elle.

Il l'enveloppa d'un regard attendri.

— Je laisse la cabrette sauvage filer devant.

Les jeunes gens échangèrent un sourire complice. Inséparables, ils s'étaient fiancés un mois auparavant en présence de leurs familles respectives. Fille d'un tisserand de Bourdeaux, Léah, à quinze ans, était ravissante avec ses longs cheveux sombres, son visage au teint très clair et ses grands yeux bleu foncé. Courtisée par de nombreux prétendants, elle avait arrêté son choix sur son ami d'enfance, son aîné de trois ans. Gabriel travaillait avec son père. Ils cultivaient du blé, du seigle et de l'épeautre, avaient un troupeau de chèvres, quelques porcs et, comme la plupart des familles de la région, une chènevière.

Leur vie leur semblait toute tracée. Ils se marieraient, s'installeraient à la ferme des Sully, puisque Gabriel était fils unique, ils y seraient heureux...

— Embrasse-moi, souffla Léah en nouant ses bras autour de son cou.

« Ne me tente pas », pensa Gabriel.

Il la désirait si fort qu'il avait de la peine à ne pas l'attirer dans une grange. Il l'aimait avec une intensité telle que cela lui faisait presque peur.

Les deux jeunes gens se séparèrent à regret. Léah était en retard, elle courut en direction de la maison familiale, située en contrebas du bourg.

Gabriel la suivit des yeux avant de prendre le chemin de la ferme Sully. Un oiseau de proie effectuait des vols concentriques au-dessus des Trois-Becs. « Pourvu, pensa-t-il, qu'un agneau ne se soit pas égaré ! » Il siffla son chien, un bâtard de berger et de molosse qui l'accompagnait partout. Les jours étaient encore longs en cette fin de juillet. L'air était languide, fleurait bon la rose et la framboise. Un psaume monta aux lèvres de Gabriel. « L'Éternel est mon berger : je ne manquerai de rien. Il me fait reposer dans de verts pâturages[1]. »

Il aimait Léah, et Léah l'aimait. Cela suffisait à son bonheur.

— Tu rentres bien tard, ma fille.

Abigaïl Roche continua de servir la soupe sans un regard pour Léah. La jeune fille, haletante, s'appuya contre le chambranle de la porte. Bien qu'il fît encore grand jour,

1. Psaumes XXIII, 1.

la lumière avait de la peine à pénétrer dans la salle au plafond bas, aux poutres noircies.

— Pardonnez-moi, mère, dit-elle, à peine contrite.

Elle la rejoignit devant la grande table en châtaignier et, d'un geste furtif, posa la tête sur son épaule.

— J'étais avec Gabriel, vous comprenez, chuchota-t-elle.

Abigaïl lui caressa les cheveux.

— Va vite chercher les petits, ma grande. Et tâche de persuader ton père de passer à table.

Tisserand, Abraham Roche travaillait sans relâche pour nourrir sa famille. Il observait seulement le repos du dimanche. Il avait fort à faire puisque la toile de chanvre était utilisée aussi bien pour la confection des chemises que pour celle des sacs de farine, des bourras[1] dans lesquels on transportait le foin ou les noix, des draps et du linge de maison.

Passionné par son métier, il se déchargeait de l'intendance sur son épouse.

Abigaïl et Abraham formaient un couple uni, nanti de trois filles et d'un seul fils. Le père d'Abigaïl, pasteur, avait fait d'elle une jeune fille instruite et elle avait offert la même éducation à ses enfants. À quinze ans, Léah savait lire, écrire, cuisiner, coudre et filer.

Chaque fois qu'elle avait dû s'aliter pour accoucher, Abigaïl avait pu compter sur son aînée pour tenir la maison. Les deux femmes s'entendaient à demi-mot. Vives, chaleureuses, la même foi profonde les animait.

Abraham pénétra dans la salle après s'être lavé le visage et les mains au puits de la cour. De taille moyenne, bien

1. Toiles de grande taille constituées d'étoupes de chanvre.

bâti, il était d'abord jovial. Ce soir-là, cependant, son visage était sombre. Il prit la parole, gravement : « Venez, Seigneur Jésus, soyez notre invité et bénissez cette nourriture. Amen », avant de tremper sa cuiller en bois dans l'assiette de soupe. Il avait au préalable coupé de larges tranches de pain et les avait distribuées à la ronde. Il les regarda tous, sa famille tendrement aimée – Abigaïl, Léah, Simon, Lucie et Élisabeth –, et se demanda s'il devait ou non leur parler. Les alerter permettrait-il de prévenir les tragédies qui risquaient de s'abattre sur le pays de Bourdeaux ?

Il n'en était pas certain.

Il sentit le regard d'Abigaïl peser sur lui, releva la tête et sourit à son épouse.

— Nous avons un bel été, dit-il d'une voix unie.

Il venait de se décider. Il devait se taire. De toute manière, le pire n'était pas certain. Il voulait garder confiance en Dieu, et en la Providence.

Plus tard, blottis tous deux dans le grand lit, alors que le fenestron était ouvert sur le ciel étoilé, Abraham caressa tendrement l'épaule ronde de son épouse. Il savait qu'elle souffrait encore d'avoir perdu leur dernier-né, mort deux jours après sa naissance. Lui s'était résigné, pas Abigaïl.

Il réprima un soupir. La nuit, l'inquiétude, l'angoisse même, le rongeaient. Il songeait à ces messages alarmants venus du Poitou, de Montpellier et du Vivarais.

Le roi souhaitait se débarrasser des protestants, ce n'était plus un secret pour personne, et les exactions se multipliaient. Le temple de Montpellier avait été incendié, on avait installé les sinistres dragons dans les familles poitevines appartenant à la religion réformée et ceux-ci avaient tous les pouvoirs. Abraham redoutait pareils drames dans le Dauphiné. Ils étaient nombreux, en effet, dans le pays de Bourdeaux, à avoir suivi le mouvement de la Réforme.

Abraham crispa les poings. Il n'osait imaginer quelle serait sa réaction si les dragons investissaient sa maison.

Sa mère toussa, dans l'alcôve où elle dormait. Pauvre mère, au corps déformé par les rhumatismes, qui souffrait de ne plus pouvoir se rendre utile. Elle avait travaillé dur tout au long de sa vie. Abraham était heureux qu'elle s'entende bien avec Abigaïl.

Il laissa ses pensées dériver vers leur première rencontre, au mariage d'un cousin, et esquissa un sourire. Il l'aimait, son Abigaïl, tendre et fière.

Il sombra dans le sommeil alors que l'aube blanchissait au fenestron.

Noémie Roche sourit à sa bru qui venait de remonter ses oreillers. Elle crocheta sa main, la serra aussi fort que possible.

— Merci, Abigaïl. Tu es bonne pour moi.

— Parce que je vous aime, mère ! Désirez-vous un bol de soupe ?

Noémie hocha la tête.

— Ta soupe passe toute seule, ma belle. Il fait beau, n'est-ce pas, même si j'ai toujours froid ?

Pelotonnée sous son châle, elle paraissait toute menue. Abigaïl lui caressa la joue.

— C'est parce que vous ne pouvez pas bouger. Je laisserai la porte grande ouverte pour faire entrer le soleil.

La salle, bien que propre, restait sombre. Abraham chaulait les murs chaque printemps, mais la fumée de la grande cheminée suffisait à encrasser la pièce. Les meubles, robustes, en noyer et châtaignier, étaient de facture simple. Une grande table, deux bancs, des coffres, un pétrin, un égouttoir constituaient l'essentiel du mobilier.

La bible familiale était en bonne place, sur le bahut massif. Abigaïl songea à son père. Pasteur itinérant, il s'était installé pour finir sa vie à Anduze, où il avait de la famille. Se reverraient-ils un jour ? Ils s'écrivaient une fois par mois. Salomon Desbois se disait heureux chez ses cousins. La communauté d'Anduze était dynamique et il pouvait se consacrer à l'étude des textes anciens, sa passion.

« Vous me manquez, père », pensa-t-elle avec force.

Prenant sur elle, elle sourit à Léah qui venait de débarbouiller Lucie et Élisabeth, ses deux petites sœurs.

— Tu pourras donner à manger aux bêtes, ma grande ? Je surveille mon pot-au-feu.

Léah opina du chef.

— Je voulais juste vous demander…

La jeune fille paraissait un peu mal à l'aise.

— J'aimerais accompagner Gabriel au Camp de l'Éternel, reprit-elle.

Abigaïl ne put réprimer un haut-le-corps.

— As-tu perdu l'esprit, Léah ? Ton père m'a parlé de ce camp pas plus tard qu'hier. Le marquis de Châteaudouble, dont tu connais l'hostilité à l'encontre de notre religion, a fait arrêter trente-deux de nos frères réformés. Trois cents autres se sont réfugiés dans la forêt de Saou et ont constitué le Camp de l'Éternel. Mais le marquis a juré de les faire pendre. Aussi, je t'en supplie, ma fille, ne t'approche pas de la forêt de Saou ! Et Gabriel ferait bien de t'imiter.

Impressionnée, Léah recula d'un pas.

— Je… je ne savais pas, balbutia-t-elle.

Cela faisait plusieurs mois que ses parents évoquaient à mots couverts les persécutions subies par leurs coreligionnaires. Pour la première fois, Léah se dit qu'ils n'étaient peut-être plus en sécurité à Bourdeaux.

— Je vais prévenir Gabriel, si vous le voulez bien, mère, suggéra-t-elle, blême.

— Va vite, ma grande.

Debout sur le seuil de leur maison, elle suivit sa fille des yeux jusqu'à ce qu'elle disparaisse derrière un bosquet de mûriers.

La journée était belle. Une brume légère floutait encore les contours des Trois-Becs.

Un soupir gonfla la poitrine d'Abigaïl. Malgré le soleil, elle avait peur.

3

De tout temps, la forêt de Saou avait constitué un refuge. Essarts, charbonnières, pacages fournissaient aux habitants l'essentiel du bois de chauffage et de la nourriture pour le petit bétail.

Gabriel se hâtait vers le lieu du rassemblement. Il n'avait pas eu la patience d'attendre, comme à l'accoutumée, Léah devant le vieux chêne à demi foudroyé aux bras tordus.

Dès qu'il avait eu vent d'un grand prêche à Bezaudun, il avait résolu de s'y rendre. La colère bouillonnait en lui. Pourquoi le marquis de Châteaudouble s'évertuait-il à persécuter les réformés ? Ceux-ci ne demandaient qu'à exercer leur culte en paix !

Il n'avait pas parlé de sa décision à son père. Le vieux Sully, en effet, était devenu timoré avec l'âge. Il redoutait toujours quelque catastrophe et courbait l'échine. Cette attitude révoltait Gabriel.

Les réformés n'étaient-ils pas des hommes comme les autres, avec les mêmes droits et devoirs que les catholiques ? Leur religion ne devait pas faire d'eux des proscrits. Le roi avait beau répéter : « Un roi, une foi, une loi », ils ne céderaient pas.

Gabriel avait toujours aimé arpenter sa montagne. Son chien le suivait, comme toujours. Il l'attendrait durant le prêche. Heureux soudain, comme un gars de presque vingt ans, le jeune homme siffla, tête haut levée vers le soleil.

La journée serait belle.

— Léah !

Abraham Roche héla son aînée plantée sous le gros châtaignier.

— Rentre ! lui ordonna-t-il d'un ton sans réplique. Ta mère a besoin de toi.

Lui-même n'était pas tranquille. Une chaleur étouffante pesait sur Bourdeaux. Le ciel se chargeait de nuages sombres, annonciateurs d'orage. Le tisserand avait entendu parler du rassemblement de Bezaudun et n'en attendait rien de bon. Depuis plusieurs années, depuis que Louis XIV avait commencé à attenter aux dispositions de l'édit de Nantes, Abraham redoutait le pire. Il s'était efforcé de donner le change à Abigaïl, tout en pressentant qu'elle aussi tentait de le rassurer. Il s'était ouvert de ses craintes auprès de Zacharie, son vieil ami « Nous sommes trop vieux pour partir, lui avait dit celui-ci. Pour aller où, d'ailleurs ? À Genève ? Notre vie est ici, dans les pas de nos pères et de nos ancêtres. »

Léah, essoufflée, le rejoignit.

— Ne vous inquiétez pas, père. Je rentre tout de suite.

— Ne t'éloigne pas de la maison surtout, lui recommanda-t-il.

Son cœur se gonfla de fierté comme chaque fois qu'il la contemplait. Léah promettait d'être aussi belle que sa mère. Cependant, il y avait en elle une flamme, une passion qui inquiétaient Abraham.

« Décidément, se dit-il, Zacharie a raison. Je dois être trop vieux. »

Alors qu'il regagnait son atelier, les premiers coups de feu le firent sursauter.

Léah eut l'impression que son cœur s'arrêtait de battre quand elle vit les sinistres uniformes rouges des dragons pénétrer dans le village.

Elle était en train de puiser de l'eau. Elle lâcha son seau qui alla heurter les parois. Sans plus s'en soucier, Léah courut vers la maison.

— Mère, cria-t-elle, les dragons !

Même s'ils n'étaient pas encore venus à Bourdeaux, on savait qu'ils multipliaient les exactions à l'égard des protestants. Abigaïl jeta un regard éperdu autour d'elle. Où pouvait-elle dissimuler la vaisselle d'étain et le linge ? S'ils investissaient leur demeure, les militaires la fouilleraient de haut en bas. Mieux valait protéger les enfants.

Elle rassembla les petites, les confia à la garde de Léah et courut jusqu'à l'atelier où Simon travaillait avec son père. Abraham leva un sourcil en voyant son épouse s'élancer vers lui.

— Les dragons ! lui jeta-t-elle.

Il y avait beau temps qu'il avait caché leurs économies sous une lame de parquet dans leur chambre. Pour le reste… à la grâce de Dieu ! se dit-il.

Il redoutait ce moment depuis qu'il avait appris que les persécutions redoublaient de violence.

Il arrêta le métier, prit la main de son fils.

— Viens, mon garçon, nous allons rentrer à la maison.

— Oh, non ! gémit Abigaïl, depuis le seuil de l'atelier.

Leur cour était noire de soldats. Ils donnaient l'impression d'être partout à la fois, semant la panique dans le poulailler, éventrant les bottes de paille dans la grange, jetant les paillasses par la fenêtre…

— Léah ! s'exclama Abigaïl en apercevant son aînée qui tentait d'arracher à un dragon la bible familiale.

D'un revers, il envoya bouler l'adolescente contre le bûcher. Elle resta assommée. Abigaïl courut au secours de sa fille sans écouter les conseils de prudence de son époux.

Lucie et Élisabeth, se tenant par la main, pleuraient en silence. Abraham les rejoignit, prit sa plus jeune fille dans ses bras.

— Nous sommes d'honnêtes sujets du roi, déclara-t-il à celui qui paraissait commander la troupe.

L'autre ricana en brandissant la bible.

— Ah, oui ? En continuant de pratiquer la religion réformée ?

Abraham eut à peine le temps de rappeler l'existence de l'édit de Nantes. Le capitaine se jeta sur lui, le roua de coups, le laissant pour mort dans la cour. Il se retourna vers Abigaïl et les enfants éplorés.

— Tenez-vous-le pour dit ! hurla-t-il. Vous n'avez aucun droit tant que vous vous obstinerez dans votre hérésie. Nous reviendrons tantôt et, cette fois, ce sera la corde !

La troupe s'ébranla tout en continuant à proférer des menaces.

Abigaïl mouilla d'eau fraîche le front de Léah.

— Ma fille, réveille-toi, je t'en supplie, murmura-t-elle.

Elle courut auprès d'Abraham, le tint serré contre elle, comme pour se rassurer. Ses joues ruisselaient de larmes.

— Abraham, mon cher époux…

Il haletait et elle pensa que leurs bourreaux avaient dû lui casser plusieurs côtes. Il ouvrit les yeux, lentement, exhala une plainte.

— Abigaïl, fit-il en reprenant conscience, les enfants et toi êtes saufs ?

Elle lui caressa le visage avec un amour infini.

— Oui, ne t'inquiète pas.

Simon retourna chercher de l'eau fraîche au puits. Sa mère humecta le visage d'Abraham et l'aida à se redresser. Bien que dur à la peine, il ne put réprimer un gémissement. Ses jambes se dérobèrent sous lui.

— Les maudits ! souffla-t-il.

De son côté, Léah se réveillait de son évanouissement. Elle se releva avec difficulté, jeta un regard incrédule autour d'elle. Elle vit alors l'état de son père et voulut s'élancer vers lui. Un vertige l'en empêcha. Elle se cramponna au tas de bois. Élisabeth lui offrit son épaule. Léah lui sourit tendrement, pour ne pas éclater en sanglots.

Au loin, les cloches sonnaient crescendo.

Pierre, le jeune berger, avait reconnu les uniformes des dragons alors qu'il emmenait ses moutons vers la forêt de Saou. Il avait couru à perdre haleine vers Bezaudun, là où se tenait le rassemblement.

— Les dragons, avait-il hurlé aux deux gaillards qui montaient la garde, ils sont à Bourdeaux !

Dès lors, un vent de panique et de colère avait parcouru les rangs des réformés. Ils étaient venus écouter le prêche du pasteur Lantier et les soldats du roi empiétaient sur leur territoire ? Ne pouvaient-ils donc les laisser prier en paix ?

Ils s'étaient scindés en deux groupes. Le premier se hâta vers Bourdeaux le long du ruisseau de la Bine, le second tenta de passer au plus court, par les hauteurs.

Gabriel, inquiet pour son père et pour Léah, résolut d'emprunter ce chemin.

Comme nombre de ses coreligionnaires, il savait que les dragons avaient commis d'horribles exactions en Poitou et en Saintonge. Tous les moyens étaient bons pour arracher une conversion. On racontait même qu'ils avaient violé nombre de jeunes filles et de femmes, torturé des enfants. Il en frémissait de révolte.

Les cloches de Bourdeaux appelaient à l'aide. Quand Gabriel aperçut les dragons et leurs sabres qui brillaient au soleil, ses camarades qui avaient choisi le chemin du ruisseau se trouvaient presque nez à nez avec les soldats du roi. L'affrontement commença après les sommations d'usage. Sans hésiter, Gabriel s'élança à leur secours.

4

L'été jetait ses derniers feux en cette mi-septembre. Si les journées étaient encore chaudes et ensoleillées, les petits matins comme les soirées avaient déjà un parfum d'automne.

Les enfants des cousins de Salomon Desbois avaient d'ailleurs commencé à ramasser les champignons. Ils rapportaient des paniers de cèpes et de girolles sentant bon l'humus. Salomon, prenant appui sur son bâton noueux, se retourna afin de mesurer le chemin parcouru depuis Anduze. Sa vie dans la ville qu'on avait baptisée, à la fin du XVIe siècle, la Genève des Cévennes le satisfaisait. Même s'il se languissait parfois de sa fille Abigaïl et de ses petits-enfants, il appréciait de pouvoir échanger à propos de sa foi avec son cousin Théophile, un homme érudit. Cependant, peu à peu, la situation s'était dégradée.

Et, désormais, le vieux Salomon se demandait si les protestants pourraient continuer à vivre dans la France du très catholique roi Louis XIV.

Le chemin grimpait vers le village de Mialet où il se rendait. Il s'arrêta de nouveau, s'essuya le front à l'aide de son grand mouchoir de fil blanc. Brusquement, il songea à son épouse, Lucille, qui lui manquait toujours autant plus de dix ans après sa mort. Elle aurait su assurément trouver les mots pour lui rendre espoir. À soixante-dix ans, Salomon se sentait vieux et impuissant.

Les chênes et les pins sylvestres, s'inclinant au-dessus du sentier, procuraient un ombrage bienvenu. Le vieil homme marchait, tout en se récitant le Cantique de Salomon. C'était l'un des textes bibliques préférés de Lucille et il avait ainsi l'impression qu'elle cheminait à ses côtés.

Ma colombe, qui te tiens dans les fentes du rocher,
Qui te caches dans les parois escarpées,
Fais-moi voir ta figure, fais-moi entendre ta voix ;
Car ta voix est douce, et ta figure est agréable[1] *[...]*

Un soupir gonfla sa poitrine. Lucille et lui s'étaient aimés, passionnément, et avaient tout partagé, les bons comme les mauvais jours.

Un chien aboya à l'entrée du village. Les habitations aux toits de schiste, aux épais murs de pierre, comportaient peu d'ouvertures. Les saisons étaient rudes, plus particulièrement l'hiver, et il convenait de se protéger du froid.

Salomon reprit son souffle et rejoignit la demeure du vieux Silvère qu'il allait visiter. La maison en pierre se confondait avec les roches feuilletées. Après avoir trimé dur tout au long de sa vie, Silvère passait désormais ses jours et ses nuits dans l'alcôve de la salle, près de la grande cheminée. Comme il n'y voyait presque plus, le pasteur Desbois montait chez lui une fois par semaine afin de lui lire des passages de la Bible. Magdeleine, sa bru, s'occupait de lui avec dévouement mais, ne sachant pas lire, elle ne pouvait lui apporter ce réconfort.

1. Cantique des Cantiques, II, 14.

Salomon frappa à la lourde porte. Magdeleine lui ouvrit.

— Bien le bonjour, monsieur le pasteur ! C'est le père qui va être content !

Elle s'empressa de le faire entrer et de lui proposer un verre de vin de noix qu'il accepta volontiers. Accoté à ses oreillers, Silvère lui parut encore plus fragile que la semaine passée. Le visage blême, les mains diaphanes, il donnait l'impression que le moindre courant d'air pouvait le terrasser.

— Monsieur le pasteur..., chevrota-t-il, c'est gentil d'être monté jusqu'ici.

Ils devisèrent d'abord du temps, presque trop beau ; la vigne allait souffrir de ce redoux après un mois d'août pluvieux. Bertrand, le fils aîné qui avait repris la ferme, témoignait du respect à son père et le tenait informé de l'état des récoltes mais Silvère, désormais, se souciait essentiellement de son âme. Homme pieux et sage, il avait mené une vie de labeur comme la plupart de ses voisins.

— J'ai peur pour mes enfants et leurs petits, souffla-t-il à l'intention de Salomon.

Silvère n'avait jamais accordé sa confiance au roi de France. Henri IV avait été le seul à agir pour les protestants mais personne – et surtout pas les catholiques – n'avait oublié qu'il avait été élevé dans la religion réformée.

— Nous laissons les papistes vivre en paix, reprit Silvère. Pourquoi n'agissent-ils pas de même avec nous ?

Il savait que son temps était compté. Il rappela à Salomon qu'il désirait être enterré dans son jardin, au pied du grand cyprès, la tête tournée vers la châtaigneraie.

— Vous lirez mon psaume préféré, monsieur le pasteur, et ce sera fort bien.

Ému, Salomon lui serra la main.

— J'aurai encore le plaisir de monter vous voir plusieurs fois, mon cher Silvère.

Le vieil homme esquissa un sourire. Il n'était pas dupe de ce pieux mensonge, tous deux le savaient. Son regard s'arrêta sur la salle meublée de châtaignier, comme la plupart des demeures cévenoles.

— Mes enfants pourront-ils sauver la ferme et les terres ? s'interrogea-t-il à voix haute.

L'angoisse étreignait le cœur de Salomon. Lui aussi sentait le péril monter. C'étaient surtout les « missionnaires bottés », les sinistres dragons, qui le terrifiaient. Qui pouvait certifier être capable de résister à leurs tortures ?

— Gardons confiance dans le Seigneur, répondit-il avec force.

Ils discutèrent encore quelques minutes, puis Silvère, las, ferma les yeux. Salomon se leva sans bruit et rejoignit Magdeleine dans le potager. La jeune femme se redressa.

— Comment va le père ? s'enquit-elle.

— Il est bien fatigué. Je reviendrai lundi. Continuez à bien le soigner, mon petit.

— Je vous le promets, monsieur le pasteur. Vous savez, je l'aime comme mon propre père. Il s'est montré si bon pour moi.

Bertrand, plus âgé qu'elle d'une douzaine d'années, avait épousé Magdeleine alors qu'elle était grosse de cinq mois. La jeune femme, qui était servante chez eux, leur avait été reconnaissante de ne pas avoir été chassée de la ferme. « D'autres maîtres ne se seraient pas gênés ! » affirmait-elle.

L'enfant était mort-né mais Magdeleine avait par la suite donné naissance à deux fils et à une fille. Le cadet était mort à deux mois. Il leur restait un fils et une fille, le choix du roi.

— Ne partez pas ainsi, monsieur le pasteur, reprit Magdeleine, je vous ai préparé un sac de nos plus belles châtaignes.

Il la remercia, s'en fut après lui avoir prodigué des paroles de réconfort.

Même s'il savait Silvère au bout du chemin, le temps passé à la ferme lui avait fait du bien. Chaque fois qu'il visitait un malade, Salomon se sentait utile, malgré son âge. Il redescendit à Anduze d'un pas alerte, s'émerveillant de la vue offerte sur la cité au bord du Gardon, surmontée par un éperon rocheux, le piton Saint-Julien.

Une certaine animation régnait encore sur la place de l'Orgerie, ou place Couverte, où se tenait la foire aux grains et aux châtaignes. Salomon la traversa, se dirigea vers la rue Notarié et franchit le porche de la maison Desbois. Une cour et un escalier intérieur conféraient un cachet certain à la demeure du début du XVIIe siècle. Essoufflé, il prit appui contre la massive porte de bois, ornée d'un heurtoir en forme de pomme de pin. L'âge était là, se dit-il, lucide.

— Grand-père !

Une silhouette vêtue de sombre se jeta contre lui. Salomon réprima un hoquet de surprise.

— Léah ? questionna-t-il d'une voix incertaine, peinant à reconnaître l'aînée de ses petits-enfants.

— Grand-père, reprit-elle, haletante, si vous saviez !

5

Le froid était tombé avec la nuit. Près de la grande cheminée en pierre, un châle sur les épaules, Léah buvait lentement le bol de soupe épaisse aux châtaignes que son hôtesse lui avait servi. En d'autres circonstances, la maison Desbois l'aurait impressionnée. Elle n'avait pas pour habitude, en effet, d'évoluer dans des pièces aussi hautes de plafond, aux parquets cirés, aux murs ornés de tableaux et de tapisseries.

« Cette maison fait riche », aurait dit Gabriel.

Une douleur aiguë vrilla la poitrine de Léah. Gabriel était mort, et une partie d'elle-même était morte avec lui.

Ses hôtes ne l'avaient pas pressée de questions. Julia, la maîtresse de maison, l'avait conduite dans un cabinet, avait versé l'eau d'une aiguière sur un linge éclatant de blancheur.

— Lavez-vous le visage et les mains, ma cousine, lui avait-elle gentiment suggéré. Je vous attends pour vous conduire auprès de votre grand-père.

Le fait de savoir Salomon tout près, dans la même demeure, réconfortait Léah.

Julia lui avait ensuite présenté Théophile Desbois, son époux, propriétaire d'une magnanerie, un élevage de vers à soie, et leurs enfants, Pierre et Jean. Tous quatre étaient bien vêtus et donnaient l'impression d'être incapables d'imaginer ce qui s'était passé dans le pays de Bourdeaux.

De nouveau, ses yeux s'embuèrent de larmes.

Grand-père Salomon toussota. Elle le retrouvait tel qu'elle l'avait toujours connu, avec son visage austère, son habit noir, son regard perçant. Ses cheveux avaient certes blanchi et sa silhouette s'était voûtée, mais il ne paraissait pas son âge.

— Si tu me racontais ce qui s'est passé…

Elle jeta un coup d'œil effrayé par-dessus son épaule et le cœur de Salomon se serra. La Léah qu'il connaissait n'avait peur de rien ni de personne.

Léah croisa les bras devant sa poitrine. Elle était si jeune encore, et si vulnérable, pensa le pasteur, bouleversé.

Elle évoqua d'une voix résolue ce dimanche 30 août, l'office qui se tenait à Bezaudun. Son timbre s'enroua lorsqu'elle parla de l'arrivée des dragons.

— Ces chiens bottés…, marmonna Pierre Desbois.

Le regard de son père l'incita à se taire.

Léah raconta la violence, la barbarie des militaires qui avaient jeté grand-mère Noémie sur le sol de terre battue et l'avaient traînée par les cheveux. L'octogénaire était morte de terreur. Abigaïl et les enfants l'avaient retrouvée inanimée dans la maison.

— Tes parents ? s'enquit Salomon d'une voix que l'émotion faisait trembler.

— Mère est sauve, si ce n'est qu'elle pleure sans cesse. Quant à père, ces monstres l'ont battu si cruellement qu'il ne peut plus se mouvoir. J'ai dû, sur sa demande, l'attacher à la seule chaise qu'ils n'ont pas brisée. Mon père, toujours si vaillant… C'est pour cela, je pense, que ma mère m'a demandé de venir vous trouver. L'atelier, le métier à tisser et la plupart de nos meubles ont été détruits. Les dragons ont pillé les maisons de Bourdeaux et, plus grave encore, ils ont massacré nos amis du Camp de l'Éternel, malgré leur bravoure. Ces hommes voulaient tuer le plus possible de réformés, tout leur était bon.

— Connais-tu le nom de leur chef ? demanda Théophile Desbois.

— Un nommé Saint-Ruth, qui nous exècre tous. Après avoir abattu une bonne trentaine des nôtres, il a mis le feu à une grange où environ vingt autres s'étaient réfugiés. Ils ont brûlé vifs. Et ceux qui tentaient de sortir étaient tirés comme des perdreaux. Personne n'en a réchappé.

— Les monstres, souffla Julia en se laissant tomber sur un siège.

— Il y a autre chose, reprit Léah d'une voix blanche. Saint-Ruth a pris quatre de nos coreligionnaires et a obligé un cinquième à les pendre. Comme ça… pour le plaisir de faire le mal.

— Maudit soit-il, grinça Jean.

Léah tremblait, ses dents claquaient.

— Ils ont emmené mon Gabriel à la tour de Crest avec trois autres gars. Les plus robustes. Ça n'a pas empêché qu'ils sont morts en arrivant. Un accès de fièvre… Je crois plutôt qu'on n'a pas soigné leurs blessures.

Les larmes ruisselaient à présent sur ses joues. Salomon se racla la gorge.

— Comment as-tu réussi à venir jusqu'à Anduze ?

— J'ai marché, d'abord jusqu'au Rhône que j'ai passé à Pont-Saint-Esprit, puis vers le sud. Mère m'avait montré sur la carte le chemin. Je me suis cachée des soldats à plusieurs reprises, dans des fossés, des granges, des cabanons. Un soir, je suis même entrée dans une église. J'ai dormi sur un banc. Je suis désolée, grand-père.

Il haussa légèrement les épaules. Comme ses hôtes, le récit de Léah le terrifiait.

— Est-ce possible ? reprit-il.

Il imaginait la peine et le désarroi d'Abigaïl. Il caressa la joue de sa petite-fille.

— Ta mère t'a-t-elle confié un message ?

Léah hocha la tête.

— Seulement : « Ils veulent tous nous exterminer. »

Les hommes s'entre-regardèrent.

— Après le Dauphiné, les dragons vont s'attaquer au Vivarais et aux Cévennes, émit Théophile.

— Cela ne se peut ! se récria Julia. Ne sommes-nous pas des sujets du roi ? Nous payons nos impôts, respectons les règles de notre religion…

— Notre religion…, répéta Salomon, celle que le roi veut éradiquer.

Un frisson courut le long de la colonne vertébrale de Léah.

— N'y a-t-il rien que nous puissions faire ? s'insurgea-t-elle.

Chaque nuit, elle revivait les scènes de cauchemar du 30 août. Elle tentait de sauvegarder leur bible familiale, elle appelait Gabriel. Elle n'imaginait pas vivre sans lui.

— Nous allons y réfléchir, assura Salomon. En attendant, je crois que notre hôtesse s'impatiente.

Impressionnée, Léah se demanda comment elle passerait l'épreuve du souper. La grande table, recouverte d'une nappe damassée blanche, croulait sous la vaisselle d'étain et les couverts. Il y avait même de minuscules fourches dont elle ignorait tout. Elle observa les gestes de son grand-père avant d'oser en utiliser une à son tour.

La table des Desbois était abondante mais Léah toucha à peine au faisan, à l'assortiment de terrines, aux fromages et à la tarte aux prunes.

Elle songeait aux siens, à Gabriel, ainsi qu'à la rapidité avec laquelle leur existence avait basculé. Elle réalisa brutalement que leurs cousins ne pouvaient pas comprendre. Ils n'avaient pas vu les dragons à l'œuvre, ils n'avaient pas senti l'odeur de fumée et de mort qui planait au-dessus de Bourdeaux. Elle aurait voulu le leur raconter, mais elle était si fatiguée. Elle s'effondra brusquement sur la table, sans même s'en rendre compte.

Gabriel riait. « Nous serons mariés avant l'hiver. » Elle courait vers lui, bras écartés. Il la saisissait au vol, la faisait tourbillonner, et elle se disait que c'était ça, le bonheur. Cette sensation de toucher le ciel. Ils s'aimaient tant tous les deux !

Elle tendit la main pour l'étreindre, tâtonna dans le vide. Elle se redressa sur le lit et hurla. Une plainte déchirante qui n'en finissait pas.

— Là, là…

Cousine Julia se pencha au-dessus d'elle. Le bougeoir qu'elle tenait à la main creusait des cernes sous ses yeux. Son visage était soucieux sous son bonnet de coton immaculé.

— Rendors-toi, petite. C'est un mauvais rêve.

Léah secoua la tête. Elle savait bien, elle, que ce n'était pas un rêve. Gabriel, l'homme qu'elle aimait, était mort.

6

Le soleil d'octobre dorait les feuillages. Les jeux d'ombre et de lumière dans la châtaigneraie créaient une atmosphère chaleureuse, accentuée par la douceur de l'air. Les Bragant avaient toujours été fiers de leurs arbres, entretenus avec soin et recépés régulièrement. « Notre richesse », affirmait le père d'Élie, qui connaissait chacun de ses châtaigniers.

« Une belle année », songea Élie, même s'il avait le sentiment que, tout autour de Jéricho, leur monde basculait.

Dire que trois ans auparavant, lors de la naissance de Jean, il avait pensé que Jéricho était hors d'atteinte ! Les menaces se rapprochaient du domaine et il se sentait impuissant.

Jeanne elle-même, d'habitude gaie et vaillante, ne parvenait pas à se remettre de son troisième accouchement. Après Jean et Esther, née en 1681, elle avait donné naissance à Samuel, un bel enfant de huit livres. Épuisée, souffrant d'une forte fièvre, Jeanne devait rester alitée. Si seulement sa mère avait encore été parmi eux ! se disait Élie.

Catherine Bragant était morte l'an passé d'une attaque. Elle était tombée d'un coup, sur le dallage de la salle, et personne n'avait pu la ranimer. Le docteur Limeil, appelé en toute hâte, avait parlé de sang trop riche, de transport au cerveau, et Élie avait pensé que Catherine aurait aimé disparaître ainsi. Ne redoutait elle pas par-dessus tout de devenir une charge pour les siens ? Cependant, la perte brutale d'une mère tendrement aimée avait bouleversé Élie. Pour lui, Catherine était immortelle.

Jeanne avait tenté de le réconforter sans mesurer à quel point il était choqué. Souvent, il se demandait comment sa mère aurait réagi face à telle ou telle difficulté. Catherine avait imprimé sa marque au domaine et la demeure lui paraissait dépourvue d'âme sans elle.

Réprimant un nouveau soupir, il chargea la charrette et prit le chemin du mas de son cousin Jacques. Comme chaque année, il lui apportait des pommes et du vin de ses vignes. À la Lèze, Jacques ne cultivait que des céréales et élevait des moutons. La terre était plus rude qu'à Jéricho. Aussi Élie pratiquait-il l'entraide familiale, comme son père l'avait fait avant lui.

Soucieux, il inspecta le ciel qui s'assombrissait.

Il avait reporté plusieurs fois cette visite. À présent, il ne pouvait plus attendre.

La joie avec laquelle les enfants de Jacques l'accueillirent lui réchauffa le cœur. C'étaient deux jeunes garçons, Noé et Sylvain, âgés de six et huit ans. Leur mère, Pélagie, une brunette accorte, surgit à son tour sur le seuil du mas. Elle sourit à Élie.

— Soyez le bienvenu, mon cousin ! Jacques se languissait de vous voir.

En quelques mots, il lui dit que Jeanne était « fatiguée ». Un terme pudique pour signifier qu'elle devait garder le lit. Pélagie lui tapota le bras.

— Venez vous restaurer, mon cousin. Notre Jeanne est vaillante, elle aura tôt fait de se remettre.

Élie remarqua qu'elle boitait bas en la suivant à l'intérieur du mas. Elle haussa légèrement les épaules sous son regard intrigué.

— J'ai fait une mauvaise chute dans l'escalier. D'après le rebouteux, j'ai un peu trop forcé sur ma cheville. Mais c'est l'affaire de quelques jours…

Quand Jacques rentra de la bergerie, il trouva Élie attablé devant une assiettée de soupe aux châtaignes.

— Enfin, mon cousin ! Quel bon vent t'amène ?

Homme trapu, noir de poil, Jacques Bragant offrait peu de ressemblance avec Élie. Cependant, tous deux avaient en partage une foi vibrante. Ils devisèrent devant l'âtre, tandis que les enfants jouaient aux osselets et que Pélagie nourrissait ses poules.

Jacques voulait tout savoir de la situation à Jéricho. La dernière fois que les deux cousins s'étaient vus, c'était à l'occasion de la veillée de Catherine. Les travaux de l'été ne leur avaient pas laissé le loisir de se retrouver.

Élie lui dit qu'il cherchait une jeune personne capable de remplacer Jeanne pour la tenue de la maison, Prudence ne pouvant suffire à la tâche.

Jacques fronça les sourcils tout en ajoutant une bûche dans la cheminée.

— Jeanne a une sœur cadette, non ? suggéra-t-il.

Élie secoua la tête.

— Suzon ne viendra jamais s'enterrer à Jéricho ! Elle a besoin de l'animation d'Anduze. De plus, elle veille sur son père. Non, j'ai besoin d'une aide qui habitera au domaine. Jeanne se fera moins de mauvais sang.

— Il faudrait que tu te rendes à Anduze, précisément, reprit Jacques. J'ai entendu parler d'une petite que les Desbois hébergent. Elle est arrivée du Dauphiné, où les soldats du roi ont tué un grand nombre des nôtres.

— Quelle pitié ! souffla Élie. Chez les Desbois, dis-tu ? J'enverrai un message à maître Théophile. Cette petite est de notre religion, je suppose ?

— Pour sûr ! C'est la petite-fille du pasteur Salomon.

Élie Bragant aimait les affaires rondement menées. Deux jours plus tard, Léah, accompagnée de son grand-père, arrivait à Jéricho.

Se soulevant sur un coude, Jeanne réprima un gémissement. La douleur, elle s'en accommodait, mais l'impuissance... Elle ne supportait pas de devoir rester alitée comme une vieille femme et son humeur s'en ressentait.

Elle retrouvait le sourire quand Léah lui amenait Jean et Esther, ainsi que le petit Samuel. Même si celui-ci n'était jamais vraiment repu, le fait de sentir son bébé contre son cœur l'aidait à surmonter son mal-être. Elle aurait été bien en peine, d'ailleurs, d'expliquer ce qui lui arrivait. Elle s'était remise très vite de ses deux accouchements précédents, pourtant difficiles. Cette fois, rien n'était pareil ! Elle avait perdu tant de sang qu'elle se sentait sans force et fondait en larmes dès qu'elle se retrouvait seule.

Dieu merci, Léah avait pris les choses en main.

Le pasteur et sa petite-fille avaient fait bonne impression aux Bragant et ils étaient vite tombés d'accord. Léah serait logée, nourrie et percevrait un salaire correct.

Comme le glissa le pasteur à Élie avant de reprendre le chemin d'Anduze, il cherchait avant tout un dérivatif pour Léah. « La petite fait encore des cauchemars », lui avait-il confié.

Chaque fois qu'Élie l'observait à la dérobée, il remarquait son expression mélancolique. La tragédie de Bourdeaux, à présent connue des Cévenols, avait marqué les esprits.

Jeanne se demanda combien de temps encore ils pourraient rester dans leur maison, sur leurs terres. Son père se montrait particulièrement pessimiste et Élie, s'il ne parlait guère, ne parvenait pas à lui dissimuler ses tourments.

« Pourtant, songea Jeanne, les protestants n'ont commis aucun crime ni méfait ! Ils réclament seulement le droit de vivre leur religion en paix. Ils sont chez eux, au même titre que les papistes. Au nom de quoi les chasserait-on ? C'est tout bonnement impossible ! »

7

1684

On se sentait bien dans la salle de Jéricho, vaste et chaleureuse, se disait Léah, veillant à ce que Jean et Esther ne s'approchent pas trop de la cheminée.

Elle aimait à s'occuper de la maison comme des enfants, ayant de nouveau le sentiment d'être utile. Ainsi, elle s'efforçait de chasser de sa mémoire les souvenirs tragiques. Sans grand succès.

De beaux meubles de noyer, patinés par l'âge, une bibliothèque débordant d'ouvrages anciens conféraient à la pièce une atmosphère sereine et rassurante que confortait la charpente en châtaignier, réputée la meilleure.

Maîtresse Jeanne reprenait peu à peu des forces mais il lui faudrait patienter encore plusieurs semaines avant de pouvoir vaquer à ses occupations. Élie, le front soucieux, ne se déridait plus en sa présence. « Il faut partir », répétait-il à intervalles réguliers. Jeanne secouait la tête. « Non, non, tu n'y penses pas ! » Elle refusait de laisser derrière elle son père, sa sœur, tout comme Jéricho. « Où irions-nous ? se désolait-elle. Les dragons sont partout ! »

Après avoir ravagé Bourdeaux, les soldats s'étaient dirigés vers le Vivarais, semant la mort et la terreur sur leur passage.

Élie, aidé par ses valets de ferme, donnait l'impression de vouloir tout gérer en même temps. Léah avait parfois l'impression que, tout comme elle, il cherchait à s'étourdir pour, le soir venu, tomber de fatigue dans son lit.

Elle admirait cet homme de belle allure, au visage ouvert, au regard clair. Lorsqu'elle écrivait aux siens, elle ne manquait pas de dire qu'elle avait de la chance de travailler dans cette famille unie mais elle était aussitôt tentée de se reprendre. De la chance, vraiment ? alors que ces maudits avaient tué Gabriel et estropié son père ?

Sa mère avait pensé la mettre à l'abri en l'envoyant dans les Cévennes. Léah, cependant, se rendait bien compte que l'ennemi ne lâcherait pas prise. De nombreux temples avaient été détruits, au grand désespoir de leurs coreligionnaires. Les menaces se faisaient plus précises. Tout était mis en œuvre pour susciter abjurations et conversions. Léah redoutait l'arrivée des dragons et partageait les craintes de maître Élie. Elle l'avait vu un jour caresser d'un geste furtif la pierre de sa maison. Elle n'imaginait que trop bien ce qu'il pouvait éprouver.

Des visiteurs nocturnes se présentaient souvent à Jéricho. Maître Élie les recevait dans son cabinet, situé à l'étage. Léah ignorait s'ils passaient la nuit au domaine ; à son réveil, le lendemain, ils étaient déjà partis. Elle avait cru reconnaître une fois la voix de son grand-père Salomon mais, curieusement, il n'avait pas demandé à la voir.

Sous le regard très intéressé de Jean, la jeune fille préparait du pain. Il semblait fasciné par la façon dont elle étirait la pâte. Elle avait une secrète préférence pour le petit garçon, très vif et éveillé. Esther promettait elle aussi d'avoir du caractère mais, à deux ans à peine, elle était encore un bébé. En la câlinant, Léah songeait à ses petites sœurs. Samuel était plutôt facile et s'endormait dès qu'il avait bu son content. Jeanne le gardait près de son lit dans un berceau en bois de châtaignier.

Comment, se demandait Léah, maître Élie pouvait-il envisager d'abandonner un si beau domaine et de se lancer sur les chemins avec une femme alitée, un bébé et deux enfants en bas âge ? C'était pure folie et elle partageait les réticences de sa maîtresse.

Lorsqu'elle se rendit chez les Desbois à Anduze, elle put constater que l'atmosphère avait changé. Ces riches cousins qui l'avaient tant impressionnée en septembre paraissaient désormais frileux et renfermés sur eux-mêmes. Elle avait surpris des conciliabules entre ces messieurs, entendu parler de Toulouse et de Genève. Interrogé, son grand-père avait éludé : « Moins tu en sauras, petite, mieux ce sera. »

Cette attitude irritait Léah. Pourquoi ne lui faisait-on pas confiance ? Parce qu'elle était une femme ? Quelle sottise !

Elle avait envie de retourner à Bourdeaux même si elle craignait de ne pas le supporter.

Ici, à Jéricho, elle tentait de retrouver le goût de vivre. De toute manière, elle n'avait guère le choix.

De longues écharpes de nuages se poursuivaient dans un ciel très clair. Le vent allait les chasser à coup sûr. Du moins Élie l'espérait-il. Il avait beaucoup trop plu au cours des derniers jours. Une pluie fine et rageuse, qui délavait le paysage.

Combien de temps encore pourraient-ils rester à Jéricho ? Élie en était désormais convaincu : ils devraient partir un jour et ce même si son cœur se déchirait à cette perspective. Il aurait aimé s'entretenir avec sa mère. Il aimait Jeanne, mais la savait partiale. L'inconnu lui faisait peur. De plus, elle n'envisageait pas d'abandonner son père et sa sœur. Le veuvage précoce d'Ézéchiel avait resserré les liens entre le forgeron et ses filles. Suzon venait une fois par mois à Jéricho lui donner des nouvelles de leur père.

Le vieil homme était fatigué, même s'il continuait d'exercer son métier. « Chez nous, on se couche pour mourir ! » affirmait-il avec une pointe de défi dans la voix.

Il ne mesurait pas à quel point le roi était décidé à abroger la religion réformée. Comment l'aurait-il pu, d'ailleurs ? Il n'était pas, comme Élie, en relations avec des coreligionnaires de Toulouse, de Montpellier, de Montauban ou de Bergerac. Il recevait aussi régulièrement du courrier d'Angleterre, d'Allemagne et de Genève. Ses correspondants s'alarmaient de la situation en France. Lui leur renvoyait des missives apaisantes, tout en songeant qu'il jouait avec le feu.

En même temps, Élie tentait de se rassurer. Louis XIV ne pouvait tout de même pas se couper d'une partie de la population de la France !

Une prière monta en lui. « Éclaire-moi, Seigneur », implora-t-il.

Comment pouvait-il mettre les siens à l'abri ?

8

1685

« Tout est de ma faute », pensa Jeanne, le cœur étreint par l'angoisse.

Durant des mois, elle avait opposé à son époux un refus obstiné. Elle pensait leur famille à l'abri à Jéricho. Partir sur les chemins, avec les petits, suscitait en elle un sentiment proche de la panique. Ne risquaient-ils pas d'être arrêtés, jetés en prison ? Ils seraient alors forcément séparés car les enfants seraient confiés à des couvents qui les élèveraient dans la religion catholique. Cette perspective la faisait frémir.

Élie n'était pas parvenu à la convaincre du bien-fondé de ses arguments.

« Nous verrons bien le moment venu », affirmait-elle avec une insouciance coupable. Pendant ce temps, Élie avait multiplié les démarches. Il avait confié une somme conséquente d'écus à un ami notaire, en qui il avait confiance puisqu'ils se connaissaient depuis l'enfance. Maître Gaston Tancrède avait pignon sur rue à Anduze et son étude était d'autant plus prospère que, désormais, de nombreuses professions, dont celle de notaire, étaient interdites aux protestants. Élie était allé le trouver à la fin de 1683 et lui avait exposé son problème. Tancrède l'avait rassuré. Chez lui, ses économies seraient en sécurité.

Malgré tout, Élie avait également laissé des biens à ses parents du mas de la Lèze.

Sa mère lui avait toujours conseillé de diversifier ses placements. Cependant, l'argent n'était pas tout. Ce qui préoccupait avant tout Élie Bragant, c'était le salut des siens et celui de leurs âmes. Courant 1684, les exactions des dragons avaient été si monstrueuses en Poitou que nombre de protestants du Languedoc avaient préféré abjurer plutôt que de subir un sort aussi tragique. Abjuration toute théorique, d'ailleurs, ces convertis se gardant bien, le plus souvent, de pratiquer la religion apostolique, catholique et romaine. Une nouvelle chasse aux réformés avait alors été ouverte. Des prêtres surveillaient et dénonçaient les paroissiens qui ne fréquentaient pas l'église et les sanctions tombaient.

Le vieil Ézéchiel avait refusé avec force de se convertir. À son âge, pas question pour lui de renier la foi de ses pères ! Traîné de la rue Droite à la place Couverte, il avait failli être pendu. L'un de ses amis, Agénor Cardel, drapier catholique de son état, l'avait sauvé en affirmant qu'il était prêt à abjurer. Alors qu'Ézéchiel protestait avec véhémence, Cardel lui avait intimé l'ordre de se taire. « Vieux fou, songe donc à tes filles et à tes petits-enfants ! » lui avait-il dit.

Depuis ce jour, Jeanne était la proie de fréquents cauchemars. Elle se réveillait en ayant l'impression qu'une lourde corde l'étranglait. Pour sa part, Ézéchiel avait certainement été moins bouleversé qu'elle. Il travaillait toujours à son échoppe, tout en prisant le tabac qui constituait son seul vice. Son vieil ami Cardel tentait de l'entraîner à la messe du dimanche, en vain. « Je t'ai écouté pour les miens mais n'espère pas faire de moi un papiste ! » lui avait-il lancé, furibond.

Jeanne savait que son père était surveillé et qu'on lui cherchait à nouveau querelle. Élie et elle l'avaient invité à plusieurs reprises à venir s'installer à Jéricho mais il tenait trop à son indépendance. Chez lui, il vivait parmi ses souvenirs. De plus, il s'inquiétait pour Suzon, sa cadette. Son époux, Guilhem Béniveau, était mort au début de l'été d'une fièvre quarte et Suzon était grosse. Veuve à vingt-cinq ans… n'était-ce pas une pitié ? Ézéchiel la pressait de regagner la maison paternelle, mais Suzon avait elle aussi pris goût à la liberté. Guilhem lui avait laissé une demeure agréable, proche de la fontaine Pagode, et des rentes qui lui permettaient de vivre de façon fort convenable. Aussi, certes, elle avait du chagrin, mais elle estimait que son sort aurait pu être pire. Entre son veuvage et l'attente du bébé à naître, Suzon ne mesurait pas la gravité de la situation des protestants. Qui aurait pu en vouloir à une veuve inoffensive ? Elle ne gênait personne.

Relevant ses jupes, Jeanne se dirigea vers le poulailler. Le temps était beau en cette fin septembre. Les choses allaient peut-être s'arranger, se surprit-elle à espérer. Malgré tout.

« C'en est fait de nous », commenta Salomon Desbois, en prenant connaissance de l'abject édit de Fontainebleau, qui révoquait l'édit de Nantes de 1598. Il y avait déjà quelques années qu'il voyait se profiler cette issue, inique pour les calvinistes. Le roi et ses conseillers avaient poussé le cynisme jusqu'à prétendre que l'édit de Nantes n'avait plus de raison d'être puisqu'il n'y avait plus de protestants en France !

« Je vais partir », annonça Salomon à ses cousins le même soir. Il y avait longuement réfléchi, balançant entre l'exil et la clandestinité. À soixante-douze ans passés, il ne pouvait se permettre de mettre en danger ceux qui l'hébergeaient. Mieux valait pour lui se réfugier à Genève... à condition, d'ailleurs, d'y parvenir.

Théophile et Julia Desbois ne cherchèrent pas à le convaincre de rester. Eux-mêmes étaient particulièrement angoissés depuis l'arrivée des dragons, les « missionnaires bottés ». Ils savaient que, d'un jour à l'autre, ces hommes grossiers et brutaux se présenteraient chez eux. Théophile et Julia feraient mine de se convertir pour éviter le pire, tout en continuant de vivre leur foi. Ils se sentaient incapables de quitter leur filature, leur maison, leur famille.

Salomon croyait comprendre ce qu'ils ressentaient, sans pour autant partager leur point de vue. Leur aisance matérielle expliquait certainement leur choix. Lui n'envisagerait jamais de renier sa foi.

Il fit ses adieux aux Desbois. Après l'échec de Brousson, qui avait tenté en vain de s'opposer à la destruction des temples, Salomon pensait qu'il était plus prudent de partir. Il comptait emmener Léah avec lui.

Même si tous deux se voyaient seulement de loin en loin, ils s'aimaient et s'appréciaient. La jeune fille avait su se rendre indispensable à Jéricho. Jeanne et Élie lui faisaient entièrement confiance et les enfants l'adoraient. Léah accepterait-elle de l'accompagner ? se demanda-t-il brusquement. Il n'osait imaginer qu'elle souhaitât rester. Salomon tenait avant tout à la mettre à l'abri.

De la fumée s'échappait de la cheminée de Jéricho. Salomon suivit des yeux le panache gris-blanc et se dit que c'était réellement un beau domaine. Si les dragons s'installaient là, ils vivraient sur un grand pied. Et maltraiteraient tous ses habitants : hommes, femmes, enfants, sans exception.

Charles Rollin, quadragénaire catholique d'Anduze, avait toujours envié Ézéchiel Crozier car celui-ci donnait l'impression de n'avoir peur de personne. Bel homme, avec une barbe poivre et sel et de longs cheveux argentés qui lui arrivaient aux épaules, le forgeron en imposait.

Charles Rollin aurait aimé épouser Suzon, trois ans auparavant. Mais elle lui avait préféré Béniveau. Rollin aurait désiré se rapprocher d'elle mais son veuvage empêchait la jeune femme de sortir et de participer à des fêtes. Rollin rongeait son frein. Lui-même possédait une ferme au bord du Gardon, ainsi qu'un petit troupeau de moutons. Ayant toujours besoin d'argent, il hésita peu avant de se décider. Les dénonciateurs de protestants ne recevaient-ils pas les biens des hérétiques en récompense ?

Ce serait pour lui la meilleure des vengeances.

9

Deux ans et demi s'étaient écoulés depuis le massacre de Bourdeaux et, pourtant, les battements de cœur de Léah s'accélérèrent quand la jeune fille aperçut les silhouettes bien découpées des Trois-Becs et celle du Grand-Delmas.

Elle ne put réprimer un frisson lorsqu'elle passa devant l'endroit où se tenait, jadis, une grange de belles proportions. Une vingtaine de coreligionnaires s'y étaient réfugiés, ce funeste jour de fin août 1683, et les maudits dragons, découvrant le toit, avaient jeté dans le bâtiment une quantité importante de gerbes enflammées. Pas un n'avait survécu. Ceux qui n'avaient pas brûlé vifs avaient été abattus en tentant de sortir du brasier.

Le pasteur Salomon toussota.

— Prions, suggéra-t-il.

Léah s'y efforça mais elle avait l'impression que sa tête était vide, que les mots lui échappaient. Elle cherchait Gabriel. C'était trop cruel.

À Jéricho, elle avait espéré que le temps ferait son œuvre, mais c'était un souhait illusoire. Sur les lieux de son enfance, la mort de Gabriel lui parut encore plus insupportable.

Le village portait encore les traces des exactions subies.

— Beaucoup d'habitants ont déserté le bourg, on dirait, remarqua Salomon.

Léah ne lui répondit pas. Elle aurait pu se diriger les yeux fermés vers la rue de la Teinche où se tenaient leur maison et l'atelier de son père. Elle chercha la silhouette du temple, situé à l'extrémité de la Teinche, ne vit qu'un tas de décombres.

— Oh ! fit-elle, la main plaquée sur la bouche.

— Viens, lui enjoignit Salomon.

Il avait peur, lui aussi, de ce qu'ils allaient découvrir.

— Léah ?

Elle hésita avant de reconnaître l'adolescent qui lui faisait face. Il était maigre, beaucoup trop maigre, et ses yeux gris étaient cernés de bistre.

— Simon ! s'écria-t-elle, lui tendant les bras.

Il ne s'élança pas vers elle comme il l'eût fait autrefois. Il s'approcha prudemment et la laissa lui caresser la joue.

— Simon, mon cher petit frère, souffla Léah d'une voix enrouée par l'émotion.

— Tu reconnais grand-père Salomon ? ajouta-t-elle.

Il opina du chef, observant toujours une certaine distance. Salomon ne s'en formalisa pas.

— Conduis-nous chez toi, proposa-t-il avec douceur.

Le dos raidi, Léah se contraignit à marcher au même pas que son aïeul. Ils avaient déjà parcouru un long trajet et, partout, ils avaient constaté à quel point les religionnaires étaient persécutés. De ce fait, elle appréhendait le moment où elle retrouverait les siens.

Son cœur se serra lorsqu'elle pénétra dans la cour.

— Mère ! cria Simon.

Abigaïl parut sur le seuil. C'était elle, et ce n'était plus vraiment elle. Ses cheveux étaient striés de blanc et elle semblait très lasse. Léah courut vers elle.

Les deux femmes s'enlacèrent.

— Oh, ma Léah, tu m'as tant manqué, chuchota Abigaïl.

Elles s'essuyèrent les yeux en même temps. Resté un peu en retrait, Salomon remarqua qu'il n'y avait plus d'animaux dans la cour. Les Roche devaient être trop pauvres pour se le permettre. Il avait gardé le souvenir d'une maison chaleureuse et gaie. Celle-ci paraissait rongée par la tristesse.

Le grand-père et sa petite-fille réprimèrent un sursaut en apercevant Abraham. Recroquevillé sur une mauvaise chaise paillée, le père de Léah n'était plus qu'un infirme. Il leur sourit bravement.

— Vous m'avez parlé un jour de Paul Scarron qui vivait dans un cul de jatte[1], dit-il à Salomon. J'y pense souvent. Voyez comme je suis contrefait, désormais... Même si j'ai conservé mes jambes.

Léah s'agenouilla auprès de lui.

— Oh, père..., souffla-t-elle, la gorge nouée de sanglots.

Elle se redressa aussitôt, comme prise en faute. Il devait déjà assez souffrir, quel besoin avait-elle d'insister sur sa condition physique !

Elle se tourna vers Abigaïl.

— Vous ne m'avez pas écrit, mère. J'espérais...

Elle savait que son père avait gardé des séquelles, certes, mais elle ne l'avait jamais imaginé si atteint. Abigaïl lui pressa l'épaule.

— Qu'aurais-tu fait, ma grande ? Nous nous débrouillons.

La salle, presque vide, serrait le cœur. Instinctivement, Léah chercha des yeux sa grand-mère Noémie, avant de baisser la tête. Au fond d'elle-même, elle refusait de se

1. L'expression viendrait de la ressemblance entre la forme de l'extrémité du corps d'un estropié et celle d'une jatte. On dit aussi que les culs-de-jatte utilisaient une sorte de jatte pour se déplacer.

souvenir. Évoquer le passé signifiait ouvrir une porte béante. Gabriel… Elle serra les poings. Ne pas pleurer.

— De quoi vivez-vous ? s'enquit Salomon.

Lui aussi avait noté que la pièce criait misère. Abigaïl se rapprocha d'Abraham.

— Simon et moi nous occupons de la chènevière et les filles gardent le troupeau, répondit-elle.

Elle n'avait pas besoin de préciser que leur situation avait changé depuis l'attaque des dragons. Les missionnaires bottés avaient provoqué la mort de grand-mère Noémie, brisé le corps d'Abraham, assassiné des dizaines de jeunes gens, dont Gabriel, et ruiné leur famille.

Bouleversés, Léah et Salomon échangèrent un regard empreint de désarroi.

— Je vais rester. Vous avez besoin d'aide, décida Léah.

— Il n'en est pas question !

Abraham précisa sa pensée :

— Léah, ma fille, tu es instruite, tu as connu une autre vie. Il faut poursuivre ton chemin. Ici, nous sommes condamnés à mourir à petit feu. Auprès de ton grand-père, à Genève, tu as une chance de perpétuer notre foi.

C'était une mission que son père lui confiait, Léah le comprit ainsi. Perdue, elle se tourna vers ses frère et sœurs.

— Laissez-moi au moins emmener les petits.

Simon s'avança d'un pas.

— Je ne quitterai pas la maison. Père a besoin de moi et je ne me vois pas quitter mon pays, mon bourg.

— Je reste aussi, déclara Lucie, d'un ton résolu.

Seule Élisabeth, la plus jeune, choisit d'accompagner Léah et Salomon. Abigaïl acquiesça d'un battement de cils.

— La petite a de bonnes dispositions pour l'étude, mais je manque de temps pour m'occuper de son éducation. Je te la confie, Léah.

L'émotion entre la mère et la fille était palpable. Salomon se racla la gorge.

— Si j'osais..., reprit Abraham, et la force de sa voix contrastait avec son état physique pitoyable. Même si beaucoup de nos coreligionnaires ont abjuré en cédant à la force, ils n'ont pas renoncé à leur foi. Pourriez-vous, mon père ?

— Organiser une assemblée clandestine ? Naturellement.

Simon et Lucie se chargèrent d'aller de logis en logis propager la nouvelle : le pasteur Desbois, que beaucoup connaissaient, célébrerait le culte le lendemain, à la nuit tombée, dans le bois du Lombard.

Joie et soulagement se peignirent sur les visages. Enfin ! Les habitants de Bourdeaux allaient pouvoir assister à un véritable office.

Ils se rendirent en foule au bois du Lombard. Les plus jeunes donnaient le bras aux plus âgés, s'appuyant sur leurs cannes. Le défilé serpentait entre les troncs d'arbres.

Deux guetteurs se postèrent à l'entrée de la forêt, tandis que les fidèles, équipés de lanternes sourdes, se rassemblaient dans la clairière. Encadrée par Abigaïl et Simon, Léah priait pour Gabriel, pour son père, pour les Desbois comme pour les Bragant. Elle avait eu de la peine de quitter cette famille unie, ainsi que Jéricho, le domaine qui lui avait permis de retrouver en partie le goût de vivre. Elle avait même proposé à Élie d'emmener les enfants, mais le maître de Jéricho avait secoué la tête. « Ma femme ne le supporterait pas. Surtout, Léah, donnez-nous de vos nouvelles. Vous savez, je pense, combien nous avons apprécié votre aide durant ces deux années. »

Il s'était montré généreux, ce qui avait permis à Léah de glisser de belles pièces dans le pot de terre cuite réservé à cet effet chez les Roche. Abigaïl lui avait serré la main sans mot dire. Les deux femmes, en effet, ne voulaient pas blesser Abraham, incapable désormais de faire vivre sa famille.

Ce soir-là, le pasteur Salomon évoqua le désert dans son sermon, faisant référence au peuple hébreu qui avait erré quarante ans entre l'Égypte, terre de servitude, et la Terre promise.

Des larmes silencieuses coulèrent sur les joues d'Abigaïl. Elle savait qu'elle ne reverrait sans doute pas son père, mais il leur avait fait à tous un merveilleux présent en venant célébrer le culte près de Bourdeaux. Elle jeta un coup d'œil discret à Léah, sa fille aînée, sa préférée dans le secret de son cœur. Reviendrait-elle un jour au pays ? Abigaïl n'était pas certaine de le souhaiter tant la haine était présente. Depuis l'attaque des dragons, elle ne parvenait plus à se projeter dans l'avenir. Sa foi l'aidait à résister, même si elle était parfois tentée de baisser les bras.

Elle réprima un sanglot. Il n'était pas question pour elle de craquer, sa famille avait besoin d'elle.

— Afin que le désert se transforme en royaume, déclarait son père, faisant référence à l'Exode.

Abigaïl se redressa. Elle tiendrait bon.

10

Novembre était humide cette année-là. Il fallait attendre le milieu de la matinée pour que les premiers lambeaux de brume s'effilochent au-dessus de la clède.

Élie aimait chaque saison à Jéricho. Pourtant, à cet instant, il se sentait tiraillé entre la fierté et l'angoisse. Combien de temps pourrait-il sauvegarder le domaine ? Les maudits dragons avaient investi Anduze, où ils se comportaient en maîtres. Les trois lieues séparant Jéricho de la ville suffiraient-ils à protéger sa famille ?

Une semaine auparavant, Élie était allé chercher Ézéchiel et Suzon pour les ramener chez lui. Jeanne, en effet, avait le sentiment que son père et sa sœur n'étaient plus en sécurité à Anduze depuis que le vieux forgeron avait échappé de peu à la pendaison. Élie l'avait approuvée, tout en s'inquiétant plus encore pour leurs enfants. Il avait bien conscience du fait que la présence de Suzon et d'Ézéchiel à Jéricho constituait un danger supplémentaire. Après en avoir longuement discuté avec Jeanne, Élie avait décidé d'emmener Jean et Esther chez leurs cousins, au mas de la Lèze. Isolée, la ferme devrait pouvoir leur offrir un refuge plus sûr. Pour combien de temps ? Élie n'osait se poser la question.

Jeanne l'attendait devant l'écurie. Elle tenait chacun de ses petits par la main. Jean, grand pour ses cinq ans, les cheveux châtains, les yeux bleu foncé, ressemblait à sa grand-mère Catherine. Esther, d'apparence plus délicate, avait une opulente chevelure fauve qui contrastait avec son teint clair. Elle planta ses yeux dorés dans ceux de son père.

— Vous promettez de venir nous chercher bientôt, père ? s'enquit-elle.

À quatre ans, elle connaissait ses lettres et rêvait de s'approprier la bibliothèque paternelle. Elle deviendrait une jeune personne des plus intéressantes, se disait parfois Élie. Il avait une fâcheuse tendance à tout accepter de sa fille, ce qui agaçait Jeanne.

Il prit dans ses bras le frère et la sœur, les installa sur le banc de la charrette.

— En route ! lança-t-il. Dites au revoir à votre mère et à votre petit frère.

Il se retourna alors que la charrette parvenait au bas de la pente. Jeanne, Samuel dans les bras, agitait la main dans leur direction. Une bouffée d'amour l'envahit. Ils avaient été si heureux durant ces huit années de mariage ! Les dragons et le roi ne pouvaient rien contre leur amour. À cet instant, il le pensait sincèrement.

La chaleur surprit Jeanne alors qu'elle était sortie pour se rendre au poulailler. Le soleil était blanc, dissimulé par de gros nuages qui annonçaient l'orage ; l'air était moite et lourd. « Un temps vraiment étrange pour un début novembre », se dit-elle.

L'état de Suzon la tracassait. Enceinte de sept mois, sa sœur n'avait pas pris beaucoup de poids et paraissait épuisée. Pour l'heure, elle se reposait dans le petit cabinet de Catherine, une pièce aménagée juste à côté de la chambre de sa belle-mère, où Jeanne l'avait installée. Ézéchiel, incapable de rester inactif, se trouvait dans la clède avec Augustin.

Le clocher de la chapelle, située à un quart de lieue, sonna trois heures. Élie ne serait pas de retour avant la nuit.

Malgré la chaleur, Jeanne frissonna. Elle ne serait pas tranquille tant que Suzon n'aurait pas accouché. Elle était bien placée, cependant, pour savoir qu'on ne commandait pas à ces événements ! De plus en plus soucieuse, elle regagna la maison.

Samuel dormait dans son petit lit. Elle se pencha, effleura son front d'un baiser. Ses deux aînés lui manquaient déjà. Mère aimante, Jeanne avait souffert de devoir les confier à Léah. La jeune fille, néanmoins, n'avait jamais cherché à rejeter la mère dans l'ombre, et Jeanne lui en savait gré. Même si Suzon lui répétait que Léah était trop jeune et trop belle pour partager leur vie. « Défie-toi d'elle, on ne fait pas entrer le loup dans la bergerie ! » lui recommandait-elle. Jeanne haussait les épaules. « J'aime Élie, et il m'aime. De plus, Léah est une gamine ! »

Les faits lui avaient donné raison. Curieusement, à cet instant, la présence de Léah à ses côtés l'aurait rassurée. Elles n'auraient pas été trop de deux pour dérider Suzon !

— Maîtresse Jeanne !

L'irruption de Prudence dans la salle lui fit froncer les sourcils. Qu'y avait-il donc de si urgent ?

— Madame, reprit la servante, bouleversée, des cavaliers sur la route... Barnabé les a vus. Il... il dit que ce sont les dragons !

Un sentiment de panique submergea Jeanne. Élie n'avait-il pas demandé à son ami maître Tancrède de ne pas délivrer de billet de logement pour Jéricho ? Que s'était-il passé ?

— Va chercher mon père, ordonna-t-elle à Prudence en s'avançant sur le seuil.

Elle serra ses mains l'une contre l'autre afin de tenter de maîtriser leur tremblement.

Les cavaliers remontaient déjà l'allée. Jeanne refréna son envie de fuir. Il fallait leur en imposer, ne pas paraître effrayée.

Cependant, elle perdit tous ses moyens en lisant la convoitise dans les yeux du chef de la troupe. Assurément, Jéricho était pour lui une prise de choix.

— Monsieur..., balbutia-t-elle.

Il la toisa.

— Capitaine Desjoyeux. Sa Majesté le roi m'a chargé de nettoyer ce nid d'hérétiques. Car vous appartenez bel et bien à la RPR[1] ?

— Nous sommes huguenots, répondit Jeanne.

— C'est bien ce que je disais, des hérétiques ! Mes hommes et moi allons prendre nos quartiers. Vous me réserverez la plus belle chambre.

Le cœur serré, Jeanne hocha la tête. Elle rentra dans la salle, jeta un regard éperdu autour d'elle. Qu'allait-il advenir d'eux, de leur maison ?

Barricadés dans la chambre de Catherine, Ézéchiel, Jeanne, Suzon et Samuel se demandaient avec angoisse combien de temps allait encore durer ce sabbat. Dans la salle, le capitaine et ses hommes – en tout une dizaine, plus leurs valets et leurs chevaux – ripaillaient avec force tapage. Élie n'était toujours pas rentré et Jeanne ne savait

1. Religion prétendue réformée.

pas si elle devait le déplorer ou s'en réjouir. Desjoyeux avait réclamé à boire et à manger. À présent, il faisait bombance tout en menaçant à intervalles réguliers d'aller « croquer de l'hérétique ».

Ézéchiel caressa presque distraitement la poignée de son long coutelas.

— Je vous en prie, père, pas d'esclandre, le supplia Jeanne.

Ézéchiel fronça les sourcils.

— Eh, tu ne voudrais tout de même pas que je les laisse nous égorger sans mot dire ? Je réussirai bien à en tuer deux ou trois !

— Sottises, mon père, gémit Suzon. Nous sommes bel et bien pris au piège.

Jeanne fit peser sur sa cadette un regard inquiet.

Que pouvaient-ils faire contre ces hommes investis de tous les droits ? Leur but était de les faire abjurer, par n'importe quel moyen. Jeanne frémit.

Ézéchiel leva la main.

— Écoutez !

Brusquement, le silence s'était fait dans la salle. Un silence encore plus angoissant que le vacarme des brutes avinées.

La porte fut enfoncée d'un coup de boutoir. La frêle barrière de bancs et de tabourets vola en éclats. Desjoyeux pénétra dans la chambre.

— Toi, viens là ! ordonna-t-il à Suzon.

Ézéchiel marcha sur lui, son coutelas à la main.

Un coup de pistolet le faucha. Il s'effondra sous les yeux horrifiés de ses filles.

11

Le ciel était lourd de neige. Le nez en l'air, Léah fronça les sourcils.

— Tu aimes la neige, Élisabeth ?

Depuis leur départ de Bourdeaux, une semaine auparavant, elle s'efforçait de dérider la fillette. Jadis, elles avaient été proches, mais les deux années écoulées avaient creusé un fossé entre les sœurs. Pourtant, Élisabeth leur avait fait confiance ; elle avait souhaité les accompagner. Quitter leurs parents, Simon et Lucie avait été particulièrement éprouvant.

Cependant, même si l'exil l'angoissait, Léah savait qu'il lui était impossible de rester à Bourdeaux. Gabriel était présent partout. Le cœur déchiré, elle se cognait à ses souvenirs, sans parvenir à surmonter son désespoir.

Abigaïl l'avait deviné et elle avait insisté pour que son aînée s'installe à Genève. « Nous pourrons peut-être vous rejoindre », avait-elle ajouté. La mère et la fille avaient échangé un sourire tremblé. L'une et l'autre savaient que ce serait impossible, vu l'état d'Abraham, mais Abigaïl ne l'admettrait jamais. Cultiver l'espoir… telle était sa règle de vie.

Avant de partir, Léah avait tenu à saluer le vieux Sully, le père de Gabriel. Elle était revenue de la ferme le visage rougi de larmes

« Et maintenant... », se dit-elle, les yeux fixés sur les sommets enneigés.

Salomon et elle étaient, d'après leurs passeports, des drapiers ardéchois et Élisabeth leur jeune nièce. Les documents avaient été établis à Anduze par un ami d'Élie Bragant. Salomon avait encore belle allure dans ses vêtements sombres.

Léah portait une jupe caraco, une casaque de laine et une ample cape doublée dont Jeanne Bragant lui avait fait présent.

Avant leur départ, Abigaïl avait confectionné des vêtements chauds pour Élisabeth.

Tous trois étaient équipés, et leur mulet était vaillant, mais ils savaient qu'ils devraient franchir nombre d'obstacles avant d'atteindre Genève.

Après avoir étudié toutes les cartes, son grand-père avait résolu de passer par Grenoble et la vallée du Grésivaudan. Il préférait ne pas emprunter la route la plus rapide ; on disait que le poste frontière des Échelles faisait l'objet d'une surveillance pointilleuse de la part des gardes royaux. Consultées, Léah et Élisabeth l'avaient approuvé.

Léah lui jeta un coup d'œil soucieux. À son âge, le voyage constituait une épreuve et elle craignait qu'il ne prenne froid. Pourtant, il semblait plutôt bien supporter la fatigue. Il avait hâte, lui avait-il confié, d'arriver à Genève où ils seraient enfin en sécurité. Parfois, la jeune fille s'interrogeait, se demandait s'ils avaient raison de quitter leur pays.

Elle s'était entretenue avec son père à ce sujet et il l'avait confortée dans sa décision. « Il faut partir pour te préparer à accueillir ton frère et ta sœur. À Genève, ils pourront pratiquer leur foi en sécurité. » Elle l'avait regardé en se disant qu'elle aurait tant voulu que tout soit comme avant. Il avait tendu la main, comme pour lui caresser la tête, avant de la laisser retomber, inerte. « Les Roche doivent survivre », avait-il repris dans un souffle. Elle avait promis de tout faire en ce sens. Même si elle doutait fortement de ses capacités…

Le vent soufflait en rafales rageuses. Soigneusement emmitouflée, Léah se retourna afin de s'assurer que son grand-père et sa jeune sœur suivaient la cadence qu'elle leur avait imposée. Un paysan leur avait indiqué, moyennant finances, un chemin pour se rapprocher de la Savoie en évitant les postes de garde. Elle avait constaté avec angoisse que la bourse de son grand-père se vidait bien vite. Il fallait payer, encore et toujours. Des guides, mais aussi des dénonciateurs potentiels, qui menaçaient d'aller trouver les gardes du roi.

Leur situation était si précaire que Léah devait sans cesse réconforter Élisabeth. La fillette fondait en larmes à la moindre contrariété. Salomon répétait qu'il fallait faire confiance à la Providence. Combien de fois Léah avait-elle déjà entendu cette phrase ? Elle cédait parfois au découragement. Quel crime avaient-ils commis ? se demandait-elle, furieuse. La haine qu'elle éprouvait à l'égard des hommes du roi, ces papistes qui les pourchassaient, lui aurait presque fait peur.

Le temps, de plus en plus hivernal, limitait les déplacements. Il fallait éviter de se faire remarquer, se mêler à d'autres voyageurs qui allaient travailler en Savoie. En permanence sur le qui-vive, Léah dormait mal. Elle se sentait responsable de Salomon et d'Élisabeth. Le soir, une fois qu'ils avaient trouvé refuge dans une grange ou une auberge, elle demandait à son grand-père de leur raconter la fuite d'Égypte, la traversée du désert de Canaan. Élisabeth s'endormait très vite. Léah, elle, demeurait éveillée, guettant le moindre bruit suspect.

Ils avaient rencontré des coreligionnaires qui s'étaient enfuis de Valence où un homme horrible, surnommé la Rapine, sévissait. « Priez pour ne jamais tomber entre ses mains », lui avait dit une jeune femme qui était parvenue à lui échapper. Plus tard, Léah devait souvent l'évoquer.

Pour l'heure, elle avançait en s'efforçant de ne pas songer au froid qui les engourdissait. Salomon et Élisabeth se reposaient de temps à autre sur le mulet mais Léah marchait sans répit. « Si nous nous arrêtons, nous sommes perdus », avait-elle confié à son grand-père.

Parvenus à Goncelin, tout près de la Savoie, ils se crurent sauvés. On leur avait en effet indiqué un guide qui pourrait les mener jusqu'à Genève. Ils passèrent la nuit à l'auberge, soulagés.

Le lendemain, à peine avaient-ils pris la direction de ce qu'ils nommaient entre eux la Terre promise qu'un groupe de gardes fondit sur eux.

— Cours ! enjoignit Léah à Élisabeth. Retourne à l'auberge et, si nous n'y sommes pas revenus d'ici à demain, file à Genève !

Elle fit front face aux gardes royaux. Pas question de leur laisser voir à quel point elle tremblait. Ne se croyaient-ils pas d'une essence supérieure ? On leur lia les mains dans le dos, à Salomon et à elle, et on les entraîna vers Grenoble. Quand Léah découvrit qu'ils avaient pris aussi Élisabeth, elle retint un cri de révolte et de désespoir.

« Seigneur, aidez-moi ! » pensa Léah avec force.

Si seulement elle avait pu oublier les derniers jours ! Mais non, elle se souvenait de tout, à commencer par la fouille honteuse à laquelle on l'avait soumise à la Terrasse. Elle se tordait en tous sens afin d'apercevoir sa petite sœur, en vain. Elle revoyait la haute silhouette de son grand-père, encadrée par deux gardes, qui l'entraînaient vers une destination inconnue. Elle avait hurlé. On l'avait souffletée avant de lui enfoncer un bâillon malodorant dans la bouche. Suffoquant, Léah avait continué à se démener jusqu'à ce que l'un des gardes, excédé, l'assomme d'un coup de poing. Elle avait alors sombré dans une bienheureuse inconscience pour se réveiller dans une geôle infecte, en compagnie d'autres femmes. L'une d'elles se pencha au-dessus de Léah.

— Bienvenue aux portes de l'enfer, lui dit-elle.

12

C'était l'endroit où il était né, trente-trois ans auparavant, où il avait toujours vécu. C'était sa terre, Jéricho, sa maison et, cependant, plus rien ne serait jamais pareil.

Anéanti, le cœur en cendres, Élie, revenu seulement deux jours plus tard du mas de la Lèze, avait découvert l'ampleur de la tragédie. Dans les décombres de la demeure familiale gisaient les corps sans vie de Suzon et d'Ézéchiel. Profondément abattu, le cœur au bord des lèvres, il les avait recouverts d'un drap pour ne plus voir leurs visages meurtris, tuméfiés.

Il avait parcouru toutes les pièces, puis le domaine, en hurlant le prénom de Jeanne, en vain. Qu'était-il advenu d'elle et de leur fils ?

Désespéré, il s'était laissé tomber sur le muret bordant le potager.

— Maître Élie…

Il avait sursauté, s'était relevé d'un bond pour découvrir Prudence, dont le visage portait des traces de coups. Il l'avait saisie aux épaules, l'avait secouée sans tenir compte de sa grimace de douleur.

— Prudence, tu es sauve ! Que s'est-il passé ?

La servante s'était mise à trembler.

— C'était horrible. Les dragons… Je les ai servis et puis je me suis cachée. Il ne faut pas m'en vouloir, maître, ils étaient comme fous et m'avaient déjà copieusement battue.

— Ma femme...

— Maîtresse Jeanne, son père et sa sœur s'étaient enfermés dans la chambre de maîtresse Catherine. Maîtresse Jeanne m'avait bien recommandé de me sauver. Elle avait peur pour moi...

Prudence avait eu un hoquet.

— Moi, grâce à Dieu, je ne les intéressais pas. Ils cherchaient de l'or. Vous savez, maître Élie, je pense qu'ils étaient plus intéressés par votre or que par le salut de nos âmes !

Élie avait serré les poings.

— Ces maudits ! Sais-tu au moins qui était leur chef ?

— Un certain capitaine Jouyaux, il me semble... J'avais si peur.

— Et Mme Jeanne ? l'avait pressée Élie.

La servante avait secoué la tête.

— Je ne sais pas, maître. Barnabé, Augustin et moi nous sommes cachés dans les bois.

Elle s'était mise à pleurer. Des larmes silencieuses coulaient le long de ses joues, elle se tordait les mains. Pris de pitié, Élie avait pensé qu'elle avait déjà suffisamment souffert. Mais Jeanne et son fils... qu'était-il advenu d'eux ?

Un soleil radieux faisait chanter les couleurs de la fin d'automne. Mûriers et châtaigniers flamboyaient.

Le cœur lourd, Élie, qui avait procédé avec l'aide de Barnabé à l'enterrement de son beau-père et de sa belle-sœur, lut un extrait du livre de Job :

— En ces jours-là, Job prit la parole et dit : « Je voudrais qu'on écrive ce que je vais vous dire, que mes paroles soient gravées sur le bronze avec le ciseau de fer et le poinçon, qu'elles soient sculptées dans le roc pour toujours. Je sais, moi, que mon libérateur est vivant, et qu'à la fin il se dressera sur la poussière des morts ; avec mon corps, je me tiendrai debout, et de mes yeux de chair, je verrai Dieu. Moi-même, je le verrai, et quand mes yeux le regarderont, il ne se détournera pas[1]. »

Sa voix se brisa sur la dernière phrase. Quand il avait découvert le corps supplicié de Suzon, un haut-le-cœur l'avait contraint à courir au-dehors. Comment des hommes avaient-ils pu se comporter de façon aussi barbare avec une jeune femme enceinte de sept mois ? Et, lancinante, revenait toujours la même question : qu'était-il advenu de Jeanne et de Samuel ?

Il se reprocherait tout le temps qu'il lui restait à vivre de s'être attardé au mas de la Lèze mais, en conscience, il ne pouvait agir autrement. Il avait trouvé ses cousins en émoi à son arrivée : Sylvain, l'aîné, venait de tomber d'un cerisier et hurlait comme un damné. Il avait aidé Jacques à porter l'enfant jusqu'à la bergerie. Pélagie était allée quérir le rebouteux tandis que les hommes confectionnaient une sorte d'attelle pour la jambe du gamin. Celui-ci, commotionné par sa chute, n'avait pas repris conscience. Comment aurait-il pu laisser ses propres enfants âgés de cinq et quatre ans dans une maison sens dessus dessous ? Élie avait donné la main, s'occupant de Jean et d'Esther, à la fois effrayés et excités par cette situation sortant de l'ordinaire. Il avait coupé du bois pour entretenir un bon feu dans la salle où Sylvain luttait contre une forte fièvre. Il avait payé le rebouteux… Celui-ci avait affirmé que le garçon s'en sortirait, même s'il risquait de boiter toute sa vie. Quand Élie était reparti, après avoir

1. Job, XIX, 23-27.

serré ses enfants contre lui et leur avoir recommandé d'être sages, il n'imaginait certes pas retrouver Jéricho en ruine.

Les dragons avaient pillé les celliers, le grenier et la cave. Les volailles et les cochons avaient disparu, de même que les deux mulets. Ils avaient emporté la vaisselle d'étain, vidé les coffres et les maies, éventré les coussins et les lits.

Il ne restait plus que les châlits. Les autres meubles avaient été rassemblés sous la treille et on y avait mis le feu.

— Pire qu'une nuée de sauterelles, marmonna Barnabé.

Il jetait des coups d'œil furtifs à Élie, se demandant visiblement combien de temps celui-ci tiendrait avant de s'effondrer. Il s'inquiéta plus encore quand son maître lui conseilla de retourner dans sa famille, du côté de Ganges.

— Mais vous allez avoir besoin de moi pour tout remettre en ordre, bredouilla-t-il.

Élie secoua la tête.

— Pour que d'autres dragons reviennent saccager Jéricho ? Il n'en est pas question !

— Vous voulez donc quitter le pays ? On raconte que l'édit de Nantes est révoqué, que le roi veut nous soumettre, que nous n'avons pas le droit de partir à l'étranger...

— Pour ma part, je n'ai plus de roi ! laissa tomber Élie, glacial.

Il se rendit à Anduze à la tombée de la nuit. Il désirait rencontrer les Desbois, ainsi que Tancrède. Il avait besoin de comprendre.

Heureusement qu'il connaissait bien la ville. Il put passer par une brèche ouvrant sur les anciens remparts ; des soldats gardaient les différentes portes de la cité.

À peine avait-il laissé retomber le heurtoir que Théophile lui ouvrit.

— Entrez vite.

Il n'y avait pas de dragons dans la demeure bourgeoise de la rue Notarié.

Élie devina vite pourquoi. Toute la famille avait cédé aux exhortations des missionnaires bottés et s'était convertie au catholicisme. Il allait tourner les talons quand Théophile posa une main apaisante sur son bras.

— Je vous en prie, mon ami, nous nous connaissons assez. Vous avez bien sûr compris qu'il s'agit d'une conversion de pure façade.

— Je ne saurais m'y résoudre, grinça Élie.

D'un élan, il confia son désespoir. Julia, qui s'était approchée de son époux, plaqua la main devant sa bouche.

— Ce n'est pas possible ! gémit-elle. Voici donc pourquoi…

Elle s'arrêta net. Devant les regards assombris de son mari et de leur hôte, elle expliqua :

— Rollin était ce tantôt dans la boutique d'Ézéchiel Crozier, près de la tour de l'Horloge. Il donnait l'impression de s'y trouver en maître.

— Le salaire de la trahison, souffla Élie. Mais cela ne me dit pas ce qu'ils ont fait de ma Jeanne et de notre petit…

— Notre pays est devenu fou, renchérit Théophile.

Il énuméra les exactions commises dans la région avant d'insister :

— Notre conversion est pure politique.

Élie garda le silence. Même si les dragons n'avaient pas apporté le malheur à Jéricho, il aurait refusé d'abjurer. Sa foi était profonde. De plus, il aurait eu l'impression de renier son père et son grand-père. C'était impossible, inconcevable !

Théophile soupira.

— Ne nous condamnez pas trop vite, Élie. Tel que je vous connais, vous allez partir. Moi, je ne m'en sens pas le courage. Il nous a donc fallu composer, mais j'espère bien que notre choix nous permettra de vous aider, vous et tous les nôtres.

— Merci, dit Élie.

Les phrases que Théophile venait de prononcer lui faisaient du bien.

— Oui, reprit-il, je vais tenter de gagner Genève. Nos deux aînés sont en lieu sûr. Mais Jeanne…

Sa voix se brisa.

— Nous resterons en relation, lui promit Desbois. Et nous vous tiendrons informé de ce qui se passe ici.

Jeanne était présente, en filigrane, au détour de chaque phrase. Que lui était-il arrivé ? Les dragons l'avaient-ils emmenée ? Gisait-elle dans quelque fossé ? La retrouverait-il un jour ?

— Avant de partir, je vais adresser une requête à l'intendant.

Théophile secoua la tête.

— Si vous me permettez un conseil, envoyez-la mais ne vous rendez pas à Montpellier. Ce serait le meilleur moyen de vous jeter dans la gueule du loup !

Il avait raison. Désormais, les huguenots étaient considérés comme de dangereux criminels.

Révolté, Élie luttait contre la nausée. Il se leva.

— Je dois encore passer voir maître Tancrède.

— Soyez prudent, surtout, lui recommanda Julia.

Ses garçons projetaient de partir eux aussi, vers les Pays-Bas ou l'Angleterre. Elle croisa les bras devant sa poitrine. L'avenir lui faisait peur.

— Ne nous oubliez pas, souffla-t-elle.

13

« Je m'enfuirai ! » se promit Élisabeth dès la première nuit.

Elle avait eu beau se débattre, hurler et se démener en tous sens, elle n'avait pu échapper à la solide poigne des gardes royaux. Impuissante, elle avait assisté à l'arrestation de grand-père Salomon et de Léah. Quand les reverrait-elle ?

Elle avait prié, supplié, tempêté, en vain. Les gardes, peu patients, avaient fini par la souffleter, la garrotter et la jeter dans une voiture fermée. Ballottée, étouffant à demi, Élisabeth avait cru mourir. Ce voyage lui avait semblé durer une éternité. Lorsqu'enfin la voiture s'était arrêtée, elle avait été tirée dehors, portée jusqu'à une maison sur le seuil de laquelle elle avait trébuché. On lui avait alors délié les jambes avant de la pousser. Elle avait écarquillé les yeux. Elle se trouvait dans un hall de vastes dimensions, éclairé par un lustre immense.

— Viens là, petite.

La voix était basse, mélodieuse.

Osant à peine relever la tête, Élisabeth avait contemplé une femme vêtue d'un velours bleu sombre que rehaussaient un grand col et des manchettes blanches. La fillette eut l'impression de se trouver face à une apparition. La Dame, comme elle l'appelait déjà, tendit la main vers elle.

— Quel est ton nom ? demanda-t-elle.

Son prénom, Élisabeth, lui plaisait. Elle évoqua sainte Élisabeth, la patronne des femmes, des mendiants et des organisations charitables, et la fillette n'osa pas lui faire remarquer que, chez elle, on n'accordait aucune importance aux saints. Elle se sentait sous le charme.

Autour de Léah, se dressaient des murs de pierre si épais qu'ils lui donnaient l'impression d'étouffer. Sur le sol, de la paille, grouillant de vermine, dégageant une horrible odeur et, partout, un froid si intense que ses dents se mirent à s'entrechoquer. Des filets d'eau coulaient le long du mur du fond.

— L'Isère est à deux pas, remarqua sa voisine la plus proche.

Elles étaient quatre dans la cellule. Deux femmes d'une trentaine d'années et une autre, d'environ cinquante ans. Léah se dit qu'elle ne ferait pas de vieux os avec cette humidité avant de se reprocher cette pensée. Qu'en savait-elle au fond ? Sa situation n'était guère plus enviable.

Le fait d'avoir été séparée de son grand-père et de sa petite sœur la rongeait. Qu'étaient-ils devenus ?

Luttant contre l'accablement, elle se présenta. La femme la plus âgée se nommait Perrine, les deux autres Angèle et Hélène. Toutes trois avaient été arrêtées la veille.

On les avait enfermées dans cette geôle sans plus d'explications et le sort de leurs familles les tourmentait.

— Nous n'avons rien fait de mal, gémit Perrine.

— Rien d'autre que de pratiquer notre religion !

Angèle, la plus assurée, était l'épouse d'un négociant et cela se voyait à ses habits coûteux et à son aisance.

— Mon époux va me tirer de ce mauvais pas, affirma-t-elle à ses compagnes.

Léah savait qu'elle ne pouvait caresser ce genre d'espérance. Sa famille n'avait pas un sou vaillant et, de toute manière, ignorait tout de sa situation.

Hélène toussota.

— Ils vont nous envoyer un prêtre. C'est ainsi qu'ils procèdent, m'a-t-on dit. Il va nous faire mille promesses mais s'emportera si nous refusons de nous convertir.

— Qu'est-ce que cela peut lui faire ? se lamenta Perrine. Recroquevillée sur la paille, elle paraissait prête à accepter n'importe quoi pour quitter au plus vite cette prison.

Léah lui sourit tristement.

— Je les ai vus à l'œuvre, il y a plus de deux ans, à Bourdeaux. Ils sont malfaisants.

Angèle releva la tête.

— Ils n'oseront pas s'attaquer à moi !

Léah aurait aimé que ce fût vrai. Elle réalisa qu'elle tremblait, de froid et de peur. Avaient-ils été dénoncés ? Être arrêtés si près du but la faisait enrager. « Pourvu, se dit-elle, que grand-père ne soit pas exécuté ! » N'était-ce pas le sort réservé aux pasteurs ? Ses bras enserrant ses genoux, elle essaya de prier, mais les mots familiers la fuyaient. Elle se sentait seule, et désespérée.

— Il est hors de question que j'abjure, déclara fermement Salomon Desbois.

On l'avait dépouillé de son sac de voyage contenant sa bible mais on ne pourrait lui ôter ses certitudes.

Il savait, pour avoir correspondu avec de nombreux coreligionnaires, ce qu'il risquait. Lui était prêt à mourir. En revanche, il souffrait horriblement d'avoir entraîné ses petites-filles dans cette aventure. Qu'allait-il advenir d'elles ?

S'il savait Léah forte, il se posait des questions au sujet d'Élisabeth. Il avait observé la fillette au cours de leur périple et l'avait trouvée encore bien jeunette. Il l'avait entendue confier un jour à sa sœur qu'elle les avait accompagnés parce qu'elle ne supportait plus sa vie à Bourdeaux. Si c'était vrai, les papistes lui feraient abjurer sa foi.

Salomon laissa échapper un soupir. À neuf ans, Élisabeth manquait encore de discernement. Elle constituait une proie facile.

L'évêque de Grenoble, venu dans sa cellule, esquissa une moue.

— Vous savez, je pense, à quel châtiment vous vous exposez.

Salomon opina du chef.

— Je serai jugé par le parlement de Grenoble. Je ne suis pas inquiet : ma foi me permettra d'affronter cette épreuve.

— Vous êtes bien présomptueux.

— Seulement confiant dans mon Dieu.

Les deux hommes s'affrontèrent du regard.

— Hérétique ! cracha l'évêque, tremblant de rage contenue.

Salomon s'inclina légèrement.

— Irréductible, je vous le confirme.

Il se sentait comme soulagé d'avoir croisé le fer avec ce haut dignitaire papiste. Il ne céderait rien et en éprouverait une force accrue.

Pourtant, il ne put s'empêcher de frissonner quand la lourde porte de sa cellule se referma sur l'évêque.

Il se mit à prier.

14

Depuis le chemin menant à la source, Jéricho ne semblait pas porter de stigmates des dommages subis. La maison des Bragant avait encore fière allure, si l'on n'y regardait pas de trop près.

Le ciel bas de décembre était à l'unisson du désespoir d'Élie. Malgré ses recherches, il n'avait pas retrouvé la trace de Jeanne et de Samuel, pas plus qu'il n'avait découvert par où étaient passés le capitaine Desjoyeux et ses hommes. Partis semer la terreur dans une autre région, assurément. Élie ne se faisait pas d'illusion quant aux intentions de Louis XIV. Celui-ci ne lèverait pas le petit doigt pour venir en aide à ses sujets huguenots. « Un roi, une foi, une loi… » Il s'en tenait à cette règle, et tant pis pour les rebelles !

Une dernière fois, il arpenta ses terres. En bordure du potager, Jeanne avait semé des graines de roses trémières, que sa mère appelait des bâtons de Jacob. C'était six ans auparavant. Tous deux pensaient alors que leur vie serait paisible et heureuse à Jéricho.

Il remonta à pas lents vers la maison, effleura du plat de la main le mur ombragé par la treille, là où Jeanne et lui aimaient à se tenir, les soirs d'été. Pénétrer à l'intérieur de la demeure était au-dessus de ses forces. Même si Prudence et Barnabé l'avaient aidé à effacer les traces des dégradations, il cherchait sans cesse les silhouettes de sa femme et de son fils.

Au moment de partir, il hésitait encore. Pourtant, c'était, lui semblait-il, la seule solution. Il était monté au mas de la Lèze, avait confié à son cousin une somme d'argent conséquente pour l'entretien de ses enfants. Il avait serré Jean et Esther dans ses bras. « Je reviendrai vite », avait-il promis.

Il savait pouvoir faire confiance à Jacques et à Pélagie, mais c'était si difficile de se résoudre à les quitter. Ils avaient réclamé leur mère et leur petit frère, et il n'avait su que répondre.

Heureusement, Pélagie avait trouvé les mots justes. Leur mère était malade, ils la verraient, ainsi que Samuel, lorsqu'elle serait rétablie.

Élie s'était enfui, le cœur déchiré. Comment pouvait-il mentir à ses enfants ? Pourtant, au fond de lui, l'espoir de retrouver un jour Jeanne et Samuel n'était pas tout à fait mort.

Il poursuivit le tour du propriétaire. La magnanerie, chaulée de frais, était prête à accueillir les étagères portant les cocons. Il revoyait sa mère, s'activant à apporter des brassées de feuilles de mûrier aux vers à soie voraces qui avaient besoin, dans leur quatrième âge, de plusieurs centaines de kilos de feuilles par jour. Les magnans étaient une affaire de femmes, affirmait-elle, et toute une suite d'interdits réglementait la culture des vers à soie. Ainsi, il convenait de ne pas s'approcher de la magnanerie durant la période des règles.

Il referma la porte de la magnanerie, doucement, comme pour ne pas réveiller les souvenirs. De toute manière, il reviendrait, il se l'était promis. Dès qu'il aurait trouvé une maison convenable à Genève et aurait monté une nouvelle affaire, il irait chercher ses enfants.

Son ami Tancrède lui avait juré de venir en aide à ses cousins en cas de besoin. Élie savait pouvoir compter sur lui. Il lui avait rendu les fonds qu'il lui avait confiés plusieurs mois auparavant. Prudence et Barnabé restaient à Jéricho tandis qu'Augustin, qui avait abjuré, s'en était allé à Montpellier. « Si la situation s'aggrave, retournez dans vos familles », leur avait recommandé Élie.

Il ne se faisait guère d'illusions... La vie dans les Cévennes ne s'améliorerait pas et, si nombre de ses coreligionnaires s'étaient convertis, d'autres préféraient s'enfuir ou se dissimuler dans les bois.

« Allons ! » se dit-il. Il avait chargé un mulet de vêtements et de livres. Il avait aussi pris une poignée de la terre de Jéricho, l'avait glissée dans un sachet de peau qu'il gardait contre sa poitrine.

Il prit la route de l'Ardèche sans se retourner. S'il l'avait fait, il aurait aperçu la silhouette d'une femme, plantée sur la crête qui dominait Jéricho. Elle portait des hardes déchirées. De longs cheveux blonds ombraient un visage maculé de crasse dans lequel les yeux, très clairs, brillaient de larmes.

« Enfin ! » pensa Léah quand l'un des gardiens lui annonça qu'elle comparaîtrait le lendemain devant un commissaire. Elle s'était liée d'amitié avec Isabeau, une jeune fille de son âge venant de Dieulefit. Toutes deux se soutenaient dans l'épreuve. Parfois, elles échangeaient un regard effrayé ; les gardiens les menaçaient des pires sévices.

« Sont-ils aussi affreux que les dragons ? » se demandait Léah. Elle se souvenait alors des hommes réfugiés dans la grange, qu'on avait brûlés vifs, et elle se raidissait pour ne pas trembler. Elle avait envie de se laisser aller, de sangloter en appelant Gabriel à son secours. Mais Gabriel était mort et il ne viendrait pas la sauver. Elle était seule, avec ses sœurs d'infortune, dans cette prison infecte.

Elle passa une nuit difficile, entrecoupée de cauchemars. La vieille Guitte, une femme d'une soixantaine d'années, ronflait et gémissait dans son sommeil. Isabeau menaçait de l'assommer et les deux jeunes filles, retrouvant durant quelques instants l'insouciance de leur âge, se mettaient à rire. Cependant, ce répit était de courte durée, la réalité reprenant vite ses droits. Isabeau lui avait prêté son unique trésor, un mouchoir de batiste à peu près propre, avec lequel elle tenta de se débarbouiller le visage et les mains. Elle avait l'impression d'empester, et le vivait mal. De nouveau, elle songea à sa petite sœur et à son grand-père. C'était peut-être cela, le pire : tout ignorer du sort des siens.

Le commissaire, un homme d'une cinquantaine d'années, était d'apparence bonhomme.

Léah, cependant, comprit vite qu'il ne s'agissait que d'une façade. Elle attendit, debout, que ses compagnes comparaissent avant elle.

Les mêmes questions revenaient. La réponse des prisonnières – « Je suis de la religion réformée » – exaspérait le commissaire. Il multiplia les menaces. Quand ce fut au tour de Léah, il éructa :

— Je vous réduirai à merci, hérétique ! Nous verrons si le cul de basse-fosse ne viendra pas à bout de votre résistance !

À cet instant, elle pensa à Gabriel.

Le commissaire continuait de la pousser dans ses retranchements.

— Qu'est-ce à dire, la religion réformée ? lança-t-il, haineux.

Léah releva la tête.

— C'est-à-dire qu'elle a été purgée des erreurs et des abus dont elle avait été souillée par la malice des hommes.

Elle crut qu'il allait lui sauter à la gorge et soutint son regard courroucé.

— Disparaissez ! Hors de ma vue ! hurla-t-il.

Le soir même, après une fouille minutieuse, les gardes conduisirent Léah, Isabeau et huit autres femmes dans la basse-fosse. Elles s'entre-regardèrent en découvrant leur nouvelle geôle, encore plus inconfortable que la précédente. Le froid et l'humidité les saisirent. Une odeur répugnante de moisi les prit à la gorge. Isabeau se mit à tousser. Léah entoura ses épaules d'un bras protecteur.

— Nous résisterons, mon amie, lui promit-elle.

Elle-même aurait voulu en être persuadée.

Les fenêtres, munies de barreaux, étaient dépourvues de carreaux. Benoîte, l'une des sœurs de misère de Léah, commença de grelotter. Deux jeunes filles, un peu plus jeunes que Léah, l'imitèrent.

— Seigneur, ayez pitié de nous, murmura Isabeau alors que la plus âgée, Josépha, pleurait.

Manon, qui se tenait dans le fond de la basse-fosse, laissa soudain échapper un hurlement strident. Ses compagnes s'empressèrent autour d'elle.

— Que vous arrive-t-il, ma mie ?

Elle désigna de la main le mur de pierres humides.

— Là, un rat ! Il est énorme.

Elle claquait des dents.

Isabeau et Léah échangèrent un regard navré.

— Eh bien, nous allons leur faire la chasse ! décida Léah.

Elle était persuadée que, si elle pleurait elle aussi, elle était perdue. Tenir. Il fallait tenir.

En pensant à Gabriel.

15

1686

Elle savait ce qu'était la neige, naturellement, mais ici, ce n'était pas la même chose. Dans la maison forte des Gernis, située au cœur d'une ancienne seigneurie, tout était différent.

Les murailles robustes, les tours et les courtines de la bâtisse avaient séduit Élisabeth.

« Cela te plaît, n'est-ce pas ? » avait souri madame. Mathilde de Gernis, catholique fervente, avait proposé de faire l'éducation de cette petite huguenote et, au bout de deux semaines, Élisabeth avait accepté de se convertir. Certes, la fillette n'osait imaginer la réaction des membres de sa famille, mais elle avait eu trop peur, le jour de son arrestation, pour résister. Ses gardiens s'étaient fait un plaisir de lui raconter que les hérétiques tels que sa sœur recevaient, pour les faire abjurer, coups de bâtons et d'étrivières. On les laissait crever dans des geôles infectes, et c'était déjà assez bon pour des chiens de leur espèce. Elle ignorait encore trop de choses pour défendre son point de vue. De plus, elle avait été sensible à l'apparence de Mme de Gernis. Celle-ci, habillée de velours, parfumée, coiffée à ravir, évoluait dans un univers qui faisait rêver Élisabeth. Elle avait trop souffert de la misère, à Bourdeaux, pour ne pas saisir l'occasion d'une vie meilleure.

L'entêtement des Roche n'avait-il pas causé leur perte ? Élisabeth désirait des conditions d'existence plus confortables et n'avait plus envie de courir les chemins.

Mathilde l'avait amenée à la maison forte, lui avait fait miroiter un avenir riant. Élisabeth recevrait les cours de l'abbé, qui logeait au château, elle serait considérée comme la fille de la maison. Sa bienfaitrice l'appelait de temps à autre « Coralie », les yeux brillants. Peu importait à Élisabeth, du moment qu'elle mangeait à sa faim et dormait à l'étage des maîtres. Elle songeait de moins en moins souvent aux siens, s'efforçant de chasser leur souvenir. L'arrestation l'avait traumatisée, elle refusait d'y penser. Comme si cela lui permettrait d'oublier l'attaque des dragons, en 1683, la déchéance de son père, la pauvreté qui s'était abattue sur leur famille…

Debout à la fenêtre, Élisabeth offrit son visage aux flocons de neige qui tourbillonnaient en tous sens. Elle devait se préparer pour la première messe mais, pour l'instant, elle éprouvait une sensation de liberté grisante. Libre, elle l'était assurément plus que chez ses parents, où il y avait toujours une corvée à effectuer. Elle ne voulait pas chercher plus loin. Et, surtout, elle refusait de songer à sa sœur Léah.

Si celle-ci était assez sotte pour s'obstiner dans la religion réformée, tant pis pour elle !

Élisabeth, elle, avait fait son choix.

« Seigneur, aidez-moi ! » pria Léah avec force.

Depuis un mois que ses compagnes et elle étaient enfermées dans cette basse-fosse humide, elles faisaient l'objet de pressions incessantes. On leur répétait chaque jour ou presque qu'un seul mot leur permettrait d'échapper à leur sort.

Lorsque les gardes les laissaient tranquilles, c'était au tour des dames de Grenoble de les exhorter à l'abjuration. L'une d'elles, Mme Rémy, paraissait sincèrement affligée de voir les huguenotes dans cet état.

— Rejoignez-nous, mesdemoiselles, implorait-elle, et vous sortirez de cette geôle infâme. Voyez à quel état vous êtes réduites…

Sa compassion était touchante, mais les prisonnières refusaient de l'écouter. Léah et Isabeau étaient les plus résolues. Léah s'obstinait dans sa foi, non seulement par conviction personnelle, mais aussi pour Gabriel et les siens. Elle ne cessait de s'angoisser au sujet de son grand-père et de sa jeune sœur. Que leur était-il arrivé ? Croupissaient-ils eux aussi dans quelque cellule ? Personne ne voulait lui répondre. Jusqu'au jour où Mme Rémy lui glissa :

— J'ai ouï dire que votre jeune sœur s'était convertie. Elle a rejoint les rangs de la religion catholique romaine. Vous devriez suivre son exemple.

Ce jour-là, Léah pleura longuement, sans que sa résolution ne soit entamée pour autant.

Les prisonnières souffraient de la faim, de l'humidité, des piqûres des puces et autres punaises, de la pression constante à laquelle elles étaient soumises. La première, Benoîte, tomba malade. Incapable de quitter sa paillasse, elle gémissait sourdement et tremblait.

— Laissez-la crever ! fit le garde, appelé par les huguenotes. Nous ferons venir un médecin si elle se convertit.

Léah, poings serrés, marcha sur lui.

— Horrible personnage ! N'avez-vous donc pas la moindre compassion ?

Il ricana, avant de l'attirer vers lui par le col de sa mante.

— Espèce de chienne d'hérétique ! Tu me supplieras à genoux d'ici peu ! Mais tu seras alors tondue, marquée du sceau de l'infamie et plus personne ne voudra de toi !

Il partit d'un gros rire. D'un geste machinal, Léah plaqua la main gauche sur sa joue, comme si elle avait pu ainsi se protéger.

— Quel dommage ! ricana le gardien. Une si belle fille !

Il était à peine parti que les prisonnières se pressèrent autour de Léah.

— Croyez-vous qu'ils vont nous infliger cela ? gémit Manon. Nous traiter comme… comme des femmes de mauvaise vie ?

Les yeux écarquillés, elle était prête à se pâmer. De nouveau, Léah passa la main sur ses joues lisses. Le sceau de l'infamie, c'était bien sûr la fleur de lys, appliquée au fer rouge. Elle aussi défaillait à cette perspective. Elle fit front, cependant.

— Ils veulent seulement nous éprouver, affirma-t-elle avec une assurance feinte.

Tenir. Il fallait tenir.

— Ainsi donc, vous êtes toujours résolue à ne point changer ?

La voix de l'homme qui menait les débats résonnait sous les poutres de la salle basse du palais de justice où l'on avait mené Léah et Isabeau. Une dizaine de conseillers se tenait face à Léah, qui avait dû prendre place sur la sellette, un petit siège servant à faire asseoir les accusés pour les interroger. Elle était volontairement basse pour que les juges dominent l'accusé.

— Tous ceux de votre religion sont damnés et, si vous vous obstinez, vous le serez aussi, reprit la voix rude de l'homme.

— Monsieur, répondit-elle, tous ceux qui croient en Dieu comme je crois, qui a créé le ciel et la terre et les choses qui y sont, et en Jésus-Christ, crucifié pour mes péchés et ressuscité pour ma justification, ne sont point damnés[1].

Elle batailla ainsi durant plusieurs minutes, réaffirmant qu'elle honorait le roi mais qu'elle craignait Dieu et qu'il valait mieux obéir à Dieu qu'aux hommes.

Les conseillers échangeaient des regards entendus. Léah essuya la sueur qui perlait à son front. Elle avait peur. Tout eût été plus facile si elle s'était laissé convaincre ! Mais, en conscience, elle ne le pouvait pas.

Le juge finit par lancer :

— Vous ne voulez point changer ? On vous y obligera par force !

Léah reçut cette phrase comme une sentence.

Le lendemain, Isabeau et elle apprenaient du greffier qu'elles étaient condamnées à la prison à perpétuité. Elles seraient rasées, internées à l'hôpital général de Grenoble, en attendant d'être transférées.

Les deux jeunes filles pâlirent. La même pensée leur était venue.

Pourvu qu'elles ne soient pas expédiées à l'hôpital de Valence, où sévissait le tristement célèbre la Rapine !

---

1. Réponse de Blanche Gramont à son procès à Grenoble.

16

Machinalement, Léah passa la main autour de son cou pour arranger son épaisse chevelure sombre. Sa main ne rencontra que du vide. Rasée ! On l'avait rasée la veille et elle avait fort mal supporté cette humiliation supplémentaire.

Elle se rappelait le cliquetis des ciseaux, puis la sensation désagréable de la lame contre son crâne. Elle n'avait pu retenir ses larmes, mais ce n'était pas sur son sort qu'elle pleurait. Elle se souvenait de Gabriel qui aimait tant caresser ses cheveux. « Jamais plus… », s'était-elle dit.

On les avait tondues, Isabeau et elle, un matin de novembre, alors qu'il faisait particulièrement froid dans la basse-fosse. C'était là une attention spéciale de leurs gardiens, qui s'ingéniaient à les persécuter. Léah et Isabeau s'étaient regardées et avaient esquissé un sourire tremblé.

— Nous voici comme deux agnelets, avait tenté d'ironiser Léah.

« Tes beaux cheveux… », aurait dit sa mère avec une profonde tristesse. Depuis son arrestation, Léah se refusait à évoquer Abigaïl. Elle devait rester forte.

Le lendemain, Mme Rémy fondit en larmes en voyant les deux jeunes filles. Léah s'efforça de la réconforter, tout en goûtant le sel de la situation. Mme Rémy finit par déclarer, en guise de consolation :

— J'ai appris que votre grand-père, le pasteur Desbois, avait été conduit à la frontière. À l'heure qu'il est, il doit se trouver à Genève auprès de ses coreligionnaires.

« Merci, mon Dieu ! » pensa Léah.

Cette fois, elle ne put réprimer ses larmes. Le fait de savoir son grand-père en sécurité constituait pour elle une lueur dans la nuit, une raison d'espérer.

— Nous sortirons d'ici, d'une manière ou d'une autre, promit-elle à Isabeau.

— Le ciel vous entende ! souffla son amie.

Toutes deux vivaient dans la terreur d'être séparées. Leurs compagnes de la basse-fosse avaient peu à peu quitté leur cellule, la plus insalubre de la prison. Guitte, trop malade, avait été transportée à l'hospice, Manon avait fini par accepter d'épouser un marchand catholique pour échapper à la geôle, et Benoîte avait été transférée à Valence. « Chez la Rapine », chuchotait-on, les yeux agrandis par l'effroi.

La brutalité, l'ignoble méchanceté de cet homme faisaient de lui un épouvantail. Il se vantait de torturer les huguenotes. On parlait de plus en plus de lui, malgré la vingtaine de lieues séparant Grenoble de Valence.

Personne ne savait d'où il venait réellement. Était-il seulement français ? Ou italien ? Petit, le teint mat, noir de poil, Guichard, surnommé la Rapine par ses victimes car il poussait le vice jusqu'à leur dérober leurs maigres rations, inspirait une sainte terreur qui s'expliquait par ses exactions. On lui envoyait les huguenots les plus résolus, ceux qui refusaient d'abjurer ou de « se réunir ».

Peu de personnes lui avaient résisté. Certains étaient morts sous ses coups. Il avait comme « assistantes » des femmes robustes des bords du Rhône, qui maniaient les verges et les étrivières sans se lasser et, surtout, sans états d'âme. Être envoyé à Valence, dans l'hôpital dirigé par le sinistre la Rapine, signifiait peu ou prou être condamné à mort. Léah et Isabeau priaient de tout leur cœur pour l'infortunée Benoîte.

Les deux jeunes filles ne parvenaient pas à se projeter dans l'avenir. Survivre leur suffisait amplement. Elles souffraient du froid, de la faim et de la pression que gardiens, conseillers et visiteuses faisaient peser sur elles, mais le fait d'être ensemble leur conférait de la force.

Aussi, Léah se sentit perdre pied quand on la sépara d'Isabeau. L'humidité de la basse-fosse avait eu raison de sa santé. Toussant à perdre haleine, elle avait été prise d'une forte fièvre qui l'avait fait délirer durant deux jours et deux nuits. Mme Rémy avait usé de son influence pour faire transférer Léah dans une cellule plus saine. On l'y avait laissée quand la jeune fille avait été déclarée guérie. Elle avait eu beau protester, réclamer la présence de son amie à ses côtés, on la lui avait refusée. « Vous vous gâtez l'âme l'une et l'autre », lui avait-on répondu.

Avait alors commencé une succession de visites qui lui donnait le tournis. Prêtres et conseillers s'évertuaient à lui vanter les avantages d'une conversion. On se pressait à l'entrée de sa cellule pour contempler « l'opiniâtre ». « Vous faites bon marché du salut de mon âme ! » répondait invariablement Léah.

Instruite par son grand-père, elle avait une grande connaissance des Écritures et ne se laissait pas impressionner par les arguments de ses visiteurs. Un prêtre avait quitté sa cellule, furieux, vomissant des insultes à son encontre. Elle avait approfondi son étude de la Bible à Jéricho, où Élie Bragant discutait volontiers avec elle. Elle se rendait compte que les papistes étaient souvent ignorants et leur haine à son égard s'en trouvait accentuée.

— Vous ferez moins la fière avec la Rapine ! lui lança le père Blanchet, un matin de janvier.

Léah frissonna.

— Je me soumets à la volonté de Dieu.

— Que nenni, ma fille ! C'est votre opiniâtreté qui vous place dans une situation si périlleuse. Rejoignez-nous, ce sera la fin de vos malheurs.

C'était presque tentant parfois. Se laisser aller dans un lit au matelas de plume, manger à sa faim, courir dans la forêt... Et, surtout, retrouver les siens. Elle ne doutait pas que son grand-père se démenait pour la tirer de sa geôle mais disposait-il de moyens suffisants ?

Léah soutint le regard furieux du père Blanchet.

— Votre attitude est-elle conforme aux enseignements de Dieu ? questionna-t-elle de son ton le plus candide.

Le prêtre manqua s'étouffer de rage.

— Sa Majesté le roi Louis nous a demandé d'extirper l'hérésie de France, glapit-il.

Il la menaça de l'index.

— Vous êtes condamnée à l'enfer, chienne d'hérétique !

— Vous nous en donnez un avant-goût sur cette terre, répliqua-t-elle avant de le saluer d'une inclinaison de tête.

Elle tremblait de colère et d'indignation. Comment osait-il ?

— Vous n'avez pas intérêt à vous montrer arrogante, ma fille, laissa tomber le prêtre, la voix lourde de sous-entendus.

Léah ne put réprimer un frisson. Elle savait qu'il avait raison, qu'il valait mieux pour elle de se faire oublier des messieurs de Grenoble. Son père, déjà, lorsqu'elle était enfant, lui reprochait sa fougue. « Maîtrise-toi, petite », lui recommandait-il.

Elle haussa les épaules. Il était trop tard, à présent.

Un vent glacial, descendu de la montagne, coupait le souffle. Il transperçait la mante usée de Léah. Lors de sa première fouille, on lui avait arraché la cape bien chaude de Jeanne Bragant et Mme Rémy, toujours compatissante, lui avait apporté par la suite ce vêtement de piètre qualité. Elle croisa les bras sur sa poitrine dans l'espoir illusoire de se réchauffer. Le matin même, les archers étaient venus la chercher, ainsi qu'Isabeau et deux autres femmes s'obstinant dans la religion. Elles savaient à quoi s'en tenir quant au lieu de leur destination. Ne parvenant pas à les convertir, on les confiait au sinistre la Rapine.

La veille, on était venu les supplier d'abjurer. La Rapine faisait mourir de faim, bastonner, supplicier ceux qu'il nommait « les opiniâtres ». Léah avait pleuré une bonne partie de la nuit. Aurait-elle la force de résister à la Rapine ? La peur, une peur nue, paralysante, la gagnait. De plus, même si elle y était gardée prisonnière dans des conditions inhumaines, elle était accoutumée à Grenoble. Valence représentait pour elle un inconnu d'autant plus menaçant que la Rapine en barrait l'horizon.

Blottie contre Isabeau, elle tenta de prier, sans succès. Le bateau sur lequel on les avait fait grimper avec force coups de bâton descendait le cours de l'Isère. Des galériens enchaînés les accompagnaient. Ils les avaient saluées de remarques égrillardes qui avaient fait rougir les jeunes filles.

« Mère, si tu me voyais… », pensa Léah.

Elle refusait de s'apitoyer sur son sort, même si la tentation était forte. Comment vivait sa famille à Bourdeaux ? Était-elle victime de nouvelles persécutions ? Et les Bragant ?

Autant de questions qui l'empêchaient de trop penser à ce qui les attendait à Valence.

Un homme, appuyé contre le mât, l'observait depuis déjà un moment. Que faisait-il là ? Ce n'était pas un archer ni un matelot, et il était libre de ses mouvements. Un prêtre ? s'interrogea Léah. Non, il ne portait pas le rabat.

Il était bel homme, se dit-elle, s'étonnant elle-même de l'avoir remarqué. De haute taille, des cheveux noirs, des yeux verts, une large carrure. Un homme habitué à commander, elle s'en rendit compte quand le capitaine s'inclina devant lui. Il lui semblait l'avoir déjà vu quelque part, mais où ?

Par réflexe de jolie fille, elle glissa la main sous son bonnet, s'irritant de n'y trouver qu'un pouce[1] de cheveux. Elle haïssait les gardiens qui l'avaient rasée.

L'inconnu faisait toujours peser son regard sur elle. Léah rejeta la tête en arrière d'un air chargé de défi.

Là où elle allait, elle n'avait plus rien à perdre.

1. Équivalent de 2,54 centimètres.

17

1687

Comme chaque printemps, le cœur de Pierre Gavot se gonfla d'allégresse en apercevant les premiers arbres en fleurs.

Colporteur, il sillonnait les chemins des Cévennes, portant dans sa balle rubans, boutons, petits livres, fil, allumettes, calicots, bimbeloterie, chiffons, chapeaux… Il s'approvisionnait aussi bien à la foire de Beaucaire qu'à Lyon, Nîmes et Montpellier. À quarante ans passés, il parcourait toujours les sentiers, le pied sûr et le cœur solide. Depuis l'enfance, bien qu'il fût borgne, il s'orientait sans problème. Cette infirmité congénitale lui avait permis de développer ses autres sens. Pierre, dit Bornha, poète à ses heures, s'asseyait parfois sous un châtaignier et contemplait son pays, qu'il aimait.

Cependant, depuis plusieurs années, il ne reconnaissait plus ses Cévennes. Oh, pour ça, les missionnaires bottés du roi avaient fait du bon travail ! Pierre, qui était athée et préférait ne pas s'en vanter, ne comprenait pas ce déferlement de violence. Né de mère huguenote et de père libre-penseur, il était enclin à défendre les persécutés. Ses passages dans les mas et les fermes le décourageaient. Entre conversions forcées et fuites, les paysans cévenols avaient perdu leur identité. En ville, la situation n'était pas meilleure. Les dragons avaient placé en coupe réglée des cités telles qu'Anduze ou Le Vigan. Dénonciations, vols, pillages créaient une atmosphère délétère.

Pierre exhala un long soupir.

— Éternelle folie des hommes, grommela-t-il.

Son expérience de la vie le faisait souvent douter de la bonté humaine.

Il détourna la tête en passant au pied de Jéricho, le domaine qui avait fait la prospérité de la famille Bragant. Personne encore ne l'avait repris. On chuchotait en ville que cela ne saurait tarder. Certains affectaient de savoir, tout en répétant qu'ils ne voulaient pas médire. Le drame qui avait frappé les habitants de Jéricho avait marqué les esprits.

Pierre pressa le pas. Il projetait de faire halte, le soir venu, chez Angélique, une veuve qui tenait une auberge près du pont d'Anduze. Angélique cuisinait bien et ne dédaignait pas, à l'occasion, de venir réchauffer son lit. Pierre sourit. Même s'il ne lui était pas vraiment fidèle, loin s'en fallait, tous deux s'entendaient bien. En femme indépendante, Angélique ne lui demandait rien, ce qui convenait tout à fait au colporteur.

Un amas de nuages voila brutalement le soleil de mars. Dire qu'il avait pensé que le printemps était bel et bien revenu ! Comme si Pierre ne savait pas que le temps était soumis à d'importantes variations...

L'orage éclata alors qu'il gravissait la pente. Une pluie de fin du monde s'abattit sur lui et il chercha des yeux un abri. Sa balle sur le dos, il courut en direction d'une clède. Il poussa la porte massive, se débarrassa de sa charge d'un mouvement des épaules et frotta ses mains l'une contre l'autre. La clède n'avait pas été utilisée depuis deux bonnes années. Cependant, il y flottait toujours une odeur de feu de bois et de châtaigne, à peine perceptible. Le maître de Jéricho avait quitté les lieux et les domestiques avaient été chassés par des soldats. Ceux-ci avaient vécu sur la propriété avant de partir pour le Vivarais. Et Jéricho était resté inoccupé.

« Quel gâchis ! » pensa Pierre en regardant la pluie tomber depuis le seuil. Si le mauvais temps se prolongeait, il passerait peut-être la nuit là avant de prendre la route d'Anduze. Il n'était pas vraiment pressé. Personne ne l'attendait. Pas même Angélique.

Blotti sous sa grosse couverture de laine bourrue, Pierre écoutait l'averse tambouriner sur le toit sans parvenir à trouver le sommeil. L'orage avait grondé toute la soirée, avec une violence inhabituelle pour la saison.

La clède étant glacée, il s'était rendu dans le corps de logis principal en empruntant les terrasses couvertes et s'était installé dans la salle. Surpris de découvrir un petit tas de cendres au pied des chenets, il avait allumé un feu dans la cheminée et, après s'être réchauffé, il avait dîné de pain et de fromage.

« Il faudrait que je reprenne un chien », se dit-il brusquement. La solitude lui pesait parfois.

Allongé sur le sol, Pierre voyait, découpé dans le rectangle de la fenêtre, le grand cyprès osciller dangereusement. Même s'il se savait à l'abri, il ne se sentait pas très à l'aise dans la demeure des Bragant. « Je ne vais tout de même pas devenir superstitieux comme une vieille femme », s'exhorta-t-il.

Les éclairs dessinaient des ombres fantasmagoriques sur les murs nus. Pierre se souvenait du temps où Jean et Catherine Bragant faisaient partie des riches propriétaires du pays.

Élie n'avait pas failli. C'était seulement l'histoire qui lui avait joué un mauvais tour.

Il se leva, marcha jusqu'à la fenêtre dont il n'avait pas tiré les volets de bois. L'air sentait l'humus et la violette, des parfums qui faisaient son chemin en lui. Il prit une longue inspiration, soucieux de dissiper le sentiment de malaise qu'il éprouvait. Ce n'était pourtant pas le premier orage qu'il voyait ! Oppressé, il s'appuya des deux mains au coffre en châtaignier placé sous la fenêtre. « Une nuit pour le diable », se dit-il en entendant le fracas du tonnerre se répercuter d'un coteau à l'autre.

Il l'aperçut à cet instant. Une ombre, ou un spectre, comment savoir ? Il s'agissait d'une silhouette qui levait les bras vers le ciel, comme si elle l'implorait ou le prenait à témoin.

Le borgne était brave, mais il sentit ses cheveux se dresser sur sa tête. Vite, il se détourna de la fenêtre et courut se glisser sous sa couverture, devant la cheminée.

Il ne pouvait s'agir que d'une illusion, se dit-il sans trop y croire.

Elle aimait la pluie. Celle-ci, lui semblait-il, la lavait de ses péchés, lui conférait une sorte de grâce. Si seulement elle avait su pour quelle raison elle revenait aussi souvent sur cette terre ! C'était plus fort qu'elle, elle en éprouvait le besoin. Elle avait fui, pourtant, cette maison, plusieurs années auparavant. Elle refusait de se souvenir pourquoi, mais elle savait qu'il s'y était passé quelque chose d'horrible. Elle se rappelait seulement qu'elle portait un enfant dans ses bras et qu'il hurlait. Parce qu'elle ne supportait plus ses cris et qu'ils éveillaient en elle une forte sensation de malaise, elle l'avait confié à une vieille femme dans la forêt. Quand elle s'était enfuie, les larmes coulaient sur son visage.

Le reste du temps, elle vivait dans une grotte, de cueillette et de braconnage. Quand elle parvenait à prendre un lièvre au collet, c'était pour elle un véritable festin.

Un grand chien l'accompagnait, mi-berger mi-loup. Ils s'étaient apprivoisés l'un l'autre. Il lui tenait chaud, l'hiver, et il la rassurait.

Parfois, elle se surprenait à pleurer, sans en comprendre la raison. Le reste du temps, elle parcourait la montagne, cueillait des simples. Elle menait une vie particulièrement rude, qui ne lui pesait pas trop.

Avant, elle avait été heureuse, elle en était certaine. Désormais, elle vivait comme une bête sauvage, loin des hommes. Si seulement elle avait su qui elle était !

18

Le capitaine du navire leur avait enjoint de prier ; le bateau abordait un passage difficile et dangereux.

— À la grâce de Dieu, souffla Léah.

Elle se sentait étrangement détachée, comme si elle n'avait pas été concernée. C'était pour elle le seul moyen de ne pas céder à la panique.

La veille, à l'étape, elle avait entendu les archers évoquer la Rapine avec force rires et elle n'avait pu trouver le sommeil.

L'inconnu, se tenant toujours à l'écart, avait continué à l'observer. Curieusement, Léah ne s'en était pas irritée. Elle éprouvait même un peu de réconfort, comme si le regard de l'inconnu la rassurait. Ainsi donc, malgré les mauvais traitements subis, on la trouvait encore jolie. À moins que, précisément, il ne s'apitoie sur son sort.

Mais il ne paraissait pas être accessible à la compassion. Il n'avait pas levé le sourcil quand l'un des archers avait bastonné un galérien fort en gueule et n'avait pas paru remarquer qu'Isabeau était épuisée. L'amie de Léah toussait de plus en plus.

« Peut-être mourrons-nous avant d'atteindre Valence », se dit Léah.

Pourtant, elle ne voulait pas abandonner tout espoir. Le fait d'avoir quitté la prison, de sentir le vent, même glacial, fouetter son visage, avait réveillé sa combativité.

« Il doit bien exister un moyen d'échapper à la Rapine ! » pensa-t-elle.

Le bateau se rapprochait dangereusement d'un rocher qui affleurait. Sur les instances du capitaine, la plupart des passagers tombèrent à genoux pour prier. Seuls Léah et l'inconnu restèrent debout.

— Vous n'avez pas peur ? s'enquit-il, la rejoignant devant le bastingage.

La jeune fille haussa les épaules.

— À quoi bon ? Là où je vais…

Son regard la brûla.

— Je ne vous laisserai pas mourir sous les coups de la Rapine ! s'écria-t-il.

— Pardon ?

— Épousez-moi, reprit-il d'une voix pressante. Non, ne protestez pas, c'est le seul moyen de vous sauver. Feignez de vous réunir[1], vous et moi savons que cette déclaration n'a aucune valeur, si vous n'en avez pas vraiment l'intention.

Léah, les yeux écarquillés, le considéra comme s'il avait perdu la raison.

— Ce serait pure folie, monsieur ! Nous ne nous connaissons pas et je ne puis épouser un catholique.

Il laissa échapper un drôle de rire, un peu cassé.

— Qui vous dit que je le suis ? Certes, j'ai passeport, certificat d'ancien catholique[2] et même médailles pour témoigner de ma religion, mais pour le reste, c'est une affaire de conscience.

---

1. Abjurer le protestantisme pour le catholicisme.

2. Par rapport aux Nouveaux Catholiques, dont on se défiait beaucoup.

Sa voix basse, chaude, enveloppait Léah. Il lui semblait entrevoir une lueur d'espoir dans les ténèbres où elle se débattait depuis plus d'un an.

— Ne vous moquez pas, monsieur, déclara-t-elle.

Elle reprit fermement parce que, décidément, il lui était impossible de lui accorder sa confiance :

— Comment voulez-vous que je puisse vous croire ? Je ne vous avais jamais vu.

— Moi, si.

Et, devant son air stupéfait, il daigna expliquer :

— J'étais à Goncelin quand vous avez été arrêtés, votre jeune sœur, votre grand-père et vous. J'ai voulu m'interposer mais j'étais seul. Mieux valait agir dans l'ombre.

Pétrifiée, Léah l'écoutait sans mot dire.

— Je me suis démené pour tenter d'adoucir votre détention, en vain. Votre opiniâtreté faisait de vous une prise de choix. Je me suis mêlé, à plusieurs reprises, à la foule qui tentait de vous convertir. L'état auquel vous étiez réduite me révoltait.

— Mon grand-père... on m'a dit qu'il se trouvait en Suisse.

— En effet. Nous correspondons, lui et moi. Il prie pour vous.

Les larmes aux yeux, Léah cessa de batailler.

— Si vous connaissez grand-père, je me rends à vos arguments, monsieur.

Elle se sentait à la fois sauvée et perdue.

À cet instant, un craquement sinistre fit frémir la coque du bateau. Des gémissements s'élevèrent. L'homme aux yeux verts, dont elle ignorait toujours le nom, entoura les épaules de Léah d'un bras protecteur.

— N'ayez crainte, souffla-t-il.

Elle n'avait pas peur, mais plutôt l'impression de flotter entre le ciel et la terre.

Elle huma l'odeur de laine mouillée qui s'échappait du manteau de son futur époux, se demanda une nouvelle fois si elle avait raison d'accepter sa proposition. Et puis elle songea à l'infâme la Rapine et se dit qu'elle allait peut-être vivre, malgré tout.

Genève

Il n'était pas fait pour vivre ici. Certes, on l'avait bien accueilli dans la cité genevoise mais, homme de la terre, Élie s'y sentait à l'étroit.

Il n'y avait pratiquement plus de logements libres à Genève. La ville était devenue une plaque tournante du Refuge. Les protestants français étaient incités à se diriger vers Lausanne ou Zurich, puis les États allemands ou les Pays-Bas. La Suisse avait craint un moment que le roi de France ne fasse pression sur elle pour extrader les réfugiés de la religion mais, prudemment, Louis XIV s'en était abstenu. Plus par sens politique que par empathie.

Élie marcha jusqu'à la fenêtre qui ouvrait sur le lac, observa le ballet des canards qui aurait assurément amusé ses enfants.

Il avait trouvé à se loger chez maître Reymond, libraire de son état, et s'accommodait de sa chambre meublée d'un châlit, d'un coffre et d'une table à écrire.

Chaque jour, ou presque, il écrivait au pays, chez les Desbois, mais aussi à ses cousins Jacques et Pélagie, et à Tancrède. Les nouvelles reçues de sa famille lui permettaient de ne pas sombrer dans le désespoir. Il ne pourrait rester éternellement à Genève. Son périple avait mis à mal son pécule, guides, aubergistes et gardes s'ingéniant à extorquer le plus d'argent possible aux fugitifs. Élie avait voyagé depuis Lyon en compagnie de protestants venus de Normandie et d'Ardèche. Tous se figuraient trouver la Terre promise à Genève, qu'ils avaient atteinte après bien des tribulations.

Depuis son arrivée, Élie n'avait pas perdu son temps. Il avait rencontré de nombreux autres réfugiés, en avait tiré quelques enseignements. Genève n'était qu'une étape, il fallait pousser plus loin. On racontait que le Grand Électeur du Brandebourg cherchait à repeupler ses États, mis à mal par la guerre de Trente Ans, et offrait des terres aux huguenots français.

Il s'était adressé à la Bourse française, une institution venant en aide aux réfugiés. Cette organisation, dirigée par six diacres placés sous l'autorité de la Compagnie des pasteurs, effectuait un travail remarquable. Elle jouait aussi un rôle de coordinateur. Par son entremise, Élie avait retrouvé plusieurs coreligionnaires des Cévennes et d'Ardèche, ainsi que le pasteur Desbois. Le grand-père de Léah avait beaucoup vieilli et paraissait épuisé. Il lui avait raconté ce qui s'était passé à Goncelin. Quand il avait demandé à Élie des nouvelles de sa famille, celui-ci avait baissé la tête.

— Mes deux aînés sont à Mialet, chez nos cousins, s'était-il borné à répondre.

Salomon lui avait serré les deux mains, fort.

— Je prie pour les vôtres, mon ami.

Élie avait gardé le silence. Comment aurait-il pu évoquer la tragédie survenue à Jéricho ? Pourtant, au fil des semaines passées à Genève, il comprit qu'il était loin d'être le seul à avoir tout perdu.

Le fait de pouvoir assister au culte, de se retrouver entre coreligionnaires lui avait apporté un certain apaisement. À Genève, il se sentait en sécurité. En même temps, ce sentiment suscitait en lui une grande culpabilité. Très vite, il arrêta sa décision.

Il allait retourner en France chercher Jean et Esther, puis les conduire en Allemagne. Là-bas, peut-être pourraient-ils recommencer à mener une vie normale. Malgré tout.

19

Décidément, Mme de Gernis avait raison, le bleu seyait à son teint, pensa Élisabeth devant le miroir.

Il n'y en avait pas à Bourdeaux. « Péché de vanité », grommelait Abraham quand il surprenait sa plus jeune fille en train de tenter d'apercevoir son reflet dans les casseroles en cuivre de sa mère. Ses cheveux châtain doré, nattés, s'échappaient en légers friselis du bonnet amidonné par Augustine, la femme de chambre de madame. Son teint avait pris des couleurs – la chère était bonne à la maison forte – et ses yeux bleu foncé, semblables à ceux de sa sœur Léah, retenaient l'attention.

La fillette se détourna du miroir avec un soupir agacé. Elle ne voulait plus songer à Léah.

Elle mettait tout en œuvre, d'ailleurs, pour faire oublier son nom de famille. Mme de Gernis était revenue de Grenoble soucieuse, l'an passé. « Ta sœur fait parler d'elle, elle s'obstine dans la religion », avait-elle dit à Élisabeth, qui avait pris peur. Madame allait-elle la renvoyer à cause de l'entêtement de Léah ?

Elle avait renouvelé ses serments à Mme de Gernis. Elle était une bonne catholique. D'ailleurs, le père Jobin n'était-il pas satisfait d'elle ? Élisabeth ne manquait pas une messe et jeûnait durant tout le carême. Sa protectrice l'avait rassurée. « Je sais bien, petite, que tu es une fervente Nouvelle Catholique. Je suis si heureuse d'avoir contribué à te ramener dans la vraie foi. »

Élisabeth se redressa, caressa du plat de la main sa robe en satin bleu dont elle était si fière. Madame la lui avait fait tailler dans une coupe de tissu rapporté des Indes.

Chaque après-midi, après une promenade dans le parc, Mathilde et Élisabeth se retiraient dans le petit salon pour lire ou broder. Mme de Gernis veillait à ce que sa protégée s'attelle à la constitution de son trousseau. Draps, nappes, serviettes, taies s'ornaient d'un « G » pour Gernis.

« C'est mieux ainsi », avait suggéré Mathilde, et Élisabeth n'avait pas protesté. Elle avait compris, en surprenant des conversations à l'office, que Mathilde souhaitait l'adopter afin de lui léguer une partie de sa fortune. Elle caressait ce rêve elle aussi. Depuis l'enfance, en effet, elle vivait dans l'angoisse. Les dragons, la misère, la faim, les gardes royaux… Comment, dans ces conditions, ne pas considérer la maison forte des Gernis comme un havre de paix ?

Las ! Ce sentiment avait volé en éclats au printemps 1687, quand Geoffroy de Gernis s'était présenté chez sa mère. Il était grand, taillé en force, vêtu et botté de noir. Ces bottes avaient réveillé chez Élisabeth le souvenir des dragons et elle avait reculé, jusqu'à se plaquer contre le mur de l'antichambre. « Qu'est cela ? » avait grondé Geoffroy de Gernis, en toisant la fillette. Il avait laissé échapper un rire chargé de mépris. « Ah oui ? C'est la souillon que ma mère a recueillie ! »

Élisabeth, dominant sa peur, lui avait alors décoché un regard féroce, ce qui lui avait valu une bourrade de la part du fils de la maison. « Hors de ma vue, hérétique ! Tu n'as rien à faire ici ! » Les murs de la maison forte avaient répercuté l'écho de la querelle opposant la mère et le fils. Geoffroy était reparti très vite, jurant de mettre bon ordre à cette situation.

Mathilde avait fait appeler Élisabeth auprès d'elle, l'avait réconfortée. « Mon fils est un soldat, un homme plutôt brutal. Je ne le laisserai pas te faire du mal. » De nouveau, Mathilde avait appelé Élisabeth Coralie. La fillette savait, désormais, pour avoir questionné le père Jobin, que Coralie était la fille de madame, morte d'une fièvre tierce[1] à neuf ans. Exactement l'âge d'Élisabeth quand sa protectrice l'avait recueillie. « Votre rôle est de faire oublier ce drame à Mme de Gernis », lui avait dit le prêtre. Élisabeth y était décidée.

Pourtant, depuis la venue de Geoffroy, elle mesurait à quel point sa position était délicate. Elle dépendait exclusivement du bon vouloir de Mathilde.

Dès lors, elle avait œuvré pour s'attirer les bonnes grâces de l'intendante, Mme Charles, tout comme celles d'Augustine, la femme de chambre. Fanchon, la cuisinière, était moins facile à circonvenir car peu accessible à la flatterie, mais Élisabeth venait de temps à autre lui proposer son aide.

Cependant, cela ne suffirait pas à la protéger, se disait-elle, de plus en plus soucieuse. Même si elle se pliait de bonne grâce au rituel de la messe, si important pour Mathilde, l'adolescente n'avait pas l'impression de croire vraiment. La religion ne provoquait-elle pas la folie des hommes ? Elle rêvait d'un monde harmonieux, qui ne serait pas gouverné par la haine.

Lorsqu'elle avait eu l'imprudence de s'ouvrir de cette idée au père Jobin, celui-ci s'était signé précipitamment.

1. Qui durait trois jours.

« Mon petit, vous blasphémez ! Notre Seigneur régit tout sur cette terre, vous n'avez pas à émettre un quelconque avis. » Elle l'avait prié de l'excuser et se l'était tenu pour dit. Si le salut de son âme intéressait tant le prêtre et Mathilde, ils n'avaient pas envie de l'entendre donner son opinion ! On lui demandait juste de croire sans réfléchir, ce qui exaspérait Élisabeth.

Après tout, sa mère avait fait son éducation et Abigaïl avait toujours insisté sur l'importance de la réflexion. Mais Abigaïl était-elle seulement encore en vie ?

Élisabeth se concentra sur sa broderie. Elle ne devait prêter le flanc à aucun reproche, si elle voulait rester à la maison forte.

Pas question pour elle de retourner vivre dans un trou à rats !

« J'ignore tout de lui », songea de nouveau Léah, le nez contre le carreau.

Elle qui ne connaissait rien de Grenoble, à l'exception du palais de justice et de la prison, avait été effrayée par Lyon. Tout lui paraissait trop vaste dans cette ville industrieuse.

Devant son effarement, qu'elle n'avait pas cherché à dissimuler, Antoine avait souri. « Vous vous y ferez très vite, lui avait-il promis. De plus, nous ne resterons pas à Lyon. »

Antoine ! Après deux mois de mariage – un étrange mariage, en vérité, célébré sur le bateau par le capitaine –, Léah avait toujours l'impression de ne pas le connaître. Il avait précipité ses adieux avec ses compagnes d'infortune, sans comprendre que Léah avait le cœur déchiré. Isabeau l'avait rassurée : « Suivez votre chemin, mon amie, et priez pour moi. » Léah lui avait fait promettre de ne pas s'obstiner, tout en pressentant que cela ne servirait à rien. La Rapine risquait fort de s'acharner contre la douce Isabeau.

Ils avaient à peine débarqué que Léah avait flanché, victime d'un terrible accès de fièvre. Elle ne se rappelait qu'une main fraîche lui caressant le front. Elle avait appelé sa mère à son secours, et Gabriel. C'était comme si son corps et son esprit s'autorisaient enfin à lâcher prise après les épreuves traversées.

À son réveil, elle avait eu la surprise de trouver Antoine à son chevet. Ses yeux cernés et rougis révélaient son inquiétude mais il s'était redressé et lui avait lancé d'un ton désinvolte : « Eh bien, seriez-vous par hasard disposée à rejoindre le monde des vivants ? »

Les piques convenaient mieux à Léah que la compassion.

Ils s'étaient dirigés vers Lyon par petites étapes. Antoine l'avait installée aux Pierres-Dorées avant de retourner à Grenoble pour ses affaires.

C'était une maison bourgeoise dominant la Saône, située au cœur du Beaujolais. Deux étages, un toit de tuiles et des pierres plus blondes que dorées, un jardin en pente douce. « Mon refuge », lui avait déclaré Antoine en s'inclinant légèrement.

Il l'impressionnait, d'autant qu'elle ne savait jamais quelle attitude adopter en sa présence.

Il l'avait présentée comme son épouse au personnel de la maison et elle avait éprouvé le désir irraisonné de s'enfuir. Elle, fille de tisserand, saurait-elle tenir son rang ?

Le regard d'Antoine fixé sur elle l'avait incitée à se ressaisir. Aurait-elle préféré se retrouver à l'hospice de Valence ? Elle se souvenait de son premier repas chez les cousins Desbois et des deux années passées à Jéricho. Elle n'était pas seulement une petite bergère ! De plus, Antoine serait à ses côtés pour la guider.

Le lendemain, il était parti. Il lui avait fait annoncer par Mme Lefranc, la gouvernante, qu'il devait s'absenter pour une durée indéterminée.

Si elle en avait été blessée, Léah n'en avait rien laissé voir. Au fond d'elle-même, elle préférait demeurer seule, le temps de s'accoutumer à sa nouvelle vie.

Elle avait trouvé dans la chambre qui lui avait été réservée un psautier et une bible, une attention qui l'avait émue.

Qui était Antoine Duteilh, à qui la liait un simulacre de mariage ?

Pourquoi l'avait-il sauvée d'un destin terrifiant ?

20

Un brouillard tenace stagnait dans la vallée dominée par des cimes couvertes de sapins presque noirs et de crêtes rocheuses. Il fallait être né dans ce pays pour connaître la combe de Passavant, dissimulée par un chaos de roches calcaires.

« Un temps idéal pour le prédicant », se dit Pierre Bornha en pressant le pas.

Au cours des derniers mois, la situation s'était aggravée de telle façon qu'il avait décidé de prendre parti. Les dragons étaient partout, torturant, persécutant, soudoyant afin d'exterminer l'hérétique. On connaissait mal en haut lieu le caractère cévenol. Privés de leurs pasteurs, chassés de leurs temples, les huguenots se rassemblaient au « Désert », dans les combes, les clairières, les grottes, cherchant des forces vives auprès de prédicants tel que François Vivens qui sillonnait les Cévennes.

Pierre se faisait volontiers le messager des religionnaires. Il transmettait l'information de mas en village, s'émouvant de voir les visages s'éclairer, les lanternes sourdes apparaître. De nombreux huguenots effectuaient une longue marche pour gagner le lieu du rassemblement. Tous savaient qu'ils risquaient leur vie, mais ils avaient terriblement besoin de se réunir autour d'un pasteur, d'entendre la parole de Dieu, de se ressourcer.

Pierre s'était proposé comme volontaire pour monter la garde à l'entrée du défilé menant à la combe. Dans sa balle, il gardait son fusil, avec lequel il chassait le chevreuil et le sanglier. Il n'hésiterait pas à en faire usage contre les gardes royaux, si par malheur ceux-ci les surprenaient.

Un petit groupe rejoignit Bornha sur le chemin de la combe. Deux femmes, trois hommes. Les femmes portaient leur coiffe rabattue sur le visage, mais Pierre reconnut la voix grave de Perrette, une fermière de Mialet. Il la salua d'un mouvement de tête. Ils le dépassèrent ; Pierre n'était pas vraiment pressé. Le culte ne l'intéressait guère, il désirait seulement apporter son soutien.

Le nombre de participants le stupéfia. À croire que les hameaux et villages alentour s'étaient donné rendez-vous au fond de la combe ! Tout de suite, Pierre le Borgne s'alarma. Il y avait là au moins deux cents personnes et il paraissait impossible que le secret ait été préservé. Dès lors, sur ses gardes, il fut attentif au moindre craquement de branche, au moindre bruit inhabituel.

Ils étaient une bonne dizaine à veiller à la sécurité de l'assemblée. Peu nombreux, mais déterminés à défendre les leurs.

Le culte se déroula dans la ferveur et le calme. Pierre percevait l'émotion des fidèles, et finit par la partager. Un tonneau à grain faisait office de chaire pour le prédicant qui prêcha durant plus de deux heures. Au moment de la Cène, Pierre tressaillit. Une silhouette venait de le rejoindre à l'entrée de la combe. Il reconnut celle qu'il avait surnommée la Louve. Toujours vêtue de hardes, les cheveux emmêlés, elle paraissait en proie à une grande agitation.

Elle s'adressa à lui par signes. Il crut comprendre que plusieurs hommes étaient en marche. Il l'avait vue à deux ou trois reprises du côté de Jéricho. Il lui semblait qu'elle se laissait un peu apprivoiser. Cependant, un soir où il avait tendu la main vers elle, elle l'avait mordu jusqu'au sang. « Sauvage ! » avait-il crié. Il avait cru l'entendre rire, dans la clède, et ce rire avait fait courir un frisson le long de son dos. Cette femme était folle, il en était persuadé, mais elle le bouleversait. Il aurait aimé l'attirer à lui, la réconforter en lui caressant les cheveux, comme il l'eût fait pour une enfant.

Il se retourna vers ses compagnons. Ils se concertèrent avant de se diriger vers l'entrée du défilé.

Brusquement, ce fut l'apocalypse. La troupe chargea. Coups de feu, cris, ordres contradictoires… L'air sentait la poudre, le sang et la peur. Les assistants s'étaient égaillés dans l'amas de rochers.

Les femmes, plus lentes, tombèrent les premières. Les dragons donnaient l'impression d'être partout à la fois. Une baïonnette transperça le bras de Pierre, qui tentait de protéger la Louve. Malgré la douleur, il assomma son agresseur. Dans la mêlée, il était difficile de distinguer les amis des ennemis. « Tue ! tue ! » criaient les dragons.

Une fillette trébucha sur une souche. La Louve s'élança pour l'aider à se relever. Un coup de feu la frappa dans le dos. Elle s'abattit sur l'enfant sans un cri.

Pierre se promit de revenir lui porter secours. Pour l'instant, il y avait d'autres religionnaires à protéger. Il se jeta dans la bataille.

« Tous ces pauvres gens… », soupira Georges Varin, le prédicant.

L'assemblée s'était achevée en massacre. On déplorait une douzaine de morts, essentiellement des femmes et des enfants. Les dragons, de leur côté, avaient laissé sept hommes sur le terrain. Sept hommes qu'ils vengeraient, personne n'en doutait. Ils s'étaient repliés en bon ordre quand la combe avait été désertée. Georges Varin et ses fidèles étaient alors revenus sur les lieux. Pierre, qui avait sommairement bandé son bras blessé, les accompagnait.

— Les lâches, soupira-t-il.

Les hommes du roi avaient fait plusieurs prisonniers. Leur sort était déjà scellé : les hommes seraient exécutés ou envoyés aux galères, les femmes rasées et emprisonnées. L'an passé, Fulcran Rey, étudiant en théologie nîmois, prédicant assistant François Vivens, avait été arrêté à Anduze le 21 juin et pendu le 8 juillet à Beaucaire. Prudemment, la justice royale avait préféré que l'exécution se déroulât à distance respectable des Cévennes afin d'éviter toute manifestation de colère ou tentative d'évasion. De ce jour, Pierre le Borgne avait décidé de soutenir les huguenots.

Georges, Pierre et trois collègues rassemblèrent les victimes. Les familles viendraient chercher leurs morts. La fillette de huit ans avait pu être sauvée. Il n'en allait pas de même pour la Louve. Elle avait été tuée sur le coup.

— Je me charge de l'enterrement, déclara le Borgne.

Il éprouvait une tristesse indéfinissable. Cette femme ne lui était rien et, pourtant, il avait aimé la côtoyer. Il retourna le corps, lui arrangea un peu les cheveux. Esprit, l'un des coreligionnaires, se pencha au-dessus du cadavre, l'éclairant de sa lanterne.

— Mais... on dirait bien Jeanne Bragant ! s'écria-t-il.

Les autres s'approchèrent. Pierre, Esprit et Julien Mathot avaient tous rencontré Jeanne, à Anduze puis à Jéricho. Ils savaient qu'elle avait disparu en compagnie de son petit après l'assassinat de son père et de sa sœur.

— Comment est-ce possible ? gémit le Borgne.

À présent, il la reconnaissait lui aussi, bien que son visage soit émacié, ses traits creusés. D'ailleurs, elle portait au cou une fine chaîne d'or ornée d'un médaillon frappé du chiffre des Bragant.

— Jeanne…, souffla Pierre, bouleversé.

Il comprenait maintenant pourquoi la jeune femme se rendait souvent à Jéricho. Avait-elle perdu l'esprit ? La mémoire ? Et, surtout, qu'était devenu son fils ?

Le cœur lourd, il lui caressa les cheveux, d'un geste empreint de respect et de peine. Comme la plupart des familles huguenotes cévenoles, les Bragant avaient payé un lourd tribut aux persécutions.

Il se redressa. Le sang coulait à nouveau de sa blessure. Il y prit à peine garde.

— Je la ramènerai à Jéricho, sa place est là-bas, dit-il, et personne ne protesta.

La plupart des hommes de la région, Pierre le premier, avaient été sensibles à la beauté des deux sœurs, Jeanne et Suzon. Les dragons avaient tout gâché, piétiné leurs destins.

Pierre le Borgne entendait encore leurs cris rageurs : « Tue ! tue ! »

Il crispa les poings. Il faudrait bien que ces maudits paient pour leurs crimes.

21

Le pays tout entier donnait l'impression d'avoir été ravagé par les dix plaies d'Égypte, songeait Élie Bragant en découvrant avec stupéfaction des villages désertés, des décombres calcinés. Il avait fini par reprendre le chemin de ses Cévennes après avoir réglé ses affaires à Genève. Il avait hâte de retrouver ses enfants, de les serrer dans ses bras et de les emmener avec lui en Allemagne. Au vu des derniers événements, en effet, il ne pouvait imaginer de demeurer au pays. Le bras armé de Louis XIV ne faiblissait pas, à croire qu'il voulait anéantir tous les huguenots de France !

Son séjour à Genève lui avait permis de renouer avec sa foi, notamment en assistant au culte dans la cathédrale protestante Saint-Pierre, là même où Jean Calvin avait expliqué les Saintes Écritures pendant vingt-trois ans.

Élie, pour aider ses coreligionnaires, s'était impliqué à la Bourse française de Genève. Il avait aussi servi la soupe aux malheureux huguenots français recueillis, dans un état pitoyable, à l'hôpital général.

Le pasteur Desbois l'avait tenu informé du sort de ses petites-filles. Le ministre s'était désespéré de ne pouvoir rien faire pour Léah.

Élie avait très vite compris qu'Élisabeth ne ferait pas preuve de la même force d'âme. « Elle est trop jeune, les papistes n'en feront qu'une bouchée, avait-il soupiré. Avant d'ajouter : Cela vaut peut-être mieux. Quand je songe à ma petite Léah… » Chaque fois qu'il évoquait la jeune fille, Élie revoyait ses cheveux sombres, ses yeux bleu foncé et sa bouche aux lèvres pulpeuses. Un beau brin de fille, qui avait croupi dans une basse-fosse de Grenoble durant des mois et des mois et subi les pires tortures, tant physiques que morales.

L'annonce de son mariage avec un négociant lyonnais l'avait stupéfié. Comment avait-elle pu épouser un parfait inconnu ? « Elle a échappé au sinistre la Rapine ! s'émerveillait le vieux Salomon Desbois dont la santé était fort chancelante. Loué soit Dieu ! »

La situation en France était si catastrophique qu'on imaginait aisément le pire. Élie n'avait qu'une hâte : retrouver ses enfants et partir, loin. Dans un refuge où l'on ne piétinerait pas l'espérance.

Ses faux papiers devraient lui permettre de franchir barrages et postes de garde. Parvenu sur ses terres, il risquerait une dénonciation. Le pays était devenu fou : pour quelques pièces d'or ou d'argent, il se trouvait toujours un délateur, nouveau converti ou papiste. On le savait, on devait s'en accommoder.

Au fur et à mesure qu'il progressait vers Anduze, Élie éprouvait une sourde désespérance. Qu'était-il advenu de Jeanne et de Samuel ? Avaient-ils péri au fond de quelque ravin, comme on l'avait supposé ?

Il croisa à plusieurs reprises le chemin de dragons qui ne l'importunèrent pas. Il arborait une médaille de la Vierge, avait des papiers d'ancien catholique et transportait à l'arrière de son chariot des tonnelets de vin de Savoie. Qu'auraient-ils eu à redouter ? Il était un honnête marchand qui allait jusqu'à s'abstenir de se déplacer le dimanche matin.

On le mit en garde contre la région cévenole réputée inhospitalière et peuplée d'hérétiques.

— Heureusement, l'intendant Basville y met bon ordre ! ricana un officier.

Il raconta les récentes exécutions, la déportation de villages entiers. Élie, écœuré, s'éloigna très vite. Il lui aurait volontiers passé son épée au travers de son corps.

Il s'arrêta à Alès où il avait autrefois un ami, fabricant d'indiennes. Celui-ci le reçut sans amabilité excessive. Élie comprit pourquoi quand Besnier lui annonça qu'il s'était converti.

— Ma femme ne supportait pas l'idée d'être épiée, traquée en permanence, expliqua-t-il. Aussi avons-nous sauté le pas. Pour nos enfants, d'abord. Ils hurlaient chaque nuit que les soldats du roi allaient venir les prendre…

Élie ne souffla mot. « Ne juge pas », se répéta-t-il. Qu'aurait-il été capable de faire pour sauver Jeanne ?

— Il y a eu du grabuge du côté de Mialet, reprit Besnier. Toujours à cause des hérétiques qui s'obstinent à se rassembler au Désert…

Cette fois, Élie ne put se taire.

— Dis-moi, déclara-t-il d'une voix un peu trop calme, tes parents, tes grands-parents et tes arrière-grands-parents avant eux étaient des hérétiques, si je ne m'abuse. Des huguenots attachés à leur foi et à leurs traditions.

Besnier baissa la tête. Pourtant, quand il la releva, ce fut pour glapir :

— Moi, au moins, je ne suis pas obligé de me cacher comme un voleur ! Je vis en paix avec ma femme et mes enfants, sur mes terres.

À cet instant, Élie mesura l'intensité de son sacrifice. Il n'était plus qu'un proscrit, et ce dans son propre pays ! Cependant, il ne regrettait rien. S'il souffrait de la situation, il refusait de s'en ouvrir à Besnier.

— À chacun de vivre selon sa conscience, répondit-il froidement.

Il vida son verre de vin et reprit la route. Il jeta des coups d'œil par-dessus son épaule à plusieurs reprises, afin de vérifier qu'il n'était pas suivi. Besnier ne lui inspirait pas confiance. Mais que pouvait-il faire ? Pas question d'emprunter une autre route.

Il parvint au mas de la Lèze en fin de journée. Le soleil rasant illuminait la clède mais, à la place du mas, il n'y avait plus que de la terre et des tas de pierres.

Élie, incrédule, se frotta les yeux. Qu'était-il advenu de ses cousins et de ses enfants ?

Il courut dans les décombres, s'affolant de ne trouver aucune trace. Plus de gens, plus de bêtes, plus de meubles, un mur branlant là où se dressait la bergerie, le puits et le petit jardin abritant les tombes familiales sous l'ombre d'un cyprès. La demeure de Jacques et de Pélagie avait été rasée. En représailles, assurément.

Mais alors… une douleur horrible lui tordit le ventre. Où étaient Jean et Esther ?

— Ho !

Élie tira sur les rênes de son cheval, s'arrêta à la hauteur de Pierre le Borgne qui, sa balle sur le dos, s'en revenait d'Anduze. Les deux hommes hésitèrent avant de se reconnaître. Pierre se troubla sous le regard incisif de celui qu'il appelait toujours maître Élie.

— Vous voici donc revenu, dit-il pour briser le silence.

Il se sentait horriblement mal à l'aise. L'homme qui lui faisait face avait vieilli, mais paraissait plutôt bien nourri. Rien de comparable avec tous ceux qui criaient misère, parce qu'on leur avait tout pris.

— Qu'est-il arrivé aux gens du mas de la Lèze ? questionna Élie, abruptement.

Pierre soupira. Lui non plus ne reconnaissait plus son pays.

— Ils ont été dénoncés pour avoir abrité un prédicant le mois passé. Ça ne pardonne pas, en ce moment. L'intendant Basville et ses sbires tiennent la région en coupe réglée. Ses hommes sont arrivés un matin chez vos cousins et ont tout rasé.

— Les enfants ? questionna Élie d'une voix blanche.

Pierre lui décocha un coup d'œil acéré.

— Oh, désormais, les dragons ont l'habitude de ce genre de pratique ! On enlève les enfants pour les placer dans des familles de nouveaux convertis, ou dans des maisons de propagation de la foi.

— Mes enfants ! hurla Élie. Jean et Esther ? Ils ont sept et six ans.

Cette fois, le colporteur le regarda avec commisération.

— Je ne savais pas, souffla-t-il. Jacques a été exécuté, sa femme emprisonnée. C'est bien du malheur pour toute cette famille…

« Et je n'en ai pas terminé ! » pensa-t-il.

Il tendit la main vers Élie.

— Descendez de votre siège, maître Élie. Faisons quelques pas ensemble…

Bragant eut un sursaut. Il venait de lire sur le visage de Pierre le Borgne que celui-ci avait autre chose à lui annoncer.

Pierre se racla la gorge.

— C'est au sujet de maîtresse Jeanne... Elle a été tuée au cours d'une assemblée du Désert. La pauvre essayait de nous prévenir de l'arrivée des dragons et...

— Je ne comprends pas, coupa Élie, le visage blême. Vous l'aviez donc retrouvée ?

Patiemment, le colporteur entreprit de lui raconter toute l'histoire. Comment il avait aperçu la Louve, dans quelles circonstances, puis sa mort, dans la combe de Passavant.

— Je l'ai ramenée à Jéricho où je l'ai enterrée, précisa-t-il.

Il recula d'un pas.

Hagard, les épaules secouées de sanglots, Élie Bragant n'était plus que l'ombre de lui-même.

La tête rejetée en arrière, il hurla vers le ciel :

— Que t'ai-je fait, Seigneur ? Pourquoi me punis-tu avec une telle cruauté ?

Un frisson parcourut le Borgne. C'était trop de malheur, Élie allait sombrer dans la folie.

Il posa la main sur le bras du Cévenol.

— Nous retrouverons vos enfants, affirma-t-il. Je vous promets de les chercher ma vie durant.

Des larmes silencieuses creusaient deux sillons sur les joues d'Élie.

— Dieu nous a abandonnés, souffla-t-il.

Il n'avait plus la force de lutter.

Le voyant prêt à s'effondrer sur le chemin, Pierre le fit remonter sur le siège, chargea sa balle et, d'un claquement de langue, ordonna au cheval de se remettre en route. Il prit la direction de Jéricho.

LIVRE II
ESTHER

1

1700

Il devait bien exister un moyen de s'échapper de cette prison, songea une nouvelle fois la jeune fille. Même si, depuis ses jeunes années, elle s'efforçait de contenir son caractère impétueux, la révolte bouillonnait en elle.

Elle se souvenait de son père, de Jean et de Léah. Sa mère avait disparu dans les limbes de sa mémoire. Elle se rappelait aussi Pélagie et Jacques, ainsi que ses cousins, Noé et Sylvain. Elle n'était pas malheureuse au mas de la Lèze. Jean la protégeait, ainsi que Noé. En leur compagnie, elle avait gardé les chèvres et approvisionné en feuilles de mûrier les magnans voraces. Fille de la campagne, Esther aimait à parcourir la garrigue. Elle avait appris à reconnaître les chardons d'âne, les centaurées noires ou les coronilles. Elle gardait en mémoire le parfum des cistes, les couleurs comme délavées des falaises et des combes, après les pluies de septembre, et le goût des châtaignes que Pélagie faisait cuire dans une poêle trouée, à long manche, dans la cheminée.

En revanche, ses souvenirs de Jéricho, le domaine des Bragant, demeuraient flous. Elle se rappelait son père, qui la prenait dans ses bras, l'odeur des cheveux de Léah et celle des tourtes aux pommes qui embaumait l'office. Elle en avait l'eau à la bouche. Il fallait dire que le régime, à la maison pour la propagation de la foi, était plutôt frugal.

De la soupe dite « dauphinoise », une sorte de pâte préparée avec de la farine et de l'eau salée, jetée dans de l'huile bouillante avec du beurre et de la graisse, et mise à cuire durant une heure et demie à deux heures, était servie aux pensionnaires pour le dîner, ainsi qu'un plat de légumes et du pain. Au souper, soupe toujours, pain et fruits frais de saison.

Cette année, elle aurait dix-neuf ans. Il y avait exactement treize ans qu'elle était prisonnière des hauts murs de la maison des NC, les Nouveaux Catholiques, et elle avait de plus en plus l'impression d'y étouffer.

Elle n'avait pas oublié la terreur éprouvée le jour où les soldats du roi avaient investi le mas. Noé et elle avaient gaulé des noix malgré l'interdiction du maître de maison et les enfants avaient pensé qu'on venait les punir. Noé, protectrice, ne lui avait pas lâché la main. Mais les hommes en rouge ne s'intéressaient pas aux enfants. Pas encore. Esther entendait toujours les pleurs et les supplications de Pélagie, elle revoyait le visage figé de Jacques. Quand ils avaient emmené l'homme et la femme, après les avoir battus et insultés, Jacques leur avait crié : « N'oubliez jamais, les enfants, vous appartenez à la religion ! »

Un méchant coup de crosse dans la mâchoire l'avait fait taire, mais Esther n'avait jamais oublié. Et, tout au long de ces années interminables passées sous la houlette de Mme Anne, elle s'était répété : « Je suis huguenote, pas catholique. »

On avait beau l'obliger à se plier aux règles de la maison, elle n'avait jamais été touchée par le rituel romain. Son emploi du temps ne lui laissait guère le temps de réfléchir, mais peu importait à Esther. La nuit et pendant les prières, elle échafaudait des plans d'évasion.

La maison s'ouvrait sur l'extérieur par un porche. Elle comprenait un réfectoire, un office, quatre chambres surmontées d'un grenier, une chapelle et le bureau de Mme Anne, qui la dirigeait. Un petit jardin, auquel on accédait par une galerie couverte, abritait un potager et un autel dédié à la Vierge. Les pensionnaires avaient le droit de s'y promener le dimanche après-midi et enviaient sœur Louise-Marie, la sœur jardinière. Esther, qui étudiait dès qu'elle le pouvait, estimait que le temps consacré à la prière était du temps perdu.

On se levait à six heures, on priait à genoux sous la surveillance des sœurs, on arrangeait sa paillasse avant de se joindre à la prière collective de sept heures, puis à la messe de huit heures. On travaillait ensuite de neuf à douze heures en écoutant la récitation des dix commandements de l'Église. À midi, on dînait après avoir récité le bénédicité, avant de dire les grâces. À treize heures trente, on suivait l'office de none puis, à quinze heures, les vêpres et complies. Jusqu'à dix-neuf heures, on pouvait, enfin, étudier ou travailler. À dix-neuf heures, le souper était suivi des grâces. À vingt et une heures, on devait regagner le dortoir en silence.

Cette vie pesait horriblement à Esther qui n'était pas le moins du monde attirée par le couvent.

Même si elle était considérée comme une forte tête, elle bénéficiait de la protection de Mme Anne, sensible, comme elle, à la poésie et aux beaux textes. Par faveur insigne, elle était autorisée à se servir dans la bibliothèque de la directrice. À condition de ne pas évoquer des questions théologiques, Esther et Mme Anne s'entendaient plutôt bien.

Veuve d'une cinquantaine d'années, vêtue de noir, sans le moindre ornement, Anne Grigny était animée par le désir sincère de « ramener les brebis égarées dans la vraie foi », comme elle le rappelait de temps à autre. « Dommage qu'on ne lui ait rien demandé ! » s'exaspérait Esther. Certes, Mme Anne menait sa maison d'une main ferme, mais sans se livrer à des abus. Chez elle, pas de châtiments corporels ni de cachot.

C'était peut-être pire : elle s'attachait des adolescentes fragiles par la douceur, les persuadant qu'elle détenait la vérité.

« Sottises », pensa Esther. Elle n'avait jamais oublié les dernières paroles de celui qu'elle appelait, enfant, oncle Jacques : « Vous appartenez à la religion », et elle tentait d'en apprendre un peu plus sur la religion prétendue réformée. Elle avait des discussions animées avec le père Testart qui venait chaque semaine confesser les pensionnaires. « Graine d'hérétique ! » lui disait-il, mais elle avait compris que, tout comme elle, il appréciait leurs joutes oratoires. Jusqu'à présent, il n'était pas parvenu à la convaincre de sa vérité. « Et ça ne risque pas d'arriver ! » se dit Esther, en achevant de boutonner sa robe noire.

À dix-neuf ans, même si elle ne pouvait étudier son reflet dans un miroir, puisqu'ils étaient interdits dans la maison de Mme Anne, elle avait l'impression que son corps explosait.

On se lavait en chemise, ce qui n'empêchait pas Esther de constater, en suivant les contours de son corps, qu'elle avait désormais des courbes généreuses. Elle qui avait longtemps été maigre était presque gênée par ses seins et ses hanches.

Elle n'avait pas de véritable amie à Montpellier. Plus depuis Séverine.

Le visage d'Esther se ferma. Elle ne pouvait y songer sans se raidir.

Séverine venait, comme elle, des Cévennes. Elle avait été arrachée à des parents aimants et toutes deux s'étaient mutuellement soutenues en arrivant chez Mme Anne.

Esther lui avait confié ses peurs et sa révolte. Séverine, de deux ans son aînée, n'affirmait-elle pas la comprendre ?

Aussi Esther était-elle tombée de haut quand, à l'âge de douze ans, elle avait été convoquée dans le bureau de Mme Anne. Celle-ci l'avait sermonnée, lui reprochant tout ce qu'elle avait raconté à Séverine. Le même jour, celle qu'elle croyait être son amie était partie entamer son noviciat chez les dominicaines.

Esther avait appris qu'elle ne devait faire confiance à personne. Pour avoir été rude, la leçon avait porté ses fruits. Elle était seule avec ses souvenirs.

Sœur Marie-Berthe passa son museau dans l'entrebâillement de la porte du dortoir. Les pensionnaires l'avaient surnommée la Musaraigne à cause de son nez pointu et de la moustache grise qui ornait sa lèvre supérieure.

— Esther, Mme Anne vous attend dans son bureau, annonça-t-elle d'une voix de basse, qui ne correspondait pas vraiment à son physique effacé.

— Je m'y rends de suite, affirma Esther.

Sa voisine de lit, Renée, leva les yeux au ciel.

— Qu'est-ce qu'elle te veut ? Tu as mis de l'encre noire dans le bénitier ?

Les autres s'esclaffèrent. N'était-ce pas le délit suprême, qui vous valait une semaine d'isolement au pain sec et à l'eau ?

Esther haussa les épaules.

— Comme si j'avais du temps à perdre avec ce genre d'enfantillages !

Elle n'en menait cependant pas large lorsqu'elle frappa à la porte du bureau de la directrice. Elle savait que celle-ci pouvait influer sur son destin et s'en inquiétait.

Mme Anne était assise à son secrétaire, tournant le dos à la fenêtre qui ouvrait sur le jardin. « La journée est belle », pensa Esther, comme pour se donner du courage. La pièce, de petites dimensions, était meublée d'une bibliothèque, d'un bureau et de deux chaises raides, comme pour vous inciter à vous tenir bien droite. Un prie-Dieu était placé près de la fenêtre et surmonté d'une statue de la Vierge.

— Asseyez-vous, mon enfant, déclara Mme Anne.

Frêle, elle paraissait fragile. Son bonnet blanc ne laissait échapper aucune mèche de cheveux. Son corsage et sa jupe de flanelle noirs s'ornaient seulement d'une croix en or. Le teint était très pâle, couleur d'ivoire. Esther frissonna. Ressemblerait-elle un jour, elle aussi, à une feuille de parchemin ? Cette perspective l'emplissait d'effroi.

Elle croisa les mains.

— J'aimerais pouvoir apprendre un métier, madame, déclara-t-elle d'une voix affermie.

La directrice esquissa un sourire.

— Un métier, dites-vous ? J'aimerais savoir lequel ! On me raconte que vous cassez vos aiguilles à broder, ne manifestez que peu de goût pour la couture ou le marquage du linge et gardez votre penchant pour la controverse. On vous reconnaît un seul talent, pour la récitation et la déclamation mais, même si l'école de Saint-Cyr a mis à l'honneur les pièces de théâtre, je ne vois pas ce que vous pourriez faire de telles dispositions !

Esther s'agita sur sa chaise.

— Je n'y mets pas de la mauvaise volonté, madame. C'est seulement que…

Son regard fila vers la fenêtre et, au-delà, vers le jardin, tout en massifs de buis et rosiers.

Pour l'enfant, qui avait vécu ses six premières années en contact étroit avec la nature, l'enfermement dans la maison de propagation de la foi était de plus en plus difficile à supporter.

— Je désirerais tant retrouver ma famille, reprit-elle d'une voix affermie.

Mme Anne fronça les sourcils.

— Votre famille d'hérétiques ? Votre père a fui la France. Votre frère a été placé chez les jésuites. Quant à vos cousins… Dieu seul sait ce qu'ils sont devenus. Vous êtes seule, Esther.

À cet instant, et face à ce constat, le désespoir submergea la jeune fille.

— Nous avions un domaine, pourtant, reprit-elle bravement. Jéricho, à deux ou trois lieues d'Anduze. Je pourrais m'y installer…

— Seule ? l'interrompit Mme Anne. Auriez-vous perdu le sens commun ?

Blessée, Esther rougit.

— Je ne veux pas entamer mon noviciat ! lança-t-elle. Vous le savez, madame, je ne vous l'ai jamais caché.

Elle faillit ajouter que, par réaction aux drames vécus dans son enfance, elle avait perdu la foi. Ni catholique ni huguenote, elle assistait aux offices et affectait de prier pour avoir la paix, mais toutes ces histoires l'exaspéraient.

La directrice leva la main dans un geste d'apaisement.

— Ne vous agitez pas ainsi, voyons ! Nous le savons bien, que vous n'avez pas la vocation. Vous révolutionneriez n'importe quel couvent en l'espace de quelques jours !

Esther se détendit. Depuis plusieurs semaines, elle faisait des cauchemars dans lesquels une clôture se refermait sur elle, l'emprisonnant dans un couvent. Elle savait qu'à son âge elle ne pourrait pas demeurer éternellement dans cette maison. Mais alors… qu'allait-on faire d'elle ?

— Vous avez dix-neuf ans, Esther, reprit Mme Anne.

Elle marqua un temps d'arrêt avant de laisser tomber :

— Il est grand temps de songer à vous marier.

2

Était-ce cela, le bonheur ? se demanda Léah, suivant des yeux la course de son fils Elias sur la pelouse.

Il lui avait fallu du temps pour se persuader qu'Antoine était animé de bonnes intentions. Il lui arrivait encore de se débattre la nuit, victime d'horribles cauchemars. Elle se levait, alors, et ouvrait la fenêtre. Pour être certaine de pouvoir s'enfuir.

Les premiers mois, durant la longue absence d'Antoine, elle avait pris soin d'elle-même et multiplié les courriers, pour Genève, Bourdeaux et Anduze. Il lui était impossible, en effet, de savourer le goût de la liberté en sachant les siens dans la peine.

Depuis Genève, le vieux Salomon constituait le cœur de leur famille. Par lui, elle avait appris la mort de son père. Abigaïl, effondrée, envisageait de partir à son tour pour la Suisse en compagnie de Simon et de Lucie. Elle y avait finalement renoncé, ne pouvant se résoudre à abandonner leur maison et ses morts.

Léah comprenait sa mère, même si elle avait choisi de s'exiler.

Au retour d'Antoine, elle aurait voulu lui faire partager ce qu'elle éprouvait, tout en se disant que c'était impossible. Ils étaient deux étrangers.

Elle pensa que, décidément, il était bel homme en le voyant sauter à terre dans la cour et se sentit rougir. Et lui ? La trouverait-il belle ?

Grâce au régime copieux de Mme Lefranc, la cuisinière, Léah avait repris des formes. Sa peau, grise à son arrivée aux Pierres-Dorées, était redevenue blanche et lisse. Elle s'était longuement promenée dans la campagne et avait passé des heures dans le cuveau d'eau chaude, ce qui lui paraissait un luxe suprême. Antoine lui avait expliqué que sa grand-mère Léontine, originaire du Périgord, avait tenu à faire installer des étuves dans sa « maison des champs ». Décision dont se réjouissait la jeune femme chaque jour ! Ses cheveux avaient repoussé, plus beaux et plus épais. Ils encadraient à présent son visage et, quand elle bougeait la tête, Léah s'émerveillait de les sentir effleurer ses joues.

Elle ne cessait, cependant, de songer à son amie Isabeau et à sa sœur Élisabeth. On savait que celle-ci s'était réunie mais Antoine n'avait pu en apprendre davantage.

Le jour de son retour… Les joues de Léah s'empourprèrent à cette évocation. Elle l'avait rejoint dans le petit salon. Meubles en chêne, tapisseries et livres… Elle avait fait de cette pièce douillette son domaine.

— Vous avez meilleure mine, lui dit-il.

Elle aurait préféré s'entendre dire qu'elle était jolie, mais Antoine n'était pas Gabriel. Elle ne pouvait lui retourner son compliment. Il avait les traits creusés et paraissait épuisé.

— Les nouvelles sont mauvaises, lui annonça-t-il. À croire que le roi veut exterminer tous les huguenots.

Léah frissonna, se rapprocha de la cheminée dans laquelle un bon feu crépitait.

— Vous attendiez-vous à autre chose ? répliqua-t-elle.

Elle se tenait sur la défensive. Au cours des deux derniers mois, alors qu'elle appréhendait ces retrouvailles, elle s'était répété à plusieurs reprises qu'elle avait connu bien pire à Bourdeaux et à Grenoble.

Il s'était servi un verre de vin, l'avait levé dans sa direction.

— Je suis satisfait de vous retrouver chez moi.

De nouveau, Léah s'était interrogée. Elle avait conscience de dépendre totalement de cet homme dont elle savait si peu de chose. Ne devraient-ils pas parler de l'avenir ? Mais, déjà, il se levait, la priait de l'excuser. Il souhaitait se rafraîchir… Et elle ne trouvait rien à lui répondre.

Tout au long du souper, elle avait senti peser sur eux les regards de Bonne, la servante. Celle-ci, âgée d'une bonne cinquantaine d'années, se comportait comme l'âme de la maison. Léah avait dû subir sa curiosité dès son arrivée. Elle avait le sentiment que Bonne la considérait comme indigne de son maître.

Il y eut un moment de flottement à la fin du repas. Léah luttait pour ne pas fondre en larmes.

— Pourquoi avez-vous tenu à me sauver ? s'enquit-elle.

Un lent sourire éclaira le visage d'Antoine.

— Parce que je sais que je n'aimerai aucune autre femme que vous.

Et il la conduisit dans sa chambre. Elle aurait dû être effrayée, s'affoler. Au lieu de quoi, cette attitude cavalière la rassura. S'il l'aimait réellement, elle pouvait s'abandonner à l'attirance qu'elle éprouvait pour lui.

Le lendemain, elle avait réalisé avec un pincement au cœur qu'elle n'avait pas songé à Gabriel. Non pas qu'elle ait oublié son premier amour… C'était simplement que la vie reprenait ses droits.

Dans les bras d'Antoine, Léah s'était sentie revivre. À son tour, suivant son exemple, elle s'était montrée à la fois tendre et audacieuse. Au milieu de la nuit, elle se rappela brusquement une confidence de sa mère. Abigaïl lui avait dit : « Tu verras, le jour où tu aimeras vraiment un homme, tu le sauras. »

Elle n'en avait pas appris beaucoup plus au sujet d'Antoine Duteilh, mais elle savait qu'elle l'aimait. Il leur avait fallu plusieurs jours pour s'apprivoiser. Ils se promenèrent dans les vignes, devisèrent d'abondance.

Après tant de mois de captivité, Léah voulait tout savoir. Quelle était la situation dans le pays ? En Dauphiné ? Dans les Cévennes ?

Il leva la main.

— Doucement, ma mie ! Nous avons la vie devant nous.

— Je l'espère, répondit-elle gravement.

Son arrestation, les tortures subies l'avaient profondément marquée. Léah désirait vivre, intensément, sans songer aux lendemains.

De son côté, Antoine tenait à réaliser ses avoirs en France avant de partir avec sa femme pour l'étranger. Il pressentait que leurs papiers ne les protégeraient pas longtemps des persécutions. Bien qu'il fût un ancien catholique, il ne fréquentait presque pas l'église, et Léah refusait de songer à cette éventualité. « Me rendre chez les papistes ? Il n'en est pas question ! Ils m'ont fait beaucoup trop souffrir. »

Il fallut bien, cependant, recevoir le curé de la paroisse qui se présenta en fin d'après-midi aux Pierres-Dorées. À cette occasion, Léah entendit parler de la mère d'Antoine, qui s'était convertie en 1665.

— Une sainte femme, glissa le prêtre d'un ton onctueux. Elle était particulièrement généreuse pour notre paroisse...

Antoine sourit.

— Je crains fort d'avoir manqué à tous mes devoirs ces derniers temps. Mes affaires...

Le père Debize se tourna alors vers Léah.

— Mais vous, madame...

En proie à un sentiment proche de la panique, la jeune femme balbutia une phrase à peine audible. Antoine se porta à son secours.

— Mon épouse a été gravement souffrante, déclara-t-il. Dès qu'elle sera remise, elle assistera à la messe.

Le père Debize voulut bien se satisfaire de cette explication, mais Léah comme Antoine avaient compris que cette situation ne pouvait s'éterniser.

— L'étau se resserre, pesta Antoine, après que le prêtre fut parti, nanti d'une bourse bien garnie pour ses œuvres.

Il savait que le père Debize reviendrait à la charge, puis l'intendant. On avait dû bavarder à leur propos. Ils devaient partir.

— Je suis certaine que mon départ arrangerait bien des choses, fit alors Léah. Je puis fort bien me débrouiller seule. Vous n'aurez qu'à me dénoncer comme opiniâtre...

Horriblement pâle, il marcha sur elle, la saisit aux épaules.

— Comment osez-vous faire aussi peu de cas de mon amour ? Vous êtes mienne et je ne vous laisserai jamais partir !

Antoine devait retourner une dernière fois à Romans. Il avait décidé de vendre sa fabrique de gants et ses tanneries. Benoît, le fils de Bonne, continuerait de gérer le vignoble.

— Et nous ? Qu'allons-nous faire ? s'inquiéta Léah.

Il haussa les épaules.

— Nous recommencerons une nouvelle vie, voilà tout !

Lorsqu'il partit pour Romans, Léah éprouva une angoisse diffuse. Elle avait le sentiment de ne plus avoir que lui. Sa malle serait vite faite ! Bonne lui avait taillé deux robes dans des toilettes ayant appartenu à la mère d'Antoine et Léah avait, avec la permission de son époux, puisé dans la garde-robe de Mme Duteilh mère.

Une mante en drap de laine et une cape doublée de petit-gris la protégeraient du froid durant leur voyage. Elle avait à peine hésité avant de glisser dans un sac de cuir quelques habits destinés à sa mère et à sa petite sœur. Elle aurait tant aimé les emmener avec eux.

Malgré les risques encourus, elle résolut de se rendre à Bourdeaux. Ses papiers n'étaient-ils pas en règle ? Elle voyagea en diligence dans des conditions beaucoup plus confortables que lorsqu'elle avait quitté Anduze avec son grand-père. Il lui fallut trois jours pour atteindre Crest. Elle décida d'effectuer le reste du trajet à pied. Elle avait besoin, en effet, de retrouver les paysages de son enfance.

La vue des Trois-Becs la bouleversa. Il lui semblait avoir parcouru tant de chemin depuis !

La maison familiale lui parut plus petite que dans ses souvenirs. Comme rétrécie.

La porte était ouverte.

— Mère…, murmura Léah, en s'aventurant sur le seuil.

Abigaïl se tourna vers elle et, sous l'effet de la surprise, laissa échapper le poêlon qu'elle tenait.

— Léah, ma grande ! s'écria-t-elle.

Les deux femmes s'étreignirent. Abigaïl s'était tassée ; elle, si forte autrefois, paraissait désormais fragile. Elle entraîna sa fille dehors.

— Viens là que je te contemple à loisir. Toujours aussi belle, ma Léah ! Ton époux ne t'a pas accompagnée ? As-tu des nouvelles d'Élisabeth ?

Léah, ne parvenant pas à endiguer ce flot de paroles, sourit.

— Antoine met ses affaires en ordre. Nous partons à la fin du mois pour l'Angleterre. Et, non, nous ne savons rien au sujet d'Élisabeth.

— Si loin ? s'affola Abigaïl.

Léah fut tentée de lui répondre que, de toute manière, les huguenots n'avaient pas le choix. S'ils ne s'exilaient pas, ils disparaîtraient les uns après les autres.

— Vous êtes certaine de ne pas vouloir quitter Bourdeaux, mère ?

Abigaïl poussa un profond soupir.

— Je suis trop vieille, ma Léah. De plus, je ne veux pas quitter mes morts. Ton père...

Elle s'essuya les yeux. Léah, submergée par l'angoisse, pensa qu'il lui serait impossible de rester ici. Sa mère était ensevelie sous le poids du malheur. Or elle voulait vivre, de toutes ses forces.

À cet instant, elle comprit Élisabeth. Elle aussi, d'une certaine manière, avait choisi la vie, même si, pour ce faire, elle avait abjuré.

Simon et Lucie lui tinrent le même discours que leur mère. Enracinés à Bourdeaux, ils n'envisageaient pas de partir. Léah leur avait apporté des victuailles et des vêtements.

Elle alla se recueillir dans le jardin familial, au pied du cyprès qui montait la garde. L'endroit n'était pas vraiment paisible ; Léah revoyait les scènes de violence aveugle survenues en 1683. Ils étaient une famille heureuse alors... Les dragons avaient tout détruit.

Quand elle reprit la route de Crest, Léah savait qu'elle avait fait le bon choix.

Sa place n'était plus à Bourdeaux, mais aux côtés d'Antoine. C'était lui, sa famille, désormais.

« Et maintenant… », se dit Léah.

Antoine et elle avaient fait souche en Angleterre. Elle avait donné naissance à Elias, leur aîné, puis à Ruth et à Noémie. Elle avait voulu chasser de sa mémoire leur périple pour gagner Londres. Ils avaient échappé de peu à l'arrestation diligentée par le père Debize, avaient traversé une partie de la France pour embarquer à Quiberon.

Lorsqu'ils avaient débarqué sur le sol anglais, Léah, horriblement malade, avait décrété qu'elle ne remonterait jamais à bord d'un bateau.

Elle était presque heureuse. Antoine était devenu un négociant estimé sur la place de Londres, ils avaient une demeure confortable, dotée d'un grand jardin où les enfants se dépensaient à loisir. Léah était très investie dans l'accueil aux réfugiés, ce qui lui permettait de se sentir utile.

Antoine et elle formaient un couple harmonieux, même s'ils se heurtaient encore assez fréquemment. Lui voulait tout maîtriser, elle refusait de plier… Elle se disait parfois qu'ils s'aimeraient moins s'il en avait été autrement.

Oui, elle était presque heureuse.

Parce qu'elle n'avait rien oublié des persécutions subies.

3

« L'exil a un goût bien amer », avait pensé Élie Bragant en découvrant les paysages désolés du Brandebourg. Il avait mieux compris, alors, la raison pour laquelle le Grand Électeur de Brandebourg cherchait à attirer les huguenots français. Ses terres avaient été ravagées par la guerre de Trente Ans, nombre de villages étaient désertés. Durant quelques instants, Élie avait évoqué Jéricho, son opulent domaine, et il avait crispé les mâchoires. Jéricho était perdu pour lui, c'était ainsi, et il n'y pouvait rien changer. En revanche, il portait en lui le deuil des siens, à jamais.

Il aurait voulu mourir, en 1687, quand Pierre le Borgne lui avait appris la mort de Jeanne et l'enlèvement de leurs enfants. Il avait pensé que le Seigneur ne pouvait lui imposer autant de sacrifices. Il avait marché, un jour et une nuit, arpentant les terres et les bois qu'il connaissait si bien, ressassant les mêmes interrogations. Pourquoi cela leur était-il arrivé à eux ? Qu'avaient-ils fait pour mériter pareil châtiment ?

L'incertitude quant au sort de ses enfants le rendait malade d'angoisse. Pierre avait bataillé ferme avec lui pour le dissuader de réclamer des comptes à l'intendant Basville.

Malgré les conseils de prudence de celui qu'il considérait désormais comme son ami, Élie s'était rendu à Anduze. Là aussi, il avait trouvé l'atmosphère changée, comme si la ville tout entière était dans l'attente de quelque nouvelle tragédie. Les Desbois l'avaient accueilli avec chaleur. Même s'ils avaient officiellement abjuré, ils étaient restés huguenots de cœur. Ils lui avaient confirmé que de nombreux enfants avaient été enlevés.

— La tactique des dragons est simple, lui avait expliqué Théophile Desbois. Ils cherchent à décourager la population de venir en aide aux religionnaires. Pour ce faire, ils rasent les maisons, brûlent les récoltes et enferment les enfants dans des couvents.

— L'éternelle menace, avait renchéri Julia Desbois.

Son époux et elle avaient promis à Élie de le contacter s'ils apprenaient quoi que ce soit concernant Esther et Jean. Personne n'évoquait Samuel. À croire que le petit garçon s'était évanoui dans les limbes ! C'était devenu un sujet tabou depuis la fin tragique de Jeanne.

— Êtes-vous certain de désirer partir au fin fond du Brandebourg ? s'était inquiétée Julia.

Élie avait soutenu son regard.

— M'imaginez-vous devenir un Nouveau Catholique ? Non, ne le prenez pas en mal, mais c'est inconcevable pour moi.

Les Desbois avaient soupiré de concert. Tous deux avaient conscience d'avoir été épargnés, même si leurs fils étaient finalement partis pour l'Angleterre.

Élie s'était aussi rendu chez Tancrède, le notaire. Arrivé à la nuit tombée rue de la Bouquerie, il avait trouvé son ami changé. Celui-ci avait-il eu peur de se compromettre ? Était-il mal à l'aise face à celui qui avait tout perdu ? Élie aurait aimé trouver auprès de lui plus de réconfort, même s'il refusait de s'apitoyer sur son sort. Il lui avait demandé de garder l'argent et les bijoux de Jeanne qu'il lui avait confiés en 1685 afin de venir en aide à ses enfants le cas échéant.

Tancrède avait hoché la tête.

— Vous savez que vous pouvez compter sur moi.

Élie était reparti sans parvenir à chasser une impression désagréable. Avait-il eu raison de lui faire confiance ? Jusqu'à présent, Tancrède ne l'avait pas trahi mais comment savoir ? Désormais, Élie se défiait de tous.

Il était passé une dernière fois à Jéricho, cherchant quelque trace de Jeanne. « Elle avait perdu l'esprit, assurément », lui avait affirmé le Borgne. Élie n'en doutait pas. Sinon, elle aurait cherché à le retrouver. Mais il n'osait imaginer quels sévices elle avait subis pour basculer ainsi dans la folie. Son père et sa sœur avaient-ils été tués en sa présence ? C'était probable. Et Samuel ? Qu'était-il arrivé à leur petit garçon ?

Autant de questions qui le hanteraient sa vie durant…

Pour cette raison, il désirait partir, loin. Essayer de recommencer une nouvelle vie. Dans le cimetière familial, il promit de venger les siens tout en ayant conscience de la vacuité de son serment. Il avait perdu la femme qu'il aimait ainsi que sa famille. Plus rien n'avait d'importance, hormis sa foi.

Il avait fallu tout recommencer. Surmonter le découragement qu'il avait ressenti en découvrant ces terres désertées, ces paysages trop plats pour lui, le Cévenol. Sur les chemins de l'exil, il avait sympathisé avec Constant Müller, un tailleur de Sedan d'une trentaine d'années. Comme lui, Constant avait tout perdu. C'était un garçon au visage ouvert, à la carrure de bûcheron. Il parlait peu du passé, se bornant à faire des projets. Comme il se débrouillait en allemand, il avait joué les intermédiaires après qu'ils eurent franchi la frontière.

Le chemin était encore long et ils avaient conscience de partir pour l'inconnu sans possibilités de retour. Pourtant, ce périple avait le mérite de distraire un peu Élie de son chagrin. Ils étaient libres sur les terres des princes allemands et pouvaient pratiquer leur religion. C'était pour Élie et Constant un réconfort important. Au fur et à mesure qu'ils s'enfonçaient vers le nord, Élie, l'homme du sud, avait l'impression de perdre ses repères. Le ciel, bas et gris, les maisons à colombages… tout le déroutait. Il avait l'impression de parcourir des terres en friche.

— Il va falloir retrousser nos manches, marmonna Constant.

Il était veuf lui aussi et son fils unique était mort dans sa troisième année de la petite vérole. Tout comme Élie, il avançait pour ne pas sombrer.

Ils se virent attribuer des terres du côté de Potsdam. D'un commun accord, ils décidèrent de « voisiner ». Ils avaient le droit de faire venir les membres de leur famille, ainsi que des domestiques. Élie et Constant échangèrent un regard perdu.

— Pour le moment, on va se débrouiller seuls, fit Constant.

Le travail leur permettrait peut-être de surmonter leur solitude.

Douze ans après son arrivée à Silberlinden, Élie mesurait le chemin parcouru. Aidé par Hans et Lilo, un couple qu'il avait embauché à la foire d'Erlburg, il avait accompli de la belle ouvrage. Vergers plantés d'arbres fruitiers, culture du tabac, jardins potagers… il avait adapté ses connaissances en matière d'agronomie aux terres du Brandebourg. Pour le tabac, il avait fait venir un religionnaire bergeracois, réfugié aux Pays-Bas. Philippe Dazac, jeune homme impétueux, se passionnait pour l'herbe à Nicot.

Quand Élie lui avait fait part de son idée, Constant lui-même avait émis des doutes.

À présent, il suivait l'exemple du Cévenol. Leur amitié s'était confortée. L'homme du nord et l'homme du sud partageaient le même sens des valeurs et, vaille que vaille, s'enracinaient dans un pays étranger.

Les courriers venus de France n'étaient pas rassurants.

Le sort de ses enfants et la nostalgie de Jéricho taraudaient toujours Élie. Il caressait l'espoir de retrouvailles ; cet espoir lui permettait de rester debout.

D'autres réfugiés les avaient rejoints. Douze ans après, ils formaient un groupe d'une centaine d'expatriés français. Ils avaient construit un temple et embauché un pasteur, Nathan Jaume. Venu de Genève, le ministre était jeune et dynamique. L'ensemble de la communauté française lui était reconnaissant d'avoir bien voulu s'installer dans cette région déshéritée.

Les Français les plus fortunés avaient choisi Berlin, où ils s'étaient rassemblés dans le quartier de Friedrichstadt. Ils bénéficiaient d'une vie culturelle animée et introduisaient dans la ville la notion de bon goût à la française. Cette existence ne tentait pas Élie. Il était animé d'un but : reconstruire un domaine comparable à Jéricho.

« À présent, il te faut une femme », lui répétait Constant qui avait épousé Magda, une jolie jeune fille aux joues roses. Élie promettait d'y songer, tergiversait, puis trouvait toujours une bonne raison de penser à autre chose. La vérité était qu'il ne pouvait se résoudre à remplacer Jeanne.

Jusqu'au jour où il rencontra Elsa.

4

— Non, non et non ! Je ne l'épouserai pas !

Tête haut levée, Esther défiait du regard Mme Anne. Celle-ci ne se départit pas de son sourire.

— Vous êtes une jeune personne intelligente, Esther, déclara-t-elle d'une voix suave. Préférez-vous rester ici comme domestique, puisque le roi ne paiera plus votre pension ?

Esther serra les poings afin de tenter de se maîtriser.

— Le roi est trop bon ! ironisa-t-elle. Il aurait mieux fait de me laisser rejoindre mon père.

Elle se raccrochait à cette idée depuis treize ans. Son père devait avoir survécu, comme Jean, Noé et Sylvain. Sinon, à quoi bon se battre ?

La directrice pinça les lèvres.

— Je veux croire que vous avez perdu tout sens commun pour tenir ce genre de propos, reprit-elle. Sa Majesté, dans son infinie bonté, a bien voulu assurer l'éducation des anciennes hérétiques et vous devriez lui en être éternellement reconnaissante.

Esther réprima une forte envie de hausser les épaules.

— Je n'épouserai pas cet… cet avorton ! lâcha-t-elle.

La directrice l'avait emmenée dans une demeure après lui avoir expliqué qu'elle allait lui faire rencontrer un prétendant. Pour l'occasion, la jeune fille avait eu l'autorisation de mettre sa robe la plus élégante ou, plutôt, la moins élimée, en bombasin noir.

Tout le long du trajet, elle avait scruté les rues de la ville, s'étonnant de leur animation. Montpellier paraissait être transformée en un véritable chantier à ciel ouvert. Partout, on bâtissait. L'arc de triomphe qui avait remplacé le pont-levis médiéval lui arracha un cri admiratif.

— Ne vous laissez pas griser par le monde ! lui recommanda Mme Anne d'un ton réprobateur.

L'hôtel particulier où elles furent introduites suait l'ennui et la tristesse. La hauteur des pièces, la beauté des meubles, des tableaux impressionnèrent Esther. Quel contraste avec le mas de la Lèze ! Une femme vêtue de velours sombre s'avança à leur rencontre. Elle se tourna vers un homme de petite taille au faciès torturé.

— Voici mon fils, Anatole, dit-elle.

La mâchoire pendante, un œil à demi fermé, le nez camus et les oreilles décollées... ledit Anatole suscita chez Esther un sentiment proche de la panique. Elle jeta un coup d'œil affolé à Mme Anne. Était-ce le prix à payer pour que ces bourgeois visiblement fortunés acceptent une ancienne hérétique ? Cette certitude avait révolté la jeune fille.

— Laissez-moi vivre à ma guise ! avait-elle supplié dans la berline du retour. Je ne demande rien d'autre que ma liberté.

Sa protectrice ne l'entendait pas ainsi.

— Mon devoir est de vous protéger, fût-ce de vous-même. Vous épouserez Anatole Miolens, vous ne trouverez jamais de meilleur parti.

— Un monstre ! Voulez-vous faire mon malheur, madame ?

Les yeux bleus n'avaient pas cillé.

— Vous savez que vous serez contrainte d'accepter, Esther. Ne vous fatiguez pas outre mesure.

Et, parce qu'elle ne voulait pas l'entendre raconter son histoire à ses compagnes de dortoir, la directrice avait enfermé la jeune fille dans une pièce étroite.

— Vous réfléchirez toute la nuit à votre comportement, jeune fille.

La révolte s'était alors emparée d'Esther. Combien de temps encore ces maudits papistes allaient-ils lui imposer leur loi ? Qu'était-elle donc pour eux ? Un objet, une chose, dont ils pouvaient disposer à leur gré ? Cette idée lui était intolérable. Elle avait trop souffert de la réclusion, elle n'accepterait pas une autre prison. Anatole l'effrayait, tout comme la demeure où elle devrait vivre sous la férule de la vieille Mme Miolens. Il lui fallait fuir.

Toute la nuit, elle s'activa à la lueur de l'unique chandelle. Elle tressa avec difficulté ses draps, se glissa par la tabatière qui ouvrait sur le toit. Une lune pâle éclairait le jardin. Esther frémit en regardant le sol. Sa corde était trop courte mais elle n'avait pas le choix. Elle prit appui sur les tuiles en génoise, hésita quelques instants avant de s'élancer dans le vide, les mains crispées sur la corde improvisée. Elle se mordit les lèvres pour ne pas crier, faillit lâcher la corde tant ses mains la brûlaient. Un massif de buis amortit en partie sa chute.

La lune la guidait. Elle se faufila vers la buanderie, tira les verrous. Elle savait qu'une petite porte, à demi dissimulée derrière les cuveaux, donnait sur une ruelle. Le cœur battant, elle ferma la porte derrière elle. Elle était libre !

Esther pensait avoir tout prévu, mais elle comprit vite que treize années de couvent avaient fait d'elle une personne inadaptée. Quelle direction devait-elle choisir ? Elle voulait se rendre à Jéricho, qui était pour elle un nom plutôt qu'une réalité. Elle craignait que Mme Anne ne lance les soldats du roi à sa poursuite. Mieux valait pour elle se terrer à Montpellier et se faire oublier. Mais où pouvait-elle se réfugier ? Il n'y avait plus de temples, plus de pasteurs dans la ville. Elle était seule, sans ressources, sans famille ni amis. Et elle ne voulait à aucun prix retourner au couvent.

Elle marcha longtemps, se dissimulant sous des portes cochères dès qu'elle entendait résonner des pas sur le pavé. À bout de forces, elle se glissa dans une église, s'assit sur un banc. Elle avait peur et froid mais elle était libre. Et elle s'endormit sur cette pensée.

— Réveillez-vous !

Secouée sans douceur, Esther ouvrit les yeux. Un homme – un papiste – était penché sur elle.

— L'église n'est pas un endroit pour dormir, dit-il d'un ton sévère.

Elle se redressa, lui adressa un sourire confus.

— Je suis désolée mais… (« Vite, pensa-t-elle, je dois improviser une excuse valable. ») Je me suis égarée et, comme il faisait nuit noire, j'ai préféré me réfugier ici.

Il secoua la tête.

— Il faut sortir, à présent.

Son regard, fixé sur elle, la mettait mal à l'aise. Avait-il deviné qu'elle était en fuite ?

— Je suis désolée, répéta-t-elle.

Et, à bout de forces et de nerfs, elle se mit à pleurer.

Une ombre voila le regard de l'homme.

— Vous ne savez pas où aller ?

Elle décida soudain de lui donner une version expurgée de sa situation. Sa tutrice voulait la marier à un homme qui lui faisait horreur. Elle préférait mourir plutôt que de s'y résigner.

— Auriez-vous lu trop de pièces de Molière ? fit-il, moqueur.

Elle ignorait jusqu'au nom de ce Molière.

Le visage de son interlocuteur se radoucit.

— J'avais une sœur qui aurait à peu près votre âge aujourd'hui. Je n'aurais pas aimé qu'elle erre seule dans les rues. Suivez-moi.

Elle marqua une hésitation. Dans quelle mesure pouvait-elle lui faire confiance ?

— Suivez-moi, reprit-il avec impatience. Allons, nous n'avons pas de temps à perdre.

Elle dut courir pour accorder son pas au sien. Il marchait à grandes enjambées, sans se préoccuper d'elle. Ce n'était pas un prêtre, plutôt un clerc ou un bourgeois.

Il l'entraîna ainsi au-delà des remparts. Esther devait marcher si vite qu'elle n'avait presque plus peur. Elle s'étonna en découvrant cinq chariots sur les berges d'une rivière.

Le jour pointait à peine. L'inconnu souleva la bâche du chariot du milieu.

— Je t'amène une nouvelle pensionnaire, Armide ! lança-t-il à la cantonade.

— Si tôt ? gémit une voix de femme.

Elle se redressa sur sa paillasse, agita une lanterne sous le nez d'Esther.

La jeune fille aperçut une personne au tour de taille imposant, enveloppée dans une sorte de houppelande.

— C'est pas une heure chrétienne, ça ! maugréa-t-elle.

Elle ajouta :

— Viens et dors. On fera les présentations plus tard.

Il faisait bon sous les couvertures de laine bourrue. Meilleur, en tout cas, que dans le dortoir glacial. Esther s'endormit sans même en avoir conscience.

5

Il n'avait jamais oublié ses parents ni Jéricho. Quand les dragons étaient venus les chercher, sa sœur, ses cousins et lui, Jean s'était promis de venger Pélagie et Jacques. Comment pouvait-on leur infliger de telles souffrances alors qu'ils étaient seulement venus en aide à leur prochain ? Et Esther, si petite, qui réclamait Noé ? Jean haïssait, en bloc, les dragons et les papistes. Ne pouvaient-ils laisser les religionnaires tranquilles ?

Il avait été emmené dans un couvent de jésuites où l'on s'était évertué à lui enseigner les mathématiques et le latin. Il travaillait dur mais refusait de se rendre aux offices et avait dû subir plus d'une fois les verges. Les prêtres soupiraient lorsqu'ils le croisaient dans les couloirs : « Rien ne peut donc convaincre le jeune Bragant ? »

Plus tard, alors qu'il manifestait un certain attrait pour la rhétorique, il s'était opposé, au cours d'une joute oratoire, au père Luc. Jean soutenait qu'un prince chrétien ne pouvait en aucun cas soustraire des enfants à leurs parents. Mais le prêtre, de son côté, affirmait en s'appuyant sur Duns Scot, un docteur de l'Église, que, le prince ayant une autorité supérieure aux pères, il avait le pouvoir d'enlever leurs enfants.

Éternel débat qui provoquait la colère de Jean. Il était alors puni car on lui répétait qu'il devait rester maître de ses emportements.

Cette enfance avait laissé des traces chez lui. À vingt ans, il était dur, peu enclin à la compassion. Il avait suivi un apprentissage de perruquier alors qu'il rêvait de devenir ministre du culte. Chez les jésuites, il avait eu accès à de nombreux livres qui lui avaient permis d'approfondir ses connaissances. Jean désirait se cultiver toujours plus, polémiquer, même, avec des interlocuteurs opposés à ses idées. Or, chez son perruquier, maître Arnoux, il avait l'impression de végéter.

Beaucaire était pourtant une ville agréable, ensoleillée, dynamique grâce aux commerces et, surtout, grâce à la renommée de sa foire, désormais la plus importante du sud de la France.

« Ce n'est pas la vie que je désire ! » se répétait-il le matin en récitant une action de grâces.

Ses études au collège des jésuites, si elles avaient fait de lui un Nouveau Catholique de façade, n'avaient pas entamé ses convictions. Jean avait été élevé dans la religion et se souvenait encore des psaumes lus par son père et par Jacques. L'un d'eux, plus particulièrement, l'avait marqué.

Si tu donnes ta propre subsistance à celui qui a faim,
Si tu rassasies l'âme indigente,
Ta lumière se lèvera sur l'obscurité,
Et tes ténèbres seront comme le midi.
L'Éternel sera toujours ton guide,
Il rassasiera ton âme dans les lieux arides,
Et il redonnera de la vigueur à tes membres.
Tu seras comme un jardin arrosé,
Comme une source dont les eaux ne tarissent pas[1] *[...]*

1. Extrait d'Ésaïe, LVIII, 11.

Il fourragea dans ses cheveux emmêlés, se leva de sa paillasse et alla se débarbouiller à la pompe de la cour. Maître Arnoux le logeait dans un galetas où il gelait l'hiver et étouffait l'été. Logé, nourri – plutôt mal, l'ordinaire étant frugal –, payé une misère, l'ouvrier perruquier avait le sentiment de perdre son temps dans une voie qui ne l'intéressait pas.

Il rejoignit la famille de son maître dans la salle enfumée. Maîtresse Arnoux, la quarantaine émaciée, répondit à peine à son salut. Maître Arnoux, qui tranchait le pain, grommela un « bonjour » distrait tandis qu'Althéa, leur fille, rougissait jusqu'à la racine de ses cheveux. Jean s'était déjà demandé pour quelle mystérieuse raison ce couple aussi... ordinaire avait choisi un tel prénom pour leur fille unique.

Althéa n'avait pourtant rien de flamboyant ! Le visage criblé de taches de rousseur, les yeux vairons, la silhouette courtaude, elle évoluait le dos voûté en permanence, comme si elle cherchait à faire oublier sa présence. Jean l'évitait le plus possible, gêné par ses regards enamourés.

Le Seigneur le préserve d'une union avec cette pauvre fille ! Il serait alors ligoté à vie chez le perruquier.

Aussi se trouva-t-il particulièrement gêné quand maître Arnoux lui demanda d'accompagner Althéa à la foire à la fin de sa journée.

— Maîtresse Arnoux souffre de ses jambes et moi, j'ai trop d'ouvrage, expliqua-t-il. C'est une occupation pour les jeunes gens. Althéa a fort envie de s'y rendre, ajouta-t-il.

Cela sentait le traquenard à plein nez ! À court d'arguments, Jean opina du chef. Il ne voyait pas comment échapper à ce piège.

Il y réfléchit toute la journée, en vain. Il savait bien qu'il n'avait pas le choix. Lorsqu'il quitta l'échoppe, une heure plus tôt que d'habitude, avec l'assentiment de son patron, il était résolu à faire contre mauvaise fortune bon cœur. Althéa l'attendait sur le seuil de la maison étroite, située le long du Rhône. Elle souriait et paraissait presque jolie dans sa jupe bleue et son caraco blanc.

— Merci de m'accompagner, lui dit-elle, en rougissant.

Toujours de mauvaise humeur, il marmonna quelque chose qui pouvait passer pour une forme de politesse. L'affluence de la foire l'exaspérait. Une frénésie semblait s'être emparée des Beaucairois, des exposants et des visiteurs.

On parlait dans la ville le français, le piémontais, le génois, le turc ou le catalan, on s'insultait, on se haranguait. Négociants et hommes de peine œuvraient dans une atmosphère fébrile.

— Avant, il n'y avait pas de pont, fit remarquer Althéa.

Jean hocha la tête alors qu'il s'en moquait. Il avait entendu parler des querelles opposant les villes jumelles, chacune d'un côté du Rhône, de Beaucaire et de Tarascon. Beaucaire, côté royaume, dépendait du Languedoc et Tarascon, côté empire, faisait partie de la Provence. Beaucaire, très logiquement, souhaitait que le pont soit édifié juste à côté de l'emplacement du champ de foire, alors que Tarascon l'imaginait plus au sud, en aval du château du roi René. Afin de concilier les deux cités, on avait décidé de bâtir un ouvrage au tracé en baïonnette. Ce pont en zigzag suscitait en général la curiosité.

Le pré, ou grand pré, accueillait juste après la fenaison les marchands forains, à l'ombre des mûriers. C'était un véritable village de bois et de toile qu'on édifiait le long de deux grands mails, l'un côté Rhône ou Provence, l'autre côté château ou Languedoc.

Le port, lui, offrait le spectacle d'un véritable caravansérail ! Plus de cent barques de mer, felouques, tartanes, pinques catalanes, galiotes génoises, constituaient une ville flottante sous le soleil ardent de juillet. Althéa joignit les mains.

— C'est beau ! souffla-t-elle.

Jean, pour sa part, remarquait la poussière, la presse, les hommes pris de boisson restant à proximité des buvettes, les femmes trop hardies arrêtant le chaland.

— Ne vous éloignez pas, surtout, recommanda-t-il à la jeune fille.

L'air sentait les épices, le poisson séché, les parfums, le savon, les liqueurs.

Déjà grisée, Althéa chancela.

— On ne m'avait pas dit que c'était aussi vaste…

Les années précédentes, considérant qu'elle était trop jeune, ses parents la tenaient soigneusement à l'écart de la foire de la Madeleine.

Après s'être renseigné, Jean entraîna Althéa vers le grand cours, là où se regroupaient les ferblantiers, papetiers, parfumeurs, pharmaciens, épiciers et marchands de savon. À son âge, dix-sept ans, la jeune fille apprécierait certainement de s'offrir des onguents ou autres savons parfumés. Il se sentait mal à l'aise dans la foule, redoutant l'habileté des voleurs à la tire, qui étaient légion sur la foire.

Althéa regardait partout, s'extasiant devant des tapis ou des souliers. Jean, de son côté, n'appréciait guère cette abondance de biens. Un petit oratoire dédié à l'Immaculée Conception et nommé la chapelle Notre-Dame du Pré lui fit froncer les sourcils.

« Superstitions », pensa-t-il. Il ne se sentait pas à sa place dans le tohu-bohu ambiant.

Quelle était sa place, d'ailleurs ? Pas chez les jésuites, ni chez le perruquier !

— Oh ! Regardez !

Althéa, suspendue à son bras, désigna d'un geste de la main une sorte de cage, placée sur une estrade. À l'intérieur… une bête velue, qui poussait des cris inarticulés. S'approchant, Jean réalisa qu'il s'agissait d'un garçon. Crasseux, les cheveux longs et emmêlés, vêtu de haillons, il secouait les barreaux de la cage.

— Quelle monstruosité ! s'écria Jean.

Son voisin se tourna vers lui.

— C'est un enfant sauvage. Il a été capturé dans la forêt cévenole, au cours d'une battue au loup. Horrible, n'est-ce pas ?

— C'est surtout horrible de le garder enfermé ainsi ! s'emporta Jean.

Il frémissait d'indignation. Le garçon scrutait la foule comme s'il cherchait de l'aide mais paraissait incapable de parler.

— Ce n'est ni plus ni moins qu'un animal, laissa tomber Althéa avec dédain.

À cet instant, Jean éprouva une furieuse envie de la gifler.

— J'ai bien peur que nous ne soyons plus cruels que lui, rectifia-t-il.

Althéa lui jeta un regard chargé de reproche.

— Parlez-vous sérieusement ? Cet… être n'a ni conscience ni âme.

— Qu'en savez-vous ? rétorqua-t-il durement.

On ne pouvait donner d'âge à l'enfant sauvage. D'une minceur extrême, il paraissait aux abois. Voyant un homme s'approcher de la cage en brandissant un fouet, Jean n'y put tenir.

— Vous n'allez tout de même pas le frapper ! s'interposa-t-il.

La foule se mit à gronder. De toute évidence, elle espérait voir le sang couler. Écœuré, Jean reprit :

— Pour qui vous prenez-vous pour traiter ce garçon plus mal qu'une bête ?

L'homme, taillé en force, aux mains larges et épaisses, se retourna vers le fils d'Élie Bragant.

— Et toi, qui es-tu ? rugit-il. Cette bête m'appartient, je l'ai capturée dans les bois de Mialet.

Jean haussa les épaules. L'enfant sauvage et lui échangèrent un regard et il lut dans ses yeux le désarroi, l'incompréhension et la peur. Quelque chose d'autre aussi, qu'il aurait été bien incapable de définir. Il ne put le supporter. D'un geste brusque, il tira le verrou qui fermait la cage, en ouvrit la porte. Sans se faire prier, le garçon détala, provoquant des cris apeurés parmi la foule. La brute menaça Jean de son fouet.

— Espèce de… vaurien ! Voleur ! s'emporta-t-il.

Une grêle de coups s'abattit sur l'ouvrier perruquier. Il les para tant bien que mal, tandis que la foule grondait à nouveau. Il entendit : « Tue ! tue ! » et, faisant le dos rond, tenta de s'échapper. Mais les badauds le pressaient contre l'estrade, lui ôtant toute possibilité de fuite. Il fit face à la brute, tout en sachant qu'il n'était pas de force. Les coups continuaient de pleuvoir, sur sa tête, sur ses épaules. Aveuglé par le sang coulant d'une blessure au front, Jean tomba à genoux. La foule, excitée par la vue du sang, fondit sur lui. Il songea qu'il allait mourir, là, pour un enfant sauvage dont il ignorait tout mais qu'il devait sauver.

— Place !

La foule s'écarta lentement, à regret. Les gardes s'approchèrent de Jean. La brute s'éloigna en proférant des menaces.

— Relevez-vous, Jean, dit Althéa, lui offrant son bras.

Les larmes ruisselaient sur son visage et elle tremblait. Maladroite, elle essuya le sang avec son mouchoir.

— Venez, le pressa-t-elle. Cet homme me fait peur.

— Imaginez… si vous vous étiez trouvée à la place de l'enfant sauvage.

Elle le regarda d'un air effrayé, comme s'il venait de proférer une énormité.

— Sacrilège ! murmura-t-elle en se signant. Jean Bragant, vous êtes un hérétique !

Il se redressa de façon perceptible. Malgré la douleur qui irradiait dans sa tête, son dos et ses épaules, il éprouva brusquement la certitude d'avoir trouvé sa place.

— Vous faites erreur, déclara-t-il, je suis huguenot.

6

1701

Elle aurait dû être heureuse, pensa Elsa, debout sur le seuil de sa maison. Seulement… s'agissait-il vraiment de sa maison ? Certains jours, elle en doutait fortement.

Fille d'un pasteur berlinois, elle avait vécu comme un exil la nomination de son père dans la petite ville d'Erlburg en remplacement de Nathan Jaume, désireux de regagner Genève. Max Weber avait eu beau lui répéter qu'il s'agissait d'une belle preuve de confiance, elle n'en avait pas cru un mot. Elle pensait plutôt qu'il s'agissait d'une sanction parce que le pasteur Weber n'avait jamais eu l'échine souple.

Sur ce point, elle le comprenait.

Orpheline de mère à l'âge de dix ans, Elsa Weber, enfant unique, avait eu l'habitude de tenir le foyer du pasteur avec l'aide de Frieda, sa nourrice.

Handicapée par sa jambe, elle consacrait une grande partie de son temps à la lecture et à la musique. Son infirmité l'avait empêchée de profiter de la vie. Elle se rappelait des nuits entières passées à pleurer sous le gros édredon, parce qu'elle ne pouvait pas jouer avec les autres enfants ni marcher trop longtemps. Elsa était née avec un pied bot très prononcé et devait porter un horrible soulier orthopédique.

Elle se souvenait des regards navrés et des soupirs de sa mère.

— Il te faudra être savante pour te débrouiller dans la vie car tu n'as aucune chance de te marier, lui avait-elle assené un soir, et Elsa l'avait défiée du regard.

— J'ai d'autres qualités, mère !

Mais Brigitta Weber, beauté blonde aux yeux clairs, avait secoué la tête.

— La plupart du temps, les messieurs ne cherchent pas plus loin qu'un joli minois et une silhouette irréprochable, avait-elle insisté.

Elsa, elle, était bancroche et ne devait pas l'oublier. Une tare impardonnable.

Le pasteur Max, de son côté, citait la Bible :

— Ayez non cette parure extérieure qui consiste dans les cheveux tressés, les ornements d'or ou les habits qu'on revêt, mais la parure intérieure et cachée dans le cœur, la pureté incorruptible d'un esprit doux et paisible, qui est d'un grand prix devant Dieu[1].

C'était peut-être pire. Comme s'il lui avait confirmé sa laideur. Or, après avoir beaucoup pleuré, Elsa avait décidé de vivre de la façon la plus normale possible. Son père l'avait approuvée, ce qui avait représenté pour elle une victoire. Sa mère était alors trop malade pour manifester son opposition. Atteinte de phtisie, elle restait enfermée dans sa chambre et sa fille n'avait pas le droit de monter la voir. Quand elle était morte, Elsa avait éprouvé un horrible sentiment de soulagement. Elle se le reprochait encore.

Elle secoua la tête. Elle n'avait pas envie d'évoquer Brigitta. Elle désirait être aimée par Élie.

---

1. Ire épître de saint Pierre, III, 3-4.

Ils s'étaient rencontrés au temple d'Erlburg. Elle avait interprété des cantates à l'orgue et il avait tenu à la féliciter.

À vingt-cinq ans, Elsa n'était plus une jouvencelle mais elle avait perdu ses moyens sous le regard intense du réfugié français. Grand, de taille imposante, il était bel homme et plusieurs veuves accortes avaient jeté leur dévolu sur lui. Pourtant, Élie Bragant ne semblait pas les remarquer. Il s'intéressait exclusivement à ses terres et à la maison qu'il avait construite lui-même. Il se rendait au culte chaque dimanche et Elsa s'était arrangée pour croiser son chemin à plusieurs reprises. Elle savait qu'il avait eu de grands malheurs, sa femme et ses enfants ayant disparu en France mais son père ne s'était guère montré prolixe à ce sujet.

Elsa se demandait parfois si Élie Bragant n'avait pas perdu la foi. L'instant d'après, elle se reprochait cette pensée. N'était-ce pas stupide ? Dans ce cas, il serait resté en France.

Au fil des jours et des semaines, Elsa avait dû se rendre à l'évidence. Pour la première fois de sa vie, elle aimait. Un homme plus âgé qu'elle, qui avait tout perdu. Son amie Hannelore lui aurait dit qu'elle cherchait des difficultés.

Cédant à ses prières, son père avait invité le Français à déjeuner un dimanche. Avec l'aide de Frieda, Elsa avait concocté un repas simple : une soupe d'asperges blanches, des truites, du chou et une tarte aux pommes.

Au cours du déjeuner, elle avait questionné leur hôte. Aimait-il la musique ? Il avait soupiré. « Je ne suis qu'un paysan. » Les problèmes de langue limitaient les échanges même si le pasteur parlait un français correct et si Élie se débrouillait en allemand. Elsa avait plus de difficultés, mais elle s'attela à la tâche avec enthousiasme.

Cet homme lui plaisait ; elle n'en voulait aucun autre.

À la fin de l'année 1699, elle avait si bien manœuvré qu'Élie lui-même commençait à songer qu'Elsa lui était indispensable. Constant et Magda abondaient dans ce sens, eux qui étaient heureux. S'il était resté à Jéricho, Élie n'aurait jamais cédé à cette sorte de conspiration de l'amitié. Sur les terres brandebourgeoises, il lui fallait vivre une nouvelle vie. Or Elsa avait toutes les qualités requises.

Mieux encore, elle n'était pas assez jolie pour qu'il s'éprenne d'elle.

La jeune femme serra les mâchoires pour ne pas hurler sa peine. Elle avait entendu son futur époux faire cette réflexion à Constant Müller la veille de leurs noces.

Si elle avait été plus jeune ou bien si elle avait pu courir à son aise, elle se serait certainement enfuie pour sangloter mais elle n'avait pas le choix. Elle, elle aimait cet homme, et désirait vivre à ses côtés. Elsa n'envisageait pas de mener une autre vie. Avec un peu de chance, Élie apprendrait à l'aimer. Un an et demi après, elle n'avait pas le sentiment d'avoir gagné son pari. Tous deux formaient un assez bon attelage, uni par le désir de faire fructifier le domaine mais Élie demeurait lointain, insaisissable.

Cela irait peut-être mieux si elle parvenait à mener une grossesse à terme, se dit Elsa, mortifiée. Deux fausses couches avaient semé le doute dans son esprit. Était-elle une femme stérile, incapable de donner un enfant à l'homme qu'elle aimait ? Elle savait qu'Élie cherchait toujours à retrouver ses enfants disparus, même s'il ne lui en soufflait mot. Tous deux poursuivaient un but similaire, tout en gardant pour eux leurs angoisses et leurs questionnements. Lors de sa dernière grossesse, Elsa avait perdu l'enfant à cinq mois. Il s'agissait d'un petit garçon, lui avait dit la sage-femme, accentuant sans le vouloir son désespoir. Élie avait été bon, comme toujours. Il lui avait caressé la joue en affirmant qu'il était peut-être trop âgé mais Elsa savait qu'il n'en était rien. À quarante-neuf ans, il était encore dans la force de l'âge. Non, c'était elle qui n'était pas conformée comme il fallait !

Était-ce à cause de sa jambe bancroche ? Elsa ne savait plus que croire.

Le vent du nord se leva, faisant osciller les bouleaux et les trembles.

Elsa frissonna, resserra les plis de sa mante autour d'elle. Avait-elle été trop audacieuse, trop fière, en désirant obtenir l'amour d'Élie ?

Elle n'était pas Jeanne, la belle Jeanne qu'il appelait encore dans son sommeil.

7

Ils étaient sept, membres de la Compagnie du théâtre du Midi. Huit avec Esther, désormais. La jeune fille s'était glissée dans la troupe de baladins avec une aisance surprenante mais, à bien y réfléchir, elle n'avait pas eu le choix. Si Baptiste et les siens ne l'avaient pas acceptée parmi eux, elle aurait été très vite reprise par les gardes royaux.

Il lui avait fallu six bons mois pour se détendre un peu mais elle restait toujours sur ses gardes. En fuite, Esther avait découvert une famille à la compagnie. Il y avait Armide, qui l'hébergeait, Lucinde, la jeune première, Pantalon, le vieillard de comédie, toussant, crachant et maugréant à qui mieux mieux, le Docteur, Polichinelle, le bouffon, Scaramouche, tout vêtu de noir, et Arlequin.

Lorsqu'elle lui avait été présentée le lendemain de son arrivée, Esther avait craint qu'il ne refuse de l'intégrer. Il était grand, mince, avait d'étonnants yeux verts et une bouche moqueuse.

— Voici donc ta protégée, Valentin ! s'était-il écrié à l'intention de l'homme rencontré dans l'église.

Celui-ci s'appelait Sorbières et s'était présenté comme un vieux fou qui croyait en l'homme. Il n'était pas si âgé, cinquante ans environ, et il avait une belle prestance sous ses cheveux grisonnants. Par la suite, elle avait remarqué qu'il était le pivot de la Compagnie, même s'il ne la dirigeait pas. Esther avait jeté à Arlequin un regard chargé de défi.

— Je me suis enfuie du couvent pour échapper au mariage qu'on m'imposait, avait-elle expliqué après s'être présentée.

Arlequin avait souri.

— Tu nous sers un argument classique, petite ! Tu n'as pas de famille ?

Pas question pour Esther de raconter sa vie devant les membres de la troupe qui la dévisageaient avec une curiosité non dissimulée.

Elle s'était donc contentée de secouer la tête.

— Tu sais faire la cuisine ? Coudre ? avait repris Arlequin. On te prend à l'essai, la belle !

Un mois plus tard, elle montait sur les planches. C'était une idée de Baptiste, qui l'imaginait bien en soubrette. De l'avis unanime, Esther s'en était sortie avec les honneurs.

Sorbières lui faisait réciter ses rôles, suscitant la jalousie de Lucinde. « Si tu te laisses attendrir par les ingénues... », grognait-elle. Lucinde était jolie et pensait qu'une seule moue lui suffisait pour s'attirer les bonnes grâces de la gent masculine. Armide, tout en cousant et rapiéçant les costumes, chuchotait que Lucinde avait besoin de séduire tous les hommes de la troupe. « Tous », insistait-elle, coulant un regard vers le chariot que partageaient Sorbières et Baptiste. Esther haussait les épaules, proclamant que cela lui était bien égal, mais ce n'était pas vrai. Elle éprouvait un faible pour Baptiste et avait l'impression d'avoir trouvé un père en Sorbières.

Leur vie sur les chemins était rude, et ils n'étaient jamais assurés du lendemain.

Fin décembre, alors que la neige poudrait les contreforts des Cévennes, la Compagnie du Midi avait trouvé refuge dans une maison forte située entre Nîmes et Uzès. Une aubaine en cette saison ! Le propriétaire, un baron enrichi dans la culture des vers à soie, leur avait offert le gîte et le couvert à condition qu'ils donnent une représentation chaque soir. Le marché était équitable, et les comédiens n'avaient pas boudé leur plaisir. Dormir dans de vraies chambres et manger à leur faim… un luxe ! Leur hôte, le baron Desnouettes, amateur de beaux textes et de bon vin, les laissait puiser dans sa bibliothèque et sa cave. Esther en avait profité pour dévorer avec avidité les œuvres de Montaigne, Ronsard et Pétrarque.

Sorbières la conseillait. Il faisait preuve d'une grande patience à son égard et il savait situer pour elle les auteurs dans la chronologie. Leur seul point de divergence concernait la foi.

Esther était restée fidèle à sa foi protestante. Sorbières, lui, s'affirmait libre-penseur. Il estimait que les religions, quelles qu'elles soient, étaient à l'origine d'un nombre beaucoup trop important d'atrocités.

— De toute manière, aimait-il à rappeler, nous, gens de théâtre, sommes ses brebis galeuses. L'Église nous considère comme des dépravés ayant des mœurs dissolues. Les curés nous refusent le baptême, la communion, le mariage et même l'inhumation en terre consacrée. Regardez ce pauvre Molière : quand il a été pris d'un malaise sur scène, revenu chez lui, rue de Richelieu, il a prié son valet et sa servante de courir à Saint-Eustache, sa paroisse, afin d'abjurer pour mourir en chrétien. Les prêtres ont refusé de se déplacer pour un comédien. Quand son beau-frère a convaincu un troisième prêtre, l'abbé Paysant, de se lever et de se rendre chez l'homme de théâtre, il était trop tard. L'abbé Paysant arriva alors que Molière venait d'expirer. Comme il était mort sans abjurer, alors qu'il venait de jouer sur scène, le curé de Saint-Eustache lui refusa la sépulture. Il fallut que le roi intervienne pour que l'archevêque autorise le curé de Saint-Eustache à enterrer le grand Molière dans le cimetière de la paroisse. Mais attention, de nuit, sans pompe ni service solennel. Cependant, c'est le peuple qui rendit un suprême hommage au personnage car, la nuit de son enterrement, une foule nombreuse se rassembla rue de Richelieu et suivit le convoi jusqu'au cimetière Saint-Joseph.

Ce récit passionnait Esther qui aurait rêvé de rencontrer Molière. Cependant, quelque chose la chiffonnait :

— Le roi, c'était déjà Louis XIV ? Pourquoi a-t-il agi en faveur de Molière et est-il aussi intransigeant avec les huguenots ?

Sorbières répondit par une pirouette :

— Mon petit, il faut croire que les huguenots sont bien pires que les comédiens !

L'atmosphère régnant chez les comédiens ambulants lui convenait tout à fait. On ne se prenait pas au sérieux, se passionnant pour la scène et les beaux textes. Baptiste, qui écrivait leurs pièces avec Sorbières, lisait le latin et le grec. Durant tout l'hiver qu'ils passèrent chez le baron Desnouettes, il s'attaqua à une adaptation de deux pièces de la commedia dell'arte.

Le baron aimait les auteurs classiques mais il convenait de se préparer pour les beaux jours. Sur les tréteaux des foires, le public appréciait les grosses comédies avec des personnages typés. Ainsi, dès que Polichinelle apparaissait, avec son masque, son gros ventre, son nez en bec de corbeau et sa bosse, on savait qu'il allait jouer quelques mauvais tours. Pour sa part, Esther, sensible à la beauté des textes, préférait, et de loin, interpréter la Célimène du *Misanthrope* ou Andromaque. C'étaient pour elle de véritables défis.

Une brume légère, montant du Gard, conférait un aspect fantasmagorique aux arbres du parc. Esther jeta une cape sur ses épaules et alla marcher vers le pigeonnier, escortée de Pluton, un énorme mâtin qui s'attachait à ses pas.

Bien qu'elle prît garde de ne pas attraper froid, elle appréciait la fraîcheur des petits matins de février, et l'odeur délicieusement piquante des feux de cheminée. Le baron la rejoignit alors qu'appuyée au socle d'une statue équestre, elle contemplait le paysage.

— Ne vous ennuyez-vous pas trop dans ma thébaïde ? s'enquit-il.

Esther secoua la tête avec vigueur.

— Jamais ! Il y a tant de choses à découvrir ! Et votre bibliothèque… si vous saviez !

L'animation rosissait son visage, le rendant encore plus attirant. Le baron tendit la main, lui caressa la joue. Esther recula de deux pas.

— Ne me touchez pas ! se récria-t-elle.

Blessé, le baron la fusilla du regard.

— Tu es bien fière, ma fille, alors que tu n'es même pas fiancée ! À croire qu'aucun des mâles composant votre troupe ne veuille de toi !

La pique atteignit son but car Esther aurait aimé séduire Scaramouche ou Arlequin. Elle voyait Lucinde papillonner de l'un à l'autre et elle-même se sentait dédaignée.

Pas question, cependant, pour elle de se laisser approcher par le baron !

À court d'arguments, elle lança :

— Je sors du couvent. Je me défie de la compagnie des hommes.

Mal lui en prit ; le baron se rapprocha d'elle et, d'un geste vif, lui saisit le menton.

— N'insistez pas, monsieur. Je ne veux pas.

Il se fit alors menaçant.

— Tu te prends pour qui, sale petite gueuse ? On ne me dit pas non !

Elle percevait son haleine forte. Il se pencha vers elle, tira sur les cordons de sa mante. Celle-ci tomba sur le sol gelé. Malgré les cris de la jeune fille, il déchira son corsage. Il laissa échapper un grognement de plaisir en s'emparant de ses seins ronds et haut placés.

Esther se contorsionna tout en continuant de hurler.

— Cesse donc ! fit le baron.

Il la souffleta si fort qu'elle tomba en arrière. Il se précipita alors sur elle. Esther éprouva un sentiment de panique indicible. Cet homme, les mains tendues vers elle, à l'aveugle, lui faisait horreur.

— Je vous en prie, sanglota-t-elle.

Il brandit le poing sous son nez. Elle le sentait imperméable à tout raisonnement, à toute compassion. Il la désirait, là, tout de suite.

Il se redressa légèrement, défit sa ceinture. De nouveau, Esther hurla.

Une ombre qui lui parut immense cacha le soleil pâle d'hiver.

— Bas les pattes ! s'écria une voix familière.

Esther se sentit envahie d'une chaleur bienfaisante. Baptiste l'avait entendue ! Il la défendait !

Elle vit le baron se retourner vers Baptiste. Atteint d'un coup de poing, il s'abattit sur le sol. Arlequin se pencha au-dessus d'elle.

— Ma mie, ça va ? Il ne t'a pas fait mal ?

Trop bouleversée pour prononcer un mot, elle secoua la tête.

Il lui tendit la main, l'aida à se relever.

— Viens, ma belle, on a intérêt à filer. Parce qu'il ne sera pas d'humeur badine, quand il reprendra connaissance.

Elle le suivit tout en s'efforçant de ne pas trembler. Elle avait eu horriblement peur et ne pouvait rester une minute de plus chez le baron. Parvenu au château, Baptiste lança le signal du départ, sans prêter attention aux protestations de Lucinde. Un quart d'heure plus tard, la troupe remontait l'allée. Assise à côté de Baptiste, Esther songea que le baron avait tort : Baptiste se souciait d'elle.

8

« Ombre et lumière », pensa le jeune homme, qui se remémora ces phrases extraites du livre de Job :

Pays d'une obscurité profonde,
Où règnent l'ombre de la mort et la confusion,
Et où la lumière est semblable aux ténèbres[1] *[...]*

Se réciter les versets qu'il connaissait par cœur l'aidait à tenir. Sinon... il aurait tenté de mettre fin à ses jours. Jean n'avait pas cherché à s'enfuir lorsqu'on était venu l'arrêter chez maître Arnoux, le lendemain de l'esclandre sur la foire. D'une certaine façon, il s'y attendait. Pis, il se sentait presque soulagé car il avait enfin assumé sa religion. Ses études chez les jésuites n'avaient pas entamé sa certitude : il appartenait à la religion. Quand les missionnaires bottés l'avaient questionné rudement, il n'avait pas pris la peine de nier.

Huguenot et fier de l'être, Jean Bragant n'était pas disposé à abjurer. « Je veux pouvoir rester en paix avec moi-même », avait-il répondu fièrement.

Cinq mois après, il se demandait encore si ce n'était pas Althéa qui l'avait dénoncé. De toute manière, il s'en

1. Job, x, 22.

moquait. Il n'aurait jamais accepté de l'épouser et elle devait l'avoir compris. Curieusement, maître Arnoux avait tenté de venir en aide à son ouvrier. Mais le perruquier ne pouvait rien contre la machine judiciaire.

Condamné aux galères, Jean avait éprouvé un profond sentiment de révolte. D'abord emprisonné, il avait dû attendre le passage de la chaîne, venant de Paris par Mâcon, Lyon et Avignon pour y être réuni.

Durant cette période, maître Arnoux lui avait rendu visite à deux reprises, lui apportant du pain, du fromage et des fruits. Il lui avait aussi glissé quelques sols en lui disant que ceux-ci lui permettraient d'améliorer l'ordinaire. Jean n'avait aucune idée de ce qui l'attendait, cela valait sûrement mieux. Il n'avait pu réprimer un mouvement de recul en découvrant l'état des pauvres diables composant la chaîne. Tous paraissaient être à bout de forces. Ils portaient un gros collier de fer. Ces colliers étaient rattachés les uns aux autres par une chaîne assez courte les liant deux à deux et par une autre, bien plus longue, qui reliait tous les couples.

Leurs hardes, sales et déchirées, laissaient entrevoir leur peau constellée de traces de piqûres et de coups. Beaucoup boitaient ou titubaient. Le plus surprenant était de compter parmi les galériens des vieillards chenus comme des adolescents imberbes. Les gardes maniaient le nerf de bœuf et le gourdin avec zèle. Pris de nausée, Jean eut envie de fuir. C'était impossible, tous le savaient. Il se retrouva lié à un jeune homme de son âge, déserteur de son état. Celui-ci venait de Lyon.

— Gaston, se présenta-t-il. Gaston Reville.

Jean regarda une dernière fois le fleuve imposant, et se demanda à nouveau si l'enfant sauvage avait survécu. Il ne regrettait pas son intervention à la foire. Il aurait voulu faire plus pour le pauvre garçon, sans savoir quoi exactement.

Le jour de leur arrivée à Marseille, Jean se promit de devenir pasteur. Ce but lui permettrait de tenir et, il l'espérait, de ne pas céder aux entreprises de conversion. Outre Gaston, il s'était lié avec Jérémie et Esprit, deux coreligionnaires. Tous quatre étaient bien décidés à s'épauler dans l'épreuve.

La traversée des rues de Marseille en pitoyable équipage constitua une épreuve supplémentaire.

L'entrée dans l'arsenal jeta une ombre sur les prisonniers. Jusqu'alors, ils pouvaient encore espérer. Ils étaient désormais entièrement livrés au personnel des galères. Jean aperçut une darse en forme de L, et deux immenses bâtisses, ainsi qu'un nombre incroyable de personnes paraissant fort affairées.

Ils durent se défaire de leurs vêtements et passer la livrée du galérien. Celle-ci se composait d'une chemise de grosse toile, d'une casaque de serge rouge, d'une paire de bas et d'une calotte rouge. Chaque forçat reçut aussi une capote, une sorte de longue robe de chambre lui tombant jusqu'aux pieds.

Les noms de chaque forçat furent inscrits sur le registre d'écrou, ainsi que leur signalement, avant qu'ils ne soient ferrés et enchaînés. Il fallut ensuite patienter avant la répartition sur les galères.

Elles faisaient l'orgueil de la marine royale. Elles avaient fière allure, se balançant mollement dans le port, avec leurs pavois et leurs bannières.

— La pompe royale…, marmonna Jérémie.

Imprimeur, il avait cherché à passer en Suisse et été arrêté à Chambéry. Il était décidé à défendre ses droits comme ceux de ses camarades. Mais que pourrait-il contre la force brute des gardiens ? se demandait Jean avec inquiétude.

De nouveau, il songea à l'ombre et à la lumière caractérisant un tableau de l'école flamande admiré chez les jésuites. Ombre des cachots, lumière des reflets du soleil dans l'eau et sur les oriflammes…

Dans le monde clos de l'arsenal, il se chuchotait que certains comites[1] étaient pires que les autres. Celui de *La Palme*, notamment, était réputé pire qu'un démon d'enfer.

L'arsenal était une ville dans Marseille. Environ douze mille galériens, cinq mille matelots et soldats, mille deux cents officiers et sous-officiers, trois cents maîtres ouvriers et compagnons engagés à l'année et deux mille à deux mille cinq cents manœuvres employés à la construction et à l'entretien des galères, représentaient le quart de la population totale de la cité.

Le jour de la répartition, on mena au parc de l'Arsenal les soixante nouveaux arrivants. Les prisonniers durent se dévêtir entièrement et, une fois nus, furent palpés sur tout le corps. On les regroupa ensuite en six lots et les comites procédèrent à un tirage au sort pour obtenir leur lot. Jean contenait à grand-peine sa colère et son indignation. Quel crime avaient-ils donc commis pour être traités de façon aussi infâme ? Ils refusaient de céder à la pression du roi et des papistes. Comme dans un cauchemar, il suivit le maître d'équipage. Jérémie et Gaston faisaient partie de son lot. Il en fut soulagé.

Ils eurent l'impression de vivre un cauchemar en se retrouvant à bord de *La Palme*, la galère sur laquelle il ne fallait surtout pas être envoyé… De nouveau, Jean sentit

1. Maîtres d'équipages.

monter la nausée et éprouva une irrésistible tentation de fuir.

À cet instant, tout, même la mort, lui paraissait constituer un sort plus enviable que le fait d'être parqué dans un espace aussi restreint.

Une bourrade dans le dos le contraignit à avancer. Il n'avait pas le choix. Il manqua tomber, Gaston le rattrapa.

— Bienvenue en enfer, l'ami, lui souffla-t-il.

9

1702

Un soleil insolent faisait chanter les couleurs des collines et des forêts, accentuant par contraste la blondeur des champs de blé.

Pourtant, malgré le beau temps, Noé se sentait le cœur lourd. La répression de Basville, le terrible intendant du Languedoc, s'était accentuée sur les Cévennes.

La paix de Ryswick, signée en 1697, avait mis fin aux espoirs des huguenots. Les Provinces-Unies ne prendraient pas les armes pour leur venir en aide, le rêve caressé depuis des lustres s'évanouissait. Réuni avec des amis de Barre-des-Cévennes, Noé avait juré de s'exiler si les papistes avaient de nouveau recours aux sinistres dragonnades.

À vingt-cinq ans, il n'avait rien oublié. Il se souvenait de l'arrestation de ses parents, de l'incendie qui avait ravagé le mas de la Lèze. Il se souvenait du petit visage crispé et des larmes silencieuses d'Esther. Toujours collée à ses basques, la petite n'avait peur de rien. Ce jour-là, pourtant, elle n'en menait pas large. Noé avait essayé de plaider la cause des petits, en vain. On les avait tous séparés. Son frère Sylvain avait été emmené dans un couvent sinistre, Esther avait disparu à son tour, entraînée par une femme qui lui avait paru plutôt exaltée. Lui avait été placé chez les jésuites. S'il reconnaissait les vertus de leur enseignement, il savait aussi désormais qu'il n'abdiquerait jamais. Les uns et les autres ne s'étaient jamais revus.

Jean avait été placé, lui aussi. C'était la règle inique : on arrachait les enfants à leurs parents.

Pourtant, ses études n'avaient pas empêché Noé d'apprendre par cœur des psaumes et des passages entiers de la Bible. Il avait tout à fait conscience de son identité huguenote et refusait de s'incliner.

Il travaillait comme manouvrier sur les terres de Sénéchal, un Nouveau Catholique, qui ne se rendait jamais à la messe. Il s'était réuni pour sauver ses biens sans se résoudre à suivre le rituel papiste. Ils étaient nombreux dans ce cas et Basville s'irritait de ce qu'il considérait comme un échec.

Parallèlement, le mouvement des petits prophètes s'était développé dans les Cévennes, le Vivarais et le Dauphiné. Il s'agissait d'enfants, souvent illettrés, qui étaient pris de frissons et de tremblements et se mettaient à citer des passages de la Bible ou à énumérer les catastrophes menaçant les pécheurs.

Bourgeois et membres de la noblesse fronçaient le nez face à un tel manque de dignité. Il s'agissait assurément de comédiens qui effectuaient leur numéro !

Cependant, les Cévenols se posaient des questions. Se pouvait-il que ces bergers, ces servantes fussent vraiment inspirés ?

Pour sa part, Noé y voyait le signe d'une période douloureuse.

La chaleur de midi se faisait intolérable. Noé laissa tomber sa fourche, alla boire à longs traits à sa gourde. Son camarade Pascal le rejoignit.

— On se retrouvera ce soir, à Pont-de-Montvert, lui dit-il à voix basse.

Un espoir fou souleva Noé. Il y avait plusieurs mois qu'il dénonçait les méfaits de l'abbé du Chayla, archiprêtre des Cévennes. Or celui-ci habitait la maison prise au bailli Jean d'André, à Pont-de-Montvert.

— On fait justice, enfin ? s'enquit-il.

Pascal haussa les épaules.

— Je n'en sais pas plus, et cela vaut peut-être mieux. Tu sais que Basville n'est pas tendre avec nos coreligionnaires…

— L'abbé tortionnaire n'a rien à lui envier.

Âgé de cinquante-cinq ans, l'ecclésiastique était né dans une famille noble du Gévaudan. On racontait que, missionnaire au Siam, il avait été martyrisé par des bouddhistes. Il était hélas connu pour torturer des enfants, afin de faire plier leurs parents.

Noé reprit sa fourche et poursuivit son ouvrage avec une ardeur renouvelée.

Il avait l'impression qu'une force vive l'animait. Il n'avait jamais oublié l'arrestation de ses parents, la mise à sac de leur maison, l'enfermement des quatre enfants. La haine bouillonnait en lui.

« Ce soir », pensa-t-il. Il avait hâte d'en découdre avec le sinistre abbé et de venger les siens.

La nuit de juillet était claire, la chaleur devenue plus supportable. Des ombres se projetaient sur le chemin menant à Pont-de-Montvert, où l'archiprêtre des Cévennes, bras droit de l'infâme Basville, logeait. Cette demeure, située au débouché du pont de pierres enjambant le Tarn, avait une certaine allure avec ses trois niveaux et ses pierres d'une belle couleur ocre pâle. Pourtant, on chuchotait qu'on y donnait la question, notamment à des enfants, et qu'il ne fallait pas tomber entre les mains de l'inspecteur des missions catholiques ou de ses valets.

Ils étaient près de soixante, à s'être rassemblés au lieu-dit des Trois-Fayards, près du sommet du Bougès, avant de décider de se rendre à Pont-de-Montvert.

Celui qui menait la troupe, un certain Abraham Mazel, natif de Saint-Jean-du-Gard, avait appris que le sinistre abbé détenait dans sa maison sept jeunes gens cherchant à gagner Genève. Le 22 juillet, deux jours auparavant, leurs parents avaient supplié le prêtre, en vain. La haine que suscitait François de Langlade du Chayla était devenue trop forte pour tolérer de tels agissements. On savait l'archiprêtre capable du pire. Cela faisait trop longtemps qu'il s'attaquait aux enfants.

— On nous a repérés ! lança Noé, ayant aperçu une silhouette à la fenêtre du premier étage.

Une vingtaine de ses camarades était armée de fusils, de pistolets, de faux, et de haches.

L'abbé, attiré par le bruit, se pencha à la croisée. Noé ne put réprimer un frisson en reconnaissant sa longue silhouette sombre et ses cheveux argentés.

— Que demandez-vous ? questionna l'abbé sans paraître effrayé.

Esprit Séguier et Abraham Mazel lui réclamèrent ses prisonniers, « de la part de Dieu ».

Les huguenots étaient déterminés. Avant de se diriger vers Pont-de-Montvert, ils avaient fait tous ensemble leur prière puis chanté en chemin le psaume LI :

[...] Ô Dieu ! Aie pitié de moi dans ta bonté,
Selon ta grande miséricorde, efface mes transgressions,
Lave-moi complètement de mon iniquité,
Et purifie-moi de mon péché [...]

Devant le refus de l'abbé et les coups de fusil tirés des fenêtres, la troupe de huguenots força la porte, délivra les prisonniers et mit le feu à la salle basse afin de faire sortir les papistes.

Cherchant à s'enfuir par la fenêtre au moyen d'une corde faite de ses draps, l'abbé du Chayla se blessa et se traîna sur le pont vers la place où il avait fait pendre quelque temps auparavant une jeune femme de vingt-six ans.

On l'exhorta à prier pour son pardon, ce qu'il refusa. Esprit Séguier le frappa alors à la tête, d'autres l'imitèrent. L'archiprêtre des Cévennes, un des hommes les plus puissants et les plus redoutables de la région, périt de cinquante-deux coups de poignard. Chacun des huguenots, en effet, avait tenu à le frapper pour venger les souffrances de ses proches.

« Pour mes parents, pour mon frère, pour Esther et pour Jean », pensa Noé avec force.

Il ne savait pas, alors, que la révolte des camisards venait de commencer.

10

Elle aimait l'été, songea Esther. Pas seulement pour les longues soirées qui s'étiraient mais aussi pour le soleil qui dorait sa peau, et la sensation d'être en vie après l'hiver trop rude.

C'était plus fort qu'elle, elle avait gardé des réflexes de prisonnière. Il lui fallait vivre au contact de la nature et elle appréciait particulièrement les représentations données en plein air.

À vingt et un ans, Esther se sentait plus sûre d'elle, peut-être parce qu'elle avait acquis une certaine expérience des planches. Elle aimait le théâtre, qui lui donnait l'impression d'avoir une plus grande maîtrise de son existence. C'était important pour elle qui avait connu les arrestations arbitraires et les persécutions.

De plus, elle aimait Baptiste, sans savoir si son amour était partagé. Baptiste était comme le sable ou le vent, il vous filait entre les doigts, refusant en permanence tout ce qui pouvait limiter sa liberté. Esther en avait conscience, et ne lui posait pas de question.

Il l'avait embrassée un soir alors que le rideau tombait sur la scène. Esther avait encore le goût d'herbe fraîche de son baiser sur les lèvres.

« Tu joues de mieux en mieux », lui avait-il dit, et elle avait attendu, espéré, un geste de sa part. Elle connaissait encore bien mal Baptiste, à l'époque. Ce qu'il aimait avant tout, c'était séduire. Il avait joué avec elle durant plusieurs semaines avant de lui conter fleurette.

Baptiste avait le pouvoir de vous peindre la vie en rose. Léger, drôle, il ne se prenait pas au sérieux, mais débordait de charme. Chaque soir, des spectatrices lui décochaient des œillades porteuses de promesses. Esther leur aurait volontiers arraché les yeux ! Au lieu de quoi, elle devait se montrer piquante, séductrice en diable, et un brin aguichante. C'était une sensation merveilleuse de tenir le public en haleine, de donner vie aux personnages qu'elle incarnait.

Elle avait parfois l'impression de compenser ainsi ses années d'enfermement.

Baptiste, cependant, ne faisait pas de projets communs et ne lui avait jamais parlé d'amour. « Ma vie est sur les chemins et sur les planches », affirmait-il. Il se professait libertin, au sens où on l'entendait au XVIIe siècle, c'est-à-dire pratiquant la liberté de penser, affranchie de toute doctrine religieuse.

Cette idée séduisait assez Esther qui n'avait pas la moindre envie de défendre une religion, quelle qu'elle soit ! Elle revendiquait avant tout sa liberté.

Cependant, elle redoutait que Baptiste ne papillonne. Lui qui se voulait libre avant tout ne supportait pas l'idée d'un engagement quelconque.

Il l'avait séduite sans difficulté, se l'était attachée par une science de l'amour des plus remarquables, mais elle se demandait si, de son côté, il était aussi épris d'elle qu'elle l'était de lui. Il ne laissait rien voir de ses émotions comme de ses sentiments. Ils s'accordaient si bien au lit qu'Esther avait parfois l'impression que rien d'autre n'avait d'importance.

Elle se cabrait sous ses caresses, le défiait, l'enchaînait à elle plus sûrement qu'avec des fers.

Cependant, dès l'aube, Baptiste se comportait avec elle comme s'ils avaient été seulement amis. Cette attitude exaspérait Esther, suscitant chez elle des envies de meurtre.

Pourquoi Baptiste agissait-il ainsi ? Redoutait-il la jalousie de Lucinde ? Ou bien celle d'Iris ?

Iris était une délicieuse jeune première de seize ans, à la silhouette troublante et aux yeux noirs. Sur scène, sa voix légèrement voilée subjuguait les spectateurs. Combien de temps Baptiste patienterait-il avant de la mettre dans son lit ? se demandait Esther avec angoisse.

Les comédiens, étant condamnés pour leurs mœurs dissolues, ne se privaient pas de donner raison aux moralisateurs. De plus, la jeune femme savait qu'aucune considération morale ne retiendrait Baptiste.

Ne lui avait-il pas cité avec enthousiasme ces vers extraits des Carmina Burana[1] :

Tu as tort d'appeler joug
Les mystères de Vénus,
Quand il n'est rien de plus libre,
De plus délicieux ni de meilleur.
Combien leurs joies comportent de douceurs !
Et les larcins de Vénus sont œuvres pies.

« Aime-moi comme je t'aime ! » avait-elle envie d'implorer, tout en sachant qu'il était inutile de s'humilier. Baptiste ne modifierait pas son comportement pour autant.

---

1. Compilation réalisée au XIIIe siècle de chants profanes ou religieux composés par les goliards, ecclésiastiques défroqués.

Épicurien dans l'âme, il entendait vivre selon son bon plaisir. Comme il le lui avait déclaré un soir, dans sa vie, il y avait d'abord la Compagnie, puis le bonheur d'être libre. Il ne pouvait être plus explicite.

Esther sentait souvent peser sur elle le regard pensif de Sorbières. S'il était lui aussi libre-penseur, il se défiait des passions et recherchait l'ataraxie, la sérénité, la quiétude de l'esprit.

Grand admirateur des philosophes grecs, Sorbières était un modèle pour Esther. Tous deux avaient de grandes discussions au sujet de ses maîtres, qu'il lui avait fait découvrir.

Elle fit quelques pas en direction de la rivière à proximité de laquelle ils avaient installé les chariots. Après être montés jusqu'à Lyon, ils étaient redescendus vers Marseille, en suivant le Rhône. Si Esther avait eu le cœur serré en songeant aux siens, elle n'en avait rien laissé paraître. Noé lui manquait plus encore que son frère Jean. Au mas de la Lèze, il s'était instauré son protecteur. Noé, Jean, le mas et ses Cévennes lui manquèrent soudain avec une intensité telle qu'elle laissa filer un gémissement de détresse. Durant les années passées à Montpellier sous la férule de Mme Anne, elle s'était efforcée de tenir bon, de ne pas abjurer sa foi plus par fidélité aux siens que par réelle conviction. Ensuite, elle avait voulu échapper à un mariage contre nature et ne pas être rattrapée, et elle s'était coulée avec enthousiasme dans la vie de membre de la Compagnie du Midi. Elle avait aimé jouer, incarner des personnages différents, ce qui lui permettait de laisser libre cours à ses émotions. À présent, cependant, elle aspirait à mener une vie un peu plus calme, à moins sillonner les chemins, tout en sachant que c'était impossible. Baptiste avait besoin de la Compagnie pour exister et elle ne pouvait envisager sa vie sans Baptiste.

La rivière n'était plus qu'un mince filet d'eau serpentant sur de grosses pierres. Sur la colline, pointant vers le ciel, deux cyprès encadraient une minuscule chapelle.

De nouveau, un sentiment poignant de nostalgie pinça le cœur d'Esther. Elle n'avait jamais revu Jéricho, le domaine familial dont Jean, Noé et Jacques lui avaient si souvent parlé et elle éprouvait le besoin de renouer avec ses racines.

Si la Compagnie lui avait offert sans barguigner la sécurité du gîte et du couvert, ses membres ne comprenaient pas son désir de retrouver les siens. Les comédiens formaient une famille mais elle, Esther, n'était pas une véritable comédienne. Elle avait besoin d'être ancrée dans la vraie vie.

Elle haussa légèrement les épaules. De toute manière, elle devait garder ses états d'âme pour elle puisqu'elle aimait Baptiste.

— Eh bien, ma belle ?

La voix forte d'Armide la fit sursauter. Habituée aux rôles de matrone, tout en seins et en hanches, celle qui faisait aussi office de costumière avait pris Esther sous sa protection. Elle l'avait souvent conseillée pour ne pas se laisser évincer par Lucinde, attachée à ses prérogatives de premier rôle.

Armide tenait sous le bras un panier de linge.

— Tu m'aides ? proposa-t-elle.

Le soleil déclinait lentement à l'horizon. Ce soir, ils faisaient relâche avant de se rendre à Aubagne.

— Je n'ai pris que notre petit linge, expliqua Armide. Je sais qu'il fait chaud mais les draps n'auraient pas le temps de sécher.

Les deux femmes s'agenouillèrent au bord du ruisseau pour laver jupons, caracos et chemises fines. Esther aimait cette activité qui lui permettait de mettre un peu d'ordre dans ses pensées. C'était compter sans Armide, qui avait envie de bavarder.

Âgée d'une bonne quarantaine d'années, elle était restée fille, ce qui ne l'empêchait pas de déserter de temps à autre leur chariot afin de passer la nuit chez un galant. Elle en avait deux attitrés, l'un à Beaucaire, le second à Arles, et se laissait de temps à autre conter fleurette par un spectateur. Celui-ci devait être brun, bien bâti, et avoir les yeux bleus.

Ses camarades ne se gênaient pas pour se moquer d'elle à ce sujet.

— J'espère bien faire une belle rencontre à Marseille, déclara-t-elle d'un ton gourmand.

Esther esquissa un sourire tout en frottant énergiquement son plus beau jupon.

— Qu'a donc cette ville pour vous faire rêver ainsi ? Lucinde prend son air le plus mystérieux et l'ami Sorbières lui-même évoque de vieux amis. Il n'est guère que Baptiste qui garde le silence.

— Oh ! Baptiste ! fit Armide d'un ton agacé.

Esther lui jeta un coup d'œil acéré.

— Que sais-tu de Baptiste ?

Armide haussa les épaules.

— Tout et rien. Je le connais depuis qu'il a une dizaine d'années. Il a débuté sur les planches avec son oncle, qui possédait une petite troupe. Moi, j'avais un peu plus de vingt ans et je taillais déjà les costumes. Baptiste jouait comme personne et faisait l'acrobate sur scène. Il voulait être comédien et avoir sa propre compagnie. Il ne s'intéressait à rien d'autre. Il aurait été capable de piétiner père et mère pour atteindre son but. Je l'ai vu…

Elle s'interrompit brusquement.

— Armide, voyons ! pria Esther.

Son amie secoua la tête.

— À quoi bon remuer le passé ? C'est si loin déjà !

Esther la connaissait assez pour savoir qu'elle n'en dirait pas plus. Or ce parti pris l'inquiétait. Elle pressentait depuis déjà longtemps qu'il existait des zones d'ombre dans la vie de Baptiste sans pour autant se hasarder à lui poser une seule question. Il était en effet beaucoup trop attaché à sa sacro-sainte liberté pour le supporter !

Une silhouette juvénile les rejoignit. Iris, jouant avec ses cheveux blonds lâchés, ne portait qu'une chemise de jour et un jupon.

— Je vais me tremper les pieds, annonça-t-elle. Vous m'accompagnez ?

Armide et Esther secouèrent la tête.

— Nous avons encore de l'ouvrage, répondit Armide.

Elle suivit Iris d'un regard indéfinissable.

— Cette jeunesse…, marmonna-t-elle. Parce qu'elle a seize ans, elle pense que le monde lui appartient !

Esther sourit.

— Je suis son aînée d'à peine cinq ans. Je me sens encore jeune, moi aussi !

Le regard d'Armide l'enveloppa d'un air pensif.

— Cinq ans… une éternité à cet âge ! Passé vingt ans, les années galopent. Tu verras…

Les ombres de la nuit gagnaient du terrain. Les deux femmes tordirent leur linge et rentrèrent au campement.

Esther avait soudain l'impression que le monde entier pesait sur ses épaules.

11

La belle saison constituait la pire période pour les galériens du roi. En effet, ceux-ci passaient l'hiver à l'intérieur de l'arsenal.

Arrivé en bonne santé à Marseille, Jean Bragant avait pu mieux résister que des huguenots chenus, qui s'effondraient au bout d'une semaine de travail inhumain. Il formait avec ses amis Gaston, Jérémie et Esprit un quatuor uni. Leur bonne entente était précieuse. De toute manière, les huguenots, s'ils étaient persécutés par la plupart des officiers des galères, étaient respectés des Turcs comme de nombre de leurs compagnons de misère. Les galériens du roi employaient plus ou moins douze mille hommes dont deux mille Turcs. On appelait ainsi les forçats originaires d'Afrique du Nord et du Levant, la plupart du temps capturés en mer par des corsaires et vendus ensuite comme esclaves.

Tous partageaient le même sort. Attachés à leur banc dans un espace réduit de trois mètres vingt-cinq sur un mètre trente, ils y ramaient, y mangeaient – fort mal –, y dormaient et y faisaient leurs besoins. Les condamnés de droit commun imposaient leur loi. Les huguenots, pour résister et tenir, avaient créé une sorte d'organisation clandestine mettant en œuvre la solidarité entre ses membres.

Ainsi, grâce à de nombreuses complicités grassement rémunérées, les galériens protestants entretenaient une correspondance suivie avec la Suisse, l'Allemagne, l'Angleterre et les Pays-Bas, comme avec les protestants de France. Ceux-ci leur envoyaient des lettres d'encouragement, des subsides, fruits de quêtes et de collectes, et surtout des livres.

Des négociants, des commerçants, jouaient le rôle de boîtes aux lettres. C'était pour les prisonniers une bouffée d'air et d'espérance indispensable à leur survie.

L'argent achetait tout, dans le monde fermé des galères. Au cours du premier hiver passé à l'arsenal, Jean avait découvert qu'il pouvait s'en échapper en rétribuant les pertuisaniers. En effet, les gardes-chiourmes acceptaient de déferrer les prisonniers contre un sol par jour. Ceux-ci allaient alors travailler dans des fabriques marseillaises tandis que les argousins se réchauffaient et buvaient au cabaret.

En théorie, les directives venues de Versailles interdisaient formellement aux protestants de bénéficier de ce régime de semi-liberté mais l'argent permettait de contourner le règlement.

L'argent, cependant, avait été impuissant dans l'affaire du bonnet.

Lorsque Jean était arrivé à Marseille, il avait assisté dès le premier dimanche à un horrible spectacle qui lui avait laissé le cœur au bord des lèvres.

Vadon, un coreligionnaire nîmois, lui avait expliqué que les ultra-catholiques avaient inventé un nouveau moyen de torturer les huguenots, dès 1699. Chaque jour de fête religieuse, la messe était dite sur la poupe des galères. Les forçats devaient y assister, enchaînés, à genoux, tête nue. Refusant de suivre le rituel papiste, les protestants restaient sur leur banc, bonnet enfoncé jusqu'aux oreilles, enveloppés de leur capote.

Les dévots n'avaient rien trouvé de mieux que de les contraindre à se mettre à genoux et à ôter leur bonnet tout le temps de la messe. Bien sûr, la plupart refusèrent avec indignation. Les aumôniers des galères décidèrent alors, avec l'accord des officiers, d'arracher aux protestants leur bonnet. Ils ne cédèrent pas pour autant, continuant de s'obstiner dans leur refus. Sur certaines galères, on brutalisa et ligota les opiniâtres à la poupe. On résolut aussi de bastonner les « coupables », dont le seul crime était de rester fidèles à leur religion. Étendu torse nu, à plat ventre sur le coursier[1] de la galère, le forçat était tenu aux jambes et aux bras par deux camarades. Un Turc, préposé bourreau, frappait l'obstiné avec une grosse corde goudronnée.

Afin d'éviter que le Turc ne fasse qu'effleurer le dos du puni, un comite, placé derrière le bourreau, lui administrait des coups de bâton à la moindre défaillance.

Les galériens refusant d'ôter leur bonnet furent ainsi bastonnés jour après jour, dimanche après dimanche. C'était pitié que de les voir supplicier, sans qu'aucune voix ne s'élève pour prendre leur défense. Jean n'oublierait jamais avoir vu un coreligionnaire mourir sous les coups. Lui-même avait eu la chance de s'évanouir après une première bastonnade, et on l'avait emmené à l'hôpital. Il avait ainsi échappé au sel et au vinaigre appliqués sur les plaies.

Les jours passés à l'hôpital lui avaient permis de reprendre un peu de forces mais il ne parvenait pas à surmonter son dégoût face à cet abîme de haine qui séparait catholiques et

1. Passage de la proue à la poupe, entre les bancs des forçats.

protestants. Il songeait alors à l'enfant sauvage de Beaucaire et s'interrogeait au sujet de l'homme.

À quoi rimait ce besoin d'asservir, d'humilier l'autre ? Sa foi l'avait beaucoup aidé durant ces moments difficiles, ainsi que le soutien de ses coreligionnaires qui lui avaient fait passer du pain et des pommes.

Devant l'obstination des huguenots, les officiers avaient fini par faire marche arrière. Cette affaire du bonnet avait fort mauvaise presse à l'étranger. Des voix s'étaient élevées, en Suisse et en Angleterre notamment.

Les souverains étrangers étaient choqués et scandalisés qu'un traitement aussi barbare soit administré à des hommes dont le seul crime était de ne pas partager la foi du roi de France.

Les bastonnades avaient cessé, mais les huguenots, profondément marqués, avaient compris à quoi s'en tenir.

Jean n'avait qu'un désir, être libéré, mais il savait qu'il ne se résoudrait jamais à abjurer. Sa foi était tout ce qu'il lui restait...

— Regarde ! fit Baptiste, désignant de la main le ballet impeccable des galères royales, d'une beauté impressionnante sous le soleil de juillet.

Longue coque effilée peinte en rouge sang de bœuf, poupe ornée de sculptures, de bannières et d'oriflammes frangés d'or, pasevades[1] tendues de drap dissimulant les rameurs... chaque bâtiment avait fière allure.

Depuis le pont Saint-Jean, Esther et Baptiste suivaient la manœuvre.

1. Sortes de claies ou de palissades.

— Sang et or, fit le comédien d'une drôle de voix. Les forçats ont tout sauf une vie enviable et tous ne sont pas coupables, loin s'en faut !

Esther hocha la tête.

— Sorbières m'a raconté que de très nombreux protestants avaient été condamnés aux galères à cause de leur foi. Imagines-tu cela ? Des innocents...

— Tu sais que je suis contre toutes les religions. Elles entravent notre libre arbitre.

— Quand même ! insista Esther. J'appartiens à une famille huguenote, et je ne sais plus très bien moi-même à quoi je crois mais je ne supporte pas le sort qui est fait aux protestants. Tout cela à cause d'un vieux roi qui a peur de l'enfer !

Elle avait parlé un peu trop fort, ce qui lui valut des regards curieux, ou scandalisés.

— Vas-tu te taire ! lui intima sèchement Baptiste. Nous ne pouvons pas nous permettre de critiquer le roi.

— Il a tous les droits, alors ? se révolta la jeune femme. Même toi, Baptiste, tu te soumets ? J'aurais cru qu'Arlequin possédait plus de cran !

— Tu mélanges tout, lui reprocha-t-il, mal à l'aise. Tu n'as pas le sens de la diplomatie. Je suis directeur de troupe. À ce titre, je dois vous protéger, d'abord contre vous-mêmes.

Exaspérée, Esther haussa les épaules.

— Mon cher, tu parles d'or ! Cependant, tu ne m'ôteras pas de l'idée que tu mets de l'eau dans ton vin parce que ta troupe a du succès. Tu ne guignes tout de même pas une pension royale ?

Sa voix contenait tant de mépris que Baptiste vit rouge. Il leva la main, gifla la jeune femme qui recula de deux pas, en se tenant la joue.

— Oh ! Espèce de… rustre ! répliqua-t-elle, ne trouvant pas de mots assez sévères pour qualifier sa conduite.

Un attroupement commençait à se former autour d'eux, chacun commentant l'attitude de l'un et de l'autre.

Baptiste, de plus en plus furieux, tenta d'entraîner Esther, qui regimba.

— Oh ! Et puis, agis donc à ta guise ! jeta-t-il, s'éloignant à grands pas.

Une femme, poings sur les hanches, apostropha Esther.

— Te laisse pas faire, petite ! Ne regrette jamais un homme brutal !

— Elle l'a peut-être cherché, ricana une autre, la bouche mauvaise.

Sans répondre, Esther s'essuya les yeux d'un revers de manche. Elle oubliait ou bien perdait régulièrement ses mouchoirs ! À cet instant, elle détestait Baptiste.

— Venez, mon petit.

Fendant la foule, Sorbières, superbe dans son habit bleu de Prusse et sa chemise à jabot, lui offrit son bras. Tous deux se détournèrent du port sous les murmures de l'assistance.

Après s'être éloigné d'une vingtaine de pas, Sorbières lui tendit un mouchoir d'une blancheur éclatante.

— Essuyez-vous le visage, Esther. Et souriez. Là… c'est mieux ! Vous ne voulez tout de même pas pleurer pour un mirliflore !

— Je ne connaissais pas ce mot, avoua-t-elle.

— Oh ! Il vient du latin, c'est simplement que je trouve Baptiste un peu trop précieux ces derniers temps. Sa verve s'est émoussée avec la reconnaissance de son talent. N'est pas Molière qui veut !

La dernière phrase de Sorbières, pour cruelle qu'elle fût, reflétait assez bien la pensée d'Esther.

Elle glissa le bras sous celui de son vieil ami.

— Merci, Valentin, vos paroles me réchauffent le cœur.

Même si elle ne voulait pas l'admettre, elle espérait toujours, c'était visible, que Baptiste allait revenir lui présenter ses excuses. Le connaissait-elle donc si mal ? se demanda Sorbières.

Lui ne se faisait plus aucune illusion au sujet d'Arlequin.

12

Brouillard et humidité, fréquents dans le Brandebourg, ne nuisaient pas, au contraire, à la culture du tabac.

Lorsqu'il avait fait venir par un coreligionnaire des graines de Bergerac, Élie avait éprouvé un sentiment étrange. En quelque sorte, il lui semblait qu'Ézéchiel, le père de Jeanne, guidait ses pas. C'était le forgeron, ancien marin, qui lui avait donné sa grivoise, sa râpe à tabac, après lui avoir fait apprécier le pétun venu des Indes.

Pendant des semaines, Élie avait surveillé ses semis en prenant garde tout particulièrement aux limaces, aux vers et aux gelées.

Début juin, Constant et lui avaient montré aux valets comment planter les pieds de tabac avec un plantoir. Il convenait de choisir pour ces jours-là un temps moyen, ni trop sec, ni trop chaud, et de disposer les pieds en quinconce, à trente-six pouces l'un de l'autre.

Dès lors, les deux hommes passaient pratiquement tout leur temps dans les terres, binant, sarclant, traquant sans répit la moindre mauvaise herbe.

Fin juillet, les femmes procédaient à l'écimage. D'un coup d'ongle, elles ôtaient la fleur du tabac avant d'enlever ensuite les feuilles de terre, les feuilles basses.

Vers le mois d'août, enfin, cent jours environ après le repiquage, on attaquait la récolte.

Élie avait appris que le moment était venu quand les feuilles les plus larges commençaient à jaunir et à se pencher vers la terre. Les jours de récolte étaient pour lui des jours de satisfaction. On laissait les feuilles sécher sur le sol avant de les suspendre à des perches puis de les entreposer dans des hangars aérés.

La première année… Élie avait senti l'émotion le submerger. Une nouvelle vie, avait-il pensé. Mais ce n'était pas vrai. Son cœur était resté à Jéricho, auprès des tombes de Jeanne et de ses parents.

Il se retourna vers la demeure qu'il avait bâtie, l'observant d'un œil objectif. Il n'avait pas voulu lui donner le nom de Jéricho car aucune propriété ne pourrait remplacer son domaine. Il l'avait baptisée Silberlinden, les Tilleuls argentés, et savait que les gens du pays l'appelaient « la maison du Français ». Cela ne le dérangeait pas outre mesure. Après tout, il était d'abord français, et son mariage avec Elsa n'avait rien changé.

Son visage se rembrunit. Il se demandait parfois pour quelle raison il lui avait proposé de l'épouser. Il ne l'aimait pas vraiment ou, tout au moins, ne l'aimerait jamais comme il avait aimé Jeanne, même si sa personnalité était attachante. Sensible, cultivée, Elsa jouait fort bien du clavecin. Sa voix grave et bien placée entraînait celles des fidèles pour chanter les psaumes. La première fois, Élie avait senti des frissons parcourir sa colonne vertébrale.

Constant lui répétait qu'il avait besoin d'une compagne. Élie avait longtemps refusé, ayant l'impression de trahir Jeanne s'il le faisait.

Elsa l'émouvait, il ne pouvait le nier. Sa boiterie, sa réserve, son visage sensible l'avaient séduit, presque à son insu. Cependant, parce qu'il s'en voulait de l'avoir épousée, il avait cadenassé son cœur. Cela lui était d'autant plus facile qu'Elsa ne lui avait pas encore donné d'enfant. Une douleur sourde lui arracha un gémissement. Ses enfants, son calvaire, sa torture… Ils l'accompagnaient tout au long de ses journées comme dans ses prières.

Jean avait vingt-deux ans, Esther vingt et un et le petit Samuel… Un sanglot noua sa gorge.

Grâce à tout un réseau de boîtes aux lettres, il avait retrouvé la trace de Léah, qui vivait en Angleterre. Apprenant le drame qui l'avait frappé, elle lui avait écrit une lettre empreinte d'émotion et de sensibilité qui l'avait bouleversé.

C'était toujours la même Léah ! Elle avait fait référence à Rachel, et Élie avait été bouleversé en se remémorant la phrase : « C'est Rachel qui pleure à cause de ses fils ; elle refuse d'être consolée parce qu'ils ne sont plus[1]. » Léah parlait de son époux avec une admiration certaine, racontait qu'ils hébergeaient chez eux des réfugiés et multipliait les suppliques pour faire libérer les huguenots galériens.

Élie avait toujours considéré Léah comme une belle personne. Il l'imaginait se battant pour défendre les leurs et il aimait cette idée. En revanche, il avait souffert pour elle quand elle lui avait raconté qu'Élisabeth, sa plus jeune sœur, était disparue. Dénoncée par le fils de sa protectrice à la mort de celle-ci, elle avait été arrêtée comme opiniâtre et expédiée aux Antilles. Personne n'avait su ce qu'elle était devenue. Le pasteur Desbois était mort en 1690 à Genève, sans avoir pu revoir sa famille. Jusqu'à

1. Jérémie, XXXI, 15.

son dernier souffle, cependant, ses lettres avaient réconforté Abigaïl et les siens.

La main appuyée sur ses reins douloureux, il se redressa. L'âge le rattrapait, cinquante ans. Pourtant, il se sentait encore fort et robuste. Pour combien de temps ? se demandait-il parfois.

Il n'avait toujours pas admis le fait d'avoir survécu, lui. En vertu de quoi ? Cela lui paraissait si injuste !

— Nous aurons une belle récolte.

La voix d'Elsa, basse et profonde, avait le pouvoir de le troubler. Elle se laissa aller légèrement contre lui. Il lui caressa la joue.

— Nous avons bien travaillé. Toi aussi, bien que tu affirmes le contraire.

Elle sourit, heureuse. Elle s'épanouissait sous un simple compliment. Élie savait qu'elle souffrait de ne pouvoir mener une grossesse à terme, et il aurait voulu lui dire que cela importait peu mais c'était faux. Il brûlait du désir d'avoir un enfant avec Elsa. Sinon, qu'adviendrait-il de la famille Bragant ? À qui pourrait-il transmettre Silberlinden ?

Se haussant sur la pointe des pieds, elle l'embrassa sur la joue.

— Je vous aime, mon époux, déclara-t-elle, du sourire dans la voix.

Pendant plusieurs mois, Elsa s'était persuadée qu'elle n'était pas à la hauteur. La vue d'une femme enceinte la plongeait dans le désespoir. Elle avait même fini par se rendre chez une guérisseuse qui lui avait été recommandée. Après une série d'entretiens, elle s'était retrouvée allongée sur un bat-flanc sous une mauvaise couverture.

Hilde, c'était son prénom, lui avait fait boire un breuvage d'une étrange couleur brune avant de l'aider à se relever. « Tu auras ton enfant, lui avait-elle annoncé. Mais tu le paieras au prix fort. » Elsa avait haussé les épaules. Peu lui importait. Elle voulait qu'Élie l'aime autant qu'elle l'aimait.

Le moment était venu. Hilde lui avait appris à reconnaître ses périodes fécondes. Quel dommage que l'éducation d'une fille de pasteur n'enseigne pas ce genre de choses ! avait-elle pensé. Elsa estimait que la connaissance permettait de sauver la femme. Elle n'avait pas encore osé évoquer ce sujet avec Élie. Son mari, en effet, pouvait se montrer parfois très rétrograde. Ainsi, il estimait que son épouse ne devait pas travailler alors qu'Elsa tenait à une certaine indépendance.

Elle accentua sa pression sur le bras d'Élie.

— M'accompagnerez-vous jusqu'au séchoir ? suggéra-t-elle d'une voix pressante.

De minuscules gouttes de sueur parsemaient son décolleté. La chaleur était encore étouffante en cette fin d'après-midi, une chaleur moite, poisseuse, qui vous exaspérait.

Les regards des époux se prirent. Élie ne pouvait ignorer l'invite d'Elsa, et il ne songeait même pas à dissimuler son trouble. Enfin ! se dit-elle, elle était capable de l'émouvoir.

Il la suivit à l'intérieur du séchoir, où l'odeur légèrement âcre des feuilles de tabac les prit à la gorge. D'un coup de pied, il repoussa la porte puis, serrant Elsa contre lui, arrangea une couche sommaire sur des sacs en toile de jute. Tous deux respiraient fort, de façon saccadée.

— Aimez-moi, pria Elsa à voix basse.

Se penchant, il but les mots sur ses lèvres.

Elle s'accrocha à son cou. Ils se laissèrent tomber sur les sacs, étroitement enlacés.

— Aimez-moi, répéta Elsa.

Elle gémit lorsqu'il délaça son caraco. Ses caresses se firent plus troublantes, intimes. L'un comme l'autre avaient l'impression que la chaleur régnant à l'intérieur du séchoir à tabac leur permettait de se retrouver. Quand il la pénétra, elle laissa filer une plainte de plaisir qui fit trembler le Français.

— Oh, Elsa..., souffla-t-il.

Ses yeux clairs semblaient avoir le pouvoir de lire en elle. Elle ne baissa pas les siens, suivant la montée du plaisir sur son visage qui s'empourprait.

Quand il bascula à côté d'elle, après avoir joui et l'avoir fait jouir, elle l'entendit clairement murmurer :

— Merci, Elsa, ma chérie.

Pour la première fois depuis leurs noces, elle éprouva la certitude qu'il l'aimait, elle, et non pas Jeanne.

Même si la morte avait gardé une grande partie de son pouvoir sur Élie.

13

Du sang, partout, songea Noé, au bord de la nausée. Le 25 juillet, après avoir exécuté l'abbé du Chayla, la cinquantaine de protestants s'était scindée en trois groupes. Noé n'avait pas suivi celui dirigé par Abraham Mazel mais il avait appris ses exploits.

Le prédicant semblait habité par une volonté de purification par le feu. Il avait d'abord marché sur le village de Frutgères, où résidait un prêtre nommé Jean Reversat, considéré comme l'homme de confiance de l'abbé du Chayla. Le prêtre avait tenté de s'enfuir en direction d'un champ de seigle. Rattrapé, il avait été blessé et achevé à coups de poignard.

Suivi de Jouany et de Couderc, Mazel avait détruit les objets du culte dans l'église de Frutgères puis mis le feu à la maison du curé.

Avait ensuite débuté une série d'actions de représailles contre Saint-Maurice-de-Ventalon, Saint-André-de-Lancize puis, plus dramatique encore, le château de la Devèze. La famille protestante ayant abjuré avait subi un sort atroce. La mère, maîtresse de maison, ses trois enfants, son beau-frère, le fermier, avaient été assassinés.

Se dirigeait-on vers une guerre civile ? se demandait Noé avec une angoisse croissante.

Frappé de plein fouet par la violence des persécutions, il comprenait la haine éprouvée par certains de ses coreligionnaires, sans pour autant la partager complètement.

Les habitants du château de la Devèze, même s'ils étaient apostats, auraient sans doute pu être épargnés. Cette escalade dans la violence ne résoudrait rien. Que faire, alors ?

En représailles contre le massacre de la famille de Charles d'Arnal, le capitaine Poul, qui commandait à la garnison de Barre-des-Cévennes, avait attaqué la bande de Mazel et tué quatre de ses hommes. La situation s'inversait, Mazel ne pouvait le supporter. Noé, effondré, s'était rendu à Pont-de-Montvert le 12 août pour assister au supplice d'Esprit Séguier, arrêté par les hommes de Poul dans le bois de Boubaux. Ce jour-là, Noé avait serré les poings d'impuissance et de révolte. Il appréciait et estimait Séguier.

On chuchotait dans la foule qu'il avait subi la question ordinaire et extraordinaire, sans prononcer un mot, ni même un gémissement. Avant d'être torturé, il avait déclaré avoir participé à l'affaire de l'abbé du Chayla, au brûlement de l'église de Saint-André, à celui du château de la Devèze mais on n'avait rien pu lui arracher d'autre. Noé avait reconnu d'autres religionnaires dans l'assistance mais les avait ignorés. Tout comme lui, ils risquaient gros.

Il avait frémi en entendant le bruit mat de la hache coupant le poing droit du condamné. Séguier avait alors présenté son poing gauche au bourreau, mais la sentence ne prévoyait pas de l'amputer de ce côté. Ensuite, conduit au bûcher, Esprit Séguier était mort en brave, en chantant le psaume LXIX. Noé l'entendait encore :

Sauve-moi, ô Éternel [...]
Mais moi, ô Éternel, je te dis ma prière :

Voici, c'est le moment de montrer ta faveur !
Ô Dieu, exauce-moi dans ton immense amour
Et sauve-moi dans ta félicité ! [...]

Avant que le crépitement des flammes ne couvre sa voix, Séguier avait prédit que la place de son exécution serait emportée par les eaux dans peu de temps. Plusieurs lettrés l'avaient écrit dans leur journal. Noé se demandait si cette prédiction serait vérifiée.

Le cœur lourd, il avait quitté Pont-de-Montvert, rejoint la troupe de Mazel. Violence pour violence, sang pour sang, il préférait encore son propre camp ! Nombreux d'ailleurs étaient ceux qui se regroupaient autour du prophète inspiré. En septembre, ils étaient plus ou moins quatre cents à jurer avec lui de prendre les armes pour défendre la cause de l'Éternel.

Puisqu'ils avaient pratiquement tout perdu, il ne leur restait plus que leur foi à défendre.

Et ils la défendraient chèrement !

Le mouvement s'était orchestré presque naturellement. Partout, dans la région d'Anduze, de la can de l'Hospitalet, des jeunes d'une vingtaine d'années s'étaient rassemblés autour de prédicants comme Mazel ou Cavalier et de nouveaux accrochages les avaient opposés aux soldats du roi.

Basville et Poul étaient leurs ennemis acharnés. D'ailleurs, Poul, qui avait eu raison de Gédéon Laporte en octobre, tué au-dessus de Sainte-Croix, avait fait exposer sa tête sur le pont d'Anduze ainsi que celles de douze autres camisards.

Ce jour-là, Noé avait senti la haine le submerger. Qu'étaient-ils donc, pour les catholiques ? Des chiens, des moins-que-rien ?

Il avait alors rejoint la troupe de Jean Cavalier, suivant en cela l'exemple de Pierre Laporte, dit Rolland, qui venait de Mialet, tout près du mas de la Lèze. Ces deux hommes lui inspiraient confiance. Il en avait besoin, ne sachant plus très bien ce qu'il devait faire. Début novembre, une assemblée du Désert lui avait permis d'y voir un peu plus clair.

Le prédicant avait insisté sur le fait que les nouveaux convertis devaient retourner dans leur vraie foi et que tous devaient combattre et offrir leurs corps et leurs biens en sacrifice afin de soutenir la vérité du Saint Évangile.

C'était une vérité incontournable, qui avait incité Noé à poursuivre la lutte. Les Cévenols se soulevaient, d'Uzès à Barre-des-Cévennes, et commençaient à revendiquer le nom de camisards. Déjà désignés sous les termes de « fanatiques » ou d'« osards », puis de « malcontents », ils s'étaient eux-mêmes baptisés camisards, en référence au fait qu'ils se battaient en « camisa[1] » et non en uniforme.

Noé s'était lié d'amitié avec Pierre, un paysan de vingt-cinq ans qui avait perdu lui aussi sa famille. Tous deux s'étaient entraînés à manier le sabre et le fusil. Plusieurs attaques menées contre des « nids » d'anciens catholiques leur avaient permis de rafler un nombre d'armes conséquent.

Cependant, les anciens catholiques se regroupaient à leur tour. Dès juillet, les camisards blancs ou Florentins, originaires du village de Saint-Florent-sur-Auzonnet et de la vallée de la Cèze, avaient attaqué des paysans nouveaux

1. Chemise.

convertis, qu'ils soupçonnaient fort d'avoir abjuré seulement pour sauver leur famille.

L'hiver serait long et difficile, Noé en avait la cruelle certitude.

Mais il était fermement décidé à poursuivre la lutte.

Au fil des jours, et tandis qu'on se rapprochait de l'hiver, la troupe de Cavalier s'était grossie de plusieurs dizaines de membres.

L'ancien boulanger d'Anduze était un bon tacticien. Il avait la mainmise sur une région allant de Sommières, au sud, à Uzès, à l'est, de la Cèze, au nord, à Anduze, à l'ouest. Il avait vite compris que la topographie du pays et la connaissance que ses hommes en avaient constituaient leurs meilleures armes. Les camisards, en effet, n'avaient pas leur pareil pour mener la guérilla depuis leurs vallées profondes et leurs forêts obscures. De plus, le soutien des habitants leur était acquis. Ceux-ci leur fournissaient des vivres, des caches et même des armes. Peu à peu, des femmes rejoignaient les rangs des camisards. C'étaient souvent des prophétesses inspirées, qui s'occupaient des repas et des soins à donner aux blessés.

L'une d'elles, plus particulièrement, avait retenu l'attention de Noé. Elle portait une chemise d'homme, surmontée d'une sorte de veste sans manches et une jupe noire qu'elle troussait sans façons dès qu'il s'agissait de monter au combat. On l'appelait Marie la Sabreuse car elle maniait avec une habileté redoutable un sabre déniché on ne savait où.

Elle n'était pas vraiment belle, mais plutôt intéressante. De longs cheveux noirs encadraient un visage blême dans lequel les yeux, gris, vous sondaient. Âgée d'environ vingt-cinq ans, Marie la Sabreuse avait perdu sa famille durant l'attaque de leur ferme par des Florentins. Depuis ce funeste jour, elle brûlait de haine.

Noé s'était rapproché d'elle après avoir été blessé à l'épaule.

Ce n'était pas bien grave, affirmait Pierre, mais Marie avait tamponné la plaie avec de la charpie après avoir versé dessus un peu de gnôle. Noé avait serré les dents sous la brûlure, souri bravement.

Leurs regards s'étaient pris, quelque chose d'indéfinissable était passé entre eux. Et puis, chacun s'était repris. Il avait remercié Marie, elle avait haussé les épaules et était retournée auprès de Louise, une adolescente que les dragons avaient agressée.

Muette, le regard agrandi, Louise semblait appartenir à un autre monde. Face à elle, Noé se sentait étrangement mal à l'aise.

Catinat, l'un des lieutenants de Cavalier, rassembla les hommes.

Une attaque venait d'être décidée contre un village d'anciens catholiques. Noé pensa à la tête de Gédéon Laporte exposée tel un trophée sur le pont d'Anduze, et serra les poings.

Il avait hâte d'en découdre.

14

1703

La cheminée au manteau de bois tirait bien et son hôte venait de poser deux grosses bûches sur les chenets. Pourtant, Esther se sentait glacée jusqu'à l'âme.

Sorbières lui tendit un verre de cristal dans lequel il avait versé du vin de Tokay.

— À la nouvelle année, ma chère enfant, déclara-t-il.

Esther fit la moue.

— Que peut-elle me réserver, je vous le demande ?

Son ami lui sourit.

— Du bonheur, bien sûr. C'est, je vous le confesse, une idée nouvelle. Moi, je suis trop vieux mais vous... vous avez la vie devant vous.

Le visage d'Esther se ferma. La jeune femme était pâle et des cernes soulignaient ses yeux.

Sorbières aurait volontiers roué de coups Baptiste même s'il savait que cela ne changerait rien à la situation.

L'été avait été très chaud, ce qui aurait dû ravir le chef de la Compagnie du Midi. Les spectacles, en effet, avaient beaucoup de succès et les jours qui n'en finissaient pas permettaient de donner deux représentations. De plus, les spectateurs marseillais se montraient plutôt généreux.

Baptiste, cependant, ne s'estimait jamais satisfait. Il désirait la lune, affirmait Armide en riant, et il avouait qu'il y avait du vrai dans cette assertion. Baptiste avait changé, Esther avait parfois l'impression qu'une ambition dévorante le rongeait. Marseille n'était pas assez grande pour lui. Il rêvait de Paris, comme tant d'autres avant lui, tout en se défiant du parti dévot. En effet, le vieux roi, qui craignait pour le salut de son âme, avait une fâcheuse tendance à subir l'influence de Mme de Maintenon. On chuchotait qu'il l'avait même épousée !

« Voilà qui ne sera pas fait pour me réconcilier avec l'idée du mariage », grommelait Baptiste. Parce qu'ils avaient bravé la censure royale en 1697 en allant jouer *La Fausse Prude*, pièce critiquant plus ou moins ouvertement la Maintenon, les comédiens italiens avaient vu leur théâtre fermé, leur pièce interdite. Eux-mêmes avaient été condamnés à l'exil. Un sort fâcheux pour cette troupe que Baptiste estimait tout particulièrement.

Il se sentait exilé à Marseille. N'était-ce pas à Paris que tout se jouait ? Mais, à plus de trente ans, il n'avait pas vraiment envie de se lancer à nouveau sur les chemins.

Cette crise morale ne l'avait pas incité à l'indulgence vis-à-vis des caprices d'Esther. Leur jeune protégée avait un accès de respectabilité ? Elle désirait se faire épouser... sang bleu ! Elle n'avait donc rien compris ? Baptiste tenait avant tout à sa liberté.

Pour lui faire payer ce qu'il considérait comme une trahison – que diable, il ne lui avait jamais rien promis ! –, il avait courtisé Iris et, pour faire bonne mesure, l'avait invitée dans son lit. Il avait eu peur qu'Esther ne perde la tête le soir où elle l'avait surpris en galante compagnie. Cette attitude, ces cris avaient exaspéré Baptiste. Ils n'étaient plus sur scène ! Esther devait bien se douter qu'il ne lui était pas fidèle. Avant Iris, il y avait eu Perrine, une accorte aubergiste, Silvia, une couturière, et puis, bien sûr, Lucinde qu'il troussait volontiers derrière un élément du décor. Ce divertissement leur permettait d'avoir moins peur avant d'entrer en scène. Esther ne pouvait-elle le comprendre ?

Non, elle en était incapable, avait-elle hurlé, elle l'aimait, et n'avait connu aucun autre homme. Ce à quoi Baptiste, grand seigneur, avait répliqué que cela ne le dérangeait pas. Après tout, les comédiens étaient libres ! De plus, si cela pouvait rendre à la jeune femme sa belle humeur… C'en était trop pour Esther, qui s'était jetée sur son amant en hurlant.

Sorbières, Armide et Scaramouche avaient eu de la peine à les séparer. Baptiste avait ri. Un rire insolent et moqueur, qui avait fait naître chez Esther une envie de meurtre.

— Ma petite tigresse, avait-il dit, tendant la main vers sa joue.

Elle avait saisi cette main tendue, avait planté dedans ses canines pointues.

— Petite garce ! avait sifflé Baptiste.

Sa main se marbrait de sang. Il avait jeté à Esther un regard chargé de haine.

— Hors de ma vue ! Tu n'as plus rien à faire ici.

Elle s'était réfugiée auprès d'Armide. Le dos raidi, les yeux fixes, elle avait contemplé la toile du chariot durant le reste de la nuit. Elle était incapable de pleurer. Elle savait qu'elle avait tout gâché en se laissant emporter par la fureur et la jalousie mais elle venait de comprendre qu'il ne l'avait jamais vraiment aimée. Et ce constat faisait naître en elle un horrible sentiment de panique.

Sans Sorbières, elle ignorait ce qu'elle serait devenue. Il lui avait donné de l'argent, recommandé une auberge, dans la rue d'Aix, où elle serait en sécurité.

Mais Esther savait qu'elle se trouvait au bord du vide.

À présent, il était trop tard, sa vie était gâchée, irrémédiablement.

Le ciel, lumineux, annonçait une belle journée de janvier. Le simple fait de quitter l'arsenal, chaque matin, et de se diriger vers la montée des Accoules permettait à Jean de respirer un peu d'air frais et de chasser les miasmes de la prison. Les galères étaient désarmées d'octobre à mai, ce qui soulageait grandement les forçats. Beaucoup profitaient de ce répit pour aller travailler en ville, en soudoyant les pertuisaniers. Gaston rabotait le bois chez un ébéniste, Jérémie était employé dans une filature et Jean avait trouvé un perruquier disposé à l'employer. Cette activité le passionnait toujours aussi peu mais était très reposante par rapport à la chiourme ! De plus, Jean goûtait ainsi à la liberté et bénéficiait d'une ouverture sur le monde. Dans la boutique comme à l'atelier, on échangeait sur la situation du pays, on évoquait le prix du pain, la guerre de la Succession d'Espagne, la victoire des camisards qui avaient bien failli s'emparer de Nîmes… Jean se sentait revivre. Se pouvait-il qu'une troupe de paysans cévenols portés par la parole de Dieu puissent faire battre en retraite l'armée du roi ? Il n'osait y croire, espérant plutôt que les voisins anglais ou hollandais les défendraient, ses coreligionnaires et lui.

Il avait pu se procurer une bible, qu'il dissimulait sous sa paillasse, et lisait dès qu'il le pouvait. Il était résolu : si Dieu lui permettait d'être libéré, il se ferait pasteur.

La haine entre les communautés religieuses était trop forte, il devait y avoir une solution.

Il reprit son souffle. Il avait souffert d'une mauvaise toux à l'entrée de l'hiver et en ressentait encore les effets. Plusieurs compagnons de captivité étaient morts, et le sentiment d'impuissance éprouvé par Jean était peut-être le plus difficile à supporter.

— Eh bien, Jean ! Tu lambines ! l'interpella Joseph Potard, son patron.

Âgé d'une cinquantaine d'années, il dissimulait sous une apparence bourrue de réelles qualités de cœur. Ainsi, il s'arrangeait pour que Jean déjeune à sa table le midi et le servait toujours copieusement. Un jour où le galérien le remerciait, le perruquier avait répondu : « La vie bascule si vite… Personne n'est à l'abri, mon garçon, et je n'ai point besoin de l'avis d'un juge pour savoir que tu es un honnête homme. » Cette remarque avait rasséréné Jean. On pouvait encore l'apprécier, il en était soulagé.

Il pénétra dans la boutique alors que huit coups sonnaient à l'église des Accoules.

L'hiver, on commençait à travailler plus tard, pour économiser la chandelle. Cela lui importait peu, il avait besoin de peu de sommeil et souffrait de cauchemars depuis sa bastonnade. « Il faut croire que nous ne sommes pas encore d'irréductibles criminels ! ironisait Gaston. On nous impressionne facilement. »

« Pour combien de temps encore ? » se demanda Jean, humant l'odeur familière de colle et de fer à friser.

Décidément, la victoire des camisards près de Nîmes lui trottait dans la tête.

15

« C'est beaucoup trop tôt ! » pensa Élie, faisant les cent pas sous l'avancée du toit de Silberlinden.

Il avait vite compris, quand Elsa lui avait annoncé sa grossesse, que celle-ci remontait au début du mois d'août. Leurs ébats dans le séchoir à tabac avaient marqué une étape dans leur relation. Par la suite, Elsa s'était montrée moins réservée, et avait même fait preuve d'une belle ardeur. Il était amusant, d'ailleurs, de constater combien elle pouvait être différente le jour et la nuit. Dans ses bras, elle était tendre, joueuse, câline et Élie avait l'impression de renaître sous ses caresses. L'homme austère, auréolé de désespoir, s'était transformé. Il souriait plus volontiers, suivait d'un regard attendri chacun des gestes d'Elsa.

Elle avait attendu trois mois avant d'oser croire à la bonne nouvelle. Trois mois durant lesquels elle avait prié, et gardé son secret. Élie lui avait réservé une surprise pour la fête de Noël : il avait fait livrer à Silberlinden un clavecin qui l'avait comblée de joie. Désormais, elle pourrait jouer dans leur demeure tout en chantant. Ils recevaient assez souvent Constant et Magda et tous trois, après le souper, priaient Elsa de s'asseoir devant son clavecin, un modèle simple en noyer, à la caisse et à la table d'harmonie en cyprès. Elsa avait une prédilection pour les cantates et, les soirs d'été, la musique s'envolait vers les près et les vergers.

À partir du mois de décembre, elle avait bâti son nid. Elle avait rapporté de chez son père son propre berceau, en bois de tilleul, l'avait garni d'un tissu gansé de dentelle, avait confectionné draps, édredon et couches.

Ensuite, parce que, début février, elle souffrait de contractions et que Marietta, la sage-femme, lui avait recommandé de se reposer le plus possible, Elsa s'était installée dans son lit, d'où elle dirigeait toute la maisonnée. Elle restait enjouée et souriante, heureuse de voir son ventre s'arrondir. Cependant, elle avait été prise de douleurs ce matin de mi-avril et Élie, comptant et recomptant, se disait qu'il manquait un bon mois.

Marietta, appelée en toute hâte, gardait le visage fermé, ce qui accentuait les craintes du Français. Elle l'avait chassé de la maison, requérant seulement la présence de Lottie, la servante, et tolérant celle de Frieda, venue de chez le pasteur Weber.

Faisant les cent pas, Élie se revoyait à Jéricho, en 1680, attendant la naissance de son premier enfant. Tant de drames étaient survenus, par la suite… Seigneur !

S'il avait pu changer le cours des choses ! Un flot de désespoir le submergea. Jeanne, Jean, Esther, Samuel… ils lui manquaient avec toujours autant de force mais Elsa méritait elle aussi d'être heureuse.

Il n'osait pas s'approcher de la salle. La matrone avait mis en route un feu d'enfer et fait chauffer une grande quantité d'eau.

Elle lui avait réclamé de l'eau-de-vie, en avait fait avaler un petit verre à Elsa et avait versé le reste de la bouteille sur ses mains et ses instruments. Ensuite, elle avait fait sortir les hommes de la pièce.

— Ils n'ont rien à voir avec les affaires de l'enfantement, avait-elle déclaré doctement.

Elle avait ajouté avec un gros rire :

— Ils seraient bien incapables de subir le quart de ce que nous souffrons !

Élie acceptait tout, à la condition que sa femme et son enfant vivent.

Sortant la grivoise de grand-père Ézéchiel de sa poche, il se mit à priser dans le but de surmonter son anxiété, en vain. De toute façon, c'était une fort mauvaise idée puisque la râpe à tabac lui rappelait ses Cévennes.

— Ho !

Une charrette menée grand train s'arrêta à quelques pas de lui. Magda en descendit.

— Marietta m'a fait prévenir, lui dit-elle sans prendre la peine de le saluer. Je file voir Elsa.

Il la suivit du regard en se disant que cette solidarité entre émigrés lui faisait chaud au cœur. Personne n'était vraiment seul, dans la Prusse de Frédéric-Guillaume Ier.

Tout à coup, un grand cri s'éleva et Élie fonça vers la maison. Marietta l'arrêta sur le seuil.

— Halte là, maître Bragant ! Moi vivante, vous n'entrerez pas !

Il aperçut le lit qui avait été tiré dans la salle, et Elsa, très pâle, qui secouait la tête comme pour échapper à une douleur trop forte. Et puis, des notes de musique lui parvinrent. Celle qui jouait du clavecin était loin de posséder la maîtrise et le talent d'Elsa mais elle exécutait un air populaire que son amie lui avait appris et, ce faisant, couvrait ses gémissements.

Revenu sous l'auvent, Élie esquissa un sourire attendri. Il reconnaissait bien là Elsa, trop fière pour laisser entendre ses cris de douleur. Peut-être bien qu'il l'aimait…

— Comment l'appellerons-nous ?

Accotée aux oreillers de plume, Elsa paraissait encore un peu lasse, mais elle rayonnait. Elle tenait bien serré contre elle son fils emmailloté. Élie n'hésita pas.

— David, si tu veux bien, suggéra-t-il.

— David Bragant, répéta Elsa. Oui, ma foi, ce nom lui va plutôt bien !

Marietta, Magda et Lottie s'affairaient autour d'elle. Elles avaient changé les draps souillés et passé à la jeune femme une chemise en lin au col et aux poignets brodés d'entre-deux de dentelle. En contemplant Elsa et le bébé, Élie songea à une œuvre d'un peintre flamand admirée à Potsdam.

Il se pencha, embrassa Elsa sur le front.

— Merci, ma femme, murmura-t-il.

La gorge nouée par l'émotion, la jeune femme lui sourit. Elle se sentait heureuse comme jamais, malgré les douleurs éprouvées. Leur fils, bien que né avec quelques semaines d'avance, était bien conformé et avait déjà donné de la voix. Marietta affirmait que tout allait bien, il fallait juste veiller à ce qu'il ne prenne pas froid.

Élie était fort capable de brûler la moitié de sa maison pour entretenir le feu, se dit-elle amusée. À cet instant, elle avait oublié depuis longtemps les mises en garde de Hilde la guérisseuse. « Tu auras ton enfant. Mais tu le paieras au prix fort. »

— Mon fils, David, souffla Élie, la chandelle à la main.

Il dormait depuis la naissance dans leur chambre, laissant la chaleur de la salle au petit et à sa mère. Chaque fois qu'il regardait son enfant, il avait peur pour lui et le seul moyen de surmonter ses craintes était de prier.

Le pasteur Weber était venu procéder au baptême dans le temple d'Erlburg édifié grâce aux huguenots. Le vieil homme était lui aussi ému. Elsa, à peine remise de ses couches, avait insisté pour jouer un chant d'action de grâces à l'orgue.

Les larmes ruisselaient sur le visage d'Élie sans qu'il songeât à les essuyer. Constant était le parrain de David, Manuelle, une amie d'Elsa, sa marraine. Le Cévenol songeait à ses trois aînés, à ses parents, et à Jeanne, la tant aimée. Il toussota, soucieux de ne pas gâcher la fête.

Et puis David était là, qui esquissait comme un sourire. Il avait eu un vrai baptême, célébré par son grand-père, et non dans un chaos de forêt et de rochers, au Désert.

Même si le Brandebourg n'était pas vraiment son pays, tout était bien.

16

L'hiver était rude sur les pentes des Cévennes et les camisards avaient cherché un refuge leur permettant de reprendre des forces entre deux expéditions.

La troupe à laquelle Noé appartenait avait jeté son dévolu sur un vieux moulin à céréales bâti près d'une rivière. Tout près, des châtaigniers dénudés montaient la garde.

Là, les femmes les accompagnant avaient installé une salle pour les hommes, une autre pour elles, et transformé la pièce principale du moulin en lieu commun de vie. Pour être mixte, la troupe ne badinait pas avec les principes ! Seuls les couples mariés avaient droit à un peu d'intimité. Le groupe appliquait une loi non écrite des plus puritaines. Cela ne choquait pas Noé mais, à partir du moment où il s'intéressa à Marie, il éprouva vite le désir de l'épouser. Marie était un peu plus âgée que lui et avait perdu son époux comme ses deux petits au cours d'une action de représailles. Elle émouvait Noé et il se demandait si elle surmonterait un jour sa défiance.

Avec son sabre, Marie se faisait respecter sans peine ! Noé ne se cachait pas de rechercher sa compagnie, au point de s'attirer les plaisanteries de ses compagnons.

Il se décida à franchir le pas en avril, alors que les arbres en fleurs laissaient croire à des jours meilleurs.

Marie, qui remuait la soupe, se retourna vers lui d'un mouvement brusque.

— Tu veux qu'on se marie ? s'étonna-t-elle. À quoi tu penses ? Tu n'as pas encore compris qu'ils finiront par nous tuer tous ? Pendus, roués vifs, brûlés... les papistes ont l'embarras du choix ! Et ils ne nous feront pas de quartier, crois-moi !

Décidée, elle releva ses jupes et sortit d'une poche intérieure une bonne ration de sel, qu'elle versa dans sa marmite. Décontenancé, Noé tendit la main vers elle. Elle lui administra un coup de cuiller en bois sur l'avant-bras.

— Bas les pattes, mon bonhomme ! Personne ne t'a dit que Marie la Sabreuse est la femme d'un seul homme ? Il s'appelait Jérémie, et on s'aimait depuis qu'on était tout mômes. Ces maudits me l'ont tué, et je n'en abattrai jamais assez pour le leur faire payer !

Noé recula de deux pas. Il comprit à cet instant qu'elle disait vrai, que les missionnaires bottés avaient tué en elle tout espoir, toute possibilité de rédemption. Elle n'était plus qu'un bloc de haine et survivait dans le but d'exterminer toujours plus de papistes. De nouveau, il s'interrogea au sujet de ses sentiments. S'il défendait sa foi contre l'idolâtrie papiste, l'escalade dans la violence suscitait en lui des doutes. Jusqu'où iraient-ils, de part et d'autre ?

Les camisards savaient que, depuis la fin février, une ordonnance royale avait donné tous pouvoirs à Basville et au maréchal de Montrevel afin de réprimer les rebelles. Ceux qui étaient pris les armes à la main ou « attroupés » seraient exécutés sans jugement et leurs maisons seraient rasées. Ordre était donné aux parents des hérétiques de ne pas leur porter assistance. Il était impossible de quitter son domicile sans certificat et les étrangers ne pouvaient entrer dans la province en guerre.

Le 1er avril, les protestants assistant à la fête des Rameaux célébrée au moulin de l'Agau, près de Nîmes, avaient été attaqués, et une vingtaine de femmes et d'enfants massacrés. Montrevel avait agi avec une barbarie confondante. Une mère portant son enfant dans les bras et cherchant à s'enfuir avait été repoussée par les soldats. Son enfant et elle avaient brûlé vifs. Une seule jeune fille était parvenue à s'échapper mais, reprise, elle avait été étranglée le lendemain. En représailles, les troupes de Cavalier avaient brûlé des églises. Combien de temps cela durerait-il encore ? se demandait Noé, catastrophé.

Certaines nuits, il était victime d'horribles cauchemars qui le laissaient trempé de sueur, le cœur battant la chamade. Il avait rêvé plusieurs fois qu'on le menait à la potence.

Il ne voyait pas d'issue au combat des camisards et, pourtant, il ne pouvait pas imaginer redevenir paysan comme avant.

D'un certain côté, il se sentait prisonnier de la situation.

— Bragant ! Tu m'accompagneras ! ordonna Rolland à celui qu'il considérait comme l'un de ses seconds.

Noé avait appris à l'apprécier au cours des dernières courses.

Originaire du mas Soubeyran, proche du mas de la Lèze, Pierre Laporte, dit Rolland, était un cardeur de laine, aîné d'une famille de onze enfants. Il avait rejoint les rangs des camisards après la mort de Gédéon Laporte, son oncle.

Homme pieux, inspiré et brave, il était unanimement respecté.

— Où allons-nous ? s'enquit Noé après avoir chargé sa besace.

— Je t'emmène par chez nous, mon gars ! Tu te rappelles Mialet ?

S'il s'en souvenait ! Il suffisait à Noé de fermer les yeux pour distinguer la ferme de son enfance et l'immense cerisier. L'été, sa mère cueillait des bouquets, lys, campanules et herbes folles, qu'elle disposait dans une jarre en terre vernissée, sur le rebord de la fenêtre. Noé serra les poings. Ne pas songer au passé. Ne pas l'oublier pour autant. Oh, comme c'était compliqué !

— On m'avait dit que Mialet avait été évacuée, glissa Noé alors qu'ils grimpaient vers le hameau.

Rolland haussa légèrement les épaules.

— Précisément ! J'espère bien que les papistes n'iront pas nous chercher là-haut !

Noé aurait souhaité lui poser d'autres questions mais il n'osait pas le faire. Rolland était respecté et considéré comme un homme juste. À la différence de certains chefs, il cherchait en priorité à sauvegarder la vie de ses hommes. Marie la Sabreuse elle-même le reconnaissait.

Une ombre voila le regard de Noé. Il aurait pu aimer la jeune femme. Seulement… l'amour avait-il encore un sens dans l'existence qu'ils avaient choisie ?

La maison des Laporte, solidement plantée sur un petit tertre, avait une allure farouche. Pierres apparentes, ouvertures étroites, aspect austère… La salle au sol carrelé donnait l'impression d'avoir été abandonnée en toute hâte, ce que lui confirma Rolland.

— J'ignore où ma famille a trouvé refuge, déclara-t-il d'une voix neutre.

Noé hocha la tête pour dire qu'il comprenait. Lui-même ne parvenait pas à revenir à l'emplacement du mas de la Lèze, c'était trop difficile pour lui, plus encore depuis qu'il avait appris la mort de sa mère, dans la sinistre tour de Constance…

Rolland passait de pièce en pièce. Il s'arrêta un peu plus longuement dans la chambre.

— Je me rappelle, reprit-il d'une voix lointaine, nous dormions tous ici, les parents dans le lit, nous sur des paillasses, blottis les uns contre les autres pour nous tenir chaud. Et, oui, nous avions chaud, même quand le vent soufflait en tempête.

Il effleura de la main, comme par inadvertance, le mur chaulé mais Noé savait qu'il avait eu besoin d'effectuer ce geste, comme pour renouer avec son enfance. Il en aurait fait autant.

— Viens voir, reprit Rolland.

Il entraîna son compagnon dans la cuisine, devant deux portes de placards.

— Regarde, fit-il, en soulevant la dernière planche du placard, une cache que j'ai déjà utilisée, dans laquelle trois hommes peuvent se dissimuler. On ne sait jamais, cela peut te servir un jour.

De nouveau, Noé hocha la tête. Il avait le cœur serré, l'impression que Rolland cherchait à lui faire passer un message.

Le camisard sortit de sa besace du pain et du fromage, qu'il partagea en trois.

— Notre visiteur ne devrait plus tarder, déclara-t-il. Je vais voir à la cave s'il reste un peu de vin.

La maison des Laporte paraissait capable de résister à un assaut, se surprit Noé à penser. Cependant… qui pouvait préjuger des ressources des troupes de Montrevel ?

Il revint vers le placard, se pencha pour soulever la planche. Combien de temps trois hommes pouvaient-ils rester tapis là sans manquer d'air ? se demanda-t-il. Légèrement oppressé, il remit la planche en place.

Rolland le rejoignit. Il portait deux pichets de vin.

— La treille de mon père donne un clairet plutôt vif. Tu vas m'en dire des nouvelles...

Noé percevait sa tension sous la jovialité. Qui était ce mystérieux visiteur qu'ils attendaient ?

Rolland marcha jusqu'à la porte, l'entrebâilla, revint dans la cuisine.

— Il m'a assuré qu'il se débrouillerait pour venir jusqu'ici, reprit-il d'un ton soucieux. J'espère qu'il ne s'est pas fait arrêter.

À cet instant, Noé osa poser la question qui obsédait ses nuits d'insomnie.

— Jusqu'où notre lutte va-t-elle nous mener ?

Rolland soupira. Il parut soudain plus âgé que ses vingt-trois ans.

— Jusqu'où l'inspiration de Dieu nous mènera, répondit-il gravement.

C'était une cause de tourment pour Noé. Sa foi était réelle, et profonde, mais il ne comptait pas au nombre des inspirés qui dirigeaient les rebelles.

Abraham Mazel, Jean Cavalier, Élie Marion, Rolland... tous s'en remettaient à Dieu pour prendre les décisions, ce qui déroutait les soldats du roi. Plusieurs femmes, aussi, étaient inspirées, comme Marie la Sabreuse. Noé, lui, avait beau prier, rien ne venait. Il n'était qu'un simple exécutant, se disait-il parfois, avec une pointe d'amertume.

Rolland posa la main sur l'épaule de Noé.

— Aie confiance. Nous sommes entre les mains de Dieu.

Il s'immobilisa, tendit l'oreille.

— Écoute !

Un caillou avait glissé dans la cour intérieure. Faisant signe à Noé de le couvrir, Rolland entrebâilla la porte. La silhouette d'un inconnu s'encadra dans le chambranle.

— Qui va là ? jeta Rolland.

Le visiteur s'inclina légèrement.

— David Flottard, envoyé de la reine Anne d'Angleterre et du comte de Miremont.

Saisi, Noé le considéra avec incrédulité. Venait-il vraiment d'Angleterre ? Son admiration était si flagrante que Rolland réprima un sourire.

— J'espère que David nous apporte de bonnes nouvelles, déclara le camisard.

Sans répondre, celui-ci lui tendit un courrier signé du comte de Miremont. Afin de le gagner à la cause des huguenots cévenols, Flottard avait fait de Rolland, cardeur de laine, ni plus ni moins le comte Rolland. Celui-ci s'esclaffa en entendant cette explication.

— Si fait, le joli conte ! Nous n'avons pas besoin de nobles, mais d'armes et de combattants. La reine Anne est-elle disposée à nous en envoyer ?

— Je l'espère, dit Flottard.

L'espoir… n'était-ce pas tout ce qui restait à des gens comme Noé ?

17

Dire que Sorbières et elle avaient bu à la nouvelle année, moins de quatre mois auparavant ! pensa Esther. Pouvaient-ils alors imaginer la succession d'événements survenue en janvier ?

C'était la mauvaise saison, celle que les troupes de théâtre redoutaient mais, pourtant, la Compagnie du Midi avait eu de la chance. Hébergée dans la salle du Jeu de paume, elle avait donné des représentations presque chaque jour. Baptiste aurait dû s'estimer satisfait. Au lieu de quoi, il s'obstinait à réclamer la lune ! L'une de ses pièces, *La Tentation de Flore,* n'ayant pas rencontré le succès escompté, il s'était replié sur lui-même avant de harceler ses camarades pour des broutilles. Une querelle l'avait opposé à Sorbières, qui, ulcéré, était parti en claquant la porte.

Le lettré avait des revenus provenant de ses biens dans l'arrière-pays aixois. Il avait cessé d'investir dans la Compagnie du Midi après cette querelle, et Baptiste ne le lui avait pas pardonné. Esther avait vu surgir Sorbières dans sa chambre à l'auberge un après-midi venteux de janvier, alors qu'elle se demandait ce qu'elle allait devenir.

Elle venait de comprendre, après deux mois d'angoisses et de faux espoirs, qu'elle était enceinte. Et elle ne voulait pas de cet enfant. L'enfant de Baptiste.

Elle n'avait pas eu le temps de dissimuler ses yeux rougis à Sorbières. Elle aurait voulu mourir. N'était-ce pas un sort plus enviable que la condition de fille mère ? Elle se retrouverait à l'écart de la bonne société et son enfant serait victime d'insultes et de lazzi.

Consultée, la fidèle Armide lui avait suggéré de faire passer l'enfant et proposé de lui communiquer des adresses dans le quartier du Panier. Esther avait refusé avec effroi. Ne s'agissait-il pas d'un crime ? Armide avait ricané.

— Eh, qu'est-ce que tu crois, princesse ? Tu ne seras pas la première, ni la dernière d'ailleurs, à y passer. L'homme plante sa semence, à nous de nous débrouiller !

La comparaison était juste. Esther n'avait pas oublié la façon dont Baptiste l'avait congédiée. Elle savait ne rien avoir à attendre de lui. D'après Armide, il se partageait entre Iris et Lucinde, tout en courtisant une jeune bourgeoise nantie d'un époux fortuné. « Il finira par se brûler les ailes », prophétisait Armide, l'air sombre.

Depuis le départ d'Esther et de Sorbières, la Compagnie du Midi marchait sur trois pattes. Scaramouche et Pantalon reprochaient à Arlequin son comportement et menaçaient de partir à leur tour. « Une troupe de théâtre c'est comme un numéro d'équilibriste, il faut que chacun se tienne à sa place et ne cherche pas à pousser les autres », ajoutait Armide en tirant l'aiguille.

Sorbières avait insisté pour savoir ce qui se passait.

Il paraissait rajeuni depuis qu'il avait repris sa liberté et l'habit gris qu'il portait ce jour-là, bien taillé, mettait en valeur sa silhouette bien découplée.

Il s'était penché vers Esther et, d'un geste vif, lui avait saisi le menton.

— Deux sous pour vos pensées, belle enfant.

— Ce ne sont pas vos affaires, Sorbières, avait-elle marmonné, furieuse avant tout contre elle-même.

Il n'avait pas insisté, avait enchaîné quant à ses projets. Il balançait entre Aix et Marseille. Il cherchait un logis, rien de particulièrement luxueux, il lui fallait d'abord une bibliothèque, et puis un balcon, pour y faire pousser quelques fleurs.

À l'idée de ne plus le voir, Esther avait éprouvé un sentiment proche de la panique. Que deviendrait-elle sans lui ? Le visage pressé contre son habit, elle avait éclaté en sanglots.

— Ne partez pas, je vous en prie.

Il lui avait tendu un grand mouchoir impeccablement repassé.

— Essuyez-vous. Vous me raconterez ensuite, quoique j'aie déjà ma petite idée.

Elle avait tenté de rire, un drôle de rire un peu cassé.

— C'est d'une telle banalité, n'est-ce pas ? L'amoureuse qui se fait engrosser par un homme qui ne l'a jamais aimée… Du mauvais théâtre !

— Un ressort classique, avait corrigé Sorbières. Mais ce n'est pas pour autant une tragédie.

Esther avait répliqué qu'elle se refusait à faire passer l'enfant ainsi qu'on le lui avait conseillé.

— J'ai perdu toute ma famille, lui avait-elle expliqué. Cet enfant compte déjà pour moi.

— Je vous comprends, Esther. Mais avez-vous réfléchi à ce qui vous attend ? Vous serez rejetée, marginalisée, et votre enfant stigmatisé. Une situation particulièrement injuste, je vous l'accorde, mais nous ne changerons pas la société.

Elle lui avait alors jeté un regard chargé de défi.

— Que voulez-vous dire, Sorbières ? Qu'il ne me reste plus qu'à mourir ? Nous étions deux pour faire ce bébé ! Est-il juste, pour reprendre vos termes, que je sois la seule à porter le poids de la faute ?

Faisant volte-face, elle s'enfuit de la chambre. La porte claqua. Accablé, Sorbières se laissa tomber sur une chaise. Il avait peur pour Esther.

Il aurait aimé cette ville tumultueuse, forte en gueule et bruissante s'il n'avait été condamné à l'infamie des galères, se dit Jean Bragant, descendant vers l'arsenal des galères après sa journée de travail chez maître Potard.

Le temps était doux. Une lumière rasante dorait la mer, calme en cette fin d'après-midi printanier. Tant de beauté, et tant de souffrances, songea Jean.

Mai signerait la reprise des manœuvres, la chiourme, la promiscuité, la puanteur. Un aperçu de l'enfer.

Combien de temps encore ? Sa foi l'aidait à tenir, ainsi que les courriers venus de Suisse et d'Angleterre, mais il s'inquiétait pour nombre de ses camarades d'infortune.

Hilaire Marsand était mort au cours de l'hiver, d'une fluxion de poitrine. Le cher homme n'avait plus la force de lutter. Jean avait récité le livre de Job à son chevet, l'avait accompagné jusqu'au bout. En prononçant les mots : « Je suis sorti nu du sein de ma mère, et nu je retournerai dans le sein de la terre. L'Éternel a donné, et l'Éternel a ôté ; que le nom de l'Éternel soit béni[1] », Jean pensait à tous ses compagnons religionnaires. Leur force, leur sens du sacrifice l'émerveillaient. Il était fier d'être huguenot

1. Job, I, 21.

et, quelles que soient les souffrances endurées, il n'aurait jamais imaginé abjurer.

De nouveau, il contempla la mer étale, les silhouettes du fort Saint-Jean et du fort Saint-Nicolas, en sentinelles. Il avait toujours de la peine à regagner l'arsenal. Le bruit de la fermeture des grilles, le claquement des fers, l'odeur… tout lui rappelait sa condition de galérien. Même si, désormais, son pertuisanier attitré, Guibert, ne prenait même plus la peine de l'accompagner chez maître Potard, Jean était et demeurait un forçat. « Pour ma foi », se dit-il.

Il se détourna de la mer. Son cœur était lourd, il avait besoin d'un peu d'espoir. Au début de l'année, une dizaine de condamnés avaient été libérés. On racontait que la reine Anne d'Angleterre multipliait les efforts pour sauver les huguenots français.

Ils étaient seuls, cependant, face à une loi inique.

— Pardon !

Une jeune femme, courant vers la mer, le heurta. Elle remarqua le mouvement de recul de Jean, le pria une seconde fois de l'excuser. C'était de sa faute, elle ne l'avait pas vu. Il nota la beauté de son visage, mais aussi les cernes sous ses yeux, et la façon qu'elle avait de se mordre les lèvres comme pour ne pas pleurer.

Jean tendit la main vers elle. Dans sa course, son bonnet avait glissé et ses cheveux aux reflets fauves étaient dénoués.

— Puis-je vous aider ?

Elle fit « non » de la tête et reprit sa course vers le rivage.

Perplexe, intrigué, il la suivit des yeux. Elle lui rappelait vaguement quelqu'un. Qui ?

Il n'aurait su le dire.

Cette nuit-là, il rêva du mas de la Lèze.

18

Le vent venu du nord courbait les arbres mais il ne soufflerait pas longtemps, se dit Élie après avoir jeté un coup d'œil au ciel, à peine froissé de quelques nuages.

Ses récoltes étaient prometteuses, et il avait l'impression qu'un sang nouveau circulait dans ses veines. La naissance de David avait suscité chez lui le désir de changer le cours de sa vie. Il ne devait plus se contenter de subsister, il lui fallait bâtir un vrai domaine pour son fils.

Son ami Constant lui avait ouvert la voie. Soucieux de diversifier ses sources de revenus, il s'était lancé dans le négoce à grande échelle.

Les huguenots français disposaient de nombreux avantages, à commencer par une retraite sûre, la liberté du culte et des exonérations de charges.

Elsa soutenait ses projets. Elle l'avait accompagné à Potsdam, David au sein. Elsa allaitait son fils avec bonheur. Elle éprouvait un sentiment de plénitude alors qu'installée sur sa chaise basse de nourrice, elle contemplait David, blotti contre elle. Elle s'émerveillait de l'avoir vu rattraper très vite sa naissance prématurée.

Il était difficile de dire à qui David ressemblait, mais les deux époux s'accordaient à le trouver superbe.

Volontairement, Élie s'efforçait de mettre sous le boisseau les souvenirs de ses trois aînés. C'était une autre époque, une autre vie. La mémoire, cependant, ne se laissait pas aisément museler ! La nuit, Élie rêvait fréquemment d'eux. Lorsqu'il se réveillait, souvent en sueur, il se précipitait pour aller vérifier que tout allait bien pour David.

Elsa, en mère comblée, ne partageait pas ses craintes. Elle vivait pleinement un temps béni, qui serait fugitif.

Élie jeta un coup d'œil impatient à sa montre, portée en sautoir sur son habit de drap sombre.

N'avait-il pas décidé de partir dès huit heures ?

Ils se rendaient à Berlin, et Lottie les accompagnait. Le trajet n'était pas trop long mais constituait une véritable expédition à cause du bébé.

Les Bragant étaient invités par Balthazar Hennequin, un religionnaire ayant créé une manufacture à Berlin. Élie et lui s'étaient rencontrés lors d'une foire, et Balthazar lui avait proposé de faire affaire ensemble.

« Le Brandebourg manque de beaucoup de choses, lui avait-il dit, et le Grand Électeur est bien disposé envers nous. Nous serions bien sots de laisser passer une telle chance ! » Élie était de son avis. L'heure était au commerce, il ne fallait pas laisser passer l'occasion. Consultée, Elsa s'était montrée enthousiaste. De plus, elle était impatiente de revoir Berlin.

En cette année 1703, la ville était en plein essor. Une colonie huguenote française importante était établie à Berlin. Il était de bon ton d'engager des gouvernantes ou des répétitrices françaises, un chef français, de se fournir dans des manufactures françaises et de lire en français un livre acheté à la librairie de la Französische Straße[1]. Ce quartier était devenu une enclave française.

Balthazar Hennequin habitait une maison blanche entourée d'un jardin fleuri de roses, tout près du chantier du temple de Friedrichstadt, qu'on surnommait déjà la cathédrale française.

— Je reconnais bien le génie français pour faire pousser les fleurs, admira Elsa.

Elle éprouvait le besoin de parler, comme pour se rassurer. Elle savait en effet que son époux attendait beaucoup de cette entrevue.

Leur hôte les accueillit avec amabilité. Son épouse, une dame vêtue de soie sombre, entraîna Elsa et le bébé vers un petit salon tandis que Hennequin et Élie restaient à deviser dans le cabinet du maître de maison.

Mme Hennequin lui offrit un rafraîchissement et des biscuits. David avait faim. Elsa s'isola pour lui donner le sein. Elle se demanda soudain si cette équipée à Berlin était bien raisonnable. Elle avait tant insisté pour revoir la ville de son enfance.

Mme Hennequin voulut tout savoir de leur vie à Silberlinden.

— Ne vous ennuyez-vous pas trop dans votre campagne ? Vous êtes berlinoise, je crois ? En tout cas, vous parlez fort bien le français…

— Le mérite en revient à mon époux. Et, non, je ne trouve pas le temps long à Silberlinden. Nous avons des amis proches, et nous satisfaisons d'une vie de famille proche de la nature.

— Mais les livres, le théâtre ? insista son hôtesse.

1. La rue des Français.

Elsa sourit.

— J'ai mon clavecin.

« Une jeune femme heureuse », pensa Renée Hennequin.

Elle-même, venant de Nîmes, avait eu de la peine à s'habituer à la ville austère mais elle avait eu si peur des missionnaires bottés qu'elle n'avait jamais regretté leur exil. De plus, le fait d'appartenir à une colonie française la rassurait. Elle aurait accepté beaucoup moins facilement l'idée de vivre en pleine campagne, à l'exemple de son invitée.

Elle proposa à Elsa de petits gâteaux à la cannelle confectionnés par sa cuisinière, et se servit à son tour.

— Votre époux et moi venons des Cévennes, reprit-elle. Je crois que maître Bragant a perdu sa première femme...

« Nous y voilà ! » pensa Elsa.

Cette personne à la silhouette imposante, aux cheveux frisottés, lui inspirait une certaine défiance. Sans même s'en rendre compte, elle serra un peu plus fort David contre elle. Le bébé s'agita dans ses bras.

— C'est exact, répondit-elle, refusant de se montrer plus prolixe.

Les narines de Mme Hennequin frémirent.

— Ah, il me semblait bien ! Et ce n'est pas trop pénible pour vous ?

Elsa n'avait pas la moindre envie de la suivre sur ce terrain. Cependant, son hôtesse insista.

— Nous sommes restés en relations épistolaires avec des amis de la région. Je pourrais demander ce qu'il est advenu du domaine Bragant. Jéricho, je crois.

La gorge nouée, la bouche sèche, Elsa hocha la tête. Une peur insidieuse montait en elle. C'était comme si son hôtesse venait d'ouvrir la boîte de Pandore. Jéricho... il arrivait encore parfois qu'Élie prononce ce nom dans son sommeil et, à chaque fois, elle avait l'impression d'occuper une place qui n'était pas la sienne. Elle était en vie.

S'il avait eu le choix… assurément, il aurait préféré rester auprès de Jeanne.

Elle devait s'interdire ce genre de pensée parce qu'elle se faisait du mal. C'était elle, Elsa, qui partageait la vie d'Élie, et lui avait donné un fils. Le reste importait peu.

À condition d'y croire.

Mais elle savait au fond d'elle-même que les questions, innocentes en apparence, de Renée Hennequin avaient jeté une ombre sur le bonheur qu'elle pensait avoir apprivoisé.

19

L'été venu, de nombreux combattants dissimulaient leurs armes et s'en allaient aux champs. Noé avait travaillé avec ardeur mais il avait remisé sa faucille à l'appel de Rolland, dont il était un fidèle lieutenant.

Depuis que le camisard l'avait emmené au mas Soubeyran, Noé avait l'impression de mieux le connaître. L'un et l'autre avaient des racines communes, une histoire similaire, même si Rolland n'avait pas perdu ses parents.

Leur refuge du Moulin avait été préservé malgré les craintes de Marie la Sabreuse qui avait souvent tendance à prédire de nombreux malheurs.

Ils espéraient recevoir bientôt des nouvelles de David Flottard, qui leur avait promis un soutien étranger mais le temps, leur semblait-il, jouait contre eux. Les soldats de Montrevel effectuaient sans cesse de nouvelles reconnaissances, poussant les huguenots vers les grottes et autres caches où ils entreposaient leurs armes. Les royaux se croyaient forts, sans mesurer à quel point la population cévenole soutenait ses prédicants. Dans la plupart des hameaux, il se trouvait toujours un pain glissé sur un appui de fenêtre, une lame sortie d'une armoire à fusils, de l'alcool ou de la charpie dissimulés dans une panière d'osier, sous une pile de linge propre. Les camisards avaient leurs refuges, leurs cachettes de dernier recours.

Ils étaient chez eux.

Chaque fois qu'il parcourait les chemins de son pays natal, que ce soit le long de la ligne de crêtes ou de Saint-Étienne-Vallée-Française, Noé sentait son cœur se gonfler de fierté.

Les hommes du roi ne voulaient pas comprendre que les Cévenols ne céderaient pas.

« Plutôt mourir », pensa Noé en goûtant la plénitude de cette fin d'été. Même si les petits matins étaient frisquets, les journées restaient lumineuses et douces. De quoi caresser l'espoir que le pays serait bientôt libéré des dragons...

— Noé ! J'ai besoin de toi.

Ninon, une accorte jeune fille, ne parvenait pas à soulever un lourd tonneau.

Noé se précipita à son secours, déplaça le récipient imposant sans effort apparent.

Satisfait de lui, il se retourna vers elle.

— On a toujours besoin d'un homme fort, plastronna-t-il.

Ninon éclata de rire.

— Tu te vantes, Noé !

Elle avait rejoint leur troupe à la fin du printemps après s'être enfuie d'un couvent où l'on s'était efforcé de la convertir au catholicisme.

Sa mère était morte emprisonnée à la tour de Constance, à Aigues-Mortes, comme Pélagie, et son père avait été tué lors d'une escarmouche avec les royaux.

Malgré cette situation, Ninon s'efforçait de garder le sourire.

Elle soignait les blessés tout comme Marie la Sabreuse, lisait la Bible à ceux qui ne savaient pas leurs lettres et s'acquittait des lessives. En revanche, comme elle le disait elle-même, elle était incapable de confectionner une seule soupe.

Elle attirait Noé. Elle avait du charme, avec ses cheveux roux recouverts d'un petit bonnet et ses yeux bleus ombrés de longs cils noirs.

Parfois, Noé se surprenait à rêver qu'ils pourraient se marier, si la paix revenait. Il ne voulait plus songer à Marie, qui lui avait clairement déclaré qu'elle n'aimerait jamais un autre homme. Il avait cru l'aimer, pourtant, sa belle Sabreuse au regard perdu !

Mais y avait-il encore de la place pour l'amour, alors qu'ils étaient traqués, persécutés ?

Sous la conduite de Rolland, les camisards procédèrent à quelques attaques dans les défilés. Des escarmouches sans réelle importance, qui avaient cependant le mérite de démontrer que les huguenots ne céderaient pas un pouce de terrain…

De retour au Moulin, les hommes de Rolland effectuèrent leurs prières avant d'aller se laver dans la rivière. Ils étaient las, mais heureux. Les royaux avaient reculé.

Rolland, cependant, demeurait soucieux.

— Ils vont fatalement essayer de nous faire sortir de nos bois, déclara-t-il.

L'intendance de chaque troupe de camisards constituait un problème permanent. La plupart du temps, ils dissimulaient dans des grottes connues des seuls gens du pays des réserves de farine, de sel, de viande séchée. Comme cela ne suffisait pas, ils comptaient aussi sur l'entraide et la solidarité paysannes, qui ne leur avaient jamais fait défaut. En cette fin septembre 1703, ils osaient caresser l'espoir de chasser les soldats du roi de leurs Cévennes. Rolland et Cavalier avaient battu deux compagnies près de Durfort. Ils savaient qu'une frégate anglaise et une frégate hollandaise cherchaient à accoster du côté de Sète.

Ce serait pour les camisards une occasion formidable d'établir une jonction avec leurs coreligionnaires étrangers. Logiquement, ils pourraient espérer parvenir à rester chez eux.

N'était-ce pas leur souhait le plus cher ?

Noé leva le nez vers le ciel. Il n'avait pas encore gelé, il fallait profiter des derniers beaux jours.

— Rolland ! Je veux voir Rolland !

Le Bossu, un de leurs informateurs, descendait la pente à vive allure, tout en gesticulant. Noé s'écarta de son chemin et lui indiqua le bâtiment où Rolland se tenait.

— Un grand malheur va s'abattre sur nous ! gémit le Bossu, qui était prophète à ses heures.

Noé ne put réprimer un frisson. Les maudits sbires de Basville ou de Montrevel leur réservaient quelque mauvaise surprise, c'était certain. Pourquoi ? Ne pouvaient-ils les laisser vivre leur foi en paix ?

Rolland reçut le messager, et conversa avec lui durant plusieurs minutes. Quand les deux hommes sortirent du refuge de Rolland, le visage du camisard était grave.

Il reconduisit le Bossu jusqu'à mi-pente avant de se retourner vers ses hommes.

— On évacue le Moulin, déclara-t-il. Repli vers la Baume des Proscrits.

Un soupir courut le long des rangs. Les hommes avaient apprécié le campement du Moulin et l'avaient exprimé.

Rolland haussa les épaules.

— On veut nous chasser de notre pays, là où nos pères et leurs pères avant eux ont cultivé la terre. Les habitants de Sainte-Cécile ont trois jours pour rassembler leurs bêtes et leurs effets et se rendre dans des bourgs papistes.

— Ce n'est pas possible ! gémit tout haut Ninon.

Noé se rapprocha d'elle et posa une main protectrice sur son épaule.

— Leur but est de nous priver du vivre et du couvert, reprit Rolland.

La colère fit vibrer sa voix.

— Ils n'y parviendront pas ! Nous serons encore plus déterminés à nous battre.

Pour sa part, Noé luttait contre un sentiment de découragement. Quelques minutes auparavant, il faisait preuve de foi en l'avenir. Or, désormais, il se sentait de plus en plus traqué, comme tous ses compagnons.

— À la Baume des Proscrits, répéta Rolland, le visage impénétrable.

Noé se sentit rasséréné. Le chef qu'il s'était choisi saurait les protéger, il en était convaincu.

Peut-être pour se rassurer.

20

Comment croire encore en l'amour ? songea Esther, les mains posées sur son ventre, comme pour le protéger.

Elle se sentait lasse en ce mois d'août. La chaleur la fatiguait, d'autant qu'elle avait pris tout à coup du poids. Réfugiée dans sa chambre, Esther suivait le cours des jours tout en préparant le trousseau de son enfant à naître. Au moins avait-elle appris à coudre à Montpellier, auprès de sœur Bernardine qui donnait des coups de baguette sur les doigts dès qu'elle remarquait un défaut dans le travail.

À présent, c'était différent. Esther n'avait plus rien à craindre des religieuses ni de Mme Anne. Et savait que Baptiste ne se souciait pas d'elle.

Fin avril, elle avait tenté de le rencontrer, au prix d'un énorme effort. Armide lui avait appris que la Compagnie du Midi partait pour Paris. S'il restait une chance à Esther, elle devait la tenter. Consulté à ce sujet, Sorbières n'avait pas caché son scepticisme.

« J'aimerais avoir le droit de vous protéger, mon petit », avait-il déclaré à Esther et elle n'avait pas relevé sa phrase.

Il avait proposé de l'accompagner à la salle du Jeu de paume, en vain. Esther tenait à s'expliquer avec Baptiste à huis clos.

Elle s'était préparée avec beaucoup de soin. Elle n'était pas encore trop serrée dans sa plus belle robe, alors, et Armide avait élargi son corps[1]. Cheveux brossés avec art, corsage mettant en valeur ses seins hauts, visage légèrement poudré… Elle avait même placé une mouche de velours noir un peu au-dessus de sa lèvre supérieure. On l'appelait, à Paris, la Baiseuse.

Son cœur s'emballa quand elle franchit le seuil de la salle du Jeu de paume.

Elle l'aimait toujours, se dit-elle sombrement.

Il se tourna vers elle. Debout sur la scène, il la dominait de sa haute taille. Il était beau. Le temps n'aurait pas de prise sur lui. Son visage se burinerait, ses cheveux s'argenteraient, mais il resterait séduisant. Sa voix, d'ailleurs, basse et profonde, contribuait à son charme.

— Tu veux me voir, Esther ? s'enquit-il.

À cet instant, elle comprit brusquement qu'il l'avait rayée de sa vie. Parce qu'elle exigeait trop de lui ? Ou qu'elle était enceinte ? Comment savoir ?

Les yeux levés vers lui, elle tenta de se persuader qu'elle serait plus heureuse sans lui. Le bonheur… une idée moderne, selon Sorbières.

— Vous allez à Paris, reprit Esther, s'efforçant de ne pas montrer à quel point elle était bouleversée.

Elle se sentait perdre pied sous son regard qui la détaillait sans discrétion. Bien sûr, elle avait pris du poids, et son teint était un peu couperosé. Elle s'était promenée le

1. Ou corps à baleines. Sous-vêtement féminin, ancêtre du corset, se portant par-dessus la chemise. Rigide, lacé dans le dos, il rejetait les épaules vers l'arrière, affinait la taille et mettait la poitrine en valeur.

long de la mer à plusieurs reprises. La marche lui faisait du bien, l'aidait à mettre un peu d'ordre dans ses pensées.

— J'en avais toujours rêvé, répondit-il, la voix vibrante de passion.

Esther s'arrêta juste au pied de la scène.

« Arlequin, éternel menteur », se dit-elle le cœur serré.

— Tu nous sacrifies, l'enfant et moi, à Paris ? reprit-elle.

Il lui jeta un regard courroucé.

— L'enfant ? C'est donc vrai, ce qu'Armide a essayé de me faire comprendre, tu es grosse ? Je t'avais pourtant prévenue : je ne supporte pas qu'on essaie de me ligoter, de me museler !

— Tu as toujours été libre avec moi, Baptiste.

Il partit d'un grand rire.

— Libre ? Avec toi ? Il faut croire que nous n'avons pas la même notion de la liberté ! Même si je ne te voyais pas, je savais que tu étais là, à m'observer, à m'épier, même. Tu me voulais pour toi seule, tu étais jalouse des autres filles de la troupe…

— À juste titre ! Tu m'as trompée avec Lucinde, avec Iris, et avec tant d'autres…

— Je suis libre, Esther. Libre de courtiser qui je veux, de faire l'amour à qui je veux. Tu ne peux pas comprendre, tu n'as jamais été une véritable comédienne ! Avant d'entrer en scène, nous sommes les rois du monde ! Et tant pis pour nous si le trac nous fait vider tripes et boyaux. C'est la rançon de la gloire.

Anéantie, sous le choc, elle lui jeta un regard lourd d'incompréhension.

— Nous nous sommes aimés, pourtant, toi et moi, tenta-t-elle d'argumenter.

De nouveau, il rit. Un rire de conquérant, dévoilant sa dentition parfaite.

— Dis plutôt que tu m'as aimé, et que j'ai aimé te trousser. L'amour ! Je ne m'embarrasse pas de ce genre de sentiment, Esther. Jamais. Je pensais que tu l'avais compris.

Elle se raidit, se redressa. Elle avait accusé le choc, failli s'enfuir en pleurant. Mais elle ne lui donnerait pas cette joie, se promit-elle. Il lui fallait tenir bon.

Elle esquissa un sourire narquois.

— J'ai dû lire trop d'ouvrages de mademoiselle de Scudéry ! persifla-t-elle. La vie n'est pas un roman, je l'avais oublié. Merci de me le rappeler, Baptiste. Et... adieu ! Je vous souhaite bonne chance à Paris.

Elle le vouvoyait de nouveau, comme le jour où Sorbières le lui avait présenté pour la première fois. Il lui semblait que ce n'était pas Baptiste qui la toisait ainsi, mais bel et bien un inconnu.

— Saluez bien toute la troupe de ma part, ajouta-t-elle.

Elle attendait... elle ne savait quoi, au juste. Un signe, un encouragement de sa part, une main tendue vers elle. Geste qu'il n'effectuerait pas, elle en était quasiment certaine.

Elle ne voulait pas penser à la vie de débauche qu'il devait mener. Elle ne voulait penser à rien. Elle était seule avec l'enfant, et n'avait rien à attendre de son ancien amant. Celui qu'elle avait pris pour l'homme de sa vie.

Elle pivota, lentement, s'éloigna de la scène. Dans sa tête, elle se remémorait des passages entiers des grandes œuvres, avec une prédilection pour *Phèdre*.

Elle sortit de la salle du Jeu de paume le cœur en miettes, sans se résoudre à aller rejoindre Sorbières ainsi qu'ils en avaient convenu. Son grand ami, assurément, avait deviné que Baptiste resterait indifférent à sa démarche.

Le patron de la Compagnie du Midi n'avait pas l'intention de s'encombrer d'une femme enceinte qui risquerait de les ralentir. Son indifférence vis-à-vis de l'enfant avait profondément choqué Esther. À moins qu'il ne refuse tout simplement d'y songer, afin de s'éviter tout remords ou regret. Comment savoir, avec lui ?

Elle s'essuya les yeux, le cœur lourd. Elle ne prêtait pas même attention à l'endroit où la portaient ses pas, elle marchait, sans but, en sachant seulement qu'elle le faisait pour ne pas s'écrouler. Dans sa tête, les questions se bousculaient. Pourquoi l'abandonnait-il ? Qu'allait-elle devenir avec l'enfant qui poussait dans son ventre ? Lorsque sa grossesse serait bien visible, on la chasserait de l'auberge car on ne voulait pas de fille mère, aux mœurs forcément dissolues, dans une demeure tout ce qu'il y avait de respectable. Où vivrait-elle, alors ?

Des larmes silencieuses couraient le long de ses joues.

Elle n'avait plus de repères s'il partait. Elle avait bâti des rêves dont il était le centre. L'avait-elle idéalisé ? Peut-être, par amour. Car elle l'avait aimé. Follement, éperdument.

Elle continua de marcher longtemps, sans même se rendre compte de l'endroit où elle se trouvait. Lorsque, prise de vertiges, elle dut marquer un temps d'arrêt, s'appuyer contre un mur, elle reconnut le bâtiment en forme de temple grec de la halle de la Poissonnerie-Neuve.

Elle n'était pas aussi éloignée de la rue d'Aix qu'elle ne le pensait.

Cependant, son corps ne parvenait pas à se remettre en marche.

« À quoi bon ? » se dit-elle, se sentant complètement perdue.

L'espace d'un instant, elle éprouva la tentation d'aller se jeter dans la mer. Cela paraissait si simple… la solution à tous ses problèmes.

Un élan d'orgueil la parcourut. Non ! elle ne pouvait pas en venir à cette extrémité !

Elle était une Bragant, fille de Cévenols profondément attachés à leur foi comme à leurs terres, la nièce de Jacques Bragant, mort pour ne pas avoir abjuré.

« Faire face », s'exhorta-t-elle.

Et, lentement, elle reprit le chemin de la rue d'Aix.

21

Depuis longtemps, Rolland considérait les bois de Malabouisse comme son fief. On y accédait au terme d'une pente très raide qui vous sciait les jarrets. Situé au nord-est de Mialet, le bois dominait le hameau de Cornoulès et tout un ensemble de forêts et de collines boisées.

Ce jour-là, le ciel était dégagé, le paysage bien net une fois les brumes du petit matin dissipées.

Noé était parti chasser. Un chien jaune, qu'il avait nommé Samson, le suivait. Il s'était attaché à ses pas quand ils avaient quitté leur refuge du Moulin et ne l'avait plus quitté. Noé appréciait sa compagnie. Grand, le poil ras, Samson n'était pas apparenté à une race précise mais avait de réelles qualités de chasseur, ce qui permettait d'améliorer l'ordinaire du campement.

S'il avait mal vécu leur déplacement forcé, Noé devait reconnaître que la Baume des Proscrits leur offrait une bonne cachette.

Plutôt qu'une grotte, il s'agissait en fait d'une galerie aux dimensions impressionnantes, d'environ soixante mètres de long et dix à douze mètres de large. Plusieurs gours, des dépôts de calcite, retenant les eaux de pluie, alimentaient en eau le fond de la grotte. Celle-ci se prolongeait par une deuxième galerie, longue d'une cinquantaine de mètres. Rolland avait décidé d'y entreposer armes et provisions.

Les femmes cuisinaient aussi dans cette partie du refuge. Elles étaient une vingtaine à avoir suivi les combattants. Marie la Sabreuse et Ninon faisaient partie du groupe de camisards.

— De toute manière, je n'ai plus rien à perdre, avait lancé la jeune fille sur un ton chargé de défi.

— Je suis là, moi, et je tiens à toi, avait osé lui dire Noé.

Plus les jours passaient, plus il s'attachait à elle. Mais Ninon avait secoué la tête, laissant échapper ses boucles rousses de son bonnet.

— Qui peut dire si nous serons encore en vie demain, après-demain, la semaine prochaine ? lui avait-elle répondu.

Il avait refusé de se laisser décourager. Elle l'aimerait, il lui suffisait simplement de se montrer patient.

Pour sa part, Noé se refusait à envisager une issue dramatique à l'épopée camisarde. Ils vivraient et pourraient de nouveau exercer leur culte.

— Je ne suis pas certaine que ce soit aussi simple, avait laissé tomber Ninon.

Instruite, ayant été élevée par des parents passionnés par les livres, la jeune fille impressionnait Noé.

Il marcha vers la crête, Samson sur ses talons. Il aimait à humer l'air piquant, annonciateur de l'hiver, comme il aimait sa terre cévenole.

Le chien poussa un gémissement sourd et s'immobilisa net. Surpris, Noé se retourna. Il vit apparaître un groupe de paysans, la faux sur l'épaule, traînant derrière eux femmes et enfants.

— Que se passe-t-il ? s'enquit-il.

Il connaissait de vue celui qui paraissait être le meneur. Il ordonna à Samson de se taire et s'avança à la rencontre des villageois. Le chef du groupe se présenta : « Abraham, ménager », et expliqua que Cabrit, leur village, allait être détruit par l'Apostat et qu'ils préféraient rejoindre les camisards plutôt que d'aller s'enfermer dans l'un des huit bourgs fortifiés où l'on voulait les expédier.

— L'Apostat ? répéta Noé, perplexe.

Le nommé Abraham, un géant à la barbe et aux cheveux roux, partit d'un grand rire.

— C'est un Nouveau Catholique, le maréchal de camp Julien, que nous sommes plusieurs à avoir surnommé ainsi à cause de l'empereur romain qui a combattu le christianisme. Un traître, ce Julien !

Noé marqua une hésitation. Devait-il les conduire auprès de Rolland ? Comment être certain que ces villageois ne lui tendaient pas un piège ? Les royaux poussaient l'ignominie jusqu'à promettre une forte somme à ceux qui dénonçaient des camisards.

— Attendez-moi là ! ordonna-t-il avant de filer.

Il effectua plusieurs détours, se coula sous le couvert pour regagner le refuge de ses compagnons. Rolland, prévenu par ses soins, le félicita de sa prudence. Il allait rentrer en contact avec les villageois et déciderait lui-même s'il les autorisait à se joindre à eux dans la Baume des Proscrits. Deux de ses hommes l'accompagnèrent avec Noé qui les guida jusqu'au promontoire où il avait laissé Abraham et ses camarades.

Rolland, apparemment, connaissait Abraham, qu'il avait déjà rencontré au cours d'assemblées du Désert. Les deux hommes se donnèrent l'accolade, gravement.

— Bien sûr, nous t'offrons l'hospitalité, déclara le camisard.

Son visage s'éclaira d'un sourire chaleureux tandis qu'il s'informait :

— Dis-moi... Julien veut vraiment raser vos maisons ?

— Hélas oui ! même que l'abbé Mingaud, de Saint-Étienne-Vallée-Française, nous a fait dire de les démonter proprement nous-mêmes, pour mieux les reconstruire quand la guerre sera finie ! Comme si l'on pouvait détruire une maison bâtie par le père de notre père ! Je n'ai pas pu, c'était au-dessus de mes forces.

— Les maudits ! grommela Noé.

Il revoyait le mas de la Lèze, auquel il était tant attaché, les flancs rocheux dominant la maison familiale, les pins sylvestres, les genévriers et les buis.

Il revoyait même le cerisier qui leur donnait des fruits parfumés, délicieux aussi bien en clafoutis que sur l'arbre.

Il crispa les poings.

— Combien de villages veulent-ils anéantir ?

Rolland poussa un énorme soupir.

— Les papistes pensent nous impressionner. Ils ne connaissent pas notre force de caractère, ni notre attachement à la terre cévenole. Ils cherchent à nous faire fuir comme des rats ? Nous leur montrerons que nous savons nous battre ! Nous ne leur laisserons pas un instant de répit.

Une conviction profonde l'animait. Noé aurait voulu le croire aveuglément, ainsi qu'il l'avait fait aux premiers temps, mais il ne pouvait s'empêcher de se poser des questions. La violence constituait-elle la meilleure solution ? Il avait conscience de ses propres contradictions sans pour autant parvenir à les démêler. Parfois, au fond de lui, naissait le désir intense de partir, loin, avec la femme qu'il aimait, de fonder une famille. L'instinct de vie l'y incitait. Pour cela, il devait avouer ses sentiments à Ninon. L'aimerait-elle en retour ? Et, s'il partait, ne trahirait-il pas son père, ses ancêtres, la terre qui les avait fait vivre depuis des générations ?

La main de Rolland s'abattit sur son épaule.

— Aie confiance, compagnon ! L'Éternel nous indique le chemin à suivre.

Plus tard, après le grand brûlement des Cévennes, Noé songerait à ce matin d'automne, et à cet instant où tout avait failli basculer. Il avait éprouvé la tentation de tourner les talons et de fuir vers l'étranger. Si David Flottard avait été présent à ce moment-là, il lui aurait peut-être même demandé de l'emmener. Mais il y avait cette douzaine d'hommes et de femmes autour d'eux, avec leurs hardes sur le dos, et du désespoir dans le regard.

Aussi, pour ne pas ajouter à leur désarroi, Noé afficha-t-il une assurance qu'il n'éprouvait pas.

Il se pencha même pour venir en aide à une jeune femme qui peinait à porter sa fillette, âgée d'environ cinq ans. Minois criblé de taches de rousseur, nez retroussé, yeux dorés, l'enfant était charmante.

— Comment t'appelles-tu ? lui demanda Noé.

Elle répondit : « Sarah », et il lui sourit.

— C'est un très joli prénom. Tu verras… nous allons nous installer dans une grotte et, si tu es bien sage, tu apercevras peut-être un écureuil demain matin.

— Merci, lui dit la mère.

Elle était maigre et paraissait être à bout de forces. Son ventre pointait en avant sous la jupe de laine noire. On aurait dit qu'elle avait avalé un ballon ! se dit Noé, amusé par le contraste entre son ventre proéminent et sa silhouette menue.

— Mon homme est mort à Durfort, reprit-elle, comme si elle avait éprouvé le besoin de se justifier, de préciser qu'elle était veuve.

Noé hocha la tête.

— Nous y étions nous aussi. Ce fut une rude bataille.

Dire que ce soir-là, il avait pensé que la guerre allait s'achever, que les soldats du roi les laisseraient enfin tranquilles ! À croire qu'il n'avait pas encore compris que le vieux roi ne supportait plus un seul huguenot en France !

Il cala Sarah sur sa hanche, se demanda quel effet cela faisait d'être père.

Il n'y avait encore jamais songé jusqu'à présent.

22

Décidément, il ne prisait guère l'automne ! songea Sorbières.

Il avançait légèrement courbé afin d'offrir moins de prise au mistral. Une calamité, ce vent ! Cette chère marquise de Sévigné s'en plaignait déjà au siècle précédent.

S'il n'y avait eu Esther, Sorbières serait déjà parti pour Aix. Il s'était lassé de Marseille, trop bruyante, trop tournée vers la Méditerranée. De plus, pour un homme attaché comme lui à la liberté, l'arsenal et les galères constituaient une tache indélébile sur la ville. Il s'était rendu à deux reprises chez le notaire de sa famille, avait arrêté son choix sur une maison des champs ayant appartenu à un magistrat du parlement d'Aix.

Depuis sa rupture avec Baptiste, Sorbières avait tiré un trait sur dix années de théâtre ambulant. Il avait aimé cette période, pourtant. Cependant, il n'avait pas supporté l'attitude de Baptiste. Depuis un an ou deux, il avait d'ailleurs remarqué que le comédien devenait de plus en plus ambitieux. Baptiste l'avait profondément déçu, certainement parce qu'il s'était attaché à Esther. Il l'aimait, cette petite qui avançait malgré tout et débordait d'enthousiasme. Enfin… avant l'enfant. Pour sa part, Sorbières avait toujours proclamé qu'il ne voulait pas d'enfants. Rien de tel pour vous empoisonner l'existence et vous empêcher de vivre à votre guise !

Cependant, il souffrait pour Esther de la voir s'étioler et remâcher son chagrin. Il avait bien essayé de lui remonter le moral, en vain. Elle n'avait pas accepté l'attitude de Baptiste, ne l'accepterait jamais. Et, fatalement, elle aurait de la peine à aimer l'enfant.

Sorbières remonta le col de son manteau et accéléra le pas. Il y avait trop longtemps qu'il pensait à cet enfant. Il était parvenu à convaincre Esther qu'elle devait quitter l'auberge et venir s'installer chez lui. Ce n'était pas prudent de rester seule dans son état. Elle avait fini par céder, d'autant qu'elle n'avait pratiquement plus d'argent. Nanette, la servante de Sorbières, lui avait préparé une chambre douillette où la jeune femme en fin de grossesse se reposait souvent. Son hôte était persuadé qu'elle fuyait ses soucis dans le sommeil. Comment l'en blâmer ? À vingt-deux ans, Esther avait le sentiment d'avoir gâché sa vie. Quand il songeait à toutes ces années durant lesquelles elle avait été enfermée dans cette sinistre maison de propagation de la foi, à Montpellier, Sorbières serrait les poings.

Esther méritait une autre existence. Maudit Baptiste ! pensa-t-il. Pourquoi n'avait-il pas compris que la jeune femme était différente des filles qu'il avait l'habitude de trousser derrière la scène ? Elle l'aimait. Avec le recul, le bourgeois libre-penseur se reprochait de ne pas être intervenu, de ne pas avoir mis Esther en garde. C'était contraire à ses principes mais il aurait dû le faire.

Il était peut-être encore temps de se racheter, se dit-il. Cela faisait plusieurs jours qu'il caressait une idée. Il se demandait encore s'il aurait le cran de la concrétiser. Pourtant, pour Esther, il le fallait. C'était la meilleure solution.

Un sentiment de paix profonde envahit Jean.

La mer courait vers le ciel, un ciel traversé d'écharpes bleues, roses, mauves, derrière lesquelles le soleil jetait ses derniers feux. Un ciel d'espoir.

À cet instant, il aurait aimé savoir peindre, pour rendre hommage au Créateur.

Même s'il travaillait dur chez maître Potard, il l'acceptait volontiers, trop heureux d'être ainsi dispensé de la chiourme. Les conditions de travail des huguenots s'étaient encore dégradées durant l'été. Apparemment, c'était à cause de la guerre des camisards dont on parlait tant.

Les comites, déjà gens de sac et de corde, prompts à bastonner les galériens à la première occasion, s'acharnaient contre les protestants. « Chiens de huguenots ! s'exclamaient-ils. Ce sont vos religionnaires qui tuent les prêtres et massacrent les femmes dans les Cévennes ! »

Les coups tombaient sur les dos endoloris, avant que les argousins ne versent sel et vinaigre sur les plaies. Fin août, Jean et ses camarades avaient eu la chance de voir arriver un nouveau commandant, qui fit preuve d'une plus grande tolérance. Leur statut s'améliora, au grand dam des aumôniers qui exerçaient une véritable surveillance sur les galères. En liaison directe avec Versailles, ces « diables d'hommes », comme disait Gaston, semblaient éprouver une joie perverse à poursuivre les huguenots de leur haine. Ils n'hésitaient pas à dénoncer les officiers leur paraissant trop tièdes et s'acharnaient à empoisonner la vie quotidienne des galériens.

Ils subtilisaient leur courrier, volaient leurs livres, les soumettaient à une pression constante afin d'obtenir leur conversion. C'était cependant bien mal les connaître ! Pour un huguenot acceptant d'abjurer, cent autres s'obstinaient dans leur foi.

Ce qui rendait les aumôniers fous de rage.

Pailleron, le nouveau commandant, se trouva vite critiqué par les papistes, mais il ne semblait en avoir cure. « Pour combien de temps ? » se demandait parfois Jean.

Dès le mois d'octobre, cependant, les galériens regagnaient l'arsenal et s'efforçaient de se refaire une santé. Les envois de vivres et de livres y contribuaient. Ceux qui, à l'instar de Jean, avaient perdu leur famille, étaient tout de même secourus par des associations huguenotes ou bien des particuliers envoyant des subsides. Cette solidarité faisait chaud au cœur, prouvant que les religionnaires, quelles que soient leur fortune ou leurs origines, pratiquaient l'entraide.

Durant sa captivité, Jean avait affermi sa volonté de devenir ministre du culte. L'étude de la Bible, à ses rares moments perdus, lui procurait un bonheur intense. Il y trouvait le pain et le sel, et la réponse à la plupart de ses questions.

Il aurait aimé échanger avec un pasteur, mais il n'y en avait pas, que ce soit à bord des galères ou dans l'arsenal. Aussi correspondait-il avec des personnes du Refuge.

Son papier, sa plume et son encre constituaient ses biens les plus précieux avec sa bible. Il se les était procurés grâce à l'entremise de maître Potard et écrivait, inlassablement, tentant d'alerter l'Europe sur leurs conditions d'existence. Ou, plutôt, de survie.

Il ne se révoltait pas, estimant que c'était inutile, mais ne cédait rien. Il était huguenot et, s'il devait mourir aux galères, il y mourrait en huguenot. C'était sa seule certitude.

Une cloche tinta dans le lointain.

Il se détourna avec un soupir de la mer, reprit le chemin de l'arsenal. Son argousin l'attendait à la taverne.

C'était le monde à l'envers, pensa Jean amusé. Il avait plutôt l'impression que c'était lui qui surveillait le lascar, porté sur la bouteille. Un assez bon bougre, au demeurant, plutôt accommodant, à partir du moment où Jean lui réglait un sol par jour et lui payait un pichet de clairet. Marcellin, l'aubergiste, adressa un coup d'œil explicite à Jean en le voyant pénétrer dans la taverne enfumée. Il savait ce que ça voulait dire : Marcellin avait du courrier pour lui. Il le lui glissa dans la main alors que Jean lui payait le vin de l'argousin.

D'un geste qui semblait des plus naturels, le forçat enfouit la missive dans la manche de sa casaque rouge, l'uniforme des galériens. L'argousin, trop imbibé d'alcool pour avoir remarqué quoi que ce soit, se leva avec peine.

— En route ! lança-t-il d'une voix pâteuse.

Jean salua à la ronde, avec un regard appuyé pour Marcellin.

Pour une fois, il était pressé de regagner l'arsenal. Le papier lui brûlait le bras, sous sa manche. Son gardien traînait la patte derrière lui.

De nouveau, Jean éprouva colère et amertume en lisant la louange de Louis XIV inscrite dans un cartouche au-dessus de la porte d'entrée : *Hunc magnus Lodoix invictis classibus arcem condivit hinc domito dat sua jura mari.* (Le grand Louis aux flottes invincibles a bâti cette citadelle ; d'ici il dicte ses lois à la mer domptée.)

Il avait beau s'efforcer de ne pas se laisser submerger par la haine, il maudissait le roi de France, celui qui avait voulu le malheur de ses coreligionnaires.

Il ne put prendre connaissance de la lettre qu'après le souper, composé de pain rassis et d'une mauvaise soupe. Jean gardait précieusement par-devers lui une chandelle dont il usait avec parcimonie. Le courrier provenait d'un huguenot genevois, maître Mayer, qui envoyait régulièrement des subsides à Jean.

Celui-ci écarquilla les yeux. Maître Mayer lui annonçait avoir retrouvé la trace d'un certain Élie Bragant, propriétaire terrien en Prusse. « Je vais le contacter afin de déterminer s'il s'agit de votre père », avait conclu maître Mayer.

Les mains de Jean tremblaient pour replier avec soin la lettre. Il avait beau savoir que c'était très imprudent, il ne pourrait pas détruire ce courrier comme il l'avait fait pour les autres.

Parce qu'il lui permettait de garder l'espoir.

23

Esther n'avait jamais aimé le calabrun, le crépuscule, ce moment où la nuit gagnait sur le jour. Ce soir, tout particulièrement, elle se sentait oppressée et faisait les cent pas dans sa chambre. Malgré sa corpulence devenue impressionnante, elle ne parvenait plus à tenir en place. Anaïs, la sage-femme, prétendait pourtant qu'elle était encore loin du terme.

Matrone âgée d'une bonne quarantaine d'années, aussi large que haute, elle était créditée d'une excellente réputation. Nanette affirmait que c'était l'une des meilleures « bonnes femmes » de Marseille. Esther, cependant, n'était pas vraiment à l'aise avec elle. Était-ce son statut illégitime ? Elle n'avait pas d'époux, et son enfant n'aurait pas de père. Cela l'inquiétait surtout pour l'enfant. Elle, ma foi… peu lui importait désormais ! Elle avait refusé d'épouser le fils Miolens, à Montpellier, et Baptiste l'avait repoussée. Peut-être y avait-il un lien entre les deux événements ? se disait-elle parfois. Quel péché expiait-elle ? L'instant d'après, elle haussait les épaules.

Il n'y avait pas de logique, rien. Baptiste ne l'avait jamais aimée, il s'était servi d'elle, voilà tout, et elle, sotte qu'elle était, n'avait pas voulu écouter les mises en garde. « Qui sème le vent récolte la tempête », se dit-elle, la main posée sur le ventre.

Elle s'était longtemps demandé si elle pourrait aimer l'enfant, le fils ou la fille de Baptiste. Comment, en effet, parvenir à oublier que le comédien l'avait chassée de sa vie sans états d'âme ? Elle avait essayé de s'ouvrir de ce genre de questions auprès de Sorbières mais son ami ne lui avait rien répondu. Comment lui en tenir rigueur ? Célibataire, sans enfants, il ne pouvait tout simplement pas se mettre à la place de la jeune femme !

Une douleur soudaine lui fouailla les reins. Elle prit peur, se mordit les lèvres. « Il est trop tôt », avait dit la matrone. Esther devait lui faire confiance, même si elle estimait que celle-ci pouvait se tromper.

Elle crispa les poings. Marcher, tourner en rond, en se disant que la douleur allait passer. Elle réprima un gémissement. Ça ne passait pas !

Nanette se glissa dans la chambre.

— Ça va comme vous voulez, madame Esther ?

C'était Sorbières qui avait insisté pour qu'on l'appelât « madame ». Elle n'était pas certaine que Nanette soit dupe, mais le philosophe tenait à ce que les convenances soient respectées.

La servante se figea en remarquant la pâleur de la jeune femme.

— Le moment serait-il venu ? balbutia-t-elle. Oh, asseyez-vous, madame, je m'en vais vous préparer votre lit.

Déjà, elle s'affairait, sortant de l'armoire une vieille paire de draps ne craignant plus grand-chose, des oreillers supplémentaires, des linges et de la charpie. Assise sur un petit fauteuil en bois tourné, Esther suivait ses préparatifs des yeux.

— À présent, à vous, madame, enchaîna Nanette, allant quérir dans le coffre chemise propre et châle. Elle aida la jeune femme à se changer et l'invita à s'allonger. Esther refusa avec force. Elle se sentait encore capable de rester debout, elle n'était pas malade, seulement prête à accoucher. L'instant d'après, elle perdait les eaux.

— Ne dirait-on pas que je suis le père ? s'amusa Sorbières en piétinant le tapis sous ses allées et venues.

Il consultait sans cesse la pendule placée sur la cheminée. Une merveille, cette pendule lui venant de ses parents, dite « religieuse », rectangulaire, en marqueterie Boulle, à pilastres, surmontée d'une doucine et de pots à feu.

Cela faisait déjà deux bonnes heures qu'il avait couru chercher la matrone, et il avait l'impression que la situation était bloquée. « Bon sang, se dit-il, ce n'est pourtant pas sorcier ! » En bon philosophe, il se défiait des élans du cœur comme des émotions mal maîtrisées. Même s'il était profondément attaché à Esther, il ne devait pas se laisser submerger par la peur.

Au fond de lui, il savait qu'il y avait autre chose. Avait-il pris la bonne décision ? Était-il encore temps de faire marche arrière ? Il se raidit. Ces derniers temps, il avait constaté qu'Esther se tourmentait de plus en plus. L'avenir lui faisait peur, naturellement. Mais… quel avenir pouvait-elle espérer, nantie d'un nourrisson qui la désignerait à l'opprobre ?

Sorbières savait qu'une ordonnance de Louis XIII, datée de 1639, frappait d'indignité et d'incapacité totale de succession les enfants nés hors mariage.

Il avait bien suggéré à Esther d'abandonner l'enfant, mais la jeune femme lui avait jeté un regard blessé qui lui avait fait ravaler ses arguments. « Voyons, Valentin, lui avait-elle dit, vous savez que j'ai passé plusieurs années de ma vie dans une sorte d'orphelinat. Jamais, au grand jamais, je ne voudrais imposer un tel sort à l'enfant. »

Elle disait toujours « l'enfant » d'un ton curieusement détaché, comme si, précisément, elle s'efforçait de lui garder un caractère abstrait. Elle avait préparé un trousseau mais, depuis fin avril, quand Baptiste lui avait confirmé refuser de s'investir dans cette attente, elle avait peu à peu abandonné cette activité.

Sorbières haussa les épaules. Son idée n'était pas si mauvaise, après tout ! Et, ainsi, Esther serait libre. Il retourna dans son cabinet se plonger dans la lecture de Lucrèce. C'était pour lui le meilleur des dérivatifs.

Dans la chambre aux rideaux tirés sur la nuit, Nanette tenait le chandelier tandis que la matrone s'affairait autour d'Esther qui gémissait doucement.

— Elle est bien étroite, soupira Anaïs.

Elle était nerveuse car elle allait accomplir un acte qui l'emplissait de terreur. En tant que matrone reconnue ayant pignon sur rue, elle se devait de respecter la loi. Or, Sorbières l'avait grassement payée pour y contrevenir.

Elle fut tentée de se signer, ne le fit pas pour ne pas affoler Nanette. Elle avait administré à la parturiente un peu de bouillon de sauge et de l'aigo ardent[1], l'avait fait marcher dans la pièce avant de l'inciter à se recoucher mais le travail n'avançait pas.

« Elle a au moins aussi peur que moi », se dit Anaïs, remarquant le visage crispé et les tremblements d'Esther. La jeune femme aurait souhaité avoir un membre de sa famille auprès d'elle mais elle était seule, désespérément.

---

1. Eau-de-vie.

« Pas Baptiste, pensa-t-elle. Surtout pas lui. »

Était-ce sous l'effet de la douleur ? Elle sentait la haine monter en elle, la submerger, à l'évocation de son amant. Il n'avait jamais pris de ses nouvelles, ne s'était pas inquiété de son sort. Sans Sorbières, elle aurait fini dans le ruisseau.

— Poussez ! lui ordonna Anaïs.

Elle lui tendit une bouteille vide dans laquelle elle l'incita à souffler. Le mouvement, lui expliqua-t-elle, permettrait de favoriser l'expulsion de l'enfant. En vain. Le temps passait et Esther souffrait de plus en plus. Une nausée la submergea. Elle cria, sans parvenir à se retenir.

Elle se sentait si mal, et si misérable.

« Aux hommes le plaisir, aux femmes le souffrir », lui avait dit un jour Armide. C'était tout à fait ça, songea-t-elle, amère. Baptiste ne s'était soucié de rien, l'abandonnant à son sort.

Un jour, les femmes seraient libres, elles aussi, pensa Esther avec force.

Une nouvelle tranchée lui arracha un hurlement. Elle n'était plus que souffrance, et révolte. Elle dérivait, à demi pâmée, implorant qu'on lui vienne en aide.

Nanette lâcha le chandelier, se signa.

— Faut-il quérir un médecin ? s'inquiéta-t-elle.

Anaïs secoua la tête. Elle n'avait pas l'intention de perdre le reste de la somme promise.

— Ne perdez pas confiance, ma bonne. Cette petite est jeune, nous allons y arriver.

Penchée en avant, elle massa le ventre d'Esther, l'encouragea à pousser, encore, usant d'une voix persuasive.

— Nous y voilà ! s'écria-t-elle au bout d'un laps de temps qui parut interminable à Nanette.

Les odeurs de sanies et de sueur étaient difficilement supportables dans la chambre close. Nanette fila dans la salle chercher de l'eau chaude suivant les instructions de la sage-femme et prit une longue inspiration. Sorbières surgit dans son dos, manquant lui faire lâcher la bassine.

— Oh, monsieur, vous m'avez fait peur !

— Comment va-t-elle ?

Il paraissait inquiet. Était-il le père ? se demanda une nouvelle fois Nanette.

Elle n'était pas parvenue à en être certaine. Sorbières et Esther ne partageaient pas la même chambre et aucun indice ne lui donnait à penser qu'ils aient pu se rejoindre nuitamment. Nanette s'était attachée à Esther, tout en la jalousant. Aurait-elle gardé ses mains blanches si elle avait dû trimer à longueur d'année comme la servante ?

— L'enfant ne va plus tarder, répondit-elle au maître.

La perruque de travers, la veste maculée de tabac, il avait perdu de son allure. Un homme comme les autres, se dit Nanette, bien qu'il passe tout son temps dans ses livres.

Elle-même n'avait jamais accouché, mais dû recourir aux services d'une avorteuse, l'année de ses seize ans. Le cadeau du fils aîné du maître qui s'était invité dans son galetas. Nanette avait cru mourir, ce jour-là, et s'était juré de ne plus se laisser faire. Sur ce plan, au moins, elle était tranquille chez Sorbières ! Il n'avait jamais pris la peine de la regarder.

— Je retourne là-bas, déclara-t-elle.

Anaïs s'impatientait, réclamant de l'eau, des linges. Quand elle revint dans la chambre, Nanette eut un sursaut. La jeune femme avait perdu beaucoup de sang et semblait inanimée. Un nourrisson encore couvert de mucus s'agitait sur le lit.

Nanette s'en approcha.

— Ça y est donc ? Garçon ou fille ?

— Une fille, Dieu lui pardonne, qui me paraît plutôt mal en point. Courez me chercher mon sirop chez l'apothicaire du bas de la rue, ma bonne. Vous lui direz ceci : « Le sirop d'Anaïs pour remonter les accouchées. »

Nanette inclina la tête et s'exécuta. Elle n'était pas fâchée de sortir. Même si elle se doutait qu'il lui faudrait patienter un bon moment avant que l'apothicaire ne daigne lui ouvrir.

Elle jeta un châle sur ses épaules et fila sans se faire prier.

Dans la chambre, la matrone considéra durant plusieurs minutes le visage d'Esther, dangereusement pâle. Elle lui avait donné des grains de pavot, dont elle connaissait les effets, et serait tranquille pendant quelque temps. Elle s'était aussi débarrassée de Nanette.

Restait le bébé. Elle lava l'enfant, l'emmaillota. Bien proportionnée, elle avait des yeux très bleus et une drôle de touffe de cheveux sur le sommet de la tête.

— À nous deux ! fit-elle.

24

— Fais gaffe, Jean, tu risques de te faire prendre, glissa Jérémie à son ami.

Depuis que ce dernier avait appris que son père se trouvait certainement en Prusse, il multipliait les imprudences. Il avait écrit plusieurs lettres à maître Mayer, le suppliant de le mettre en contact avec Élie Bragant.

Il lui semblait revivre, enfin ! Il avait l'impression d'entrevoir une lueur dans la longue obscurité de sa captivité et il s'y rattachait désespérément. Il avait assez peu de souvenirs de ses parents et de Jéricho. Des images, plutôt, la clède située au-dessus de la maison, le goût des châtaignes, et la voix douce de Léah, la jeune fille qui s'occupait de lui et de sa sœur Esther. Il revoyait la haute silhouette d'Élie, ce père qui lui paraissait invulnérable, et se rappelait le jour où il avait trébuché dans un gour.

Son père l'avait rattrapé par la peau du cou, comme il l'eût fait d'un chaton, et l'avait secoué d'importance. Lui riait et pleurait à la fois. Sa mère était accourue. Ses jupes se gonflaient tandis qu'elle dévalait la pente. Elle l'avait serré contre elle avec fougue, et il avait juré de ne plus commettre d'imprudence. Il la revoyait, avec ses cheveux d'un blond argenté, et ses yeux aigue-marine. Elle était belle, d'une beauté presque irréelle, et il l'aimait.

Sa gorge se serra à ce souvenir et, l'espace d'un instant, il éprouva un horrible sentiment d'injustice. Pourquoi cela leur était-il arrivé à eux ? Pourquoi leur famille et tant d'autres aussi avaient-elles été détruites ? Malgré sa foi, il ne parviendrait jamais à l'accepter.

— Tu ne sais même pas s'il s'agit réellement de ton père, reprit Jérémie.

Jean se retourna vers lui.

— Pourquoi cherches-tu à briser mon rêve ? Parce que tu n'as plus personne ?

Jérémie haussa les épaules avec lassitude.

— Ne sois pas stupide, Jean. Je te saurai d'ailleurs grâce de mesurer mon amitié à une autre aune que celle-ci ! Non, je cherche simplement à te protéger contre une éventuelle déconvenue.

L'imprimeur disait vrai, Jean en était persuadé. Et, cependant, il ne parvenait pas à se résoudre à écouter la voix de la raison. Il lui fallait des certitudes, vite, très vite !

Jérémie se détourna en réprimant un soupir. Lui avait perdu tous les siens. Ses deux enfants, arrêtés en 1690, étaient parvenus à s'enfuir et à monter à bord d'un navire marchand. Où se trouvaient-ils à présent ? Il n'espérait même plus recevoir de leurs nouvelles. Son épouse, Agnès, avait été emprisonnée dans la tour de Constance, à Aigues-Mortes, où elle s'étiolait à petit feu. Une vie gâchée, comme la sienne aux galères, des destins sacrifiés...

Parfois, il donnait de grands coups de poing dans le mur du dortoir en retenant une furieuse envie de hurler. Il ne savait plus ce qu'était l'espoir mais il demeurait fidèle à sa foi.

— Tant que nous sommes ensemble, entre amis..., murmura Jérémie d'une voix bizarrement enrouée.

Leur vieil ami Esprit était mort à la fin de l'automne. Il avait pris froid, s'était couché pour ne pas se relever. Jean, Gaston et Jérémie étaient persuadés qu'il n'avait plus eu la force de se battre depuis qu'il avait appris que ses deux fils, s'étant rangés sous les ordres de Cavalier, étaient morts à Durfort.

Ils en avaient tous frissonné d'effroi. D'autant qu'officiers et comites multipliaient les brimades depuis le début de la guerre des camisards. « Les soldats de Montrevel vont exterminer ces bouseux ! » plastronnait un officier réputé pour sa cruauté.

S'il soutenait leur action, Jean n'aurait pourtant pas désiré rejoindre les camisards. Il condamnait la violence sous toutes ses formes et préférait étudier la Bible.

Il esquissa une ébauche de sourire en direction de Jérémie.

— Pardonne-moi, mon ami, je rêve un peu trop, n'est-ce pas ? J'en ai besoin, pour ne pas m'effondrer.

Le mistral soufflait avec force ce soir-là, faisant ronfler les cheminées, trembler les fenêtres et secouant les volets.

— Une sacrée danse, commenta Jérémie. Diafoirus risque fort de nous empêcher de dormir.

C'était un pauvre diable d'une cinquantaine d'années, ayant à demi perdu l'esprit, qui se promenait dans les couloirs en agitant une clochette. Il habitait l'arsenal depuis plus de trente ans. Un officier lui avait attribué ce surnom au retour du théâtre où il avait assisté à une représentation du *Malade imaginaire*.

L'infortuné, avec son teint livide, son long nez et son air hagard, l'avait aussitôt fait penser au personnage de la pièce de Molière et, depuis, l'arsenal tout entier avait oublié jusqu'à sa véritable identité. Or, les nuits de mistral, le dénommé Diafoirus hurlait et gémissait comme un chien paniqué par l'orage.

— Nous l'assommerons ! promit Jean.

Il refusait de s'angoisser pour l'avenir, désormais.

Il était persuadé que son père le retirerait des galères.

Le mistral soufflait en tempête ce jour-là. Descendu en maître le long de la vallée du Rhône, il prenait Marseille en enfilade, venant butter sur le port où il secouait les amarres des bateaux.

Dans sa chambre, accotée à ses oreillers, Esther écarquilla les yeux.

— Anaïs… que me chantez-vous là ? J'ai entendu pleurer ma fille, juste avant de tomber inconsciente.

Elle avait perdu beaucoup de sang durant ses couches et se sentait très faible. Malgré tout, on ne lui ferait pas accroire ce qui n'était pas !

— Ma petite fille était en vie à ce moment-là, martela-t-elle.

Tête basse, regard fuyant, la sage-femme ne se laissa pas impressionner pour autant.

— Vous n'avez pas l'habitude de ces choses-là comme moi, madame, reprit-elle avec patience. C'est si fragile, un nourrisson ! Il faut croire que la vôtre avait à peine un souffle de vie. Il l'a quittée au petit matin…

— Seigneur ! gémit Esther.

L'enfant de Baptiste… C'était tout ce qu'il lui restait de celui qu'elle avait considéré comme son grand amour. Et lui, pendant ce temps, s'introduisait dans le lit d'Iris ou folâtrait avec Lucinde ! Comment avait-il pu lui faire ça ?

— Mon bébé…, souffla-t-elle.

Elle éprouvait des sentiments horriblement contradictoires. Du chagrin, bien sûr, en songeant à tous ces mois inutiles de sacrifices. Mais aussi un soulagement intense, parce que sa situation était redevenue normale. Plus d'enfant, plus de faute, elle pourrait mener la vie dont elle avait toujours rêvé, être libre, enfin. L'instant d'après, la culpabilité la faisait défaillir. Comment pouvait-elle réagir de façon aussi égoïste ? Elle posa les deux mains sur son ventre encore gonflé. Elle avait la bouche sèche, se sentait la tête lourde.

— Ces grains que vous m'avez donnés… il s'agissait d'une sorte de drogue, n'est-ce pas ?

Anaïs lui sourit.

— Rien que du pavot, mon petit. Il le fallait, vous souffriez trop. Il s'agit d'une plante qui nous vient du Levant. On la connaît à Marseille depuis plusieurs années, je l'achète chez l'apothicaire de la rue Paradis.

Esther leva la main, comme pour dire qu'elle n'avait point besoin de ces détails. Brusquement, une vague de chagrin la submergea. Elle avait vécu trop d'émotions durant les dernières heures et se sentait perdue. Surtout, son enfant lui manquait.

La matrone lui posa la main sur le bras.

— Je n'ai pas eu le temps d'ondoyer la petite fille, madame.

Esther se raidit.

— Ce n'est pas le plus important, se força-t-elle à répondre.

Qu'aurait dit la sage-femme si elle lui avait déclaré qu'elle n'était pas papiste, et que seul le baptême effectué par un pasteur comptait pour elle ?

C'était étrange, elle se sentait profondément huguenote le jour où son enfant était morte.

Comme si, brutalement, elle avait eu besoin de se raccrocher à ses racines.

Anaïs lui décocha un coup d'œil intrigué, sans s'autoriser d'autre remarque.

— Laissez-moi, à présent, reprit Esther.

Tout son corps lui faisait mal et elle avait envie de pleurer. Il n'était pas question cependant pour elle de s'effondrer en présence de la matrone. Elle s'accorda ce droit dès qu'Anaïs eut quitté la chambre. Elle pleura alors longuement, sur sa vie, ses parents, sa petite fille.

Que lui restait-il à présent ? L'amitié de Sorbières. Qu'allait-elle faire de son existence ? Et cette enfant, morte sans même qu'elle ait pu lui donner un nom…

Elle sombra dans un sommeil lourd alors que le vent se calmait d'un coup.

Quand Sorbières s'enhardit à lui rendre visite, en fin de journée, elle était toujours très pâle.

Il se pencha au-dessus du lit, lui baisa les mains et annonça d'un ton guilleret :

— J'ai de grands projets pour vous, mon petit.

Il refusa de se laisser décourager par son haussement d'épaules. Il se l'était promis, il l'aiderait à quitter la France.

25

Janvier 1704

La frégate anglaise et la frégate hollandaise n'avaient jamais abordé à Sète. Durant ce terrible hiver 1703, nombre de camisards avaient eu le sentiment d'être abandonnés de tous, et resserré les rangs.

Trouvant que la destruction des hameaux et des villages ne progressait pas assez vite, Basville avait obtenu du roi l'autorisation de les incendier. Les scènes d'horreur, de pillage, les drames s'étaient alors multipliés.

Le grand brûlement des Cévennes avait profondément marqué les huguenots. Contraints de se réfugier dans des villages catholiques, ils avaient assisté, la mort dans l'âme, à l'incendie de leurs maisons et de leurs meubles. Les souvenirs, le linge, la vaisselle, amassés depuis plusieurs générations, étaient partis en fumée.

Heureux étaient ceux qui avaient pu soustraire aux dragons la bible familiale !

Les villageois n'avaient pas eu le loisir de s'enfuir rejoindre les camisards. Conduits sous bonne garde chez des papistes, ils n'avaient pu que courber la tête.

Les camisards, Cavalier en tête, avaient vite compris le but de la manœuvre. Non seulement le grand brûlement avait traumatisé leurs sympathisants, mais il avait aussi privé les combattants d'abris et de ravitaillement. Coupés de leurs bases, ils ne pouvaient plus compter que sur eux-mêmes.

Tout au long de l'automne et de l'hiver, les huguenots avaient attaqué les troupes du roi, pratiquant une guérilla favorisée par leur connaissance du terrain. Des représailles sanglantes s'ensuivaient, appuyées par l'action des Florentins, plus acharnés encore que les hommes de Montrevel. Les camisards enterraient leurs morts, serraient les rangs, tentaient de protéger les femmes et les enfants, sans relâcher pour autant la pression exercée sur les catholiques. Ainsi, en octobre, Rolland et Jouany avaient attaqué le village catholique de Sainte-Cécile-d'Andorge. Par la suite, le curé de Sainte-Cécile avait appelé les Florentins à exercer des représailles sur les protestants de Branoux.

De son côté, Cavalier donnait l'impression d'être partout en même temps. À Saint-Sériès fin septembre, à Sommières début octobre, puis en Camargue, à Nîmes.

Pourtant, à la fin de 1703, des voix s'élevaient contre l'étrange inertie des chefs camisards face au grand brûlement. On racontait que Rolland, notamment, aurait pu fondre sur les troupes royales à deux ou trois reprises et qu'il ne l'avait pas fait.

Pour être proche de lui, Noé savait ce qui s'était passé. Rolland aurait reçu une inspiration selon laquelle l'action camisarde était vouée à l'échec. Il en allait de même pour les chefs Marion et Molines. C'était proprement incompréhensible pour qui ne connaissait pas le fonctionnement des camisards. Chaque chef imposait ses décisions, sans réelle concertation, et en suivant ses inspirations.

Ninon avait rapporté à Noé la colère de nombreux villageois, qui s'étaient sentis abandonnés par les combattants.

Certains, au désespoir, avaient même menacé de rejoindre les troupes du roi. Dans ces moments-là, Noé éprouvait des doutes angoissants. Devait-il faire confiance aveuglément aux chefs de la révolte ? Ninon et lui s'étaient rapprochés durant l'hiver. Leur amour commun de la nature les avait incités à effectuer de grandes marches. Ils rapportaient châtaignes, racines, herbes, bien utiles pour la soupe.

Un jour de décembre une brutale chute de neige les avait contraints à se réfugier dans une clède. Adossée à la pente, au cœur d'une châtaigneraie, sa porte s'ouvrit d'une poussée. La température y était relativement douce, comparée à dehors, où la neige soufflait en bourrasques. Le sol dallé gardait des traces du feu de bois qui avait été allumé en continu, jour et nuit, durant quatre bonnes semaines afin de permettre le séchage des châtaignes.

Ninon s'essuya le front. Ses cheveux bouclaient sous le capuchon de sa mante.

— Viens là, dit Noé.

Il l'attira vers lui, rabattit en arrière le capuchon. Il lui ôta aussi son fichu trempé.

Les cheveux roux se répandirent sur les épaules de la jeune fille. Noé se pencha, y enfouit le visage.

— Tu es si belle, souffla-t-il.

Il eut envie d'ajouter : « Si vivante », car l'enthousiasme, la fougue qui animaient Ninon l'impressionnaient. Il redoutait qu'elle ne le repousse mais, nouant les bras autour de son cou, elle l'attira plus près.

— Aide-moi à oublier tout le reste, souffla-t-elle.

Il croyait comprendre ce qu'elle voulait dire. Ne plus penser aux atrocités vécues depuis des mois, ne pas évoquer leurs proches tués ou disparus, ne pas être taraudés par la faim ou la peur… C'était presque un réflexe de survie pour eux.

Le nez dans ses cheveux, Noé s'enivra de leur parfum d'herbe fraîche. Il avait rêvé de Ninon depuis le jour de leur rencontre et, certaines nuits, s'était réveillé extrêmement gêné.

Noé avait eu quelques aventures depuis ses dix-sept ans, rien de sérieux. Il s'agissait le plus souvent de rencontres fugitives, à l'époque des moissons, quand la chaleur incitait au rapprochement des corps. Son cœur n'avait jamais été impliqué, la fille en question n'attendant rien de plus qu'un moment de détente.

Avec Ninon, c'était différent. Il avait eu le loisir de discuter avec elle, de l'observer, et avait remarqué qu'elle était une belle personne.

D'ailleurs, plusieurs camisards avaient tenté de la courtiser. Elle les avait repoussés gentiment, sans se fâcher, leur rappelant qu'ils avaient une mission à accomplir. Aussi, Noé redoutait-il qu'elle agisse de même avec lui.

— Viens, reprit-elle, soulevant sa chemise pour glisser les mains sur son torse.

Il frémit. L'existence, dans la grotte des Proscrits, était plus qu'austère, les chefs donnant l'exemple d'une certaine ascèse.

— Tu es sûre ? chuchota-t-il.

Pour toute réponse, elle se débarrassa de sa mante d'un coup d'épaule, se cambra vers lui. Son geste fit saillir ses seins. Noé s'en empara, les caressant, en agaçant les pointes avec une excitation grandissante.

Au-dehors, le vent avait beau souffler, la neige tomber en rideau serré, les jeunes gens n'en avaient cure. Ils étaient dans leur bulle, seulement préoccupés d'eux-mêmes.

Noé frissonna quand la main de Ninon s'enhardit vers son entrejambe. Il lui décocha un coup d'œil surpris, mais lui laissa la direction des opérations. Il n'était plus en état de raisonner, le plaisir, irrésistible, montait en lui. Fiévreusement, il dénuda le corps de la jeune fille. Ils basculèrent sur la cape.

— Viens, pria Ninon d'une voix légèrement enrouée.

Il hésita. Leurs existences étaient menacées, ils seraient bannis si jamais leur liaison était découverte ou si Ninon tombait enceinte. Mais elle haussa les épaules, en intensifiant ses caresses.

— Je t'en prie, Noé, insista-t-elle. C'est justement parce que notre vie est en danger qu'il ne faut pas attendre. Je ne veux rien regretter si nous mourons demain.

« Si nous mourons demain… » Combien de fois déjà s'était-il fait cette réflexion ?

Sans plus hésiter, il s'enfonça en elle, tout en restant attentif à la montée de son plaisir.

La respiration haletante, Ninon s'accrocha à lui. Il y avait plusieurs mois qu'elle était éprise de Noé. Elle poussa un cri qu'il but sur ses lèvres.

— Je t'aime, murmura-t-il.

À cet instant, il éprouva une furieuse envie de vivre.

26

Le printemps tardait. Certains jours, Élie ne pouvait plus supporter la pluie qui tombait obstinément, détrempant la terre, diluant le paysage dans un brouillard d'eau particulièrement déprimant. Pourtant, ses affaires le satisfaisaient.

Il s'était associé à Hennequin, le manufacturier installé à Berlin, et tous deux commerçaient avec des viticulteurs Bergeracois et des importateurs hollandais. Il se rendait aussi sur les marchés environnants afin de vendre sa production de fruits et légumes qui rencontrait un franc succès. Il avait créé pour Elsa un jardin de fleurs, qui suscitait l'admiration de leurs voisins. Quand elle s'y promenait l'été en compagnie de David, elle avait l'impression que son mari lui avait adressé une déclaration d'amour.

Élie secoua la tête comme pour chasser ses pensées moroses. Il savait bien au fond de lui-même ce qu'il ne supportait pas : sa propre impuissance.

Il n'oublierait jamais ce jour de 1703 où il avait reçu un courrier de maître Mayer, rencontré à Genève en 1686. C'était un jeudi de début novembre, l'été de la Saint-Martin illuminait le paysage. Élie avait plusieurs correspondants réguliers, dont le Suisse. Cela lui permettait de se tenir informé de la situation en France par le biais des nouveaux arrivés au Refuge genevois. De plus, il envoyait chaque année des subsides à la Bourse de Genève, qui l'avait secouru en 1686.

Cependant, il avait le sentiment de ne jamais en faire assez. Parce que lui avait survécu.

La lettre lui annonçant la présence d'un certain Jean Bragant, galérien, à Marseille, l'avait sidéré tout en faisant naître en lui un immense espoir. Et, aussitôt après, des souvenirs qu'il pensait avoir cadenassés l'avaient envahi. Il revoyait, exactement comme si ç'avait été la veille, cette journée lumineuse de septembre, durant laquelle Jeanne, sa Jeanne, avait donné naissance à leur premier enfant. Il entendait sa mère s'efforcer de le rassurer. Oui, tout allait bien, il lui fallait seulement être patient. Il se souvenait aussi du passage d'un visiteur, envoyé par son oncle Tobie.

Élie avait refusé d'accorder foi aux mises en garde du vieil homme. Il se croyait invulnérable, protégé par Jéricho, par ses terres. Il n'aurait jamais imaginé, alors, que le roi annulerait d'un trait de plume l'édit signé par son aïeul Henri IV cent six ans plus tôt.

Il avait quitté la salle, s'était éloigné en direction du verger. Il aimait à réfléchir à l'ombre de ses arbres mais, ce jour-là, il avait eu l'impression de perdre pied.

S'agissait-il vraiment de son fils ? Et comment pouvait-il l'aider à sortir de la sinistre condition de galérien ?

Il avait marché, longtemps, en laissant les souvenirs affluer. Toutes ces années durant lesquelles il avait refusé de penser… et cette lueur soudaine, dans sa nuit.

Quand il avait regagné Silberlinden, Elsa avait compris qu'il s'était passé quelque chose de grave. Elle s'était avancée vers lui en souriant, lui avait tendu David, mais il s'était détourné sans même jeter un regard au bébé. Décontenancée, choquée, elle s'était mordu les lèvres pour ne pas pleurer. Il était venu la rejoindre dans la salle quelques minutes plus tard, s'était montré aimable et prévenant, comme d'habitude. Mais l'angoisse n'avait plus quitté le cœur d'Elsa.

Il avait fini par lui montrer cette fameuse lettre. Et elle n'avait su comment réagir. Oh ! certes, elle était heureuse pour Élie. Mais elle ne pouvait s'empêcher de redouter cette résurgence du passé. Que pensait-il exactement ? Naturellement, il regrettait Jéricho, et sa première famille. Comment aurait-il pu en aller autrement ? Elsa supportait fort mal cette idée. Elle aurait voulu que David et elle constituent l'unique famille d'Élie. Elle l'aimait tant qu'elle aurait souhaité faire le vide autour de lui.

Si elle tolérait Constant et Magda, c'était parce qu'ils n'avaient pas connu Élie avant. Quand il était marié à Jeanne et était le maître de Jéricho.

Elsa rejeta ses cheveux en arrière, observa attentivement son reflet dans le miroir de leur chambre. C'était un luxe, ce miroir, encadré de bois biseauté, et elle y vérifiait chaque jour l'ordonnancement de sa coiffure. Elle avait une belle peau, sans imperfection, le teint clair, la bouche pulpeuse.

Elle était presque jolie, à condition de ne pas marcher, se dit-elle avec une lucidité cruelle.

Elle avait compris depuis longtemps que Jeanne était une beauté solaire. Mais Jeanne était morte, enterrée dans le cimetière familial de Jéricho et elle, Elsa, était bien vivante. C'était ce qu'elle se répétait quand le désespoir la guettait. Elle se raccrochait à cette certitude.

Debout dans la cour du relais de diligences, Esther jeta un regard perdu à son vieil ami.

— Vous êtes bien sûr que c'est la seule solution ? répéta-t-elle.

Sorbières hocha la tête.

— Vous devez recommencer une nouvelle vie, ma petite fille. Loin de Marseille, loin de la France.

Il n'alla pas jusqu'au bout de sa pensée mais elle aurait pu le faire pour lui.

Tant qu'elle resterait en France, elle caresserait l'espoir de revoir Baptiste. Or elle n'avait rien à attendre de lui.

Elle avait aussi mal vécu la mort de sa petite fille. Comme si, quelque part, elle avait dû expier sa faute. N'était-ce pas stupide ? Elle s'était toujours refusée à considérer l'amour comme un péché. Mais, précisément au moment où Sorbières lui avait procuré un passeport et un certificat de Nouvelle Catholique, elle s'était sentie de plus en plus huguenote.

Elle avait trouvé un certain apaisement, après son accouchement si difficile, dans la lecture de la Bible. La présence de ses parents lui avait beaucoup manqué à ce moment-là et elle s'était sentie doublement orpheline.

Heureusement, il y avait Sorbières ! Il lui conseillait des livres, lui rapportait du marché des fruits aux couleurs de soleil, puis l'avait emmenée effectuer quelques promenades, le long de la mer. Chaudement emmitouflée, Esther avait eu l'impression de renaître lentement à la vie. À présent, elle se sentait presque prête à quitter celui qu'elle considérait comme un deuxième père. Presque, parce qu'elle aurait été plus rassurée de rester à ses côtés.

Sorbières, cependant, ne l'entendait pas ainsi. « Vous devez partir, insistait-il. Ce pays est de plus en plus liberticide. »

Il avait écrit en Angleterre, en Allemagne, en Hollande et la meilleure proposition était venue de Berlin. Là-bas, on recherchait des gouvernantes françaises, cette langue étant fort prisée des sujets de Frédéric Ier de Prusse.

Le voyage d'Esther serait pris en charge à compter du passage de la frontière et on lui offrait des gages satisfaisants. Elle devrait s'occuper d'un garçon et d'une fille de six et huit ans, aurait sa chambre personnelle et son dimanche.

Sorbières, qui avait longuement étudié l'offre, lui avait conseillé d'accepter. Et, comme Esther hésitait encore, se demandant si elle était capable d'enseigner, il avait ri. « Voyons, ma petite fille, vos connaissances sont amplement suffisantes ! Vous verrez, vous serez heureuse à Berlin. »

Heureuse ? Esther en doutait fort, même si elle s'efforçait de ne pas laisser voir ses craintes.

À présent, elle se trouvait au pied du mur.

Deux négociants se présentèrent. Ils se rendaient à Francfort-sur-le-Main et voyageraient donc avec la jeune femme. Ils parlaient couramment l'allemand, ce qui impressionna Esther. Sorbières leur recommanda celle qu'il présenta comme sa nièce. Âgés d'environ quarante ans, ils paraissaient plutôt sympathiques et Esther se rasséréna.

Elle savait qu'il lui fallait couper les ponts avec son ancienne existence pour avoir une chance non pas de tout oublier mais de surmonter le passé.

Après tout, elle avait à peine vingt-trois ans.

Une fois installée dans la diligence, elle se pencha pour adresser des signes de la main à Sorbières. Il la fixait avec une curieuse expression, comme s'il lui disait adieu. Se reverraient-ils un jour ? Elle refusait de se poser ce genre de question.

Elle eut soudain l'impression qu'il voulait lui dire quelque chose mais c'était trop tard, la diligence s'ébranlait.

Esther se laissa tomber sur le siège. Un long voyage l'attendait.

LIVRE III
SUZANNE

1

Avril 1704

La brume s'effilochait au-dessus de la rivière, annonçant une journée lumineuse.

La main posée sur ses reins douloureux, Ninon scruta le ciel. Des pluies ininterrompues avaient démoralisé les camisards. Parce que les campagnes se succédaient, les femmes avaient quitté la grotte des Proscrits et regagné leur village, quand celui-ci n'avait pas été rasé. Ninon et Marie la Sabreuse, qui n'avaient plus de famille, s'étaient réfugiées à Branoux, au bord du Gardon. Les habitants, qui avaient souvent aidé les camisards, avaient hébergé les deux femmes dans un mazet ombragé par un grand genévrier. Elles donnaient la main pour les travaux des champs et Ninon instruisait les petits. Si Noé lui manquait, elle n'en soufflait mot à sa compagne.

Les jeunes gens avaient été mariés au Désert fin janvier. Une cérémonie simple mais particulièrement émouvante. L'un et l'autre sans famille s'étaient juré amour et fidélité.

Le lendemain, Rolland entraînait ses hommes vers un village de dénonciateurs. La guerre reprenait ses droits.

Depuis, les jeunes gens se voyaient de loin en loin, au hasard des expéditions. Pourtant, Ninon n'avait pas tardé à comprendre qu'elle était enceinte. Souffrant de nausées matinales, de douleurs lombaires, de sautes d'humeur, elle était presque soulagée de ne pas infliger le spectacle de ces maux à l'homme qu'elle aimait. Ce qui faisait sourire Marie. « On ne fait pas tant de manières quand on s'aime, lui avait-elle déclaré. On partage tout, le bon comme le mauvais. Avec mon homme, c'était ainsi. »

Marie donnait l'impression d'avoir vieilli. L'hiver avait été rude, et le temps passé exacerbait les interrogations. Combien de temps les rebelles tiendraient-ils ? Les gardes royaux avaient investi plusieurs magasins de chefs, à la suite certainement de dénonciations et un climat de suspicion pesait sur les Cévennes.

Le soir, à la veillée, Ninon était invitée chez des ménagers mais Marie préférait rester seule. L'épouse de Noé avait l'impression que la Sabreuse sombrait dans une sorte de mélancolie pernicieuse. « Je perds mon temps ici, lui avait-elle confié un jour. J'ai tant de papistes à exterminer. » Cette violence brute, même pas dissimulée, inspirait de la crainte à Ninon. Cependant, elle ne pouvait se permettre de juger Marie, n'imaginant que trop bien quel calvaire elle avait vécu. Elle-même luttait contre l'angoisse qui l'assaillait dès qu'elle arrêtait de travailler. Noé était-il sauf ? Combien de temps encore pourraient-ils échapper aux royaux ?

On racontait de source bien informée que Montrevel avait fait son temps, qu'il allait être rappelé à Paris. Les camisards en tiraient une certaine fierté. Des troupes mal équipées, composées de paysans et de prédicants, d'environ un millier d'hommes, avaient tenu en échec une armée de vingt mille hommes, des militaires aguerris ! De quoi pavoiser, en vérité ! Mais aussitôt après, les inquiétudes se faisaient jour. De quoi demain serait-il fait ?

Les combats avaient été si âpres que la terre elle-même en portait les traces. On ne comptait plus les villages rasés, les terres brûlées. Les Cévennes étaient exsangues, et le peuple à l'agonie.

Soucieuse, Ninon repoussa en arrière une mèche de cheveux rebelle et reprit son chemin vers le puits. La vie était rude mais sa mère lui avait appris à ne pas se plaindre. « Tu pleureras plus tard, lui avait-elle conseillé à deux ou trois reprises. D'ailleurs, le mieux serait de ne pas pleurer. »

Ninon esquissa un sourire ému. Elle avait profondément aimé ses parents. Siméon, son père, était tisserand et Pascaline, sa mère, sage-femme. Tous deux avaient élevé leur fille dans un esprit de tolérance qu'elle peinait à retrouver. Des discussions animées l'opposaient à Marie à ce propos. Ninon affirmait à intervalles réguliers : « Tous les papistes ne sont tout de même pas des criminels ! » et Marie, la main sur la poignée de son sabre, répondait invariablement : « Pour moi, un bon papiste est un papiste mort ! » Ce qui, d'une certaine manière, mettait fin au débat…

Ninon appuya son seau contre la margelle du puits, tira sur la chaîne.

Noé lui manqua soudain de façon si intense que, prise de vertige, elle ferma les yeux durant quelques instants.

« Reviens, mon aimé ! » pensa-t-elle avec force.

Un soupir gonfla sa poitrine. Il lui fallait tenir, ne rien montrer de ses angoisses. D'autres femmes se trouvaient dans une situation plus critique que la sienne. Veuves, avec plusieurs petits en bas âge, elles survivaient en glanant et en ramassant des herbes. Les plus aisés leur donnaient l'aumône, les recueillaient même, parfois, s'ils avaient de la place chez eux mais l'aisance avait pratiquement disparu de la région.

On naissait pauvre, on le restait ! À moins que quelque catastrophe ne vienne bouleverser le mode de vie ancestral.

Fille ? Ou garçon ? se demanda Ninon. Elle avait hâte de découvrir son bébé.

Noé serait-il auprès d'elle à ce moment-là ? Elle ne voulait pas y songer, refusant de s'angoisser. Mais la peur était là, au plus profond de son cœur.

Toujours songeuse, la jeune femme se pencha pour attirer son seau à elle.

À cet instant, un cri de terreur la fit sursauter.

— Les dragons arrivent ! hurlait un gamin dépenaillé.

De détresse, elle lâcha son seau qui dégringola dans le puits.

Ninon marqua une hésitation puis fila en direction des bois. Son cœur battait à grands coups dans sa poitrine mais elle continuait de courir, malgré la douleur qui lui labourait les reins. Elle passa devant le genévrier, cria à l'intention de Marie : « Les dragons arrivent ! » et poursuivit sa course vers le couvert. Elle ne se retourna pas pour vérifier si on la suivait. Elle se souvenait des conseils de Noé : « Si l'ennemi arrive, cache-toi ! Ces maudits ont montré qu'ils étaient capables de tuer des femmes et des enfants. »

Le sang lui brûlait la gorge, battait à ses tempes. Elle fila derrière les châtaigniers, s'arrêta seulement à hauteur d'une clède à mi-pente. Elle poussa la porte vermoulue, reprit lentement sa respiration avant de grimper se mettre à l'abri.

D'un coup de pied, elle repoussa l'échelle qui retomba sur le sol pavé de la clède. Tapie contre le plancher percé de trous, elle attendit en priant.

Des cris, des hurlements lui parvinrent. Elle se mit à trembler de façon incoercible. À présent qu'elle était cachée, elle mesurait le danger auquel elle avait échappé. Combien étaient-ils, ces misérables soldats qui pillaient, tuaient, les villageois nouveaux catholiques, et s'attiraient le mépris des camisards ?

Déjà, elle se reprochait d'avoir filé ainsi, sans se soucier des autres. Certes, elle avait appelé Marie mais qu'en était-il de Margot, la ménagère, ou de Souveraine, la fileuse ? Elle n'avait pensé qu'à la consigne de Noé, et à leur bébé.

Les cris en provenance du village s'intensifièrent. Les échos d'un combat acharné lui parvinrent. Pourtant, elle savait que les villageois étaient de piètres soldats. Il s'agissait de simples paysans qui n'avaient jamais participé aux affrontements. Ils se contentaient d'apporter une aide logistique aux rebelles.

Des coups de feu retentirent. Les mains sur les oreilles, Ninon se mit à trembler. « Si je m'en sors vivante, je veux partir d'ici, se promit-elle. À croire que cette terre est maudite ! Je souhaite la paix pour notre enfant, pas cette vie de violence et de terreur. »

Les bruits se rapprochèrent. On fouillait les buissons, à grands coups de sabre. Les attaquants étaient venus pour tuer, et ils poursuivraient jusqu'au bout leur œuvre de mort. Ne voyaient-ils donc pas que les villageois ne savaient pas se battre ?

Un chien hurla à la mort dans le lointain, un enfant pleura, de gros sanglots qui s'achevèrent en spasme. Ninon se balança d'avant en arrière, comme pour échapper à ces bruits terrifiants. On arrivait tout près de la clède. Elle entendait le piétinement des herbes, elle percevait l'excitation des chasseurs. Étaient-ils seulement des hommes ?

Elle se mordit le poing pour ne pas gémir à son tour. À cet instant, elle n'avait même plus peur. Elle aurait voulu leur hurler sa haine. Elle pensa sa dernière heure venue quand un homme pénétra dans la clède. Allongée sur le sol, elle apercevait un morceau de tissu rouge. Elle avait l'impression de reconnaître l'odeur d'écurie et de crasse qui émanait de lui. Avait-il peur, lui aussi ? Elle aurait bien aimé le savoir !

Il se pencha au-dessus de l'échelle renversée, fit quelques pas vers l'endroit où Ninon l'avait fait basculer. La jeune femme, terrorisée, faillit hurler.

— Lapuis ! Viens donc !

Le dragon ainsi interpellé jeta un dernier regard circulaire à l'intérieur de la clède avant de faire demi-tour et de s'éloigner, en laissant la porte à demi ouverte. Tétanisée, tremblante, affolée, Ninon continua de rester immobile, en se disant qu'il risquait fort de revenir. Malgré ses efforts, elle ne parvenait pas à se tranquilliser. N'y pouvant plus tenir, elle se laissa tomber sur le sol. Une ombre fondit sur elle.

— Je savais bien que tu étais là ! s'exclama le dragon.

Il immobilisa la jeune femme. Ninon voyait son visage que la barbe bleuissait, ses yeux étrécis par la haine et le désir. En un éclair, elle songea à Noé. Elle ne le reverrait pas, leur enfant ne naîtrait pas. Elle n'essaya pas de le supplier, elle savait que cela ne l'arrêterait pas.

Elle tenta de lui échapper, se contorsionnant en tous sens. Il la gifla, si fort qu'elle faillit perdre connaissance, rabattit ses jupes sur sa tête. Elle hurla. Elle sentit que l'homme, lentement, s'affaissait sur elle, et sa panique s'accentua. Brusquement, il s'effondra, et ne bougea plus.

Incrédule, Ninon s'efforça de se dégager. Une voix reconnaissable la fit sursauter.

— Qu'est-ce que t'attends pour te relever, Nine ? Qu'ils reviennent à plusieurs ?

Une seule personne l'appelait Nine. Marie la Sabreuse. Elle essuyait la lame de son poignard sur la tunique du garde royal.

D'un élan, Ninon repoussa le cadavre de l'ennemi et se redressa. Elle étreignit son amie.

— Viens, lui ordonna Marie, lui tendant la main.

Les deux femmes s'enfoncèrent sous le couvert sans jeter un regard en arrière.

Ce qui restait du village brûlait.

2

Elle avait traversé une partie de la France, puis la Suisse, comme dans un état second. Chaque tour de roue l'éloignait de ses racines et, cependant, à aucun moment, elle n'avait éprouvé le désir de revenir sur ses pas.

Ce voyage, bien qu'épuisant, lui avait permis de reprendre des forces. S'éloigner de Marseille, des souvenirs trop douloureux, constituait pour elle un moyen de revivre. Elle s'était isolée, comme si elle avait eu besoin de faire le vide dans sa tête. Les négociants avaient respecté sa volonté de silence. Le soir, aux étapes, elle avait commencé à s'intéresser à ses compagnons de voyage à partir du moment où elle avait franchi la frontière suisse. Elle s'était sentie libre, enfin ! Les papiers fournis par Sorbières, d'excellente qualité, n'avaient pas posé de problèmes. Le nez contre la portière, Esther découvrait de nouveaux paysages, des sommets enneigés, un lac cerné de brume… Elle ne voulait pas s'appesantir sur le passé mais elle ne désirait rien oublier. D'une certaine manière, Baptiste et leur petite fille faisaient toujours partie d'elle mais elle éprouvait moins de colère, se sentait plus apaisée.

Au fil du voyage, la jeune femme avait eu l'impression de s'être réconciliée avec elle-même. Elle ignorait si elle se plairait à Berlin mais elle était décidée à se battre. À vingt-trois ans, n'avait-elle pas la vie devant elle ?

L'espoir avait constitué une merveilleuse griserie. Aussi, Jean avait-il mal supporté le brutal retour à la réalité. Il aurait dû savoir, pourtant, qu'il convenait toujours de se défier aux galères. Non pas des Turcs, fidèles et dévoués, mais plutôt des missionnaires et autres lazaristes ayant une fâcheuse tendance à persécuter toujours plus les huguenots.

Contraints de faire marche arrière dans l'affaire du bonnet, ils avaient par la suite exécuté des pressions sur les officiers et les comites.

À les entendre, les galériens protestants étaient des exemples de fourberie et il convenait de se défier d'eux en permanence. Leurs affirmations étaient régulièrement relayées par Versailles. Le roi, qui accordait sa grâce à des voyous, des assassins ou des empoisonneurs, refusait avec force de libérer un seul huguenot. Pour lui, ils représentaient la lie du royaume ! Ayant eu vent par des aumôniers du travail des galériens dans Marseille durant la morte-saison, il avait strictement interdit que ceux-ci soient déferrés. Depuis, la surveillance s'était renforcée et les infortunés huguenots avaient perdu le peu de liberté dont ils disposaient.

Jean et ses compagnons l'avaient fort mal vécu. Désormais, leur vie était redevenue étriquée comme aux premiers jours. Pas question non plus pour eux de vendre des objets de leur travail sur le quai de l'Hôtel-de-Ville. Prisonniers, désignés à la vindicte publique, leur condition était pire que celle de monstres parricides.

Chez Jean, la révolte succédait à la résignation. Ce qu'il supportait le plus mal, c'était de ne plus avoir de liens avec l'extérieur, précisément au moment où il allait toucher au but. Cette idée le faisait passer par des périodes d'abattement, suivies de colère. Ses amis avaient beau tenter de le raisonner, ils se sentaient impuissants.

Seul Bilal parvenait à le dérider. Ce Turc s'était offert à aller chercher le courrier de Jean chez Marcellin puisque lui avait le droit de quitter l'arsenal. Jean avait hésité avant de lui accorder sa confiance. Cependant, il avait trop besoin de recevoir des nouvelles de Suisse. Après tout, que risquait-il ? avait-il songé avec un fatalisme ne lui ressemblant pas. Bilal se faisait donc son messager et en paraissait fort heureux. Jean avait ainsi reçu une lettre en provenance de Prusse. Il l'avait lue et relue, jusqu'à ce que les lettres s'effacent un peu aux zones de pliure.

La missive d'Élie Bragant était empreinte d'émotion.

Mon fils,

Je ne saurais te dire à quel point j'ai été bouleversé d'apprendre que tu étais vivant. Mon Jean, mon premier-né ! Ta maman et moi croyions encore, en 1680, que notre vie s'écoulerait paisiblement à Jéricho. Tu en as fort peu de souvenirs, ce qui se comprend. Te souviens-tu de la treille ? Et de la clède où tu aimais à te cacher ? Mon fils, j'ai tant de choses à te dire alors que je voudrais d'abord te serrer contre mon cœur. Maître Mayer m'écrit que toi et nos frères souffrez de conditions de détention particulièrement rudes. Je lui envoie deux lettres de change mais je voudrais tant pouvoir faire plus. Garde confiance, mon fils, je mettrai tout en œuvre pour te sortir du bagne. Je continue à chercher ta sœur Esther et ton frère Samuel.

Je vis dans le Brandebourg, où je possède une ferme, Silberlinden. Rien de comparable avec notre Jéricho car il s'agit d'une terre d'adoption, et non de notre terre ancestrale. Je me suis marié en 1700, et Elsa a donné naissance à notre petit David il y a maintenant un an. Mon ami Constant affirme que nous avons refait l'un et l'autre notre vie. Je pense que c'est plus complexe. Il importait de prouver que nous étions encore vivants, malgré les persécutions. Je vis pour te transmettre Jéricho, ainsi que l'histoire de notre famille.

Continue à résister, mon Jean, et sois prudent, je t'en conjure, j'ai trop hâte de te serrer dans mes bras.

Ton père qui t'aime.

Il avait pleuré à la lecture de cette lettre et, sur le moment, n'avait pu en parler, même avec ses amis les plus proches. C'était trop personnel, il désirait garder par-devers lui les confidences de son père. Des souvenirs étaient revenus le hanter. Il s'était rappelé sa mère, et la façon qu'elle avait de lui fredonner une chanson, le soir, pour l'endormir. Il l'appelait la chanson des beaux rêves.

Il s'était souvenu de la vitalité d'Esther. Elle avait pleuré quand leur père les avait confiés à ses cousins, au mas de la Lèze, puis elle avait vite surmonté son chagrin, grâce à Noé qui s'était instauré son protecteur.

Il n'avait pas oublié la treille, à Jéricho, et se rappelait que son père offrait toujours la première grappe de raisin à sa mère.

Cet afflux de souvenirs l'avait bouleversé et, le soir, il s'était attiré les foudres d'un argousin car il l'avait bousculé sans même y prendre garde. Ce dernier lui avait donné un coup de nerf de bœuf et l'avait menacé du cachot mais Jean lui avait à peine prêté attention.

Il était loin, très loin de Marseille et de l'arsenal. Auprès de son père.

3

Mai 1704

Tenant Ninon étroitement serrée contre lui, Noé guettait les battements de cœur réguliers de son aimée et s'efforçait de ne pas bouger afin de ne pas la réveiller.

Il remerciait chaque jour le Seigneur d'avoir épargné sa compagne. Près de cent cinquante personnes, en effet, avaient perdu la vie lors de l'attaque des gardes royaux contre Branoux et Lacoste. Le pays, de plus, avait été douloureusement frappé par la défaite de Cavalier à Nagès face à Montrevel.

Quelques jours plus tard, les magasins de Cavalier, où il entreposait armes et provisions, avaient été découverts par les papistes. La situation des camisards devenait de plus en plus préoccupante, et Noé s'inquiétait pour Ninon. Il aurait voulu pouvoir la protéger, l'installer dans un endroit sûr, et ne savait quelle solution adopter.

De plus, Ninon était si obstinée qu'il devait batailler pour la convaincre de ne pas s'exposer. La tragédie de Branoux l'avait marquée ; elle avait compris ce jour-là que les hommes du roi ne feraient pas de quartier. Marie la Sabreuse le lui avait assez répété : « Ce sont tous des assassins. »

Marie leur manquait à tous. Blessée durant l'attaque de Branoux, elle avait continué à se battre et s'était effondrée le lendemain. Malgré les soins qui lui avaient été prodigués, l'infection avait gagné très vite et Marie était morte à la fin de la semaine dans d'horribles souffrances. Bouleversée, Ninon, victime de crises de larmes et de cauchemars, ne parvenait pas à l'oublier. Sur le conseil de Rolland, Noé l'avait conduite au château de Castelnau-Valence, et placée sous la protection de deux sœurs, Catherine et Marthe de Cornély. Il avait ainsi appris que Rolland avait épousé Marthe de Cornély, âgée de vingt-deux ans. Le château, qui avait gardé son allure de forteresse médiévale, servait de lieu de refuge aux huguenots.

Après avoir recommandé la prudence à Ninon, qui souffrait de contractions, Noé avait rejoint Rolland.

La situation était critique. Les coups de force d'avril avaient mis à mal les réserves des camisards. Villars, maréchal de France, avait succédé à Montrevel, et l'on chuchotait qu'il était pressé de signer une trêve. Rolland se défiait de Cavalier. Il estimait, en effet, que son camarade, profondément abattu par le vol de ses réserves, risquait de se laisser convaincre par les arguments de celui qui tenait la plaine. La certitude de savoir son pays exsangue le minait. Combien de temps encore les camisards pourraient-ils tenir ?

Les royaux étaient effrayés en entendant leurs ennemis entonner le psaume LXVIII qui lançait fièrement :

Que Dieu se montre seulement
Et on verra soudainement
Abandonner la place.
Le camp des ennemis épars,
Épouvanté, de toutes parts

Fuir devant sa face.
Dieu les fera tous s'enfuir,
Ainsi qu'on voit s'évanouir
Un amas de fumée [...]

Mais ils bénéficiaient de moyens bien supérieurs à ceux des huguenots. Les condamnations, les exécutions, la déportation de milliers de personnes, le grand brûlement des Cévennes avaient opéré des coupes sombres au pays. Les rebelles pourraient-ils survivre à un nouvel hiver rigoureux ? Rien n'était moins sûr !

Noé s'inquiétait surtout pour Ninon et pour leur enfant à naître. Malgré sa vaillance, la jeune femme vivait une grossesse difficile et il était hors de question qu'elle continue à courir les drailles en compagnie des camisards. Dès qu'il le pouvait, Noé la rejoignait et passait la nuit dans ses bras.

Catherine et Marthe de Cornély, appartenant à une vieille famille protestante, avaient accueilli Ninon avec chaleur. Toutes trois, en compagnie de Marie, leur vieille servante, se dévouaient pour venir en aide aux camisards qu'elles hébergeaient au château de Castelnau. Chacune des nuits passées auprès de sa femme était une parenthèse dans l'existence de Noé. Ninon lui permettait d'envisager une autre vie, de rêver à un avenir paisible. Mais... les miquelets leur en laisseraient-ils le temps ?

Le maréchal de Villars avait eu pour mission de pacifier le Languedoc. On chuchotait en effet que le vieux roi Louis XIV ne supportait plus que des gueux, des misérables, battent en brèche son autorité dans les Cévennes. Or, de son côté, profondément abattu par ses revers, Jean Cavalier avait écrit le 30 avril une lettre au maréchal de Villars. Lettre dans laquelle il rappelait que les huguenots étaient restés de loyaux sujets.

Aussi nous sommes massacrés pour prier Dieu, comme si c'était une chose mauvaise de servir Dieu selon la pureté de son Évangile, ou comme si nous eussions voulu contredire à l'État, mais au contraire nous avons exécuté toutes les commissions que de fidèles sujets puissent faire [...]. On a pillé nos biens, démoli nos maisons, on nous a exposés aux souffrances les plus cruelles du monde et, voyant cela, nous nous sommes assemblés, non point pour résister à Sa Majesté, mais pour nous défendre contre ceux qui ont voulu nous empêcher de prier Dieu.

De son côté, Rolland était opposé à toute négociation dans la mesure où le régime en place refusait avec force de rétablir l'édit de Nantes. De plus, comme nombre de prophètes, il attendait un signe qui puisse lui permettre de prendre sa décision. Longtemps admiratif, Noé finissait par s'exaspérer de voir le sort de tout un pays soumis à une quelconque inspiration. Pragmatique, il avait besoin d'agir. De plus, il aspirait à une certaine quiétude. Toujours décidé à se battre pour sa foi, il avait cependant envie de vivre. Avec Ninon et leur enfant.

Aussi se sentit-il un peu perdu quand il apprit que Cavalier avait rencontré le maréchal de Villars à Nîmes, dans les jardins de la Fontaine, et s'apprêtait à entamer des négociations avec lui.

Que pouvait faire Noé alors que, de son côté, Rolland freinait des quatre fers et exigeait la liberté de conscience ?

Partagé, tiraillé, Noé ne pouvait même plus se confier à Ninon puisque la guerre les avait séparés. Il n'était pas question, en effet, de la laisser quitter le refuge de Castelnau !

Dans le même temps, un informateur vint prévenir Rolland que Paul Viala, un Nouveau Catholique s'étant rallié à Basville, allait se rendre à Florac en passant par Barre-des-Cévennes. Les camisards haïssaient cet homme, supposé être l'auteur de nombreuses exactions. Vu l'importance de son escorte, Viala devait transporter de fortes sommes d'argent. Les camisards n'hésitèrent pas longtemps. Le 13 mai, Rolland, Jouany et Castanet réunissaient une « armée » d'environ cinq cents hommes. Le lieu de l'embuscade avait vite été choisi : ce serait le Plan-de-Fontmort, de part et d'autre du col. Le paysage – versants boisés, blocs de schiste – leur permettrait de guetter le passage du convoi sans être vus.

Noé prit son poste, allongé dans les bruyères, son arme à la main.

Il fit le vide dans sa tête, en se disant qu'il se battait aussi pour Ninon. Ils devaient gagner. Il ne voulait à aucun prix laisser sa jeune femme seule.

Quand le signal fut donné, il tira, tira, sans se poser de questions. L'air sentait la poudre, on n'y voyait pas à cinq pas. Noé n'en avait cure.

Les royaux ne passeraient pas.

4

Arrivée à Berlin exténuée, Esther eut l'impression de revivre en prenant un bain dans la chambre qui lui était réservée.

La demeure des Fugger, située tout près du quartier des Français, lui parut particulièrement confortable comparée aux auberges dont elle avait dû se contenter tout au long de son expédition. De plus, que ce soit à Montpellier ou dans le chariot d'Armide, Esther avait souvent vécu de façon spartiate. Aussi, le fait d'avoir sa chambre et de pouvoir prendre un bain l'émerveilla-t-il.

Son hôtesse, Frau Fugger, était une jolie blonde à la silhouette un peu lourde.

Elle accueillit Esther avec le sourire, tint à lui présenter ses élèves avant de l'inviter à prendre une collation et à aller se reposer. Ludwig, huit ans et Flora, six ans, ressemblaient à leur mère et paraissaient timides. Frau Fugger parlait mal le français mais elle allait progresser, son mari y tenait, affirma-t-elle.

La maison, sur deux niveaux, était chaude et plus confortable que tout ce qu'Esther avait connu. Elle savoura son bain. Une jeune servante nommée Minna l'aida à sortir du cuveau de bois recouvert d'un drap immaculé, la sécha avec vigueur. Esther la remercia d'un grand sourire et s'allongea sur le lit en se disant qu'elle se reposait juste quelques minutes. Elle apprécia la chaleur du gros édredon de plume et s'endormit d'un coup.

Le lendemain matin, confuse, elle descendit après s'être débarbouillée et avoir discipliné ses cheveux. Une horloge sonna sept coups.

Elle se trouva face à un homme d'une cinquantaine d'années, vêtu comme un bourgeois suisse ou français, non perruqué. Rougissante, elle le salua.

Sigismond Fugger, brasseur de son état, était affable et souriant. Il parlait un français correct, teinté d'un accent prononcé.

— Mademoiselle Bragant, je suis ravi, vraiment, de vous recevoir à Berlin, lui dit-il.

Il l'entraîna vers la salle, où trônait un poêle en faïence bleue et blanche, l'invita à s'asseoir à table et héla une servante. Celle-ci apporta à Esther du pain presque noir, de la confiture de prunes et un bol de soupe épaisse.

— Mangez, mangez, lui recommanda Herr Fugger.

Lui-même partait travailler. Il la salua gaiement, lui recommanda de visiter un peu la ville, et s'en fut. Un peu surprise par cet accueil chaleureux, Esther déjeuna avec appétit.

Elle se sentait étourdie et impatiente. Après tout, se dit-elle, Sorbières devait avoir raison.

À Berlin, elle parviendrait peut-être à oublier Baptiste et le bébé.

Valentin Sorbières avait toujours aimé assister au lever du soleil sur la mer. Ce spectacle, renouvelé chaque jour, lui donnait l'impression d'être furieusement vivant. Il en avait bien besoin, supportant mal sa solitude depuis le départ d'Esther.

Il haussa les épaules. Même s'il souffrait de ne plus avoir la jeune femme à ses côtés, il ne regrettait rien. Excepté, peut-être, ce qu'il avait dû faire…

Il prit le chemin du quartier du Panier sans même en avoir conscience.

Souvent, la nuit, il se réveillait en sursaut, en proie à des cauchemars. Il avait beau se raisonner, il savait qu'il devrait finir par aller se rendre compte sur place. Après tout… c'était lui qui avait tout organisé.

La matrone ne s'était pas trop fait prier. Dès sa première visite, Sorbières avait deviné qu'elle serait sensible aux arguments en espèces sonnantes. À l'époque, il n'avait pas encore arrêté sa décision. Il l'avait fait par la suite, quand Esther était revenue défaite de son entretien avec Baptiste. Sorbières avait compris alors qu'il devait intervenir.

Il grimpa d'un pas alerte les marches creusées par des milliers de passages successifs.

Il ne s'était rendu qu'une fois au domicile d'Anaïs, juste après le départ d'Esther. Il avait éprouvé l'envie de tourner les talons aussitôt après y être entré. Le logis criait misère. Il ne s'y était pas attardé, se contentant de poser quelques pièces sur la table.

Une animation bruyante régnait dans le quartier. Les échoppes grandes ouvertes sur la rue attiraient le chaland. Sorbières passa devant l'étal d'un poissonnier, la malle d'une vendeuse à la toilette, l'établi d'un menuisier. D'ordinaire, il aimait l'atmosphère de ce quartier populaire de Marseille mais, ce matin-là, il se sentait crispé. Anaïs ne lui était pas vraiment sympathique, il avait seulement vu en elle le moyen de mettre son projet à exécution.

Il s'arrêta devant sa maison, reconnaissant une porte en bois surmontée d'une salamandre.

L'apparence extérieure ne cadrait pas avec le couloir intérieur, qui empestait les immondices. Un mouchoir pressé contre son nez, Sorbières monta à l'étage, en prenant soin de ne pas poser la main sur la rampe gluante. Une voisine jaillit sur le palier alors qu'il venait de frapper une seconde fois à la porte d'Anaïs. Âgée d'une quarantaine d'années, elle avait les cheveux luisants de graisse et le regard inquisiteur.

— Anaïs n'est point là, lança-t-elle à l'adresse de Sorbières.

Celui-ci, le mouchoir toujours sous le nez, fit mine d'ôter son chapeau.

— Puis-je entrer chez elle ? Nous sommes en affaires elle et moi.

La voisine plissa les yeux.

— Vous devez être le bourgeois qui lui verse une pension. Elle ne va pas tarder, elle est chez une pratique depuis hier après-midi. Ça ne devrait plus traîner, à présent. Vous pouvez entrer, oui. Y a pas grand-chose à voler chez Anaïs.

Il la remercia d'un salut et poussa la porte. Une odeur prégnante d'urine le saisit à la gorge. Il se mit à tousser. On y voyait mal dans la pièce sombre. Il buta contre une méchante table, lâcha un juron. Un pleur de bébé le fit sursauter. Il battit le briquet, marqua un temps d'arrêt en découvrant l'enfant emmailloté accroché à un clou. Il portait un bonnet blanc, une brassière en tissu imprimé et une bande de toile grise lui entouraient tout le corps.

Des yeux fauves, étonnamment semblables à ceux d'Esther, fixèrent Sorbières. Il cilla.

Attiré, presque malgré lui, il s'avança, décrocha le bébé.

— Quel traitement barbare ! fulmina-t-il.

Il s'émouvait, lui qui n'avait jamais prêté attention à un nourrisson de sa vie. Celui-ci empestait, et devait mourir de faim.

En toute logique, Sorbières aurait dû le confier à la voisine et tourner les talons. Il aurait dû fuir à toutes jambes, même, se dit-il avec une pointe d'autodérision. Pourtant, il ne le fit pas. Il y avait cet enfant emmailloté qu'il tenait il ne savait comment, en se demandant à quel moment ses mains et son habit seraient tachés. Il y avait ces yeux, déjà trop graves, qui le sondaient, et cette ressemblance presque gênante. Il y avait, surtout, ce sentiment d'avoir commis un horrible forfait, en arrachant la petite à sa mère.

« Esther ne devait jamais apprendre la vérité », songea-t-il. Quelle était la meilleure solution ? Était-il capable, lui, vieux garçon allant sur ses cinquante-cinq ans, d'adopter une petite fille ? « Mon vieux Sorbières, c'en est fini de ta tranquillité d'esprit ! » se dit-il.

La petite remua sur son bras. Comment y parvenait-elle, avec son maillot ? Mystère ! Elle pleura à nouveau, sur un ton qui lui parut impérieux.

« J'ai faim ! » paraissait-elle dire. Elle ne devait pas avoir mangé depuis la veille au soir. Mais quelle était l'alimentation d'un enfant de six mois ? Il n'en avait pas la moindre idée.

« Nanette saurait », se dit-il, se raccrochant à cette idée.

L'enfant serrée contre lui, il fila, en pensant qu'il commettait une énorme sottise.

Mais il ne regrettait rien.

5

— Je ne puis y croire, répéta Noé, sous le choc.

En compagnie de ses camarades, il avait emprunté la draille du Languedoc pour se rendre aux Ayres, non loin de Saint-Germain-de-Calberte où les royaux s'étaient réfugiés.

Ils y avaient partagé le butin gagné lors de l'embuscade du Plan-de-Fontmort. Des mulets, des uniformes quasiment neufs, des armes et de l'argent, beaucoup d'argent.

De quoi les encourager à poursuivre le combat. Ils étaient sortis vainqueurs de l'affrontement et en tiraient une fierté légitime.

Aussi, la nouvelle de la reddition de Cavalier à Villars les avait-elle bouleversés.

« Cela ne peut être », se dit Noé.

N'avaient-ils pas partagé avec Cavalier souffrances et humiliations, espoirs et déceptions ?

Certes, il se disait que le chef camisard avait été approché par le maréchal de Villars, et qu'il avait fort mal supporté la défaite de Nagès comme la perte de ses magasins, mais Noé n'avait jamais voulu accorder foi à ces racontars. Pour lui, Jean Cavalier était un modèle, un héros.

Rolland lui administra une bourrade.

— Je n'avais plus confiance en Cavalier depuis un petit moment, avoua-t-il. Il avait tenté de me convaincre qu'il était temps de cesser les hostilités. Que faire, ami Noé ?

Le fils de Jacques Bragant soupira.

— Nous sommes tous las de la guerre. Mais nous ne sommes pas prêts pour autant à nous rendre sans conditions.

— Nous allons prier, suggéra Rolland.

Son visage était grave. Il avait conscience de la responsabilité pesant sur ses épaules mais la décision de Jean Cavalier l'avait profondément déçu.

— Oui, prions, reprit-il.

Noé, en le suivant, se demanda quand il pourrait rejoindre Ninon.

— Regarde-moi ! l'enjoignit-il, enserrant le visage de sa jeune femme.

Ninon secoua la tête.

— Je suis laide à faire peur !

— Petite sotte ! fit-il en l'embrassant avec une infinie tendresse.

Il ne voulait pas le lui dire mais il l'avait trouvée changée. Pâle, les yeux immenses marqués de cernes, le ventre rond, la peur au fond du regard... elle ne s'était pas remise de la tragédie de Branoux ni de la mort de Marie la Sabreuse, dont elle se considérait comme responsable.

— J'ai peur, reprit Ninon d'une toute petite voix.

N'était-ce pas stupide ? Censée être en sécurité au château de Castelnau-Valence, elle avait l'impression de ne pas y être à sa place. Même si les sœurs Marthe et Catherine de Cornély lui témoignaient de la sollicitude, Ninon ne parvenait pas à se sentir leur égale. Elles appartenaient à un autre monde. Elles n'avaient pas vécu les mêmes situations et, de plus, avaient été épargnées jusqu'à présent par les persécutions.

— Emmène-moi, pria Ninon. Ce n'est pas de l'ingratitude de ma part mais j'ai peur dans ce château.

Noé manqua lui dire que, désormais, après la tragédie de Branoux, elle aurait toujours peur.

Prudemment, il s'abstint de répondre. À cet instant, il se souvint de la première fois où Ninon avait prononcé les mots : « Si nous mourons demain », et il ne put réprimer un frisson. Lui aussi redoutait pour elle une recrudescence de la violence.

— J'ai pensé..., poursuivit la jeune femme. Tu pourrais peut-être m'emmener chez une amie de ma mère. Elle est sage-femme à Lussan. Au moins, je serais plus rassurée auprès d'elle.

Noé se laissa le temps de réfléchir. Il savait que Rolland ne se formaliserait pas si Ninon quittait le château de Castelnau. Le chef camisard avait bien d'autres soucis en tête. Au fond de lui, il comprenait ce que Ninon voulait dire. Lui non plus n'était pas fait pour vivre ici.

Arrêtant brusquement sa décision, il sourit à la jeune femme.

— Nous allons trouver les demoiselles de Cornély et leur expliquer qu'une amie de ta maman te réclame, suggéra-t-il. Es-tu sûre, cependant, que celle-ci voudra bien t'accueillir ?

— Oh ! Il n'y aura pas de problème, affirma Ninon. Ida a le cœur sur la main.

— Dans ce cas, faisons ainsi. Nous partirons dès ce soir.

Il préférait voyager de nuit parce que les royaux se déplaçaient plutôt de jour, par crainte des mauvaises rencontres. Ninon courut préparer son bagage. Elle avait hâte, à présent, de quitter le château. Elle n'avait pas osé raconter à Noé que, chaque nuit, elle y souffrait d'atroces cauchemars. Quand elle rejoignit son époux, il prenait congé de Marthe et de Catherine de Cornély. Les jeunes femmes, même si elles étaient désappointées de voir leur invitée partir, lui assurèrent qu'elles comprenaient fort bien. Elles étaient tendues, elles aussi, et lasses. Marthe se demandait quand Rolland, son époux, pourrait la rejoindre.

Ninon les embrassa tour à tour et promit de donner de ses nouvelles.

Les deux jeunes gens s'engagèrent sous le couvert des arbres. Les sœurs regagnèrent le château de Castelnau, qui constituait pour elles le plus sûr des refuges.

— Quand cette guerre finira-t-elle ? s'interrogea Marthe à voix haute.

En guise de réponse, Catherine se contenta de lui serrer la main.

Toutes deux, éprises de camisards, Rolland et Malhier, vivaient au rythme des campagnes de leurs époux et dissimulaient mal leurs angoisses.

Elles supportaient avec peine leur propre impuissance.

— L'Éternel guide leurs pas, murmura Marthe, le cœur lourd.

Chaque dimanche, tout le village d'Erlburg participait au culte avec ferveur. Élie Bragant et les siens étaient devenus des notables de la région. On vantait la réussite du Français qui avait fait de Silberlinden une propriété renommée. La communauté huguenote française de cette partie du nord du Brandebourg l'avait tout naturellement choisi comme représentant auprès des services du roi.

Élie se souciait peu des honneurs, encore moins depuis qu'il avait retrouvé la trace de son fils aîné. Il avait bâti un nouveau domaine, était désormais en relations avec plusieurs négociants de Berlin et de Francfort. Mais il savait qu'il ne serait plus jamais heureux.

Il y avait foule, ce jour-là, autour du pasteur Weber pour le féliciter de son sermon. Il s'entretint avec les fidèles avant de se tourner vers sa fille.

— Vas-tu bien, Elsa ? Je te trouve un peu lasse.

Elle lui sourit.

— Ce n'est rien, père. David est très remuant en ce moment et nous ne dormons pas notre content.

— C'est de son âge, la rassura le pasteur. Si tu avais un deuxième enfant, David se calmerait un peu.

Une ombre voila le regard d'Elsa. La sage-femme ne lui avait pas caché qu'elle n'aurait pas d'autre enfant.

— Il y a un temps pour tout, père, déclara-t-elle d'une voix unie. Vous venez déjeuner à la maison, bien sûr.

— Avec plaisir, ma fille.

Installé dans la grande salle de Silberlinden, le pasteur Weber apprécia du regard les murs lambrissés, les meubles de bonne facture en bois de tilleul, les tableaux de l'école hollandaise accrochés au-dessus de la table à gibier. Oui, son gendre avait réussi. Cela voulait-il dire qu'Elsa était heureuse ? Il n'en était pas tout à fait certain.

À la fin du déjeuner, Élie déboucha une bouteille de cognac. Son beau-père en huma le parfum avant de faire tourner le pied du verre ballon entre ses doigts.

— Je crois qu'on peut dire que vous êtes désormais totalement intégré à votre pays d'adoption, mon cher fils, déclara-t-il.

Élie esquissa une moue dubitative.

— Le croyez-vous, mon père ? Si j'apprécie l'accueil du roi Frédéric, je ne suis cependant pas chez moi. Je ne le serai jamais, d'ailleurs. Je reste un exilé.

Elsa, assise en face de lui, serra un peu trop fort le pied de son propre verre. Celui-ci se brisa sans bruit. Elle ne prit pas garde au sang qui s'écoulait lentement le long de sa main.

— Vous avez fait souche à Silberlinden, pourtant, déclara-t-elle.

Elle avait les yeux légèrement agrandis, le teint blême. Élie ne sembla pas s'en apercevoir. Il secoua la tête.

— Silberlinden n'est pas la terre de mes ancêtres, répondit-il d'un ton durci. Rien ne pourra me faire oublier Jéricho, jamais.

Elsa réprima un petit cri étranglé. Elle eut l'impression que son époux venait de la rejeter de sa vie.

6

Juillet 1704

La nourrice Soline, assise sur une chaise basse, tenait la petite sur son sein. Son nourrisson tétait goulûment, tout en souriant aux anges.

« J'aimerais être peintre », pensa Sorbières, ému.

Il émanait de la scène une atmosphère empreinte de sérénité qui lui faisait chaud au cœur. Dire qu'il n'avait jamais voulu d'enfant et qu'à présent, il se sentait fondre au moindre froncement de sourcils de cette petite !

Soline leva les yeux vers son maître.

— Elle va bientôt s'endormir, chuchota-t-elle. Il faudrait lui donner un prénom.

Sorbières n'avait pu se résoudre à la faire baptiser. N'était-ce pas contraire à ses convictions de libre-penseur ? Il avait ramené la fille d'Esther chez lui sur une impulsion et s'était pris au jeu. Nanette n'avait pas poussé les hauts cris, elle s'était contentée de soupirer : « Ç'aurait été mieux de ne pas mentir à sa mère ! » mais Sorbières n'avait rien regretté. Il savait qu'Esther devait quitter Marseille. Seule.

— Que pensez-vous de Suzanne ? demanda-t-il à Soline.

C'était le prénom de sa mère, le premier qui lui soit venu à l'esprit.

— C'est plutôt joli, approuva la nourrice.

À vingt-six ans, elle avait déjà eu trois petits, que sa sœur lui gardait. Son mari travaillait à la corderie de l'arsenal.

Soline était une femme avisée et paisible. Sa présence avait tout de suite calmé la petite fille, prompte à crier et à faire des colères. Elle jouait de son charme avec Sorbières, lui dédiant de grands sourires. Il était incapable de lui résister, ce qui amusait fort Nanette. « Ce sera beau quand la petite aura quinze ans », grommelait-elle, tout en étant la première à s'attendrir.

Elle avait bien entendu établi le lien avec la soi-disant mort du bébé d'Esther et avait fait peser sur son maître un regard chargé d'incompréhension. Sorbières n'avait rien expliqué. Il avait été élevé dans une famille où l'on respectait les serviteurs mais ne se justifiait pas auprès d'eux. Après l'éclat du premier jour, Nanette avait gardé son opinion par-devers elle sans poser de questions.

Ses gages lui permettaient d'économiser pour ses vieux jours, elle n'en demandait pas plus. Et puis la petite Suzanne était si mignonne ! Ses yeux couleur d'ambre suscitaient l'admiration. Elle avait un caractère très affirmé qui ravissait Sorbières, autoproclamé oncle Valentin. Parfois, il considérait son reflet dans le miroir de son cabinet et secouait la tête d'un air navré. « Mon pauvre vieux, ce que tu es devenu… », se disait-il.

Au fond de lui-même, cependant, il s'en amusait. Parce que la petite Suzanne avait donné un sens à sa vie.

Malgré le climat, si différent de son Midi natal, Esther se plaisait à Berlin. Elle ne s'y cognait pas à ses souvenirs.

Chaque dimanche, après l'office, elle marchait dans la ville ceinte de fortifications, découvrant un nouveau quartier, bien qu'elle ait tendance à revenir vers Dorotheestadt, l'un des quartiers de prédilection des huguenots. Le pasteur Schwering l'avait mise en relation avec plusieurs réfugiés français, et elle avait plus particulièrement sympathisé avec Angèle et Robert Grandin, un couple émigré de Montpellier. Ils avaient pu échanger quelques souvenirs de France et, désormais, invitaient la jeune femme à partager leur déjeuner dominical. Angèle, passionnée d'art, réalisait des portraits d'enfants dans la bonne société berlinoise, activité qui lui permettait d'être introduite dans ce monde à l'origine fermé. Son époux avait créé une imprimerie, et Esther aimait à aller y humer l'odeur d'encre.

Ses élèves, Ludwig et Flora, étaient charmants et désireux d'apprendre. Grâce à eux, Esther progressait en allemand, bien qu'elle leur parlât presque exclusivement français. Mais le temps des promenades et des pauses permettait quelques dérogations.

Oui, tout aurait été pour le mieux dans le meilleur des mondes sans ses employeurs, Herr et Frau Fugger.

La jeune femme avait vite deviné que ceux-ci ressemblaient aux personnages de Molière dans *Le Bourgeois gentilhomme*. Herr Fugger se voulait membre de la bonne société et dépensait sans compter. Mais, comme le rappelait Jutta, la cuisinière, un brasseur restait un brasseur ! L'employeur d'Esther avait beau fréquenter les beaux quartiers, il ne faisait pas partie de l'entourage du Grand Électeur, ce qui constituait pour lui un échec cuisant. Son épouse était moins orgueilleuse mais, fantasque et frivole, elle ne s'intéressait guère aux enfants. Ceux-ci avaient été élevés par Jutta et par les femmes de chambre.

Avides d'affection, ils étaient câlins et s'intéressaient aussi bien au calcul qu'au français. Esther se plaisait en leur compagnie. Debout dans sa chambre, elle lissa ses cheveux rebelles avant de rejoindre la famille pour le petit déjeuner. Les enfants l'accompagnèrent dans l'escalier.

Jutta avait disposé sur la table un assortiment de petits pains, de la confiture de fruits rouges et de la compote de pommes et de poires.

Les enfants saluèrent leur gouvernante et s'assirent à table après en avoir reçu l'autorisation. Leur père passa en coup de vent, s'empara d'un pain fourré à la confiture avant de repartir.

— Père, je voulais vous montrer mon dessin ! s'égosilla Flora.

Esther avait déjà remarqué que la petite fille avait besoin de l'approbation paternelle pour progresser. Or, conformément à nombre de pères de famille en ce début du XVIIIe siècle, Herr Fugger manifestait une nette préférence pour son fils. De quoi désespérer Flora si elle en prenait conscience… Leur mère n'intervenait pas dans cette relation. Au fur et à mesure qu'elle la côtoyait, Esther constatait à quel point Frau Fugger pouvait se montrer égoïste.

Elle en était navrée pour les enfants et s'y attachait d'autant plus.

Flora se rapprocha de sa gouvernante et lui tendit le dessin en question, représentant leur maison.

— Très joli, approuva Esther. J'aime beaucoup.

Elle aurait voulu serrer la petite fille contre elle pour la réconforter mais elle savait qu'elle devait être vigilante. Ce n'était pas parce que son bébé était mort à la naissance qu'elle avait le droit de reporter sur ses élèves tout l'amour qu'elle avait en réserve. Elle ne passerait pas toute sa vie dans la famille Fugger, il lui fallait se protéger.

Elle jeta un coup d'œil aux enfants et, jugeant qu'ils étaient rassasiés, les entraîna vers la salle d'études. Ils y travailleraient jusqu'à l'heure du déjeuner puis feraient une promenade sous les tilleuls en direction de l'arsenal, un bâtiment baroque encore inachevé qui fascinait Esther. Chemin faisant, elle donnerait aux enfants une leçon sur le tilleul.

Herr Fugger tenait à prendre connaissance du programme proposé par Esther chaque début de semaine et, ensuite, n'intervenait plus dans son travail. Elle appréciait sa liberté.

Le temps promettait d'être chaud. Le soleil, déjà haut dans le ciel, patinait les façades des demeures voisines.

Ludwig poussa un énorme soupir.

— Il fait déjà si beau ! Vous êtes sûre, mademoiselle Esther, que nous devons d'abord travailler ?

— Certaine, Ludwig. Vous allez prendre votre livre de grammaire.

Elle réprima un sourire. S'il savait comme elle avait envie, elle aussi, d'aller se promener !

L'été réveillait en elle une vitalité, un instinct de vie qu'elle croyait avoir perdus.

Lentement, elle réapprenait à vivre.

7

Août 1704

Une chaleur étouffante pesait sur les Cévennes. Noé se hâtait vers le château de Castelnau-Valence où il devait rejoindre Rolland. Il s'était absenté quelques jours à l'appel de Ninon qui sentait son terme approcher. Son amie Ida avait eu beau se moquer d'elle en affirmant qu'il lui manquait quatre bonnes semaines, Ninon n'en avait pas démordu. Elle savait que leur enfant allait naître. Fille ou garçon, cela lui était égal, du moment qu'il était en bonne santé ! Quand Noé l'avait rejointe à Lussan, les premières douleurs l'avaient prise. Malgré les cris scandalisés poussés par Ida, Noé était resté auprès de la femme qu'il aimait, lui tenant la main, lui humectant le front, l'exhortant à tenir bon.

Bravement, Ninon se contentait de laisser filer une plainte sourde. Elle affola Noé lorsqu'elle lui dit dans un souffle :

— Promets-moi, si je meurs, d'arrêter de te battre pour élever notre enfant.

Il sentit un frisson courir le long de son dos. Sa Ninon, mourir ? Dieu ne le permettrait pas ! Il savait, pourtant, que de nombreuses jeunes femmes perdaient la vie durant leurs couches ou juste après. Il lui jura tout ce qu'elle voulait, en priant pour qu'un tel drame ne survienne pas. Elle hurla.

Ida s'empressa, incita Noé à s'éloigner. Il resta dans la chambre, cependant, ne quittant pas la sage-femme des yeux. Lorsqu'il la vit prendre dans ses bras un bébé couvert de mucus sanguinolent, un flot d'émotion le submergea. C'était leur enfant, à Ninon et à lui.

La jeune femme, très pâle, se souleva légèrement sur les coudes.

— Fille ou garçon ? souffla-t-elle.

— Je ne sais pas, avoua Noé.

Ida, qui essuyait le bébé, émit un petit rire.

— C'est un garçon, ma Ninon, et m'est avis qu'il ne va pas tarder à brailler. Il était pressé de voir le jour, celui-ci.

Ninon adressa un sourire las à son époux.

— Noé, tu es heureux ?

— Fou de joie, ma mie ! Repose-toi, à présent.

Il aurait dû retourner aussitôt auprès de Rolland, mais il préférait se mettre en route seulement le lendemain matin. Il aida Ida à nettoyer le bébé, lui passa chemise et maillot, les mains tremblantes. Il n'aurait su expliquer ce qu'il éprouvait, un mélange de joie et de fierté, mais aussi quelque chose ressemblant à de la peur. Père de famille, il se devait de protéger sa femme et leur fils.

Il fit boire à Ninon un bouillon reconstituant, posa le bébé sur son sein.

— Comment allons-nous l'appeler ?

Le sourire de Ninon s'accentua.

— Que dirais-tu de Martin ? J'ai toujours beaucoup aimé ce prénom.

— Va pour Martin ! accepta-t-il.

Il aurait trouvé n'importe quelle suggestion géniale, se dit-il, à la fois ému et amusé. Un élan d'amour le poussa vers Ninon et Martin. Il les serra contre lui avec emportement.

Le lendemain, il se résolut à partir.

— Je dois retourner auprès de Rolland, déclara-t-il à regret.

— Reviens-nous vite, lui dit seulement Ninon.

La garrigue flambait sous le soleil. Noé ne serait pas surpris si un orage éclatait avant la nuit. Il marchait vite tout en échafaudant des projets. Prendre des terres en fermage, vivre paisiblement avec Ninon et Martin…

Après deux ans de combats, il aspirait à une existence plus calme, plus sereine. Ninon l'encourageait dans ce sens. Il l'aimait.

Le soir déclinant n'apportait pas vraiment de fraîcheur. Une touffeur lourde ralentissait la marche de Noé.

Depuis l'échec de la rencontre du 6 juin, à Anduze, entre d'une part les envoyés de Rolland, Malhier et Malplach, d'autre part Basville et Villars, les partisans de Rolland redoutaient le pire. Ils avaient caressé l'espoir durant quelques heures que la liberté de conscience serait accordée aux huguenots mais, naturellement, il n'en était rien. Basville et Villars avaient accompli un travail de sape qui commençait à porter ses fruits. Ainsi, Malplach et plusieurs soldats de Rolland s'étaient soumis au pouvoir royal. La reddition de Cavalier avait mis à mal l'unité des camisards. Le maréchal de Villars était résolu à en finir au plus vite avec ces bouseux qui ridiculisaient les soldats du roi.

Villars et Basville se proposaient désormais de transférer les habitants de la campagne dans des bourgs et de « faire fusiller deux camisards tirés des prisons chaque fois qu'un catholique aura été tué », enfin d'enrôler de force dans les armées du roi tous les jeunes gens des diocèses d'Alès, de Nîmes et d'Uzès.

Perdu dans ses pensées, Noé manqua entrer en collision avec une troupe d'une vingtaine d'hommes qui marchait elle aussi en direction du château de Castelnau. Il plongea dans un fourré, s'y dissimula, laissa passer les gardes royaux. Ceux-ci donnaient l'impression de savoir où ils allaient. Noé s'affola. Rolland et Malhier se trouvaient au château en compagnie de leurs épouses, les sœurs de Cornély. Avaient-ils été dénoncés ? Celui qui ferait prendre Rolland vivant recevrait trois cents louis d'or. Une somme des plus conséquentes. Comment aurait-elle pu justifier une trahison ? C'était impensable, inimaginable, se dit-il. Rolland avait déjà failli être pris en juin. Il avait réussi à s'enfuir en sautant d'une fenêtre. Chaque fois qu'on lui recommandait la prudence, il haussait les épaules. Dieu y pourvoirait…

Dissimulé dans le fourré, Noé rongeait son frein. Il lui était impossible de prévenir Rolland, les royaux atteindraient forcément Castelnau avant lui. S'agissait-il d'une simple coïncidence ? Se pouvait-il qu'ils bifurquent avant ?

Lorsqu'il n'entendit plus les soldats, il se releva avec précaution et se mit en route, coupant à travers bois. La nuit était chaude. Une belle nuit d'été, qu'il aurait aimé partager avec Ninon en d'autres circonstances.

L'angoisse, cependant, lui mordait le cœur. Les derniers mois avaient été marqués par tant de querelles entre Cavalier et Rolland que le climat entre camisards était devenu délétère.

La reddition de Cavalier avait laissé la part belle à Villars. De toute évidence, il était convaincu que la soumission des autres chefs n'était plus qu'une question de temps. Et Noé avait bien peur que le maréchal n'ait raison.

Il n'était plus qu'à une demi-heure du château, se dit-il, humant les parfums de la garrigue. Il hâta le pas. Son instinct lui soufflait que Rolland courait un grand danger.

Les premiers coups de feu le firent tressaillir alors qu'il s'approchait d'un grand cade que Ninon admirait. Il se figea sur place, tentant d'estimer la distance. À cet instant, il sut. La troupe qu'il avait aperçue s'était rendue au château de Castelnau pour se saisir de Rolland.

Et, assurément, quelqu'un l'avait trahi.

Le temps était toujours aussi chaud mais Noé avait l'impression d'être glacé jusqu'à l'âme. Les dernières heures avaient constitué pour lui un dramatique chemin de croix mais ce n'était rien, bien sûr, comparé au supplice de Rolland, Malhier et de quatre autres compagnons. Révolté de sa propre impuissance, il avait compris que ses camarades avaient été victimes d'une embuscade. Coups de mousquets, course dans les bois… Les dragons en nombre avaient abattu Rolland alors qu'il tentait de les entraîner loin de Marthe et de Catherine de Cornély. Malhier, Contarel, Grimaud, Guérin et Raspal avaient été arrêtés. Jugés séance tenante, ils furent condamnés à être exécutés le 16 août à Nîmes. Nîmes, où Cavalier avait rencontré le maréchal de Villars trois mois auparavant… Noé n'était pas près de le lui pardonner.

Le récit de l'embuscade de Castelnau courait déjà la garrigue. Rolland mort, c'était comme le dernier espoir brisé, un rêve fracassé. Tragique hasard, le soldat qui avait abattu Pierre Laporte, dit Rolland, s'appelait Soubeyran, comme le mas de ses parents et de ses ancêtres. Détail qui ne pouvait manquer de frapper les esprits des anciens.

Soubeyran, donc, et les autres dragons avaient regagné Uzès avec le cadavre de l'époux de Marthe jeté en travers de la selle et les cinq prisonniers ligotés. Tragique cortège, qui sonnait le glas des espérances camisardes… Noé l'avait suivi de loin, en sachant qu'il ne pouvait rien faire pour libérer ses camarades. D'ailleurs, l'attaque-surprise du château de Castelnau, qui n'était même pas gardé, l'avait frappé au cœur. Plus rien ne serait pareil, désormais.

Il s'était discrètement enquis de Marthe et de Catherine de Cornély. Rolland et Malhier avaient couvert leur fuite et Noé espérait de toute son âme qu'elles trouveraient un refuge. Elles avaient été bonnes pour Ninon. S'il le pouvait, il les aiderait à se cacher.

La chaleur devenait de plus en plus étouffante. À Uzès, le commandant Paratte s'était porté au-devant du cortège dans la matinée et avait envoyé une estafette prévenir Villars. Dans sa tête, Noé échafaudait un plan pour libérer Malhier et ses camarades. Il était seul, loin de leurs compagnons.

La rumeur courut vite, de la place du Marché-aux-Herbes aux remparts. Le maréchal de Villars exigeait le transfert de Rolland et des prisonniers à Nîmes. Les épaules de Noé s'affaissèrent. Il ne pourrait pas intervenir à Nîmes. La ville était trop importante, trop bien défendue. Villars savait ce qu'il faisait.

Le commandant Paratte prit alors l'initiative de faire sommairement embaumer le cadavre de Rolland par deux chirurgiens. Et, de nouveau, le sinistre cortège se remit en route. Uzès, Nîmes, environ cinq lieues qui parurent interminables à Noé, d'autant plus qu'il se tenait à distance respectueuse du convoi.

Les paysans s'étonnaient, les bruits enflaient. C'était Rolland, c'était Malhier. Les visages se fermaient, se détournaient. Les dragons serraient les rangs autour des prisonniers, formant un cordon de sécurité. Le soleil tapait, impitoyable, accentuant par contraste le côté tragique du cortège. À Nîmes, les prisonniers furent entraînés vers le fort.

Dans la foule, Noé apprit que Marthe et Catherine de Cornély avaient été arrêtées elles aussi.

Profondément abattu, il murmura une prière pour les deux jeunes femmes qui avaient toujours été si bonnes pour Ninon.

La vue du corps de Rolland, exposé à l'entrée des casernes nîmoises, sous bonne garde, souleva le cœur de Noé. Il s'éloigna à grands pas, se réfugia près de la tour Magne où il lui semblait respirer un air plus pur.

Il ne put fermer l'œil. Il pria pour ses compagnons, pour Rolland et les demoiselles de Cornély. Il pressentait que la journée du lendemain serait terrible.

Les poings serrés, Noé écouta le compte-rendu du procès post mortem à la mémoire de Rolland. « Feu Pierre Laporte, dit Rolland, fut déclaré convaincu du crime de lèse-majesté et de rébellion ouverte pour avoir été l'un des principaux chefs de fanatiques révoltés contre le roi, pour réparation de quoi il soit ordonné que ledit cadavre dudit Rolland sera traîné sur une claie jusqu'à la place publique de l'esplanade de cette ville et ledit cadavre sera brûlé et ses cendres jetées au vent. » Ses compagnons, Contarel, Grimaud, Guérin, Malhier et Raspal étaient condamnés à être rompus vifs et à expirer sur la roue. Leurs corps seraient ensuite portés aux fourches patibulaires pour y demeurer exposés.

Ce jugement inique, dégradant, faillit faire perdre son sang-froid à Noé. Il dut se contenir tandis que la dépouille de Rolland, encadrée de détachements de cavalerie, traversait les rues de Nîmes. À la vue du corps, ligoté sur une claie, tirée par une mule, Marthe de Cornély s'évanouit. Noé tenta de se rapprocher d'elle, mais la foule était trop compacte, et les sœurs de Cornély trop entourées de gardes. Le cœur déchiré, il assista à la sortie de prison de ses camarades. Ceux-ci se dirigèrent vers l'esplanade où un échafaud et un bûcher avaient été dressés. Ils avaient été soumis à la question la veille mais tenaient à faire bonne figure. Du côté des officiels, se tenaient Villars et Basville, accompagnés de leurs états-majors et de cinq évêques, pas moins. Parmi eux, l'évêque du diocèse de Nîmes, l'intolérant Esprit Fléchier, grand pourfendeur de huguenot. Noé lui décocha un regard chargé de haine. On savait que Fléchier avait l'oreille du roi, et qu'il prônait un châtiment exemplaire à l'encontre des camisards. Était-ce à cause de lui que leur grâce avait été refusée ?

La foule frémit quand, le premier, Malhier gravit les marches de l'échafaud. Il fit face sans trouble apparent aux deux sinistres croix de saint André, aux bourreaux et à leurs aides, aux prêtres qui levaient haut leur crucifix. Il se tourna vers ses compagnons.

— Il vaut mieux mourir ainsi qu'autrement ! lança-t-il fièrement.

Noé réprima à grand-peine les tremblements de son corps quand les bourreaux abattirent chacun une barre de fer sur les premiers camisards garrottés sur les roues.

Le supplice de la roue était peut-être le plus cruel, le plus insupportable : le condamné, en chemise, étendu sur la croix de saint André, le visage tourné vers le ciel, recevait des coups violents d'une solide barre de fer carrée.

Le bruit des os et des membres éclatant sous la barre était insoutenable.

Malhier, cependant, le brave, l'intrépide Malhier, exhortait ses camarades à tenir bon. Malgré les os de ses bras brisés, il parvint à faire signe au prêtre de le laisser tranquille. Il s'écria :

— Courage, mes frères ! Ceci va bien. Souffrez constamment et n'écoutez point ces gens-là !

L'assistance, pétrifiée d'horreur, gardait le silence. L'émotion fut à son comble quand un autre bourreau mit le feu au bûcher sur lequel on avait jeté le cadavre de Rolland.

Noé avait bien compris ce que les maudits royaux avaient voulu faire. Tuer une seconde fois Rolland, marquer les esprits, ne pas laisser la place au doute. Rolland était bel et bien mort. Il n'y avait plus d'espoir pour les camisards.

Sur l'échafaud, Malhier, agonisant, n'avait pas émis une plainte, pas un cri. Noé savait que la souffrance était maximale juste avant le coup de grâce. Le bourreau, connaissant son affaire, n'hésita pas au moment de porter deux coups dans la poitrine pour enfoncer les côtes dans le cœur et les poumons. Noé exhala un profond soupir, comme s'il avait pu aider Malhier à expirer. Il pensa de nouveau à Marthe et à Catherine de Cornély, chercha à les apercevoir, en vain. Le corps de Rolland se consumait, l'air, sentant le soufre et la chair brûlée, était irrespirable. La manche sous le nez, les yeux rougis, Noé ne quittait pas l'échafaud du regard.

Il attendait… il ne savait quoi… un signe du ciel prouvant que ces braves n'étaient pas morts pour rien.

Quand, longtemps après, les corps des suppliciés furent portés jusqu'aux fourches patibulaires, ses membres engourdis eurent de la peine à se mouvoir. Il était assommé, encore sous le choc. Mais il éprouvait une certitude : le supplice infligé à Rolland, à Malhier et aux quatre autres camisards ne pourrait que conforter les huguenots dans leur foi. Et toutes les cendres qui voletaient dans la touffeur du soir porteraient, loin, la mémoire du martyre de Pierre Laporte, dit Rolland, de Malhier, Raspal, Contarel, Grimaud et Guérin.

8

1705

Le ciel s'effilochait en longues nuées diaprées de gris et de rose qui couraient vers un horizon assombri.

« Encore une année, pensa Élie, le cœur lourd. Et mon Jean est toujours prisonnier du vieux roi à Marseille. »

La certitude de son impuissance le minait. Certes, il avait reconstitué une partie de sa fortune, il était devenu un homme qui comptait, non seulement parmi les huguenots français mais aussi dans tout le Brandebourg. Cependant, sa terre natale et ses enfants lui manquaient de plus en plus.

Resté en relations épistolaires avec les Desbois d'Anduze, il savait que ceux-ci avaient survécu parce qu'ils avaient abjuré. Leurs fils, émigrés, s'étaient établis l'un en Angleterre, l'autre dans les Provinces-Unies.

Théophile et Julia, âgés et en partie ruinés à cause de la désertification des Cévennes, vivotaient dans leur grande demeure gardoise.

Malgré leurs recherches actives, ils n'avaient jamais retrouvé la trace de Samuel. Élie en gardait une plaie ouverte au cœur.

Théophile, par tout un réseau compliqué, avait fini par découvrir qu'Esther avait passé une bonne dizaine d'années dans la maison de propagation de la foi de Montpellier avant de s'évader. Élie conservait l'espoir de la retrouver.

Malgré ses efforts et l'envoi de subsides conséquents, il lui était impossible de racheter la liberté de Jean. Louis XIV refusait toute mesure de grâce visant les huguenots. À croire qu'il en avait fait une histoire personnelle ! Même s'il s'efforçait de ne pas le haïr, Élie ne pouvait pardonner au vieux roi prisonnier des idées toutes faites de sa cour. Il avait envisagé à deux reprises de se rendre à Marseille. Elsa et maître Mayer l'en avaient dissuadé, agitant devant lui le spectre de l'emprisonnement ou de la condamnation aux galères. Il serait bien avancé le jour où il serait réduit à merci par les dragons ! Et David ? Que deviendrait le petit garçon sans son père ?

Élie avait cillé, décoché un regard assombri à son épouse. « Vous pouvez, de ce fait, imaginer la détresse et le désespoir de mes trois aînés. » Ses trois aînés… Elsa avait l'impression de mâcher du vinaigre quand elle l'entendait s'exprimer ainsi. Elle aurait voulu que Jeanne, Jean, Esther et Samuel n'aient jamais existé. Elle désirait Élie pour elle seule. Sans passé, sans mémoire et, surtout, sans autre enfant que David.

Parfois, la colère bouillonnait en elle. Elle s'efforçait de se maîtriser, allait se promener en compagnie de son fils dans son jardin de fleurs.

Élie l'aimait, se disait-elle.

Elle voulait y croire de toute son âme.

— Ma chère, l'été vous sied ! s'écria Angèle Grandin avec une admiration sincère.

Esther avait occupé les longues soirées à se confectionner deux toilettes, avec l'aide de Toinon, une jeune veuve, couturière venue du Poitou. L'une d'elles, plus particulièrement, en coton à rayures bleues et bises, mettait en valeur son teint clair.

— Il faut me promettre de me laisser faire votre portrait, insista la jeune femme.

Esther acquiesça d'un hochement de tête. Elle se sentait bien dans le jardin des Grandin, sous un immense tilleul vieux d'au moins un siècle et demi. Robert était allé chercher dans son bureau des ouvrages fraîchement sortis de son imprimerie afin de les lui faire découvrir. Grâce à lui, Esther lisait avec fièvre, rattrapant des années de lectures imposées.

De plus, ces ouvrages étaient imprimés en français puisque destinés à la communauté huguenote établie à Berlin et dans le Brandebourg.

— Nous menons une existence paisible, ici, murmura la jeune femme.

La France et sa chasse aux protestants lui paraissaient tout à coup bien lointaines. Elle se réjouissait de ne plus redouter les dragonnades, ni de croiser le chemin des galériens, qui lui donnaient mauvaise conscience. Elle pensait en effet souvent : « Pourquoi eux et pas moi ? Pour quelle raison ai-je été épargnée ? » Et puis, elle songeait à son enfance gâchée, aux années qu'elle avait passées enfermée à Montpellier, et se disait qu'il fallait tout oublier. À commencer par Baptiste et leur bébé.

— De temps à autre, vos yeux virent à l'orage, reprit Angèle. Quel est cet ennemi que vous aimeriez occire ?

Esther esquissa un sourire.

— Personne, je vous rassure. Parfois, je ne puis m'affranchir du passé.

— Et les Fugger ?

— Des gens très bien. Je ne les vois guère, vous savez. Herr Fugger travaille beaucoup et son épouse reçoit ses fournisseurs.

Elle n'avait pas envie de relater l'atmosphère qui pouvait être pesante chez ses employeurs. Une nuit, des bruits de voix en provenance des appartements de Frau Fugger l'avaient réveillée. Au bout de quelques minutes, le silence était retombé sur la maison bourgeoise. Le lendemain Frau Fugger n'était pas descendue. « Mère souffre certainement de migraine », avait déclaré Ludwig, comme si ç'avait été fréquent. Esther n'avait pas cherché plus loin, la maîtresse de maison ne lui inspirant guère de sympathie. Cependant, elle ne pouvait se défendre d'éprouver un sentiment de malaise quand la maison lui paraissait trop silencieuse. Comme si elle avait recélé quelque secret dangereux.

Elle frissonna, malgré la chaleur.

— Ça va, Esther ? s'inquiéta Angèle. Vous êtes toute pâle.

— Ce n'est rien, Angèle, il fait si chaud... Je veux bien reprendre un peu de votre délicieux sirop de groseilles.

Le regard bienveillant de Robert Grandin pesait sur elle.

— Si vous avez le moindre souci, n'hésitez pas à nous en parler, à Angèle et à moi, insista l'imprimeur. Nous sommes vos amis, Esther, vous le savez.

Elle acquiesça d'un hochement de tête ? Qu'aurait-elle pu leur confier ? Qu'elle ne se sentait pas toujours à l'aise chez les Fugger ? C'étaient seulement de vagues impressions, rien de plus.

Rien de grave.

Il y avait longtemps qu'il y songeait, sans parvenir à passer à l'acte. Il avait rassemblé dans un tiroir de son bureau fusains et feuilles de papier

Or, cet après-midi, le temps était venu. Il le fallait, tant qu'il se sentait encore vaillant et que sa main ne se dérobait pas.

Installé à sa table, face à la fenêtre qui ouvrait sur le jardin fleuri d'Elsa, il se concentra sur sa tâche. Brusquement, tout lui revenait en mémoire avec une précision stupéfiante. La maison, le jardin potager, la treille, les terrasses, et le cimetière familial.

Il dessina à main levée le domaine de son enfance. Ce faisant, les souvenirs de la vie d'avant le submergèrent. Il revoyait Jeanne telle qu'il l'avait admirée la première fois, dans le temple d'Anduze, il se rappelait leurs noces, et cette impression incomparable d'être le plus heureux homme de la terre, avec sa blonde dans ses bras. Il l'avait aimée… Seigneur ! comme il l'avait aimée !

Son visage se ferma. Certes, il éprouvait de la tendresse pour Elsa, mais rien de comparable à l'amour qu'il portait à Jeanne. De même, il ne parvenait pas vraiment à s'attacher à David, qu'il trouvait terriblement… prussien. Son fils ressemblait à Elsa et à son grand-père pasteur. Il était rêveur, d'aspect fragile et mélancolique.

Pour Élie, ce n'était pas un vrai Bragant !

Pourtant, il savait qu'il s'agissait bien de son fils et qu'il n'avait rien à reprocher à Elsa. Rien… hormis le fait qu'elle n'était pas Jeanne.

Il jeta un dernier regard à sa représentation au fusain de Jéricho, et se leva pesamment.

Sa vie était ici, désormais, à Silberlinden. Il devrait s'en persuader.

9

Debout au sommet de la colline, sur le parvis de la cathédrale protestante de Saint-Pierre, Ninon prit une longue inspiration. Elle était lasse, et avait froid mais ils étaient ensemble, Noé et elle, en compagnie de leur fils. À Genève.

— Et maintenant ? lança-t-elle à Noé sur un ton chargé de défi.

Il n'était plus le même depuis qu'il était venu la retrouver, à la fin août. Il avait attendu deux jours et deux nuits avant de lui raconter le supplice de Rolland, de Malhier et de leurs compagnons. Il l'avait serrée avec emportement et sangloté. « Ils les ont tués de façon atroce. Ninon, si tu savais... Et le corps de Rolland, couvert d'immondices... Quel mépris, Seigneur ! C'est donc ce que nous sommes, pour eux ? Moins que des chiens ? » Elle avait alors pensé que, sans Martin, elle n'aurait pu le retenir. Il était en effet revenu de Nîmes le cœur à l'envers et pétri de haine.

Révoltée elle aussi, Ninon avait de plus compati au sort des demoiselles de Cornély. Marthe et Catherine avaient été emprisonnées dans la sinistre tour de Constance, à Aigues-Mortes, pour une durée indéterminée. Ninon n'imaginait que trop bien le désespoir et la détresse des deux jeunes femmes qui avaient chacune perdu leur compagnon.

Elle-même voulait se battre, pour eux trois, mais loin de leurs Cévennes. Noé et elle avaient perdu leurs parents, nombre de leurs amis. C'en était trop. Il n'y avait plus de place pour eux sur leur terre natale, Ninon en était convaincue. Elle avait insisté pour qu'ils demeurent cachés à Lussan jusqu'à ce qu'elle soit remise de ses couches.

Là, ils avaient appris que le 14 septembre, les hommes de Ravanel avaient été mis en déroute par les gardes royaux dans les bois de Saint-Bénézet.

Plusieurs chefs camisards des Hautes-Cévennes se rendirent alors les uns après les autres. Castanet d'abord, le 11 septembre, puis Jouany et Salomon Couderc le 1er octobre. Ayant appris que la plupart avaient obtenu le droit de se réfugier en Suisse, Ninon insista pour que Noé suive leur exemple. C'était contraire à ses idéaux comme à ses principes mais Ninon n'en avait cure. Elle ne voulait à aucun prix s'évanouir comme Marthe de Cornély devant le cadavre de son époux.

Cavalier avait donné le mauvais exemple en négociant sa reddition. Dès lors, Basville et ses sbires avaient compris qu'ils viendraient à bout de la résistance camisarde. Elle les haïssait tous en bloc, Cavalier comme Basville, Villars, Esprit Fléchier et, par-dessus tout, le roi.

Face à sa détermination, Noé avait accepté l'exil. Nombre de camisards avaient suivi leur exemple. D'autres, le cœur lourd, avaient dissimulé leurs armes et repris la fourche et la houe.

Certains avaient exprimé leur soulagement : ils se sentaient devenir des monstres, entraînés dans une tragique spirale de la violence. D'autres étaient dans l'impossibilité de reprendre leur existence d'avant. Marqués à jamais par la guerre, ils avaient besoin, désormais, de vivre cachés, d'attaquer des convois, de brûler des églises. Ceux-là étaient perdus. Quand ils étaient pris, ils étaient condamnés séance tenante à être roués vifs. La violence, toujours… Ninon ne pouvait plus la supporter.

Nantis d'un passeport en règle, ils s'étaient mis en route fin octobre. C'était déjà très tard, mais l'un comme l'autre voulaient partir. Le plus vite possible.

Même s'ils avaient pu franchir le Rhône sans problème à Pont-Saint-Esprit, il leur avait fallu se défier des bandits des grands chemins comme des escrocs. Noé et Ninon ne possédaient point d'or, seulement leur courage, et leur détermination. Ils s'étaient mêlés à une file d'émigrés venus du Vivarais, ce qui avait un peu rassuré Ninon.

Martin, nourri par ses soins, poussait dru, malgré la fatigue et le froid.

Elle s'inquiétait plus pour Noé, qui peinait à retrouver un certain équilibre. Victime de cauchemars, il gémissait la nuit. Ninon n'imaginait que trop bien les scènes d'horreur auxquelles ses rêves le confrontaient. La nuit, elle se blottissait étroitement contre lui, jusqu'à ce que sa respiration se calme.

Elle s'était recueillie sur la tombe de ses parents avant le départ et avait ensuite pu partir le cœur en paix, certaine qu'il n'existait pas d'autre solution. De son côté, Noé se sentait déchiré. Certes, il avait compris à la mi-août qu'il ne fallait pas compter sur la clémence du roi ni des royaux, mais il était particulièrement difficile de quitter son pays, ses racines, alors qu'il n'avait pas reçu de nouvelles de son frère Sylvain depuis au moins quinze ans.

Il avait laissé des consignes précises derrière lui, demandé qu'on puisse le contacter en cas d'urgence à la Bourse de Genève.

— Et maintenant ? répéta Ninon.

Ils avaient emprunté la Voie sarde pour gagner Genève, qu'ils imaginaient l'un et l'autre comme une sorte de Terre promise.

En fait, ils avaient dû montrer patte blanche avant de franchir l'une des trois portes protégeant l'accès à la capitale de la Réforme. Un consignateur leur avait distribué billets d'entrée et de logement avant de leur indiquer les noms des auberges recevant les réfugiés.

Il faisait froid, quelques flocons de neige tourbillonnaient dans l'air. Ils avaient passé leur première nuit dans une chambre glaciale, payée un prix exorbitant. Il leur fallait à présent chercher un logement chez l'habitant, réputé moitié moins cher, et décider de l'avenir.

— Tu ne regrettes rien ? s'inquiéta Noé.

Ninon secoua la tête. Le vent s'engouffra dans ses cheveux roux.

— Ici, quoi qu'il arrive, nous sommes libres ! s'écria-t-elle avec force.

Il la regarda avec amour. Depuis leur rencontre, il avait un but. Elle lui avait donné un fils, partageait avec lui une foi vibrante.

Il entoura ses épaules d'un bras protecteur.

— Je te le promets, ma belle, nous allons nous bâtir une nouvelle vie, s'écria-t-il.

À cet instant, il en était convaincu.

— Là, là, calmez-vous, mon petit, répéta Angèle Grandin.

Esther leva vers elle un visage ruisselant de larmes.

— Je me retrouve à la rue, Angèle !

Elle aurait dû écouter son instinct lui conseillant de se défier des Fugger. Le brasseur l'avait agressée un après-midi caniculaire, alors que son épouse et ses enfants se trouvaient à Potsdam chez les parents de Frau Fugger. Il s'était introduit dans la chambre de la jeune femme sous le prétexte de lui apporter un livre et elle avait dû l'assommer à moitié pour se libérer de son étreinte. Furieux, il s'était éclipsé en proférant des menaces. Le soir même, à peine rentrée, Frau Fugger convoquait Esther pour la congédier séance tenante. Son époux avait accusé la gouvernante française d'avoir dérobé deux montres dans une vitrine du salon.

— Vous n'avez pas essayé de vous défendre ? s'étonna Robert Grandin.

Esther secoua la tête.

— Que pouvais-je dire ? Qu'il avait tenté de me séduire ? Sa femme ne l'aurait jamais cru ! De plus, la femme de chambre a affirmé avoir trouvé les montres dans un tiroir de ma commode, dissimulées sous une pile de mouchoirs. Je n'ai même pas eu le droit d'embrasser les enfants.

— Vous n'êtes pas la première gouvernante victime de ce genre de mésaventure, reprit Grandin. Ajoutez à cela que les Fugger n'ont pas très bonne réputation. Lui est considéré comme un parvenu mais votre parole aurait peu de poids face à la sienne. Parvenu ou pas, c'est un notable berlinois et…

— Et je ne suis qu'une immigrée sans le sou, conclut Esther, la bouche amère. En attendant, je ne sais où aller.

— Vous restez chez nous, bien entendu ! s'écria Angèle. Ainsi, vous ne pourrez refuser que je fasse votre portrait.

— Et vous m'aiderez à l'imprimerie, enchaîna Robert.

Esther inclina la tête.

— Je vous remercie infiniment, mes amis. Même si je suis gênée de faire appel à votre générosité.

— Entre amis, cela n'a pas la moindre importance ! se récria Angèle. Vous en auriez fait tout autant pour nous, nous le savons.

Leur maison, bien que beaucoup plus simple que celle des Fugger, était chaleureuse et gaie. Esther savait qu'elle s'y plairait.

Même si elle aurait préféré être totalement indépendante.

10

Janvier 1713

Elle affirmait souvent qu'elle ne pourrait habiter ailleurs, et son oncle souriait avec une indulgente tendresse. À dix ans, Suzanne aimait leur existence et, plus encore, leur logis situé sur le cours Saint-Louis, là où il fallait être pour se sentir vraiment marseillaise.

Achevée en 1687, à l'emplacement des lices extérieures du rempart médiéval, la promenade ombragée s'étirait entre la porte d'Aix et la Canebière.

Séduit par l'ordonnancement des demeures de pierres, la largeur des allées et la lumière baignant les maisons, Sorbières s'était porté acquéreur d'un appartement situé au premier étage. Il se composait de deux chambres, d'un salon, d'un cabinet de curiosités et d'une bibliothèque. Nanette régnait sur l'office et la souillarde et occupait une chambre de service, sous les combles. Une petite servante, Fine, venait l'aider deux fois la semaine pour les gros travaux. La vie des habitants du logis s'ordonnait suivant des règles bien établies. Le matin, Sorbières se chargeait de l'instruction de Suzanne et l'après-midi, l'oncle et la nièce effectuaient de longues promenades pour rentrer souper à six heures précises. La soirée était consacrée à la lecture pour

Sorbières, à l'étude pour Suzanne. À dix ans, elle lisait dans le texte le latin comme le grec, s'intéressait aux mathématiques et aux sciences, se passionnait pour l'histoire et les beaux textes. Sorbières se disait parfois que, sans Suzanne, il n'aurait guère trouvé de charme à son existence.

Intelligente, vive d'esprit, studieuse, elle constituait pour lui l'élève idéale. Il aimait cette fillette qui ressemblait tant à Esther avec ses cheveux fauves et ses yeux couleur d'ambre.

Suzanne promettait d'être ravissante, et avait une voix déjà bien placée. À sa demande, Sorbières avait acheté un clavecin et fait donner des leçons à sa protégée. Son professeur, un échalas à l'habit verdi, affirmait qu'elle était douée, même si l'apprentissage de Suzanne troublait la quiétude du logis.

Nanette appréciait peu les cours de musique et se plaignait d'avoir les oreilles cassées, mais il y avait longtemps que l'oncle et la nièce ne prêtaient plus la moindre attention aux jérémiades de la servante !

Entre son clavecin et ses livres, Suzanne était heureuse. Plus encore depuis que Gédéon faisait partie de sa vie.

L'animation était permanente sur le cours. Marchands, boutiquiers, chanteurs ambulants, vendeurs de chansons tentaient de retenir l'attention des badauds par les moyens les plus pittoresques. Les foires de la Saint-Jean et de la Saint-Lazare rassemblaient une foule hétéroclite qui se pressait le long des allées et sur le terre-plein central.

Un après-midi, alors qu'elle arpentait la foire de la Saint-Lazare en compagnie de son oncle, Suzanne était tombée en arrêt devant un marin, pipe au bec, qui proposait des reproductions de navires en bois. L'animal perché sur son épaule l'intéressait au plus haut point.

Il inclinait légèrement la tête, fixait Suzanne de son œil rond. Il avait un bec impressionnant, une robe d'une couleur gris argenté et une queue d'un rouge incarnat superbe. « Un psittacus, avait déclaré Sorbières. Un perroquet, si vous préférez. »

Le marin avait confirmé. Gédéon venait d'Afrique où il vivait en forêt. On le lui avait offert lors d'une escale mais il rentrait chez lui, à Trets, et il était certain que sa femme ne voudrait pas de cet animal exotique. « C'est un bon garçon, avait-il dit à Suzanne, même si son vocabulaire n'est pas toujours des plus gracieux. Il faut beaucoup s'occuper de lui. Je suis sûr que vous vous entendrez bien avec Gédéon, ma petite demoiselle. »

L'affaire avait été rondement menée. Le marin s'était contenté d'une somme raisonnable et leur avait expliqué les soins à donner au fameux Gédéon.

Le perroquet continuait de pencher la tête, tout en observant attentivement Suzanne.

— Gédéon est un bon garçon, déclara-t-il brusquement, imitant à la perfection l'accent grasseyant du marin. Sorbières lui-même avait ri, et Suzanne avait compris que c'était gagné.

Nanette, en revanche, avait poussé les hauts cris en découvrant Gédéon sous la cape de la fillette. Pensait-on vraiment qu'elle allait s'occuper de cette bête du diable, qui allait crotter partout, s'attaquer aux livres, bref, tout détruire dans le logis ?

Suzanne avait promis de l'aider et, comme s'il avait désiré persuader la servante de ses heureuses dispositions, le perroquet avait voleté jusqu'à l'office. Nanette l'en avait chassé à coups de torchon. Depuis, l'un et l'autre s'ignoraient. Gédéon adorait Suzanne. Il délaissait souvent son perchoir pour se jucher sur son épaule ou bien s'installer en haut du clavecin. Le professeur de musique avait failli mourir de peur le jour où Gédéon avait imité la voix de Sorbières et grondé : « Que se passe-t-il ici ? »

Il reproduisait le claquement d'une porte ou les soupirs de Nanette, chantait aussi, comme Suzanne.

Il entonnait :

Venez à l'île de Cythère
En pèlerinage avec nous
Jeune fille n'en revient guère
Ou sans amant ou sans époux[1]

Sorbières se réjouissait. Il savait que Gédéon était devenu le confident de la fillette et que, grâce à lui, elle ne s'ennuyait pas, même quand le vieux libertin souffrait trop de sa jambe pour sortir.

À soixante-quatre ans, Valentin Sorbières était encore en bonne santé malgré des douleurs invalidantes dans le bas du dos et le long de la jambe droite. Il était aussi sujet à des crises de goutte mais Malherbe, son médecin, lui avait expliqué qu'il devait manger moins de gibier et boire moins de vin de Bourgogne. Pendant les crises, Nanette était fortement incitée à préparer du poisson acheté tout frais sur le port mais les bonnes résolutions de Sorbières ne duraient jamais longtemps. Même s'il n'avait pas peur de mourir – ne proclamait-il pas avoir fort bien vécu et ne pas cultiver les regrets stériles ? – Sorbières souhaitait rester en vie le plus longtemps possible afin de ne pas abandonner

1. Chanson terminant la comédie à la mode au début du XVIIIe siècle *Les Trois Cousines*, de Dancourt.

Suzanne. Il l'aimait, doublement, parce qu'elle était la fille d'Esther. Mais il n'avait jamais trouvé le courage de le lui dire.

« Bâtarde ! »

Le mot injurieux poursuivait Suzanne, l'empêchant de dormir.

Elle l'avait entendu dans les escaliers, alors qu'elle descendait aider Nanette, de retour du marché, à porter ses emplettes. La servante, qui ne l'avait pas vue arriver, bavardait avec la femme de chambre de la veuve du deuxième étage.

« Bien que cette petite soit une bâtarde, elle est plutôt mignonne », disait Nanette. Et la voisine de susurrer : « La beauté des enfants de l'amour… »

La main plaquée sur la bouche, Suzanne avait fait demi-tour, couru dans l'escalier et s'était jetée sur son lit où Gédéon était venu lui becqueter tendrement les cheveux.

« Bâtarde »… Elle avait une vague idée de ce que l'injure voulait dire. Son perroquet avait une fâcheuse tendance à qualifier ainsi Nanette lorsqu'elle était en retard pour le déjeuner. S'était-elle vengée sur Suzanne ? Pourtant, Nanette n'était pas vraiment méchante. Bougonne, certes, le verbe haut mais le cœur sur la main.

Fallait-il donc penser qu'elle avait dit la vérité ? Cette idée troublait Suzanne, l'incitant à s'interroger sur ses parents. Son oncle se montrait évasif lorsqu'elle cherchait à en savoir plus. Sa mère avait dû partir à l'étranger. Elle s'appelait Esther. Elle était veuve.

Ces indications avaient satisfait Suzanne jusqu'à présent. Désormais, elle avait besoin de plus amples précisions. Sa mère lui manquait.

Elle se redressa sur son lit.

Brusquement, sa vie lui parut grise, dénuée de couleurs.

— Bellissima, fit Gédéon, penchant la tête de côté. Elle le caressa.

— Je t'aime, lui souffla-t-elle à l'oreille.

11

« Un an de plus… », songea Jean, le cœur lourd. Il avait espéré être libéré l'année précédente, en vain. De toute manière, il aurait dû savoir que le vieux roi refusait systématiquement de gracier les protestants. Leur sort ne s'améliorait pas avec le temps, bien au contraire. Il se surprenait à regretter l'époque où ses compagnons et lui parvenaient à prendre un peu de repos durant l'hiver à l'arsenal. C'était désormais impossible. Leur vie était rivée à leur galère, ils dormaient sur les bancs, ne disposant en guise de matelas que d'une capote en gros bourras.

Sans sa robuste constitution, Jean aurait cent fois attrapé la mort. Les nuits de mistral, il fallait s'envelopper dans la capote et prier pour tenir bon. Au lever du jour, les comites actionnaient leurs maudits sifflets pour éveiller et faire lever la chiourme. Au moindre manquement, les coups de corde pleuvaient sur le malheureux qui n'obéissait pas. Il convenait alors de plier le lit improvisé, de ranger le banc, de le balayer et d'y jeter plusieurs seaux d'eau de mer. Ensuite s'étirait une longue journée. L'oisiveté était formellement interdite au bagne. Chaque galérien devait donc exercer une activité et, s'il n'avait pas de disposition particulière, il était fermement incité à s'en trouver une, sous peine d'être condamné à éclaircir un boulet de canon.

Il s'agissait là d'un nouveau prétexte à tourment puisque le galérien était averti : si, au soir, son boulet de canon n'était pas clair comme de l'argent, il serait roué de coups.

Or la tâche était impossible, les comites le savaient bien. Aussi, à force d'être rossés, les récalcitrants finissaient-ils par s'incliner et apprendre à brocher des bas, ce qui constituait l'activité de base au bagne.

En tant que perruquier, Jean aurait eu le droit de s'établir, moyennant le paiement d'un sol, dans l'une des petites baraques en planches dressées sur le port. Bien qu'ils y soient enchaînés, ces galériens comptaient parmi les privilégiés du bagne.

Il avait donc appris les bases du métier à plusieurs forçats non protestants et ceux-ci s'arrangeaient pour le remercier en lui rapportant du pain. Au fil du temps, Jean était devenu une sorte de sage dans le milieu des galères, une personnalité respectée.

Malgré ses haillons, une dignité tranquille émanait de lui. À trente-trois ans, il avait passé plus du tiers de son existence dans un environnement malsain et cruel, sans perdre sa foi en l'Éternel et en l'homme. Son ami Gaston était mort durant l'hiver 1709, un hiver particulièrement rigoureux. Il était mort d'une pneumonie dans les bras de Jean qui lui avait cité l'Ecclésiaste : « Il y a un moment pour tout, un temps pour toute chose sous le ciel : un temps pour enfanter et un temps pour mourir [...], un temps pour aimer et un temps pour haïr, un temps de guerre et un temps de paix[1]. »

Gaston, toujours joyeux compagnon malgré les épreuves subies, son presque-frère. Jean, Jérémie et Esprit l'avaient

1. L'Ecclésiaste, III, 1-8.

pleuré. « Nous sommes traités pire que des chiens, foulés aux pieds, traînés dans la boue… », avait murmuré Jean, révolté.

Gaston n'avait plus que sa mère, qui lui envoyait de l'argent par l'intermédiaire des bourgeois de Saint-Gall. Jean s'était démené pour la faire prévenir, en n'imaginant que trop bien le désespoir de la pauvre femme. Lui-même tenait bon grâce aux lettres, aux livres et aux subsides transmis par maître Mayer. Cependant, la surveillance était telle qu'il fallait sans cesse trouver de nouveaux modes d'acheminement, acheter des complicités… Parfois, le désespoir submergeait Jean. Il se retirait alors dans une sorte de bulle protectrice l'isolant du monde extérieur. Il avait trouvé un certain réconfort à la lecture des courriers provenant de Prusse mais se demandait à intervalles réguliers s'il aurait un jour le bonheur de revoir son père. Dans ses lettres, Élie se voulait confiant. Jean, cependant, percevait le découragement et la lassitude au détour de certaines phrases. Élie parlait plus de Silberlinden que de son épouse et de leur jeune fils. Il faisait des projets pour l'avenir, rêvant de transmettre Silberlinden à Jean, à défaut de Jéricho. Pour sa part, Jean ne parvenait pas à s'imaginer libre. C'était un rêve auquel il avait cessé de croire, pour se protéger d'une désillusion trop cruelle. Il avait parfois l'impression qu'une gangue durcie protégeait tout son être pour l'empêcher de s'effondrer.

Chaque journée réservait son lot de souffrances et de privations. Il se ressourçait en lisant les ouvrages reçus et en échangeant avec ses amis. Pour le reste…

Un coup de sifflet interrompit le cours de ses pensées.

— Branle-bas de combat ! lança Jérémie, son voisin de banc.

Jean jeta un coup d'œil étonné autour de lui. Que se passait-il donc ? Déjà, le Turc Bilal, sur qui Jean pouvait compter, allait aux nouvelles. Il revint peu de temps après, se glissa aux côtés de Jean et de Jérémie.

— Visite demain, leur souffla-t-il.

Les trois hommes échangèrent un regard découragé. Ils savaient à l'avance ce qui allait se passer : grande bourrasque, nettoyage à fond de la galère. Tous les forçats allaient être rasés, changeraient de linge et devraient vêtir ce qu'ils nommaient entre eux la tenue d'apparat, à savoir la casaque et le bonnet rouges les moins usés.

Les visiteurs de la galère ne verraient que des têtes d'hommes en bonnet rouge et seraient accueillis par le salut de la chiourme, un long cri qui faisait courir des frissons, un « bau » se répercutant de façon lugubre, comme un glas. Jean se rappelait, deux ans auparavant, la visite d'un général qui avait eu droit au salut du roi, c'est-à-dire : « Bau, bau, bau. » Ce jour-là, le capitaine avait commandé l'exercice à la chiourme au sifflet. Au premier coup de sifflet, chaque galérien devait enlever son bonnet, au deuxième sa casaque, au troisième sa chemise. Cette exhibition de torses nus, révélant la condition d'esclaves des forçats, était vécue comme une horrible humiliation. La plupart auraient préféré subir une bastonnade plutôt que d'être exhibés comme des singes. L'exercice, d'ailleurs, était nommé la monine, les singes. Un nouveau coup de sifflet, les galériens devaient se coucher d'un même mouvement sur leurs bancs. Deuxième coup de sifflet, ils étaient contraints de lever un doigt. Troisième coup, lever le bras, puis une jambe au quatrième coup. Cela pouvait durer longtemps ainsi, jusqu'à imposer les positions les plus humiliantes et les plus invraisemblables, tout cela dans le but d'amuser les visiteurs.

Dans ces moments-là, Jean et ses camarades ressentaient encore plus cruellement leur esclavage.

Ils s'activèrent à nettoyer à fond la galère, à grands renforts de seaux d'eau de mer et de coups de racle de fer pour les différentes pièces de chaque banc de rame.

Une journée exténuante en perspective avec le lendemain un simulacre de parade destiné à des nobles qui, le mouchoir parfumé sous le nez, ne verraient que les oriflammes rouges à fleur de lys jaune et la banderole de velours cramoisi ornant la chambre de poupe.

Jean dut faire appel à tout son courage pour ne pas baisser les bras. « Tenir », se dit-il.

Tenir, en songeant à son père.

C'était plus fort qu'elle : souvent, en observant Jeanne-Louise, Esther songeait à son premier enfant, cette petite fille qui n'avait pas vécu. Elle aurait dix ans, à présent. Esther avait appris à vivre avec ce manque, même si la souffrance était toujours là, tapie au fond de son cœur.

Pourtant, elle avait l'impression d'être heureuse. Ou, tout au moins, satisfaite. Le bonheur n'était-il pas illusoire ?

Elle avait rencontré Melchior chez les Grandin, en 1707. Imprimeur lui aussi, il était venu consulter Robert Grandin à propos d'une nouvelle machine. Esther et Angèle, amusées, avaient remarqué son trouble. Melchior avait une bonne trentaine d'années et son imprimerie prenait de l'extension. Il était immédiatement tombé sous le charme d'Esther. Il lui avait demandé si elle voulait bien l'épouser une dizaine de jours après l'avoir rencontrée pour la première fois. Esther, interloquée, avait pris le temps de la réflexion. Elle ignorait tout de Melchior Wizenstein mais il était courtois et attentionné.

Marquée par le drame vécu à Marseille puis par son expérience déplorable chez les Fugger, la jeune femme avait besoin de sécurité. Grand, les cheveux et les yeux clairs, le visage ouvert, Melchior Wizenstein inspirait confiance. Elle avait accepté de l'épouser comme un naufragé se lance sur un radeau, par instinct de survie. Par la suite, évoquant ce souvenir, elle avait éprouvé un sentiment de culpabilité.

En effet, dès le jour de leurs noces, Melchior s'était montré un époux prévenant, attentif à son bien-être. Elle ne l'aimait pas avec la passion dévorante qui l'avait jetée dans les bras de Baptiste mais, tout au moins, elle se sentait à l'abri blottie contre lui. Au fil des semaines, Esther avait appris à apprécier son mari, à goûter leurs conversations littéraires.

Elle avait beaucoup appris auprès de Robert Grandin et était capable de le seconder à l'imprimerie. Cette activité partagée les avait encore rapprochés, jusqu'à la naissance de Jeanne-Louise.

Réconciliée avec la religion de sa famille, Esther avait beaucoup prié pour affronter sereinement l'épreuve de ses couches. Elle aurait désiré avoir un garçon. Las ! Jeanne-Louise était née, beaucoup plus facilement que sa première fille, et Esther n'avait pu retenir ses larmes. Personne ne pouvait comprendre... sauf Sorbières, à qui elle écrivait toujours.

Jonathan était né deux ans après Jeanne-Louise, et Esther s'était tout de suite sentie plus à l'aise avec son petit garçon. Elle n'avait pas de souvenirs douloureux, rien que le bonheur de le serrer contre elle et de lui chuchoter de petits mots tendres.

Elle aurait dû, certainement, s'ouvrir de ce qu'elle éprouvait auprès de Melchior mais cela lui était impossible. Elle ne lui avait pas parlé du passé et la sage-femme avait fait preuve de discrétion.

Tout était bien ainsi, se dit Esther, suivant des yeux Jeanne-Louise qui jouait avec un chaton.

Sa fille était téméraire et entêtée. Elle l'aimait, même si elle n'avait jamais oublié son aînée.

La fille de Baptiste.

12

À soixante et un ans, Élie Bragant se sentait vieux. Certes, son esprit était resté vif, sa mémoire intacte et il tenait toujours les rênes de Silberlinden mais il lui manquait quelque chose, l'étincelle de vie, le désir de reconquérir une place dans la société prussienne, qui l'avait incité jadis à ne pas baisser les bras.

Il avait pensé retrouver une certaine joie de vivre auprès de sa femme et de leur fils mais, curieusement, depuis qu'il savait son aîné vivant, Elsa et le petit David avaient perdu de leur importance à ses yeux. C'était particulièrement injuste, Élie en convenait volontiers lorsqu'il se confiait à Constant, mais il ne maîtrisait pas ses sentiments.

Jean symbolisait pour lui sa jeunesse lointaine, son amour pour Jeanne, mais aussi Jéricho, ses racines. Il n'avait désormais qu'une hâte, qu'un désir. Serrer dans ses bras ce fils tant aimé.

Pourtant, il avait une foule d'autres préoccupations, à commencer par l'extension de Silberlinden. Le XVIIIe siècle encore balbutiant laissait espérer un esprit plus tolérant que le XVIIe ou, tout au moins, le désirait-il. Reconnus comme des sujets industrieux du roi de Prusse, les huguenots français avaient su maintenir leurs privilèges. Cependant, de nombreuses voix s'étaient élevées contre eux, notamment à propos d'Erlburg : un village créé de toutes pièces, complètement français. Les Prussiens leur reprochaient de venir manger leur pain, d'être des voleurs, de détruire les semences, de mettre le feu aux maisons à cause de leurs imprudences, de répandre leurs ordures dans les rues, d'installer un peu partout des métiers à bas... Bref, les Français, réussissant trop bien dans leur entreprise, suscitaient les jalousies.

Certains avaient aussi tendance à vivre en vase clos, sauvegardant l'usage de leur langue, bâtissant leurs temples et leurs écoles. De mère berlinoise et de père français, David parlait couramment les deux langues. Pourtant, les mariages mixtes restaient encore relativement rares. On préférait s'épouser entre soi ! Ce qui ne facilitait pas une meilleure compréhension entre les deux communautés. Pour le moment, même installés dans le Brandebourg depuis une génération, les réfugiés huguenots restaient des Français. Il faudrait certainement plus d'un demi-siècle pour que l'assimilation soit effective. Ce qui ne les empêchait pas d'être fidèles au souverain prussien et de vénérer la mémoire de Frédéric Ier à l'origine de l'édit de Potsdam.

Pour sa part, Élie se sentait trop âgé pour continuer à représenter ses coreligionnaires. Il avait proposé de céder sa place à Constant, mais son ami ne se sentait pas de taille. Constant aspirait à une existence paisible, sans responsabilités trop importantes, et son épouse partageait son souhait. De son côté, Elsa était animée par un désir de revanche. Elle avait mal vécu son départ de Berlin, alors qu'elle n'était encore qu'une adolescente rêveuse, et redoutait toujours un changement de leur statut social.

La lucidité vis-à-vis de son épouse blessait Élie. Tous deux s'étaient éloignés, et il savait pourquoi. Elsa n'avait pas supporté les retrouvailles épistolaires entre Jean et son père. Elle aurait aimé que David soit son seul descendant tout comme elle rêvait qu'il oubliât Jeanne. Naturellement, c'était impossible.

Élie s'appuya à la barrière blanche donnant accès au verger. Il était fier de ses pommiers mais ceux-ci ne remplaceraient jamais les châtaigniers de Jéricho.

Si nombre de réfugiés n'envisageaient pas de retourner en France, Élie, lui, caressait l'espoir de transmettre Jéricho à ses enfants. C'était pour lui pratiquement une question de survie. Il fallait que Jéricho revienne un jour ou l'autre aux Bragant. Coûte que coûte.

— Père…

David le rejoignit. C'était un bel enfant de dix ans, aux cheveux châtains, aux yeux gris. Malgré ses efforts, Élie ne parvenait pas à se reconnaître en lui. Peut-être parce que David ressemblait aux Weber, à sa mère et à son grand-père surtout. Paisible en apparence, il était plutôt nerveux, sujet à des crises d'étouffement qui angoissaient sa mère.

Après avoir consulté plusieurs médecins, Elsa suivait les prescriptions de Sigismond l'apothicaire. Celui-ci préconisait des fumigations d'anis et d'encens, qui apportaient un peu de soulagement à l'adolescent, sans pour autant le guérir. L'un des médecins avait parlé d'épilepsie des poumons, ce qui avait profondément choqué Elsa. « Disons tout de suite que notre fils devient fou ! » s'exaspérait-elle.

David, lui, supportait ses crises d'asthme avec une bonne dose de stoïcisme alors que sa mère, toujours prompte à la culpabilisation, cherchait quel crime elle avait bien pu commettre pour voir son fils réduit à cet état.

— Il y a une lettre pour vous, père, reprit David. Une lettre d'Angleterre.

Le courrier se transmettait de mieux en mieux entre les différents Refuges des huguenots français. Pour la plupart lettrés, les protestants écrivaient énormément, à leur famille, à leurs amis, à leurs anciens voisins. Élie correspondait ainsi avec Théophile Desbois, avec Léah, qu'il considérait comme sa nièce, et bien sûr avec maître Mayer.

La lettre que lui tendait David provenait d'Angleterre. Léah ! Une bouffée de joie envahit le cœur du vieil homme. Il avait gardé toute sa tendresse à la jeune fille devenue maintenant une respectable mère de famille. Il ouvrit le pli cacheté, reconnaissant l'écriture ample de sa protégée. Sa vue avait baissé. Il rapprocha la lettre. Quelques mots retinrent son attention : « Esther », « Berlin ». Le cœur battant, les jambes tremblantes, il s'appuya sur l'épaule de David. Il prit une longue inspiration, comme pour discipliner son cœur, qui lui jouait de mauvais tours ces derniers temps, et reprit la missive.

Nous avons une merveilleuse nouvelle pour vous, maître Bragant, avait écrit Léah. *Figurez-vous que mon époux est, comme vous, en étroites relations avec des commerçants des Provinces-Unies, de Prusse, et même d'Amérique. Il a entendu parler d'une dame Wizenstein, prénommée Esther, dont le nom de naissance serait Bragant. Pensez-vous qu'il puisse s'agir d'une coïncidence ? Ou bien que ce soit notre Esther ? Maître Wizenstein, imprimeur, réside à Berlin. À la fois si près et si loin de vous… Tenez-nous informés de la suite de vos démarches, nous vous en conjurons.*

Elle concluait en affirmant que la reine Anne, très attachée à sa religion anglicane, était sensible au sort des galériens de la religion et qu'Antoine et elle gardaient espoir de voir Jean libéré.

— Esther…, murmura Élie.

David, remarquant la pâleur de son père, s'affola. La main sur la poitrine, comme pour contenir son cœur qui menaçait de s'échapper, Élie Bragant était livide. Des gouttes de sueur perlaient à ses tempes. Il crispa le poing droit, comme pour se donner du courage, lutter contre le malaise éprouvé. Il voulut parler, ne put émettre aucun son.

— Père, laissez-moi vous aider, implora David.

Il eut l'impression que le maître de Silberlinden ne le voyait pas. Battant l'air de ses bras, Élie s'abattit sur le sol, le visage contre la terre du Brandebourg qui n'avait jamais remplacé celle de Jéricho.

13

Mai 1713

La rade de Marseille s'irisait sous le soleil de mai. La flotte des galères occupait la meilleure place, le long du quai de la ville, depuis le quai des Augustins jusqu'au fort Saint-Jean.

L'attente devenait insupportable, soupira Jean, occupé à racler le banc.

La paix d'Utrecht, signée le 11 avril, avait établi un nouvel équilibre européen, consacré la suprématie anglaise et mis fin à la guerre de la Succession d'Espagne.

Jean et ses amis savaient grâce à maître Mayer que le marquis de Rochegude, malgré son grand âge, était allé trouver le roi de Suède, le roi du Danemark, le souverain de Prusse, les princes des états généraux des Provinces-Unies et des cantons protestants, et leur avait demandé à chacun une lettre de recommandation afin d'obtenir l'intercession de la reine Anne d'Angleterre pour la libération des galériens huguenots.

Il s'était rendu ensuite à Londres afin de remettre ces lettres à la souveraine. Celle-ci lui avait donné réponse au terme d'un délai de quinze jours et sa phrase avait rempli de joie les protestants.

Monsieur de Rochegude, je vous prie de faire savoir à ces pauvres gens sur les galères de France qu'ils seront délivrés incessamment.

Cette réponse, parvenue à Marseille par la voie de Genève, avait suscité chez les « messieurs forçats », comme les appelaient les droits communs, un fol espoir. Ils savaient que, depuis des années, on se démenait à l'étranger pour obtenir leur libération, mais ils avaient été si souvent déçus qu'ils n'osaient plus y croire. De toute évidence, les missionnaires traînaient les pieds, ne sachant quoi inventer pour retarder la mise en liberté de ceux qu'ils persistaient à nommer « les hérétiques ». Ils avaient envoyé plusieurs courriers au roi, le suppliant de revenir sur une décision lourde de conséquences. Pendant ce temps, les huguenots rongeaient leur frein.

Jean, pour sa part, n'osait pas bâtir de projets. D'autant moins qu'il n'avait pas reçu de lettre de son père depuis deux bons mois et s'en inquiétait. Maître Mayer n'avait pu le rassurer. Lui aussi demeurait sans nouvelles en provenance du Brandebourg.

Jean, inquiet, ne pouvait s'empêcher d'échafauder les pires hypothèses. Son père avait dépassé les soixante ans. Était-il souffrant ou, pire encore, avait-il disparu ? Il savait qu'il était remarié et avait un jeune fils, mais n'entretenait pas de relations épistolaires avec Elsa ou David. Le sentiment de sa propre impuissance le minait.

Les jours suivants, le bras de fer opposant l'intendant de Marseille aux missionnaires catholiques occupa suffisamment Jean pour qu'il cessât d'imaginer le pire à propos de son père. Ceux-ci, en effet, venaient chaque jour sur les galères pour affirmer aux infortunés huguenots qu'ils ne seraient jamais délivrés de leur esclavage.

Quand enfin, au bout de trois semaines, l'intendant comprit que le roi ne reviendrait pas sur sa décision, les missionnaires tentèrent encore de faire pression sur lui en proclamant que les protestants allaient pervertir les catholiques comme les nouveaux convertis s'ils étaient autorisés à séjourner sur le sol français. Il convenait donc, selon eux, de les faire sortir sur-le-champ, et par mer, du royaume.

Quelques jours plus tard, l'intendant convoquait à l'arsenal cent trente-six galériens, parmi lesquels se trouvait Jean Bragant. Il leur annonça solennellement que le roi leur accordait leur délivrance, à la sollicitation de la reine d'Angleterre, à la condition de sortir du royaume par mer et à leurs frais. Ce qui représentait un nouvel obstacle, la plupart des galériens étant démunis de tout.

Ce furent de nouvelles transactions, des appels au secours lancés aux soutiens financiers des huguenots. Ceux qui souhaitaient se rendre à Genève ou en Allemagne, par exemple, allaient se voir imposer un voyage beaucoup plus long et plus cher.

Après bien des démarches, Jean parvint à embarquer avec trente-cinq camarades, dont Jérémie, sur une tartane[1] appartenant à un nommé Javas, qui soutenait les huguenots depuis plusieurs semaines. Jean éprouva une émotion indicible le 17 juin, jour où il reçut son passeport et où il fut entièrement déchaîné.

C'était comme si, tout à coup, treize années de sa vie étaient abolies. Le temps ce jour-là était radieux, la

1. Petit bâtiment de la Méditerranée portant un grand mât avec une voile.

Méditerranée paisible. Jean, libéré, emplit ses poumons d'air fleurant bon les embruns. Il éprouvait une étrange sensation d'irréalité. Ses poignets et ses chevilles portaient les marques des fers, il devait les secouer pour se convaincre qu'ils ne l'entravaient plus.

« Plus jamais », se promit-il.

Il laissait derrière lui Esprit, dont le nom ne figurait pas sur la liste des graciés, le fidèle Bilal, et tant d'autres camarades avec qui il avait partagé treize années de misère.

Il murmura une prière d'action de grâces. Il avait hâte à présent de se retrouver au Brandebourg.

— Mon pauvre époux..., murmura Elsa, le cœur déchiré.

Il y avait à présent plus de deux mois qu'Élie était tombé dans le verger, victime d'une attaque. David avait couru donner l'alerte et Elsa et Hermann, l'un des valets, étaient accourus. Elle ne gardait qu'un souvenir trouble des heures qui avaient suivi. Paniquée, en proie à une peur atroce, elle avait fait étendre Élie dans leur chambre et envoyé Hermann quérir le médecin en ville.

En attendant, elle avait humecté d'eau fraîche le visage et les mains de son mari. Les larmes ruisselaient le long de ses joues sans qu'elle pensât à les essuyer.

Elle avait prié, désespérément, se raccrochant à l'idée qu'il ne pouvait pas mourir sans l'avoir serrée dans ses bras ou lui avoir dit adieu.

Constant s'était approché d'elle, elle l'avait ignoré. Rien d'autre ne comptait que cet homme, gisant sur leur lit, qu'elle aimait plus que tout.

Après les premiers jours, durant lesquels elle avait évolué dans une sorte de brouillard, motivée par une seule pensée :

« Il ne doit pas mourir », Elsa avait cherché à connaître le contenu de la lettre dont David lui avait parlé. Son fils l'avait ramassée et posée sur son clavecin. « Cher David, toujours si respectueux du bien d'autrui ! » avait pensé Elsa. Il n'aurait jamais eu l'idée de lire cette missive qui ne lui était pas destinée.

Elsa, pour sa part, avait été sidérée d'apprendre qu'Esther vivait à Berlin. Était-ce la cause de l'attaque ayant frappé Élie ? Elle n'osait le penser car elle avait remarqué au cours des semaines passées que son mari se fatiguait vite, et semblait être un peu lointain. Cependant, chaque fois qu'elle lui avait proposé d'aller voir le docteur, il avait refusé. Le prenait-elle par hasard pour un vieil homme ? Il allait très bien, c'était juste le climat trop humide qui ne lui convenait pas. Ses Cévennes lui manquaient.

Ses Cévennes… Elsa pinça les lèvres. Maudit pays, qui lui avait pris sa famille et sa terre !

Esther… Élie parlait souvent d'elle, si souvent qu'Elsa avait l'impression de la connaître.

Elle devait avoir… oui, trente-deux ans. Elsa devait-elle la chercher ? Et David ? Que deviendrait David ?

Ces interrogations la minaient presque autant que l'état de son mari.

Elle veillait à son confort, si l'on pouvait employer ce mot, changeait ses draps, l'habillait de propre chaque jour, le peignait… Elle lui répétait qu'elle l'aimait, sursautant de temps à autre lorsqu'elle pensait entrevoir une étincelle dans son regard. Mais il restait amorphe, tel un gisant, et elle se désespérait.

Constant venait la relayer, ce qui lui permettait de prendre un peu de repos, sans parvenir cependant à trouver le sommeil.

Leurs domestiques lui étaient aussi d'un soutien appréciable, ainsi que son père, même s'il avait de la peine à exprimer ses sentiments.

Elsa avait changé sur ce point grâce à son amour pour Élie. Elle refusait de penser que son époux puisse mourir. C'était tout bonnement impossible !

— Mère…

Elle tressaillit, se retourna lentement, presque à regret. David se tenait dans l'embrasure de la porte. Il fit deux pas vers elle.

— Vous pensez que… j'aurais pu l'empêcher de tomber ?

— Bien sûr que non ! se récria-t-elle, soucieuse de le rassurer.

Elle l'attira contre elle. Elle avait si peur, brusquement, de perdre le père et le fils. David souffrait autant qu'elle, et elle l'avait délaissé au cours des dernières semaines.

— Père va guérir, lui promit-elle, tout en tremblant intérieurement.

Il le fallait, sinon elle mourrait aussi. Brusquement, elle sut ce qu'elle devait faire.

Retrouver Esther Wizenstein et l'inviter à venir à Silberlinden.

Il fallait qu'elle voie son père et que son père la voie.

Il y avait si longtemps que tous deux s'attendaient…

14

Un soleil lumineux faisait chanter les couleurs des vignes, accrochées à flanc de coteau et plongeant vers les rives du lac Léman. Chaque fois qu'elle contemplait le lac, barré par les sommets enneigés, Ninon éprouvait un sentiment de plénitude.

Les vendanges étaient prometteuses, se dit Ninon, tenant la main de Jacqueline, sa cadette. Martin s'activait avec son père dans les parcelles alignées comme pour la parade, soutenues par des murs en pierre.

Ils étaient chez eux, pensa la jeune femme avec fierté.

À leur arrivée, huit ans auparavant, ils n'auraient pas résisté à l'hiver particulièrement froid sans l'aide de la Bourse de Genève. La solidarité des membres du Refuge n'était pas un vain mot. Noé avait longuement discuté avec les messieurs du consistoire. Il n'était pas artisan, mais aimait le travail de la terre. Seul problème, il n'avait pas un sou vaillant. Après avoir tenté, en vain, de se lancer dans l'éducation des vers à soie, Noé avait compris qu'il convenait avant tout de s'adapter au climat et à la terre. Une visite sur les hauteurs du lac, en compagnie de M. Charles, un pasteur français, avait suscité chez lui l'envie de s'occuper de vignes. Il l'avait déjà fait dans les Cévennes, et avait aussi gardé le souvenir des vendanges effectuées en compagnie de son père et de Sylvain.

Les premières années avaient été éreintantes. Levé dès l'aube, couché après la tombée de la nuit, Noé avait travaillé comme un romain. Ninon, Martin et lui habitaient dans une cabane qu'ils avaient peu à peu aménagée. Une vie spartiate, qui ne les rebutait pas. N'avaient-ils pas connu pire sur la terre de leurs ancêtres ?

Le dimanche, ils se rendaient au temple de Corsier-sur-Vevey, distant d'une bonne demi-lieue. Ils menaient une vie simple, axée sur le travail, leur famille et leur foi.

La naissance de Jacqueline, en 1710, avait coïncidé avec l'amélioration de leur situation. Des vendanges exceptionnelles, des liens d'amitié noués avec leurs plus proches voisins leur avaient permis de mieux s'équiper et de reprendre confiance.

Septembre, en cette année 1713, était plein de promesses. Pourtant, Ninon ne parvenait pas à se sentir à l'unisson. Elle qui aimait et connaissait Noé avait l'impression qu'il cherchait à s'échapper. Même si cela lui paraissait incroyable, elle redoutait que Noé ne se soit lassé de leur existence paisible. Il aspirait à autre chose, elle le pressentait.

Et cela lui faisait peur, terriblement.

Il émanait de Silberlinden une impression paisible, accentuée par les derniers feux d'un automne ensoleillé. Il aimait plus particulièrement se promener dans le verger, en suivant la course des nuages dans le ciel.

Il avait besoin de se trouver dehors le plus possible pour se sentir mieux. Depuis sa libération, Jean était souvent oppressé et supportait fort mal ne serait-ce que de dormir dans une chambre. Il lui fallait au moins une fenêtre, qu'il laissait grande ouverte.

Comme nombre de ses camarades, Jean souffrait de douleurs et de crises d'étouffement. Cette particularité l'avait rapproché de son demi-frère. L'humidité du Brandebourg convenait mal à David. Jean avait pris le pli de remarquer tout de suite ses narines pincées et sa pâleur. Il ouvrait alors la fenêtre, ou bien entraînait son frère emmitouflé à l'extérieur. Elsa, prompte à s'affoler, protestait mais David était le premier à reconnaître qu'il respirait plus aisément dehors. Cette entente, cette complicité, pour surprenantes qu'elles soient entre l'ancien galérien âgé de trente-trois ans et le gamin fragile ayant fêté ses dix ans, réjouissait Élie.

Il avait repris lentement conscience au début de l'été et aussitôt réclamé ses enfants. Il peinait encore à s'exprimer, avait perdu l'usage de son bras droit mais la tête fonctionnait à nouveau.

Elsa n'avait pu le convaincre de rester alité. Debout dès la première heure, comme avant, il s'installait à la table de la salle, d'où il dirigeait l'activité des valets et dictait son courrier à son épouse. À croire, songeait Elsa, émue, que les retrouvailles familiales avaient permis au maître de Silberlinden de se remettre plus vite !

Elle avait demandé à Constant de chercher à retrouver la trace d'Esther Wizenstein à Berlin. Homme pragmatique et efficace, l'ami d'Élie s'était rapidement acquitté de sa mission. Il s'était présenté chez les Wizenstein un matin de juillet, alors que la chaleur était déjà incommodante. Il avait tout de suite reconnu la jeune femme qui lui avait ouvert la porte. Elle avait le regard d'Élie, et la même façon de se tenir, en léger retrait, comme pour mieux jauger l'arrivant.

« Une belle femme », avait pensé Constant, avec toute une histoire dans ses yeux couleur d'ambre. Elle l'avait poliment écouté avant de se raccrocher au chambranle de la porte.

— Est-ce possible ? avait-elle soufflé.

Tournant les talons, elle l'avait invité à la suivre à l'intérieur de la maison alors qu'elle hélait un certain Melchior. Et Constant s'était retrouvé comme happé dans une famille chaleureuse, où l'on vous offrait des crêpes au milieu de la matinée et où l'on ne prêtait pas attention aux taches sur le sol carrelé. Tout semblait aller de soi... à l'exception du balai, qui ne devait pas être manœuvré trop souvent ! Un chien jaune, à la race indéterminée, à la tête sympathique, vint se frotter contre ses jambes.

Le maître de maison, main tendue, s'avança vers lui. Il entourait les épaules d'Esther d'un bras protecteur. Constant marqua une hésitation, toussota avant de se jeter à l'eau.

— Esther, ton père m'a si souvent parlé de toi que j'ai l'impression d'être comme ton oncle, lui dit-il.

Et il s'expliqua.

Face à lui, Esther, les mains serrées l'une contre l'autre, ne soufflait mot. Quand il eut terminé, elle se jeta dans ses bras.

— J'ai si longtemps été seule dans mon enfance, lui confia-t-elle.

Son époux paraissait lui aussi bouleversé. « Un couple touchant et uni », pensa Constant.

La fillette écoutait. Ses yeux brillaient. Le petit garçon observait les adultes tout en jouant avec un sabre de bois.

— Quand pouvons-nous voir mon père ? s'enquit Esther.

Elle désirait tout savoir. Si Élie allait mieux, s'il l'attendait... Quand Constant mentionna le retour proche de Jean, galérien durant plus de treize ans, Esther se mit à trembler.

— Mon frère... C'est si loin et si proche à la fois, murmura-t-elle.

Il fut convenu qu'elle se rendrait à Silberlinden seule avec Constant. Melchior fermerait l'imprimerie et la rejoindrait ensuite avec les enfants. Moralement, Esther était déjà en chemin.

Elle ne vit rien de la route conduisant à Silberlinden. Tendue et songeuse à la fois, elle n'était plus qu'attente. Élie était assis sous un pommier. Ses mains s'appuyaient sur une canne mais, malgré son attaque, il paraissait plus jeune que ses soixante et un ans. Esther avait beau creuser sa mémoire, elle n'avait pas gardé de souvenir de lui. Elle se rappelait oncle Jacques et tante Pélagie, elle revoyait Léah et ses longs cheveux sombres et, surtout, elle se souvenait de Jean, de Noé et de Sylvain.

Elle avait aussi toujours en mémoire le timbre de voix de sa mère, qu'elle aurait reconnu encore, plus de trente ans après. C'était si cruel, avait-elle pensé.

Le fait de revoir son père l'avait transportée de joie tout en lui faisant mieux mesurer tout ce qui lui avait manqué durant son enfance et son adolescence. Elle avait parfois l'impression que leurs retrouvailles avaient entamé sa carapace, révélant l'écho d'une autre souffrance.

Heureusement, il y avait Melchior et Jonathan, ainsi que Jeanne-Louise. Elle s'était rapprochée des siens, mesurant mieux à quel point son équilibre dépendait de sa famille.

Et, dans sa tête, subsistait le souvenir de sa première fille.

À jamais.

15

1720

Il avait cru mourir sept ans auparavant et il avait survécu. Quand il songeait à sa renaissance, Élie Bragant se disait qu'il la devait à ses enfants. Pour, l'instant d'après, se reprendre.

C'était la volonté de Dieu. Peut-être, aussi, pouvait-il se rendre encore un peu utile.

Il léguait Silberlinden à ses deux fils, tout en laissant une coquette somme à Esther, ainsi que des bois. Elsa, naturellement, aurait l'usufruit de la maison et une rente.

Il avait tout organisé, ce qui ne l'empêchait pas de garder une plaie au cœur.

Il n'avait jamais oublié Samuel, même s'il avait désormais la quasi-certitude que son deuxième fils était mort. Il s'efforçait de songer à Samuel et à Jeanne le moins souvent possible, mais il n'avait aucun pouvoir sur le fil de ses souvenirs.

L'âge venant, Élie était contraint de se ménager des plages de repos. Se lever un peu plus tard le matin, s'accorder une sieste après le déjeuner, regagner sa chambre au coucher du soleil…

« Je ne me sens pas encore un vieillard ! » protestait-il, fustigeant les défaillances de son corps. Dieu merci, sa tête fonctionnait encore et il gérait toujours ses affaires, avec l'aide de Jean et de David. Jean était son représentant pour tout ce qui concernait les négociations commerciales, et David, amoureux des chiffres, se consacrait à la gestion. Les deux frères s'entendaient bien malgré leur différence d'âge. Grâce à Jean, David avait gagné en assurance. Ses problèmes respiratoires ne lui avaient pas permis de suivre les cours du meilleur établissement de Berlin mais il avait reçu une instruction complète de la part d'un précepteur immigré. Élie était fier de son troisième fils.

Il se leva avec peine, s'appuya sur sa canne pour marcher jusqu'au seuil de la salle.

Le chien de Jean, un berger, l'accompagna. Il prit une longue inspiration en contemplant les pommiers en fleur. Chaque année, il se ressourçait en admirant les délicates fleurs roses, promesses d'une belle récolte. Bien sûr, Silberlinden n'était pas Jéricho, mais il s'agissait aussi de sa terre, et il la transmettrait à ses enfants.

Malgré l'acharnement du vieux roi et des papistes, Élie comme ses enfants n'avaient pas abdiqué. Il avait éprouvé un curieux sentiment près de cinq ans auparavant, à la disparition de Louis XIV. Le roi qui avait fait du soleil son emblème était disparu au terme d'une longue agonie, marquée par la gangrène sénile. Puanteur, souffrances infligées par la maladie et par les traitements plus que fantaisistes de médecins ayant diagnostiqué une sciatique… l'ombre avait peu à peu rongé le soleil, tandis que l'Europe tout entière attendait l'annonce de la mort du vieux monarque.

« Justice soit faite », avait pensé Élie, qui n'avait rien oublié.

Si le souverain devenu bigot n'avait pas révoqué l'édit de Nantes… S'il n'avait pas persécuté les huguenots… Cette idée donnait le vertige à Élie.

Il ne voulait plus y penser puisque, de toute manière, le mal était fait.

Il aurait juste aimé pouvoir retourner une dernière fois à Jéricho, déposer un bouquet d'asphodèles sur la tombe de Jeanne.

Qui occupait leur maison, exploitait leurs terres ? Il n'avait plus de nouvelles des Desbois, ni de Tancrède. Fallait-il croire qu'ils étaient tous morts ?

Lui-même atteindrait bientôt l'âge vénérable de soixante-dix ans. Un vieil homme… qui tenait encore debout grâce à ses souvenirs.

Sa main gauche chercha dans la poche de son paletot sa grivoise, la vieille râpe à tabac de grand-père Ézéchiel. Elle était devenue pour Élie l'un des symboles de ses Cévennes, au même titre que le sachet contenant la terre de Jéricho, dont il ne s'était jamais séparé.

— L'âme des Bragant, murmura-t-il pour lui-même.

Indomptables et obstinés, comme ces familles de Cévenols qui avaient combattu les dragons durant des lustres.

Brusquement, il éprouva la certitude qu'il ne reverrait jamais Jéricho ni le cyprès ombrageant la tombe de Jeanne.

Une douleur aiguë lui transperça la poitrine. Il s'affaissa lentement, sans lâcher la râpe à tabac.

Noé ne se retourna pas, même avant de passer le seuil de leur maison. Le soleil n'était pas encore levé, il fallait qu'il parte tant que sa femme et leurs enfants dormaient encore.

Ninon et lui s'étaient encore disputés la veille au soir. « Que cherches-tu exactement ? lui avait-elle jeté au visage. À mourir en martyr ? »

Au fond de lui-même, il comprenait sa réaction. Il n'aurait pu expliquer ce qu'il ressentait. Il fallait qu'il retourne en France.

Leur vie, pourtant, s'était améliorée, au point qu'ils avaient désormais deux valets à demeure. Noé avait bâti avec leur aide une maison conforme à leurs rêves. Ninon avait l'impression d'avoir apprivoisé le bonheur.

Cependant, les vieux démons étaient revenus hanter Noé. Chaque nuit, il revivait le supplice de ses compagnons. Il se réveillait en sueur, gémissant qu'il avait abandonné les siens. Ninon tentait alors de le réconforter, en vain.

Chaque année, depuis l'arrestation de Rolland, des camisards qui élaboraient des plans de soulèvement étaient exécutés. Jalaguier, pendu à Uzès en février 1705, Castaner, rompu à Montpellier en mars 1705, Vilas, roué en avril 1705, Ravanel et Catinat, brûlés vifs à la même période, Salomon Couderc, brûlé vif en mars 1706, Moïse Nicolas, roué vif à Montpellier en juin 1706 tout comme Jacques Couderc, en décembre.

Une longue litanie qu'il ne se lassait pas d'égrener…

En 1709, Mazel avait tenté de rassembler tous les mécontents du royaume. Environ une centaine d'hommes l'avaient rejoint. Ils avaient été écrasés sans peine en juillet. L'année suivante, Mazel s'était efforcé de lancer un nouveau soulèvement dans les Cévennes, sans plus de succès. Il avait été abattu près d'Uzès. Il s'agissait d'une nouvelle dénonciation, comme pour Rolland, un peu plus de six ans auparavant.

Jean-Pierre Buis, qui était parvenu à s'échapper pour Genève, avait été arrêté en avril 1711 dans un bateau sur le lac, juste en face de Coppet. Lui aussi avait été trahi mais, cette fois, par un réfugié de Genève.

Noé se tenait informé des événements et correspondait avec des religionnaires demeurés au pays. Au fil des années, il avait acquis la conviction que le mouvement camisard n'avait plus sa raison d'être. De plus, le retour de prédicants en pays cévenol posait problème car les inspirés qui organisaient des assemblées du Désert entendaient agir en toute indépendance. Or, après les années de guerre et de troubles, il convenait de réfléchir à l'avenir de la religion réformée.

Il avait rencontré à Genève Pierre Corteiz, réfugié comme lui en Suisse depuis 1704. Régent[1], tisserand, Corteiz avait aussi approfondi son éducation religieuse. Il était retourné en France afin d'y rencontrer les prédicants qui tenaient les assemblées du Désert.

Corteiz avait expliqué à Noé qu'il devenait urgent de reconstituer une Église réformée structurée, de rétablir des paroisses, même clandestines, de mettre en place des consistoires tout en combattant un fanatisme qui devenait de plus en plus préoccupant. Corteiz avait besoin de s'appuyer sur des hommes sûrs comme Antoine Court, un jeune homme de Villeneuve-de-Berg qui avait constitué le premier synode du Désert et s'opposait aux inspirés.

À compter du synode du Languedoc de 1717, le titre de pasteur ne pourrait plus être obtenu qu'après la reconnaissance des aptitudes du postulant par ses pairs et la cérémonie de la consécration. Or Noé aspirait à devenir pasteur. Consacré à Zurich en 1718, Corteiz pouvait à son tour consacrer de nouveaux pasteurs. Ce qu'il avait fait pour Antoine Court.

Cependant, la tâche était immense, et Corteiz avait fait appel aux bonnes volontés. De son côté, Court était

1. Maître d'école.

retourné étudier la théologie à Genève auprès des professeurs Pictet et Jean-Alphonse Turrettini. Noé, après avoir longuement hésité à cause de sa femme et de leurs enfants, avait fini par répondre à l'appel. Corteiz l'attendait dans le Vivarais, qu'il connaissait mal.

Il avait des papiers, le présentant comme sujet genevois.

Il n'avait pas vraiment peur, il ressentait plutôt une sourde excitation à la perspective de revenir au pays. Et, surtout, il avait l'impression d'avoir une mission à accomplir.

Ce que Ninon refusait de comprendre.

16

Mai 1720

Seize ans ! pensa Suzanne, remontant le petit cours vers la porte d'Aix. Oncle Valentin lui avait souhaité son anniversaire la veille et, pour l'occasion, lui avait fait boire un verre de vin de Tokay. Il lui avait offert une robe à la Watteau, ou robe volante, qu'elle étrennait ce jour-là. Un manteau jaune s'ouvrait sur un jupon orné de dentelle. Les manches se terminaient aux coudes en pagodes volantes garnies de manchettes de dentelle.

Suzanne aimait la toilette mais ce qu'elle préférait, c'étaient les cours de chant lyrique de Mme Spazia, la fille d'un violoniste italien. Lorsqu'elle chantait, elle oubliait tout le reste, à commencer par son statut de bâtarde qui lui pesait toujours sur le cœur.

À quinze ans, elle avait fait le siège de son oncle afin d'en apprendre un peu plus au sujet de sa mère. Sorbières, très mal à l'aise, avait à nouveau éludé. « Il y a trop longtemps à présent, lui avait-il affirmé. Esther a refait sa vie. Tu ne pourrais que la gêner, mon enfant. »

Lui, toujours si attentionné, ne comprenait pas que, ce disant, il la blessait profondément. En grandissant, Suzanne avait surpris d'autres bavardages, deviné qu'elle était née hors mariage et que sa mère n'avait pas désiré s'encombrer d'elle. Ce dernier point était particulièrement difficile à accepter mais elle n'en tenait pas rigueur à Esther. Le statut de fille mère n'avait jamais été enviable. D'une certaine manière, Suzanne avait eu une jeunesse plus heureuse et protégée en compagnie de Sorbières mais elle savait aussi que sa mère lui manquerait toujours.

Le nez en l'air, elle huma le parfum, épices, moka, vanille, indissociable du port de Marseille. Elle s'aventurait rarement dans la vieille ville, aux rues étroites, où le soleil donnait l'impression de ne jamais pénétrer. Les immondices jonchaient le sol, la populace s'y écrasait, et son oncle lui-même esquissait une moue lorsqu'on évoquait devant lui les quartiers des Carmes ou de Saint-Laurent. « Le refuge de la canaille », soupirait-il.

Quelle était la frontière entre le « beau monde » et le « bas peuple » ? se demandait alors Suzanne. Elle avait eu la chance de naître du bon côté, là où les immeubles en pierres de taille étaient dotés d'élégantes proportions et ouvraient sur des cours ombragées. Il n'en allait pas de même pour son amie Clémence, dont la mère, veuve, avait connu des revers financiers. Les deux femmes habitaient désormais un triste logis situé rue Bonneterie, sombre et puant. Mme Rebuffat étant douée pour la couture, Suzanne lui confiait de menus travaux d'aiguille mais, chaque fois qu'elle se rendait rue Bonneterie, elle gardait son mouchoir parfumé à l'iris sous le nez.

Clémence venait souvent chez Sorbières, où Gédéon acceptait sa présence. De plus en plus exclusif, le perroquet vouait un amour sans bornes à Suzanne et chantait lui aussi. Des airs venus d'Italie, que Suzanne répétait en s'accompagnant au clavecin.

La passion du chant lui était venue l'année de ses dix ans, alors qu'elle tentait de ne pas trop prêter attention à sa situation de bâtarde. Elle avait éprouvé le besoin de se trouver une raison d'être, et le chant avait comblé ce besoin. Avec Mme Spazia, Suzanne avait appris aussi bien à placer sa voix qu'à exprimer toute une palette de sentiments.

Napolitaine, son professeur était particulièrement exigeante. « Encore plus avec toi, parce que tu es douée », disait-elle à Suzanne. Volubile, elle parlait avec les mains, tutoyait d'emblée ses élèves mais était une impitoyable critique des travers relevés.

Elle avait raconté à une Suzanne éberluée la tradition des castrats, établie à Naples depuis des siècles. « Tout cela parce qu'on considère encore maintenant les femmes comme des suppôts du diable ! » fulminait-elle.

Mme Spazia était plutôt petite, avec une poitrine imposante et des mains étroites et fines. Quand elle commençait à chanter, Suzanne, impressionnée, songeait qu'elle ne parviendrait jamais à l'égaler. Mme Spazia donnait l'impression de pouvoir tout exprimer, la solitude, le désespoir, l'amour, l'allégresse et quelque chose d'autre aussi, une profonde nostalgie.

La jeune fille s'arrêta au pied de son immeuble et gravit les deux étages menant à son appartement. Mme Spazia l'attendait sur le palier.

— Tu es en retard, *cara mia*, lui dit-elle. Il va te falloir travailler plus durement encore !

Il aurait dû quitter Marseille depuis longtemps, se dit Sorbières, marchant le long du port comme il en avait pris le pli chaque matin. Pourtant, il ne s'y était jamais résolu.

Suzanne n'était pas faite pour vivre à la campagne, elle s'y ennuyait horriblement.

De plus, dans leur maison des champs, elle n'avait ni clavecin, ni professeur. Et Sorbières devait avouer que lui aussi avait besoin de l'animation, des odeurs, de la beauté du port.

Marseille lui donnait la fabuleuse impression de déborder de vie alors qu'à la campagne il se sentait mourir à petit feu.

Et puis, à Marseille, il y avait Lucrezia. Il avait fait sa connaissance une quinzaine d'années auparavant, alors qu'il se remettait mal du départ d'Esther. Il se sentait vieux et se demandait s'il pourrait s'occuper de Suzanne jusqu'à ce qu'elle soit en âge de se marier.

L'instant d'après, il se reprochait cette pensée beaucoup trop conventionnelle. N'avait-il pas l'intention d'élever la petite fille en respectant sa liberté ? Cependant, l'idée de son âge le taraudait. Était-il réellement un vieil homme, désormais ?

Les membres du cercle qu'il fréquentait lui avaient déjà parlé de la maison de Mme Jouyet.

Il s'y était rendu un soir de décembre, alors qu'il était en proie à des interrogations métaphysiques. La maison en question, non loin du port, avait un aspect cossu avec ses balcons ouvragés et les deux atlantes entourant la porte massive. À l'intérieur, tentures de velours et bougies composaient une atmosphère feutrée. Le grand Noir qui faisait office de portier avait introduit Sorbières dans un cabinet où siégeait la tenancière.

Mme Jouyet avait de beaux restes, et arborait un sourire de négociante. On comprenait tout de suite en la voyant qu'elle n'avait rien à voir avec les maquerelles des bordels de la rue de l'Échelle ou les baraques à Turcs. Sa clientèle était triée sur le volet, essentiellement composée de bourgeois et de chevaliers. Elle avait donné ces explications à Sorbières d'une voix précieuse. Il s'était incliné.

— J'entends bien, chère madame. Je désire trouver quelque agrément dans votre maison sans être incommodé par… des troubles liés à Vénus.

Mme Jouyet s'était récriée. Les dames – elle insistait sur ce point – qu'on trouvait chez elle étaient de bonne compagnie et exemptes de toute affection. Le docteur Cocherel y veillait. On ne risquait pas de rencontrer dans sa maison des servantes ou des pauvresses prêtes à se vendre pour une miche de pain, ni de croiser le chemin de Turcs ou de forçats. On restait entre soi. Sorbières avait bien compris que ces « garanties » allaient de pair avec des tarifs élevés mais il disposait de rentes satisfaisantes.

C'est ainsi que, ce soir-là de décembre, il avait tourné les pages du *Livre des belles*, un in-folio de belle allure recensant les portraits et les spécialités des pensionnaires. Il avait choisi Lucrezia parce qu'elle lui paraissait un peu plus âgée que la plupart des jouvencelles. Lui n'avait guère de goût pour les fruits verts. Il prisait plutôt les femmes d'expérience capables de ranimer ses ardeurs. Lucrezia, âgée alors d'un peu plus de trente ans, l'avait séduit par sa silhouette callipyge, sa voix rauque, ses yeux verts et ses cheveux roux. Une beauté piémontaise qu'il réservait chaque semaine pour un louis.

Avec le temps, il se montrait plus passif qu'actif mais Lucrezia avait des arguments auxquels il était difficile de résister. Sorbières, cependant, s'abstenait de prendre de la poudre de cantharide, aphrodisiaque réputé. Une seule expérience lui avait valu des souffrances telles qu'il s'était bien juré de ne pas recommencer.

Il avait la faiblesse de croire que Lucrezia tenait à lui comme il tenait à elle. Ce n'était pas de l'amour, plutôt un tendre compagnonnage. Les années passant, elle envisageait de devenir propriétaire à son tour d'une maison, et il avait promis de l'aider. Il y songeait sérieusement, tout en tenant à protéger les intérêts de Suzanne.

Elle, il l'aimait.

17

Juillet 1720

Le soleil, presque rouge, déclinait lentement dans un ciel laiteux. La journée avait été chaude et Suzanne aspirait à prendre un bain. Le porteur d'eau effectuait des allées et venues dans les étages et elle s'impatientait.

Nanette lui décocha un coup d'œil réprobateur.

— Hé ! Si vous avez si chaud, allez donc vous baigner du côté de l'Estaque ! lui lança-t-elle.

— Si cela ne tenait qu'à moi..., soupira la jeune fille.

Son oncle était intransigeant sur ce point : pas question de s'approcher de la mer. Il devenait d'ailleurs de plus en plus pointilleux au sujet des sorties de Suzanne, estimant que Marseille était une cité pleine de dangers. Militaires et forçats arpentaient les rues. Les Turcs surtout semblaient se déplacer comme bon leur semblait, même s'ils étaient ferrés deux à deux et plus ou moins surveillés par un argousin qui, le plus souvent, passait la journée au cabaret.

Pas question pour Suzanne de s'aventurer seule dans la vieille ville, qui constituait un véritable coupe-gorge. À la nuit tombée, c'était bien pire ! Ruelles plongées dans l'obscurité, ordures jetées sur le pavé, couples illégitimes en plein commerce charnel dans les cours, les escaliers, ou au pied des maisons… Même un vieux libertin comme Sorbières se sentait dépassé ! Et réclamait, lui aussi, un éclairage public comme moins de licence dans les mœurs.

Marseille, en cet été 1720, était une ville soumise à la fièvre du commerce. On y trouvait de tout, aussi bien l'huile et le blé venus du Levant que la soie, la laine, le coton brut, les épices, le café ou le sucre. Tous les corps de métiers semblaient s'être donné rendez-vous à Marseille. Banquiers, notaires, armateurs côtoyaient les ouvriers des savonneries, des verreries et des confiseries. Pêcheurs et charpentiers se mêlaient aux mendiants, aux prostituées et aux orphelins embauchés jusqu'à l'arsenal des galères. Mais Suzanne leur prêtait à peine attention. Pour elle, l'événement de l'année, à Marseille, avait été la représentation en mai de *Phaéton*, l'opéra de Lulli.

Un nouvel Opéra avait été érigé rue Pavillon, tout en bois peint et doré, et la jeune fille rêvait d'y chanter un jour. Le chant, la grande affaire de sa vie !

— Votre bain est prêt, annonça Nanette, la mine longue.

Quelle idée, en vérité, cette manie de tremper dans le cuveau réservé à cet effet plusieurs fois par semaine ! N'affirmait-on pas que le fait de se laver trop souvent était extrêmement dangereux ? Pour sa part, Nanette se contentait de se débarbouiller le visage et les mains à sec, avec de l'esprit-de-vin, comme la plupart de ses voisines. Cela lui paraissait beaucoup plus prudent, l'eau étant réputée véhiculer nombre de miasmes. Mais la petite ne voulait rien entendre et le maître la soutenait, rappelant l'exemple des Grecs et des Romains.

Ceux-ci devaient-ils transporter des seaux et des seaux dans les escaliers ?

Nanette en doutait fort.

Sorbières aurait aimé chasser d'un haussement d'épaules l'inquiétude vague qui ne lui laissait guère de répit. On s'était moqué de lui, au cercle. Pourquoi voir tout en noir ? Ne pouvait-il donc se convaincre qu'il s'agissait seulement de quelques morts sans importance ? Combien exactement ? On ne savait pas ! Mais il s'agissait de pauvres miséreux, rue Belle-Table, et rue de l'Échelle. Les indigents étaient les premiers frappés par les accès de fièvre maligne, le phénomène était bien connu. Quoi de plus normal en été, alors qu'il faisait fort chaud ? Non, décidément, Sorbières était un mauvais coucheur ! Qui se souciait des pauvres des bas quartiers ?

Or rien n'y faisait, le vieil homme ne pouvait se défaire d'une inquiétude vague, se muant peu à peu en angoisse. Il lui semblait que ces cas de mort soudaine le prenaient à partie, qu'il aurait dû déjà comprendre ce qui se tramait… Il avait évoqué le sujet avec Lucrezia. Sa maîtresse avait ri. « Pourquoi te soucier de ces parfaits inconnus ? Qui s'intéressera à nous quand nous serons morts ? Peux-tu me le dire ? »

Elle avait certainement raison mais Sorbières ne parvenait pas à adopter une attitude détachée. Même si ce n'était guère facile de le reconnaître, il avait peur. Une peur viscérale, dont il était le premier surpris.

Il avait cherché quelque apaisement dans la lecture de ses auteurs favoris. Montaigne avait-il connu de grandes épidémies ? Il l'ignorait.

Mais il songeait à Dante, et à Pétrarque, et au désespoir du poète quand Laure, sa muse, la femme qu'il aimait, était morte de la peste à Avignon en 1348.

La peste. Mot horrible, chargé d'une angoisse collective, d'une peur panique. Qui pouvait se targuer d'affronter avec sérénité l'un des quatre cavaliers de l'Apocalypse ?

Il n'avait même pas le recours de la prière, avait-il pensé en passant devant Saint-Laurent.

Il était entré dans une église le soir où il avait fait la connaissance d'Esther, une vingtaine d'années auparavant. Ce soir-là, déjà, il n'avait pas éprouvé de réconfort, ni de soutien. Rien qu'un doute abyssal. Son athéisme faisait-il de lui un être condamné à l'enfer ? Sorbières ne parvenait pas à le croire.

Un frisson courut le long de son échine, malgré la touffeur du soir. Il régnait une atmosphère malsaine à Marseille, lourde et gluante.

Il avait hâte de trouver refuge dans les bras accueillants de Lucrezia.

— Tu peux me racheter à madame si tu veux. Elle me l'a dit hier soir.

Sorbières, qui caressait le corps encore appétissant de sa maîtresse, suspendit son geste.

À quarante-sept ans, Lucrezia, bien en chair, avait des appas troublants auxquels il était toujours sensible. Cependant, il n'avait jamais eu l'intention de l'introduire chez lui, ou de lui présenter Suzanne. C'était hors de question dans la mesure où il tenait à cloisonner ses deux existences. Suzanne appartenait au jour, Lucrezia à la nuit. Cette répartition lui convenait fort bien. Fine mouche, Lucrezia perçut sa réticence et n'insista pas. Mieux, elle s'ingénia à se faire désirer. Elle connaissait le vieil homme depuis suffisamment longtemps pour savoir quels étaient ses points faibles. Elle esquissa une moue désenchantée.

Comment avait-elle pu espérer qu'il se rende tout de suite à ses arguments ? Lucrezia avait l'habitude, pourtant.

Depuis que son vieil oncle Amedeo avait abusé d'elle, alors qu'elle avait à peine dix ans, elle se défiait des hommes. Personne chez elle n'avait accordé foi à sa plainte. L'oncle Amedeo n'avait-il pas juré, la main sur le cœur, être innocent ? Battue pour avoir osé l'incriminer, Lucrezia avait fui sa famille dès qu'une occasion s'était offerte à elle.

Vincenzo avait un peu plus de vingt ans, un sourire éblouissant et des yeux sombres caressants. Il avait eu tôt fait de convaincre la jeune fille de le suivre en France. Amoureux durant le voyage depuis leur Piémont natal, il s'était révélé brutal dès leur arrivée à Marseille et avait contraint Lucrezia à se prostituer. Elle avait pleuré, supplié, en vain. Rattrapée après une tentative de fuite, elle avait subi un châtiment si horrible que, trente ans après, elle en frissonnait encore. Elle avait alors résolu de faire payer les hommes, tous les hommes. Elle était devenue experte aux jeux de l'amour tarifé, sans pour autant se laisser prendre au piège.

Elle observait ses clients avec une attention d'entomologiste, remarquant d'emblée le pervers, le timide ou le bon vivant. Sorbières appartenait à cette dernière catégorie.

Il était bon pour elle, la réservant des nuits entières, lui offrant de menus cadeaux et des robes en soie. Elle aurait pu s'attacher à lui si elle ne se l'était pas interdit depuis la trahison monstrueuse de Vincenzo. Elle était seule, elle ne devait jamais l'oublier.

Même et surtout dans les bras de l'homme qui disait tenir à elle.

Benjamin Rivella s'était d'abord installé à Aix avant de s'établir à Marseille, trois ans auparavant. Né à Malaga, il avait besoin de se promener le long du rivage durant ses rares moments de liberté. Ce qui ne risquait guère de se produire dans les jours à venir ! se dit-il sombrement.

Il venait de perdre deux malades dans la matinée, et leur état n'avait fait que conforter ses doutes. Il s'agissait de deux femmes, habitant rue de l'Échelle, dans des maisons pratiquement voisines. Atteintes d'une forte fièvre, elles présentaient l'une et l'autre des bubons à l'aine.

Benjamin aimait son état de médecin, et avait appris à redouter certaines maladies plus que d'autres. La peste en faisait partie. Et il ne se faisait plus d'illusion : malgré les dénégations des échevins et les rapports rassurants de plusieurs médecins, la peste était entrée dans Marseille.

Il se chuchotait qu'un navire, le *Grand Saint-Antoine*, arrivé à Marseille le 25 mai en provenance du Levant, et soumis à une quarantaine pour cause de nombreux décès à bord, avait déchargé nuitamment ses marchandises afin que celles-ci soient aussitôt acheminées vers Beaucaire pour ne pas manquer la célèbre foire.

Benjamin avait esquissé une moue en entendant cette histoire. C'était toujours la même chose : l'argent, l'appât du gain menaient le monde.

Il siffla son chien et se dirigea vers l'hôtel de ville. Un gamin qu'il connaissait vaguement venait de lui dire qu'il était demandé dans la maison de Mme Jouyet.

Son chien, un lévrier espagnol nommé Rodrigo, l'accompagnait partout. Il l'attendait au pied des marches des logis où il se rendait. C'était son seul ami.

18

— A-t-il de quoi payer ? s'enquit Mme Jouyet, en jetant un regard chargé de défiance à l'homme qui gisait sur le lit.

Drapée dans un peignoir chamarré, Lucrezia hocha la tête.

— J'ai fait appeler le docteur Rivella. C'est l'un des seuls en qui j'aie confiance.

La maquerelle fronça les sourcils.

— Je n'aime pas ça. Faire venir un médecin au beau milieu de la journée n'est jamais bon pour une maison qui se respecte. Tu aurais pu…

Lucrezia haussa les épaules.

— Il est malade. Et c'est l'un de nos plus fidèles clients.

Elle n'était pas inquiète. Pas encore. Sorbières avait certainement abusé de la poudre de cantharide, bien qu'il affirmât le contraire. Elle le lui répétait en souriant. À son âge, il convenait de ne pas chercher à forcer la nature. Elle avait failli ajouter un jour : « Je t'aime tel que tu es. » Elle s'était rattrapée au dernier moment. N'était-elle pas stupide ? Elle qui affirmait ne s'attacher à personne… Elle rabattit le drap sur Sorbières, redressa les oreillers. Elle ne l'avait jamais vu nu, cela lui aurait paru presque… choquant. Elle gardait dans un placard sa robe de chambre en indienne et sa paire de babouches. Lorsqu'il avait été pris de malaise, elle l'avait traîné sur le lit, seulement vêtu de sa chemise. Il ne la reconnut pas. Ses yeux étaient profondément enfoncés dans leurs orbites et il gémissait sourdement. Lucrezia se souvint brusquement du marin qui était venu à la maison de Mme Jouyet une vingtaine de jours auparavant. Personne ne l'avait revu en ville.

Il lui avait parlé de pays lointains aux noms qui l'avaient fait rêver, Tripoli, Damas.

Elle ne savait pas pourquoi mais elle se demandait tout à coup ce qu'il était devenu.

Benjamin Rivella ausculta son patient par acquit de conscience mais sa conviction était établie après avoir découvert le bubon révélateur. Il avait déjà eu à traiter des cas semblables, au Levant. Il connaissait malheureusement le processus de la maladie. L'infection sortait du corps sous forme d'une pustule, ou d'un abcès, qu'on appelait bubon. En règle générale, le malade mettait encore deux jours et deux nuits à mourir.

Il en avait sauvé fort peu, de plus jeunes et de plus robustes que Sorbières. Il prescrivit néanmoins des enveloppements moitié eau bouillie, moitié vinaigre.

— Si l'abcès continue d'augmenter, j'inciserai demain, dit-il à Lucrezia.

Il fut tenté d'ajouter : « Si le patient est toujours en vie », mais s'en abstint.

Ne jamais tuer l'espoir, lui avait appris son maître, le vieux philosophe qui s'était réfugié dans la montagne Sainte-Victoire.

Benjamin se détourna de la couche.

— Il habite en ville ?

Lucrezia hocha la tête. Les cheveux défaits, le visage creusé sous l'épaisse couche de fard, elle accusait son âge.

— Du côté du cours Saint-Louis. Dans les beaux quartiers.

Elle n'avait pas envie de se montrer plus prolixe. De toute manière, Sorbières et elle appartenaient à des mondes bien distincts.

De nombreuses personnes, à commencer par Mme Jouyet, étaient choquées de sa présence dans la maison close à cette heure où les clients n'étaient pas admis. Mais ils ignoraient que Sorbières aimait assez emprunter des chemins de traverse.

Brusquement, l'émotion lui noua la gorge. Elle éprouvait de l'affection pour son vieil amant.

À ses côtés, elle avait l'impression d'être une autre Lucrezia. Presque une dame. Mais bien sûr, il n'était pas question de le confier au docteur Rivella. Même si celui-ci était connu pour accepter de soigner les filles.

Leurs regards se croisèrent et elle eut l'impression fugace qu'il la comprenait.

— Bon courage, ajouta-t-il.

Il s'éloigna vers la porte, s'immobilisa au moment de la franchir.

— J'oubliais… prenez des précautions. Nettoyez-vous les mains à l'esprit-de-vin après l'avoir touché et tenez-vous éloignée du bubon.

Lucrezia pâlit.

— C'est si grave ?

Le médecin hocha la tête.

— Plus encore, madame. Prenez soin de vous.

Lucrezia resta seule dans la chambre avec Sorbières.

Elle sut alors ce qu'elle devait faire.

Nanette, le bonnet de travers, tenta de retenir Suzanne par le bras.

— Vous n'allez tout de même pas suivre cette… cette femme de mauvaise vie ! s'insurgea-t-elle.

Suzanne se dégagea d'un geste brusque.

— Nanette, vous l'avez entendue comme moi. Mon oncle est au plus mal.

Elle alla dans sa chambre quérir sa bourse, jeta un châle sur ses épaules.

Elle adressa un sourire tremblant à Lucrezia.

— Allons-y, madame.

Durant le trajet, elles essuyèrent nombre de quolibets et d'invitations. Lucrezia en cheveux, la robe trop décolletée, le visage peint, affichait son métier. Suzanne, qui marchait à ses côtés, avançait tête haute, sans se soucier des grossièretés entendues.

— Je suis désolée de vous infliger ces outrages, murmura la maîtresse de Sorbières.

Suzanne haussa les épaules.

— Peu m'importe ! C'est l'état de mon oncle qui me préoccupe.

Elle était belle, songea Lucrezia, et elle donnait l'impression de ne rien redouter. Parbleu ! pensa la prostituée. La jeune fille avait été élevée dans la soie et le velours, sans se demander de quoi demain serait fait. Elle n'avait pas la moindre idée de la vie qu'avait menée Lucrezia depuis ses dix ans. Juste pour survivre.

L'animation habituelle régnait dans le quartier de l'hôtel de ville. Suzanne marqua une hésitation avant de franchir le seuil de la maison aux atlantes. Son oncle l'ayant toujours laissée libre de lire les ouvrages de sa bibliothèque, elle n'ignorait pas l'existence des prostituées et des maisons closes mais c'était tout à fait différent de pénétrer dans l'une de ces demeures. Elle se raidit sous le regard moqueur de Lucrezia.

— Vous êtes sûre de vouloir entrer ?

— Tout à fait, répondit froidement Suzanne.

Elle ne marqua pas d'étonnement devant le mobilier chargé et la surabondance de tentures cramoisies. « Un décor de théâtre », se dit-elle, et cette idée la rasséréna. En revanche, elle ne put retenir ses larmes en découvrant Sorbières. Il gisait sur un lit défait, dans une chambre sentant la poudre et le parfum bon marché. Il avait vomi et du sang coulait de son nez et de sa bouche. Il était très pâle, presque verdâtre, et ne la reconnut pas. Son regard hébété l'effleura. Il agit de même avec Lucrezia.

— Ne le touchez pas, surtout ! recommanda-t-elle à la jeune fille.

Suzanne s'agenouilla auprès de la couche.

— Oncle Valentin, c'est moi, souffla-t-elle.

Devant son absence de réaction, elle se retourna vers la prostituée.

— Nous ne pouvons le laisser ainsi. Est-ce qu'il va…

Paniquée, elle ne put achever sa phrase.

— Petite, nous sommes tous mortels, glissa Lucrezia d'un ton bourru.

L'aggravation de l'état de Sorbières la laissait pantoise. Elle ouvrit la fenêtre, héla un gamin et lui ordonna de retourner chercher le médecin.

— Tu sais, l'homme au grand chien, précisa-t-elle.

Elle lui jeta une pièce qu'il attrapa au vol, se retourna vers Suzanne.

— Je crains qu'il n'y ait plus d'espoir, déclara-t-elle d'une voix neutre.

Elle ne voulait pas s'effondrer devant cette demoiselle des beaux quartiers. Surtout pas. Suzanne, sans tenir compte de ses mises en garde, humecta le visage du vieil homme, lava le sang qui le souillait. Elle regarda autour d'elle.

— Ne pouvons-nous au moins changer les draps ? J'ai peur qu'il n'y ait pas moyen de le transporter chez nous.

Lucrezia ricana.

— Ma petite, ici, tout se paie ! Même une paire de draps.

— J'ai un peu d'argent…

— Chut ! Vous ignorez où vous vous trouvez. Ne proposez rien, Sorbières a déjà largement payé la propriétaire !

Suzanne lui jeta un coup d'œil perdu.

— C'est si… déroutant, murmura-t-elle.

Depuis l'enfance, oncle Valentin avait constitué sa seule famille. Il lui avait appris le latin et le grec, à lire, à écrire, à compter, lui avait fait partager ses émotions artistiques… Le fait de le découvrir dans cette maison de plaisir, dans cet état, lui paraissait inconcevable et elle ne savait quelle attitude adopter.

On frappa à la porte. Lucrezia l'ouvrit, laissant entrer un homme de haute taille, tout vêtu de noir. Il ne portait pas perruque. Ses cheveux sombres, striés de blanc, étaient simplement noués sur la nuque. Il s'inclina légèrement devant Lucrezia et Suzanne.

— Mesdames…

— Regardez ! coupa Lucrezia. Son état s'est aggravé.

— C'est surtout ce teint verdâtre qui m'inquiète, fit le médecin. Il me fait penser au cheval pâle des quatre cavaliers de l'apocalypse.

— Alors, on leur donna pouvoir sur le quart de la terre, pour exterminer par l'épée, par la faim, par la peste, et par les fauves de la terre, cita Suzanne de mémoire.

Elle pâlit horriblement.

— La peste, c'est cela, n'est-ce pas ?

Benjamin Rivella hocha la tête.

— Pour moi, il n'y a pas de doute. C'est pourquoi je préférerais que vous vous éloigniez, mesdames.

La jeune fille refusa avec force.

— Pouvez-vous sauver mon oncle ?

Le médecin soutint son regard.

— Je m'en voudrais de vous donner de faux espoirs, mademoiselle.

— Soulagez-le, au moins. Je vous en prie.

Les mains jointes en un geste implorant, elle était belle et émouvante.

Benjamin soupira à nouveau.

— Si seulement j'avais les moyens de sauver les malades ! Je me bats déjà pour que les échevins reconnaissent la nature de l'épidémie…

« La peste… », pensa Suzanne, désespérée. Elle avait lu les *Rimes* et les *Triomphes* de Pétrarque empreints de désespoir, après la mort brutale de Laure de Noves. C'était durant l'épidémie de peste qui avait frappé Avignon en 1348. La médecine n'avait donc pas accompli de progrès depuis près de quatre siècles ?

Benjamin Rivella, qui avait consacré une grande partie de sa vie à se battre pour sauver ses semblables, accusa le choc. Pourtant, il ne chercha pas à détromper Suzanne.

— Je crains fort que non, admit-il. (Il poursuivit :) Pouvez-vous m'apporter un chandelier et des pansements propres ? J'aurai besoin de charpie.

— Je m'en charge, proposa Lucrezia.

Elle paraissait tendue et déterminée. Suzanne, de son côté, se sentait parfaitement inutile.

Elle resta dans la chambre, cependant, tandis que le médecin passait sa lancette à la flamme et se penchait au-dessus de Sorbières pour inciser l'abcès. Lucrezia tenait le chandelier allumé, Suzanne les pansements de toile fine.

D'un geste précis, Benjamin fendit le bubon inguinal. Humeur et sang s'en échappèrent.

— Donnez ! ordonna-t-il à Suzanne.

Il pressa les linges propres sur l'abcès qui s'écoulait, ajusta le pansement sans tenir compte des hurlements affreux de Sorbières.

— Allez chercher du thym et du romarin, reprit-il à l'adresse de Suzanne. Elle courut vers la place du marché. Quand elle revint, la chambre avait été nettoyée, les draps changés. Sorbières, qui avait à nouveau perdu connaissance, se plaignait doucement.

Penchée au-dessus de lui, Lucrezia lui caressait le front.

Brusquement, la jeune fille eut honte de ses préjugés. Qui était-elle, pour juger Sorbières et la prostituée ? Elle croyait connaître suffisamment son oncle pour deviner qu'il éprouvait un certain penchant pour Lucrezia. Elle en était encore plus triste.

— Je repasserai ce soir, déclara le médecin, en refermant sa trousse. En attendant, veillez à changer ses pansements toutes les deux heures. Surtout, protégez-vous. Si je ne me trompe pas, cet homme est extrêmement contagieux.

— Faites que vous vous trompiez…, soupira la jeune fille, portée par un immense espoir.

Influencée par Sorbières, elle ne fréquentait ni chapelles ni églises.

« Je n'ai pas besoin de Dieu pour avoir foi en l'homme », affirmait son oncle et elle le croyait volontiers. Sorbières lui avait souvent répété que les religions, quelles qu'elles soient, provoquaient nombre de tragédies et de drames.

— Prenez vos précautions, répéta Benjamin Rivella avant de s'éclipser.

Suzanne échangea un regard perdu avec Lucrezia.

— Pensez-vous… La propriétaire des lieux ne risque-t-elle pas de nous jeter dehors, mon oncle et moi ?

— C'est fort possible, soupira la prostituée. Voyez-vous, elle n'a guère de cœur. Ou, plutôt, elle privilégiera toujours ses intérêts. Or… savoir qu'elle héberge un pestiféré la rendrait folle de colère.

— Elle ne doit pas l'apprendre, répliqua Suzanne d'une voix résolue.

Elle-même ne parvenait pas à se projeter dans un futur proche tant elle avait peur de perdre sa seule famille.

19

Août 1720

Marseille, comme morte, agonisait sous le soleil dur.

Benjamin Rivella s'était résigné à porter la protection des médecins en période d'épidémie, qui avait été imaginée par Charles de Lorme, médecin de Louis XIII pendant la peste de 1619. Il s'agissait d'un long manteau en cuir ou en toile cirée, afin d'éloigner les puces, d'un chapeau et d'une sorte de masque au long nez rempli d'herbes odorantes. Il avait cependant conscience du fait que cette tenue affolait les patients.

Après des semaines perdues à tergiverser, les échevins avaient enfin reconnu la gravité de la situation. Pour sa part, Benjamin estimait que le pire était encore à venir.

La terrible maladie dont on chuchotait le nom se déplaçait vers les quartiers nobles. Elle avait même touché l'arsenal et les galères, qui constituaient pourtant une ville dans la ville. En ce mois d'août étouffant, Marseille retenait son souffle, comme pour ne pas irriter les dieux. On parlait, justement, de châtiment divin. Des pénitents arpentaient les rues en se flagellant la poitrine et le dos mais la majeure partie de la population demeurait claquemurée chez elle.

Le danger était dans la rue. N'était-ce pas là que la plupart des gens mouraient ? Les cadavres dont on se détournait étaient ramassés par des forçats, jetés sans façon sur des tombereaux et enterrés à la hâte. Pour ce faire, les corbeaux ou enterre-morts utilisaient de longs crochets et certains se protégeaient le visage à l'aide d'un mouchoir imbibé de vinaigre. Les apothicaires vendaient à prix d'or des tisanes et des cordiaux additionnés de poudre de vipère, d'antimoine, de safran ou de camphre.

On brûlait dans les maisons du thym, du romarin, du laurier, du bois de genévrier. On avait allumé des feux par toute la ville, le long des remparts, sur le cours, au milieu des places, faisant brûler des fagots de bois d'olivier et des sarments de vignes dans un but de prophylaxie. Ainsi que Benjamin le redoutait, cette mesure n'avait pas obtenu le résultat escompté. Il pressentait, pour avoir longuement réfléchi aux causes des épidémies connues au Levant, que les rats et les puces constituaient les deux vecteurs principaux de la peste. Or les rats pullulaient dans Marseille et nombre de vêtements sales, trop peu souvent lavés, regorgeaient de puces. Il recommandait de brûler à l'extérieur les hardes des morts, tout en sachant qu'il se trouverait toujours quelque avaricieux pour les revendre à une marchande à la toilette.

Après des semaines d'inertie et de refus de la réalité, les échevins avaient enfin pris des mesures. Nomination de cent cinquante commissaires dans les cinq paroisses de Marseille afin de répondre aux besoins des pauvres et des malades, gratuité des soins des médecins et des chirurgiens, fermeture des écoles et des collèges, enterrement des corps hors les murs.

Les plus riches étaient partis avant la déclaration de l'épidémie. Désormais, les portes de la ville étaient fermées et Suzanne, comme tant d'autres, se sentait prisonnière.

Nanette et elle continuaient d'habiter le logis du cours et seules les facéties de Gédéon parvenaient à les égayer de temps à autre. La mort de son oncle avait plongé Suzanne dans une sorte d'hébétude. Il avait été enterré dans le cimetière de la Major, suivant un souhait exprimé longtemps auparavant. Trois femmes, Suzanne, Lucrezia et Nanette, suivaient le convoi, sous un soleil éclatant qui avait rappelé à Suzanne les commentaires désabusés de Sorbières à propos de la lumière et des ombres. Elle n'avait pu prévenir les collègues de Sorbières, ignorant leur identité.

De toute manière, ceux qui restaient à Marseille évitaient désormais de sortir par peur de la contagion.

La tenancière, Mme Jouyet, avait fini par comprendre de quoi il retournait et exigé une somme astronomique en guise de compensation. Suzanne, effrayée par ses menaces, l'avait dédommagée grâce à la cassette de Sorbières, mais avait réclamé la liberté de Lucrezia. Son oncle, en effet, avait laissé des instructions en ce sens dans son cabinet. La prostituée, qui n'avait pas été contaminée, s'était réfugiée dans un garni rue de l'Oratoire.

Nanette prétendait qu'elle ne tarderait pas à retomber sous la coupe d'un souteneur mais Suzanne, estimant avoir accompli son devoir, s'en souciait peu. La lecture d'une lettre de Sorbières lui étant destinée la préoccupait beaucoup plus.

Suzanne, mon enfant, j'espère avoir le temps de te raconter ton histoire mais si la mort me surprend d'un coup, je t'adresse ces quelques mots.

Certaines mauvaises actions sont dictées par le désir de bien faire. Ai-je eu tort, ai-je eu raison ? À toi de juger…

J'ai beaucoup aimé ta mère, Esther Bragant, et me suis senti responsable d'elle quand ton père, Baptiste Delacour, un comédien ambulant, l'a abandonnée. Elle te portait alors et elle a toujours eu l'intention de se charger de toi. Cependant, elle souffrait tant du comportement de Baptiste que j'ai décidé de l'aider à recommencer une nouvelle vie.

Appartenant à une famille huguenote, elle était en grand danger si elle restait en France.

C'est alors que j'ai résolu de lui faire croire que tu étais morte à la naissance. La sage-femme s'est laissé convaincre assez aisément. Esther a beaucoup pleuré, puis accepté de partir pour la Prusse. Elle vit à Berlin, où elle est mariée et a fondé une famille.

Ensuite… eh bien, je n'ai pu me résoudre à t'abandonner aux soins de la matrone et suis allé te rechercher. De ce jour, je n'ai cessé de t'aimer, de te considérer comme ma fille de cœur, moi, le vieux misanthrope qui n'avais jamais voulu d'enfants.

Suzanne avait laissé les larmes ruisseler le long de ses joues. Elle reconnaissait bien son oncle dans cette missive. Valentin Sorbières assumait ses actes avec une certaine distance, sans chercher à s'appesantir sur ses états d'âme. Mais elle, déjà fragilisée par la mort brutale de sa seule famille, avait mal vécu cette révélation.

Décidément, Nanette avait raison, elle était bel et bien une bâtarde dont même le père n'avait pas voulu. Elle ne tenait pas vraiment rigueur à Sorbières de son mensonge. Elle le savait humaniste, prompt à privilégier les liens du cœur. S'il avait agi ainsi, ce n'était assurément pas par désir de nuire. Esther non plus ne l'avait pas abandonnée puisqu'elle la croyait morte. Non, c'était Baptiste Delacour qui cristallisait sa rancune.

Lentement, elle accepta son histoire. Elle aurait désiré, bien sûr, pouvoir en discuter avec Sorbières, recueillir plus de renseignements concernant ses parents… mais il était trop tard, et la réalité de la situation à Marseille la rattrapa très vite.

Au fil des jours, il devint de plus en plus difficile de s'approvisionner. Fabriques et commerces contraints de fermer jetaient sur le pavé artisans, ouvriers et commerçants. Le prix du pain s'était envolé avant qu'il ne soit taxé à dix-huit deniers la livre. On ne trouvait plus de viande ni de poisson. Nanette utilisait les dernières livres de farine pour confectionner navettes et beignets. « Prenez, petite, disait-elle à Suzanne, il faut nous nourrir pour résister à la maladie. »

Gédéon se lamentait sur son perchoir. « Oncle Valentin ! » appelait-il en vain. Jusqu'à ce que Suzanne lui ordonne de se taire.

La chaleur ne desserrait pas son emprise sur la ville. La ronde infernale des tombereaux chargés de cadavres se poursuivait sans relâche. Après quelques jours de répit, la maladie se propagea à une allure sidérante. Le cours lui-même jusqu'alors préservé, les quartiers des Carmes, de La Trinité, de Saint-Jean furent touchés. On se mit à retrouver des malades partout, sous les portes cochères, sur le pavé, les places publiques… Blêmes, les yeux creux, frissonnants, gémissant, ils étaient tous dans un état pitoyable.

Nanette, cependant, refusait de se laisser aller à la compassion.

— Chacun pour soi ! affirmait-elle. Nous sommes seules, vous et moi. Qui prendra soin de nous si nous tombons malades ?

— Le docteur Rivella, répondit Suzanne.

Il s'était déjà présenté deux fois à leur logis. Il avait refusé d'entrer, à cause de la contagion. Il ne portait plus son drôle de masque parce que, disait-il, il inspirait trop de peur aux enfants.

Il avait tendu à Suzanne un flacon contenant un liquide opaque.

« Du vinaigre des quatre voleurs, lui avait-il dit. On l'appelle ainsi car, il y a près d'un siècle, lors de la dernière épidémie de peste à Toulouse, des voleurs se frictionnaient avec cette préparation avant de détrousser les cadavres des pesteux. Il entre dans sa composition du vinaigre blanc, de l'absinthe, des grains de genièvre, de la sauge, du camphre et je ne sais quoi encore, mais c'est un bon remède. Frottez-vous-en le visage et les mains plusieurs fois par jour. Je l'utilise moi aussi. »

Elle l'avait remercié, lui avait jeté un regard perdu. Elle aurait voulu lui dire qu'elle se sentait seule, que Sorbières lui manquait, qu'elle avait peur, horriblement peur, même si elle ne le laissait pas voir. Mais qu'aurait-il pu faire pour elle ?

Elle avait l'impression que ceux qui restaient à Marseille avaient déjà franchi les premiers cercles de l'enfer…

20

Marseille empestait la mort et la peur. Partout des malades, que l'épidémie avait saisis durant leurs activités, et qui n'avaient pas la force de bouger.

Partout, des cadavres, horribles à voir, cernés de mouches noires, images dantesques du sort qui guettait les survivants.

— J'ai l'impression de devenir folle ! s'écria Suzanne à bout de nerfs.

Nanette lui tendit un verre d'eau.

— Buvez, petite, et priez. Cette maudite épidémie finira bien par s'arrêter.

La servante fréquentait assidûment l'église Saint-Louis-Roi-de-France et Saint-Antoine-de-Padoue[1] et chantait les louanges de Mgr de Belsunce qui se dévouait sans compter auprès des malades.

Suzanne secoua la tête.

— Prier ! Comme tu y vas ! Je n'ai pas été élevée dans la religion.

Nanette se signa.

— Misère ! Je l'ai assez répété à M. Sorbières mais, têtu comme il pouvait l'être, il n'a jamais accepté de vous faire baptiser. Vous vivez en état de péché mortel.

1. Aujourd'hui église Saint-Théodore.

— Crois-tu que cela change grand-chose à la situation ? Ma mère était huguenote et en a apparemment beaucoup souffert. Je me défie de la religion, comme mon oncle.

— Blasphème ! s'insurgea Nanette.

Mais elle était incapable d'en vouloir à celle qu'elle avait en partie élevée.

« Tête dure, mais cœur d'or », disait d'elle Sorbières.

Les deux femmes se soutenaient mutuellement en cette période tragique. Nanette accusa le choc quand on ferma « son » église, ainsi que les autres.

— Nous n'aurons même plus le secours des prêtres, constata-t-elle d'une voix brisée.

Déjà, le fait de savoir les cadavres emmenés aux infirmeries en plein jour par les enterre-morts, sans l'assistance de prêtres, l'avait profondément bouleversée. Comment faire autrement ? avait tenté de la raisonner Suzanne.

Il n'y avait plus de place dans les cimetières et il fallait à tout prix tenter de limiter la contamination. C'était déjà assez horrible que, dans les hôpitaux, les malades soient entassés parmi les cadavres qu'on n'avait pas eu le temps d'ôter.

Elle avait voulu aller aider à l'hôpital des convalescents mais Benjamin Rivella, entrevu ce jour-là, l'avait ramenée de force cours Saint-Louis. « Il n'est pas question que vous vous rendiez dans ces antichambres de l'enfer ! » avait-il tempêté. Il avait insisté pour obtenir d'elle la promesse de ne pas y retourner. Au fond d'elle-même, Suzanne devait reconnaître qu'elle n'en avait pas vraiment envie !

Elle avait évoqué la célèbre phrase de Dante : « Vous qui entrez ici, abandonnez toute espérance », sans pouvoir réprimer un frisson.

— Ce n'est pas un monde pour vous, avait conclu Benjamin Rivella d'un ton définitif.

Suzanne avait alors fait front.

— Le problème, c'est que j'ignore quel monde est fait pour moi !

Et, spontanément, elle s'était confiée. Elle lui avait raconté les révélations de Sorbières, confirmées par Nanette. Il n'avait pas paru scandalisé.

— Votre tuteur a certainement pensé agir au mieux, avait-il dit, et Suzanne s'était sentie réconfortée.

Elle détestait, en effet, l'idée d'avoir à porter un jugement sur celui qui avait toujours été là pour elle.

Rivella avait ajouté :

— Son affectueuse protection vous a été bénéfique. Vous ne pouvez imaginer le sort des enfants abandonnés...

Elle avait lu comme de la détresse dans ses yeux clairs et s'en était étonnée.

Cet homme était environné de mystère. Il était reparti, son grand chien sur les talons, laissant derrière lui un sillage d'épices et de camphre.

« Un homme bon, avait commenté Nanette, pas comme ces chirurgiens qui se sont empressés de décamper dès qu'ils ont compris de quoi il retournait. » En effet, malgré les sanctions qu'ils encouraient – exclusion, déchéance et perte de leurs droits civiques –, nombre de médecins et de chirurgiens avaient fui Marseille. « Pardi, la peste est plus forte qu'eux ! » avait renchéri Nanette avec son franc-parler habituel.

À cinquante ans bien sonnés, elle refusait de céder à la panique. Femme de tête, elle estimait qu'il existait certainement un moyen d'échapper à l'épidémie et appliquait avec zèle les conseils de prophylaxie du docteur Rivella.

— Allons, reprit-elle, remarquant les traits tirés de Suzanne, nous allons une nouvelle fois nettoyer la maison. Rien de tel pour chasser les miasmes de la maladie !

Même si elle n'en laissait rien paraître, elle se disait de plus en plus souvent que personne ne sortirait vivant de cette épidémie. La mort était partout, jusque dans l'air. Le ciel lui-même était presque noir. Comme si, déjà, il avait porté le deuil de Marseille.

Chaque jour, Benjamin Rivella devait faire un peu plus appel à sa force intérieure pour résister au désir de quitter la ville. De toute manière, se disait-il comme pour se donner du courage, toutes les portes de Marseille étaient hermétiquement closes !

Il avait déjà connu deux épidémies de peste au cours de ses pérégrinations mais il lui semblait que celle de Marseille était encore plus virulente. Il n'hésitait pas, d'ailleurs, à incriminer l'attitude frileuse des échevins qui avaient tant tergiversé avant d'admettre la réalité.

Une réalité de plus en plus atroce : on ne parvenait plus à assurer le ravitaillement d'une ville coupée du reste du pays.

Les cadavres s'amoncelaient un peu partout et on ne savait comment les faire disparaître. On manquait aussi bien de chariots que de conducteurs et de porteurs. De plus, certaines rues particulièrement étroites étaient inaccessibles aux chariots. Il fallait donc utiliser des civières et, cette fois encore, on manquait de porteurs. On avait donc eu recours aux forçats des galères, qui avaient été décimés en un temps record. Du 20 au 25 août, cent trois galériens étaient morts à la tâche. Ceux qui survivaient n'étaient pas forcément les plus honnêtes. Pillages, vols, élimination des mourants… leurs exactions effrayaient la population. On en vint donc à faire accompagner les tombereaux d'échevins et de soldats des galères. Sinistre cortège… qui ne résistait pas longtemps !

Comment faire ? se répétait Rivella, abattu par la rapidité avec laquelle la peste s'était répandue de par la ville. Partout, on butait sur les cadavres. Une odeur épouvantable prenait à la gorge. Les mères mouraient alors qu'elles venaient d'accoucher, et les nouveau-nés étaient rassemblés dans le couvent de Notre-Dame-de-Lorette en compagnie de toutes les chèvres qu'on avait pu trouver.

Les miasmes émanant des cadavres, des ordures et des hardes brûlées étaient insoutenables.

Benjamin avait chez lui une réserve de vinaigre et d'esprit-de-vin dont le niveau baissait dangereusement. Il s'efforçait de ne pas penser aux risques encourus. Servir, tel était l'enseignement de son maître, un médecin espagnol rompu au savoir du Levant.

La démission des hommes dits responsables le révoltait. Beaucoup avaient fui, d'autres s'étaient reclus. Les chanoines de Saint-Victor s'étaient retranchés dans leur abbaye, les recteurs de l'hôpital général des pauvres de la Charité avaient fait appel à leurs relations haut placées pour ne pas être classés en « hôpital de peste ».

Face à ces exemples déplorables, il y avait le sacrifice des prêtres qui assistaient les malades jusque dans la rue de l'Échelle, dont personne, hormis le père Millet, n'osait s'approcher, et l'action charitable de Mgr de Belsunce.

Benjamin le croisait souvent dans les rues de Marseille. Seul, sans escorte, il sillonnait la ville, relevant bien haut sur le bras sa soutane, se protégeant seulement d'une éponge trempée dans du vinaigre. Il donnait sans compter, confessait les mourants, réconfortait leurs proches.

La présence d'âmes fortes comme celle de l'évêque de Marseille rendait un peu de courage aux affligés. Benjamin, cependant, ne voyait pas d'issue. À croire qu'ils allaient tous périr dans une ville morte !

Le 25 août, il eut la surprise, en rentrant chez lui à la nuit, de découvrir Suzanne devant la porte. Elle était blême et paraissait épuisée.

— Nanette est malade, lui annonça-t-elle sans prendre la peine de le saluer.

Benjamin Rivella comprit tout de suite que la servante était perdue en constatant son agitation. Le visage rouge, les yeux creux, en sueur, elle délirait, et son front était bouillant. Suzanne se tordit les mains.

— Son état s'est aggravé en si peu de temps ! Et je ne vous trouvais pas…

Benjamin ne put réprimer un soupir empreint de lassitude.

— Désolé, je ne suis plus maître de mon temps. Il y a tant à faire, et nous avons si peu de moyens… Les proches jettent leurs malades sur les monceaux de cadavres, à nous de trier les vivants parmi les morts ! Il n'y a plus de barrières, plus de limites, c'est un sauve-qui-peut général, et nous ne parvenons même pas à sauver deux malades sur dix !

— Je ne vous reprochais rien, corrigea la jeune fille. C'est juste que… vous êtes le seul en qui j'ai confiance.

Il soupira à nouveau.

— Et, cependant, je me sens si impuissant ! Si je pouvais tous les guérir !

Il se reprit aussitôt, comme s'il ne s'était pas senti le droit de se confier, et se pencha au-dessus du corps de

Nanette. Ce soir-là, il portait son long manteau en toile cirée, l'éponge mouillée au vinaigre sous son nez mais il avait une nouvelle fois ôté son masque.

— J'étouffe là-dessous, dit-il à Suzanne comme pour se justifier.

Gédéon suivait ses gestes depuis son perchoir.

— Que s'est-il passé ? reprit Benjamin Rivella.

— J'étais allée chercher un peu de farine. En vain, bien sûr, il n'y a plus rien dans cette ville ! Cela m'a pris plus de temps que je ne le pensais, car on m'envoyait d'un magasin à l'autre, et tous s'avéraient fermés. Finalement, à mon retour, j'ai découvert Nanette étendue sur le sol, sans connaissance. J'ai cherché à la ranimer, elle ne m'a pas reconnue. Je l'ai couchée et j'ai couru vous chercher. Elle est gravement atteinte, n'est-ce pas ?

— J'en ai peur. Elle donnait l'impression d'être invulnérable mais s'est effondrée d'un coup. Nous allons d'abord chercher à faire tomber la fièvre.

Il prescrivit des enveloppements frais, lui fit respirer du camphre et enjoignit à Suzanne, alors que la servante posait sur eux un regard égaré, de lui faire boire en abondance de la tisane d'orge.

— C'est tout ? s'alarma la jeune fille qui rêvait d'un remède miracle.

Rivella haussa les épaules. De nouveau, Suzanne fut frappée par son attitude découragée. Épuisé, il donnait l'impression d'avoir abandonné la partie. Brusquement, il se ressaisit et dévêtit Nanette pour examiner son corps. Lorsqu'il se redressa, son visage avait perdu toute couleur.

— C'est hélas ce que je craignais, déclara-t-il. Aucun bubon. Elle a toussé, m'avez-vous dit. Il s'agit d'une autre forme de peste, plus terrible encore car elle ne laisse pratiquement aucune chance à ceux qu'elle frappe. C'est la peste pulmonaire. Je vous interdis d'approcher votre servante.

Suzanne secoua la tête avec force.

— Il n'en est pas question ! protesta-t-elle. Nanette s'occupe de moi depuis que je suis née.

— Je resterai ici, dans ce cas. Vous m'assisterez mais ne la soignerez pas. C'est beaucoup trop dangereux.

— Ne pouvez-vous rien faire ? insista Suzanne.

En l'espace de quelques heures, Nanette ne ressemblait plus à la femme accorte et vive qu'elle avait toujours connue. Elle toussait de façon sporadique, serrait le drap entre ses doigts maigres, et tremblait convulsivement.

— Je vais essayer de lui donner un cordial, reprit Rivella, fouillant dans sa besace.

Il en sortit un flacon sur lequel le mot « thériaque » était inscrit.

— C'était un contrepoison à l'époque des Romains, précisa-t-il. On me la fabrique spécialement à Montpellier car sa composition peut varier selon les apothicaires. Cette préparation nécessite un an et demi d'attente et doit être élaborée au mois de février. Elle comprend au moins soixante-quatre ingrédients végétaux, minéraux et animaux dont la myrrhe, la rose, la rue, la valériane, l'acacia mais aussi de la chair séchée de vipère, de l'opopanax et des rognons de castor.

« Avez-vous de l'eau-de-vie ? reprit-il.

Elle alla en quérir une bouteille dans l'armoire à liqueurs de Sorbières. C'était la première fois qu'elle ouvrait celle-ci depuis la mort de son oncle.

Elle regarda le médecin ouvrir le flacon, en extraire un quart de cuiller de pâte à la couleur noirâtre, et la délayer dans de l'eau-de-vie. Les mains gantées, le visage protégé d'une toile fine, il se pencha et introduisit une cuillerée de ce mélange entre les lèvres de Nanette. Elle ne se débattit même pas, et cette apathie bouleversa Suzanne.

— Sauvez-la, je vous en supplie, souffla-t-elle.

Rivella l'enveloppa d'un regard si navré qu'elle prit peur.

À cet instant, elle éprouva la certitude qu'ils étaient tous condamnés à mourir.

21

Septembre 1720

La brume montant du lac annonçait une journée radieuse.

« Une chance supplémentaire pour les vendanges », pensa Ninon.

Sans l'aide de son aîné, elle n'aurait jamais pu continuer à s'occuper du vignoble. Elle avait travaillé si dur, aux premiers temps de leur installation sur les coteaux de Lavaux, que son dos lui paraissait cassé. Elle n'avait pas quarante ans et Ninon Bragant avait le sentiment d'être devenue une vieille femme.

« C'est à cause de Noé », se dit-elle.

Il lui semblait qu'elle ne pourrait jamais lui pardonner son départ. Comment avait-il pu les abandonner ainsi ? Il savait, pourtant, combien leurs parcelles exigeaient un labeur constant…

Le vignoble en terrasses orienté au sud, en forte pente, faisait désormais partie intégrante de la vie de Ninon. L'orpheline rescapée du massacre de Branoux avait éprouvé le besoin d'implanter ses racines en terre vaudoise. La vie qu'ils avaient recréée, entre montagne et lac, la satisfaisait. Elle aurait même été heureuse sans les états d'âme de Noé. Il lui était en effet impossible d'oublier le supplice subi par ses compagnons à Nîmes. Il se sentait coupable d'avoir survécu. Par la suite, il était parvenu à dépasser ce sentiment en se plongeant à nouveau dans l'étude de la Bible. Il fallait envisager une autre forme d'action, martelait-il. Et, tout d'abord, restructurer l'Église réformée. Il s'y employait depuis.

— Regarde, mère !

La voix de Martin la fit sursauter. Il lui désignait une grappe de chasselas aux grains lourds et dorés. La mère et le fils échangèrent un regard empreint de fierté.

— Fasse le ciel qu'il ne pleuve pas d'ici jeudi..., murmura Ninon.

La pluie, la grêle, les orages... autant de dangers menaçant les vendanges, contre lesquels les vignerons se savaient totalement impuissants.

Martin lui sourit.

— Le temps va se maintenir, mère, garde confiance.

À seize ans, Martin ressemblait étonnamment à son père. Aussi grand que Noé, large d'épaules, il était beau garçon et plusieurs jeunes filles le contemplaient avec intérêt le dimanche, à la sortie du temple.

« Laissez-le-moi encore un peu », avait envie de dire Ninon.

Elle aimait ses deux enfants d'un même amour, tout en ayant non pas une préférence mais une affinité particulière avec Martin, certainement à cause des conditions difficiles de sa naissance.

Elle posa la main sur le bras de son fils.

— Promets-moi que nous y arriverons.

Il lui sourit.

— Je te le promets, mère. En attendant le retour de père.

Elle n'osa pas lui répondre. Elle avait peur, terriblement peur, que Noé ne revienne jamais.

C'était son pays et ce ne l'était plus. Les Cévennes portaient encore les cicatrices de la guerre des camisards.

Ceux qui restaient avaient dû courber l'échine, même s'ils se rassemblaient encore au Désert. La répression menée par Basville et le maréchal Villars avait laissé des traces, aussi bien physiquement que moralement.

Noé n'avait pu s'empêcher de remettre ses pas dans les pas du passé. Même s'il s'était efforcé de ne pas se bercer d'illusions, il espérait toujours retrouver son frère. Or personne n'avait pu lui dire ce qu'il était devenu. Mort de faim, condamné aux galères, exécuté ? À moins qu'il n'ait fui à l'étranger. Noé avait lancé des avis de recherches auprès de ses relations du Refuge.

À Anduze, il avait appris la mort de son oncle Élie Bragant mais aussi ses retrouvailles avec ses enfants Jean et Esther. Cette nouvelle l'avait bouleversé.

Il n'avait pas non plus retrouvé la trace des sœurs de Cornély. Catherine et Marthe étaient restées emprisonnées dans la sinistre tour de Constance durant un an puis libérées sur décision du maréchal de Villars à condition de partir pour la Suisse. Noé fut soulagé de l'apprendre. Il espérait tant que les deux dames aient trouvé la paix de l'âme !

Il rencontra le pasteur Jacques Roger après s'être recueilli dans le bois là où Rolland avait été tué, cette tragique nuit d'août 1704.

Tous deux étaient du même avis, à savoir que l'Église réformée de France devait être réorganisée de fond en comble. Le temps de la violence était passé, il fallait reconstruire sur des bases solides. Noé, cependant, tenait à maintenir les assemblées du Désert. Il savait qu'Antoine Court, un Cévenol ordonné pasteur deux ans auparavant, soutenait lui aussi cette idée, que les Églises du Refuge récusaient. Éternel dilemme...

De retour dans les Cévennes, Noé avait relu avec grand intérêt les thèses de Claude Brousson. Déjà, à la fin du XVIIe siècle, l'ancien avocat estimait qu'il fallait refuser les baptêmes et les mariages à l'Église romaine, et continuer à invoquer Dieu comme les premiers chrétiens dans les cavernes et les déserts.

Brousson avait été exécuté à Montpellier en 1698 mais, malgré le temps écoulé, ses idées avaient toujours autant de poids.

Il fallait continuer sur cette voie, estimait Noé, ordonner de nouveaux pasteurs, redonner un sens à un pays qui avait perdu ses repères.

Au fur et à mesure que le temps passait, il mesurait mieux l'ampleur de la tâche à accomplir. Lui-même avait besoin de suivre un enseignement approfondi, et d'être ordonné. Il avait ressenti l'appel en revenant devant le mas des Laporte. Il se rappelait le jour où Rolland l'y avait emmené. Ce jour-là, le chef camisard avait partagé avec lui ses racines. Face à la maison de pierres, Noé comprenait enfin la raison pour laquelle il n'avait pas été arrêté.

C'était à lui de poursuivre la tâche. Le temps de la guerre était révolu.

Il fallait désormais semer.

Quand l'Éternel a ramené les captifs de Sion,
nous avons cru rêver. [...]

Oui, l'Éternel a fait pour nous de grandes choses :
nous sommes dans la joie.
Viens changer notre sort, ô Éternel,
comme tu fais couler des cours d'eau au désert.
Qui sème dans les larmes moissonne avec des cris de joie !
Qui s'en va en pleurant pour porter sa semence
Revient rempli de joie, sous le poids de ses gerbes[1].

---

1. Extrait du psaume Semailles et Moisson.

22

Le mistral, soufflant sans relâche depuis le 1er septembre, accentuait encore le mal de tête de Suzanne. Elle avait traversé un moment de profonde détresse à la mort de Nanette. Heureusement, le docteur Rivella était resté à ses côtés, faisant en sorte que le corps de la servante soit enveloppé dans un drap et emmené rapidement.

Elle avait tant espéré la sauver malgré les mises en garde du médecin.

Nanette disparue, elle se retrouvait seule avec Gédéon qui, perché sur son épaule, appelait : « Nanette, et mes gâteaux ? » La première fois, elle avait sursauté et ri nerveusement. Désormais, elle s'en agaçait.

Il avait fallu brûler le lit et les vêtements de Nanette. Suzanne pleurait, s'essuyait les yeux, et sanglotait de plus belle. C'en était trop, elle ne pouvait plus supporter la ville morte, jonchée de cadavres, où même les vivants paraissaient être en sursis. Les morts étaient abandonnés aux chiens errants. Pourtant, dès le 8 août, les échevins avaient fait creuser des fosses communes, trois à la porte de la Joliette, deux à la porte d'Aix, trois à la porte de Rome et une à la porte de Bernard-du-Bois. Pour ce faire, ils avaient recruté des paysans de la campagne aux alentours. Recrutement quelque peu contraint, d'ailleurs, sinon, on aurait manqué de volontaires ! Ces fosses longues de trente à quarante mètres, larges de trois mètres et demi et profondes de deux mètres et demi à trois mètres étaient recouvertes de chaux vive.

Cela ne suffisait pas, pourtant ! L'un des échevins, M. Moustier, faisait preuve d'un courage incroyable. Le 1er septembre, à la tête de cent forçats, il avait fait enlever mille deux cents cadavres des rues de Marseille ! On racontait aussi qu'en août, il avait reçu sur le visage un emplâtre couvert du pus d'un pestiféré. Il l'avait ôté tranquillement, avait passé une éponge vinaigrée sur sa joue et poursuivi sa tâche.

Ces exemples ne suffisaient pas à réconforter les Marseillais.

— Tais-toi, Gédéon ! lança Suzanne, exaspérée, à son perroquet qui réclamait crescendo des biscuits à Nanette.

Il n'y avait plus rien à manger et elle n'avait même pas faim. La migraine martelait sa tempe gauche, la nausée menaçait. Épuisée, dolente, la jeune fille alla s'allonger dans sa chambre. Le logis lui semblait presque vide, peuplé d'ombres. Elle écrasa une larme, cherchant en vain le sommeil.

Un bruit furtif la réveilla. « On » se déplaçait avec précaution dans l'appartement. Suzanne se redressa, tendit l'oreille. Les bruits de pas se rapprochèrent de sa porte. Ce ne pouvait être Benjamin, se dit-elle, il se serait annoncé et Gédéon lui aurait lancé sa plaisanterie favorite : « Essuyez-vous les pieds ! »

En parlant de Gédéon… où était-il passé ? Le perroquet supportait mal la solitude et boudait si Suzanne se fâchait. Lui aussi était perturbé par l'épidémie.

La porte s'entrebâilla, avec une lenteur exaspérante pour les nerfs. Aux aguets, Suzanne se recroquevilla sur son lit.

Elle ne put réprimer un hurlement strident en apercevant une silhouette à l'aspect patibulaire. L'homme portait la casaque rouge des forçats et empestait. Terrifiée, Suzanne hurla à nouveau. Elle savait qu'elle n'avait rien à espérer de ce genre d'individu. Il avait certainement échappé à ses gardiens et était venu pour piller l'immeuble.

Pas question de laisser un témoin derrière lui !

— Donne ton or ! ordonna-t-il, les deux mains tendues vers le collier de Suzanne.

Elle fit front, sauta dans la ruelle.

— Hors de ma vue ! lança-t-elle.

Le forçat éclata de rire.

— Tu crois me faire peur, fillette ? Sois mignonne et je ne te ferai pas de mal.

Son visage était noir de crasse. Sa bouche s'ouvrait sur des chicots répugnants. Il sentait le cadavre et la mort.

— Laissez-moi, reprit Suzanne d'un ton qui se voulait décidé. On va venir à mon aide.

L'autre ricana.

— Balivernes ! Ils sont tous morts. J'ai déjà vidé le logis du dessus. Il n'y a plus que toi, ma poulette et, crois-moi, tu ne fais pas le poids !

Sans effort apparent, il la saisit par le col et l'attira à lui. Elle se tortilla en tous sens afin de lui échapper, en vain. Tout près de lui, elle voyait maintenant ses yeux injectés de sang. Il se pencha vers elle. Elle hurla à nouveau. Il la souffleta.

— Vas-tu te taire, petite sotte ? gronda-t-il. On va prendre un peu de bon temps tous les deux, je n'ai pas envie que tu rameutes mes compagnons.

La brute puait aussi l'alcool. Sous le choc des coups reçus et des effluves nauséabonds émanant de lui, Suzanne manqua défaillir. Elle se vit perdue.

À cet instant, elle entendit un bruissement d'ailes. Gédéon fonça sur son agresseur en criant : « À la garde ! » Il l'attaqua au visage et aux yeux. Le forçat fut si surpris qu'il lâcha Suzanne.

Elle s'éloigna de quelques pas tandis que son perroquet s'acharnait sur le forçat, incapable de se défendre contre ses assauts et ses redoutables coups de bec.

— Suzanne !

Benjamin Rivella surgit à son tour dans la chambre. Il se précipita vers la jeune fille avant de se retourner vers le forçat. Gédéon se calma aussitôt et vola jusqu'à l'épaule de Suzanne.

— Ton compte est bon, mon gaillard ! fit le médecin, ayant tiré un pistolet de sa besace.

L'agresseur ne se laissa pas impressionner. Il fonça vers Rivella, le couteau haut levé. Benjamin fit feu. Le galérien, touché à bout portant, s'effondra sur le parquet. Suzanne recula vivement. Elle se mit à trembler de façon incoercible.

— Benjamin, merci. J'ai eu si peur..., souffla-t-elle.

Gédéon lui becqueta affectueusement la main.

— Gédéon n'a pas peur ! plastronna-t-il, en gonflant ailes et jabot.

Elle lui caressa le sommet de la tête, comme elle en avait l'habitude.

— Oui, Gédéon est un brave, renchérit-elle.

Rivella lui prit le bras.

— Vous n'avez rien ? Cette brute ne vous a pas molestée ?

— Il m'a juste gratifiée de deux gifles.

Suzanne se mit à rire et à pleurer en même temps. L'instant d'après, elle tombait en arrière sous l'effet de sa migraine.

Rivella, mortellement inquiet, la saisit dans ses bras tandis que Gédéon voletait autour d'eux en répétant : « Pauvre Suzanne, Suzanne malade. »

— Tais-toi donc ! lui enjoignit le médecin.

Mais il savait déjà que le perroquet disait vrai. Suzanne était atteinte à son tour.

Lorsqu'il était revenu de ce qu'on appelait encore l'un des royaumes barbaresques, Benjamin Rivella avait choisi de s'installer à Marseille car il éprouvait le besoin viscéral de vivre près de la mer. Il avait jeté son dévolu sur la place Vivaud, dans le quartier de l'église Saint-Laurent, à cause de son histoire et de sa proximité du port.

Ne racontait-on pas que les premiers Phocéens avaient débarqué à l'endroit exact où se dressait la place ? L'animation des jours de marché l'avait séduit. Sous la halle, en effet, on venait s'approvisionner en soie, laine, lin et corail. Par la suite, une halle aux poissons y avait vu le jour.

Rivella habitait une maison ancienne à colombages, dont les fenêtres ouvraient sur la place Vivaud et le clocher octogonal de l'église Saint-Laurent.

Depuis le début de l'épidémie, il ne faisait que passer à son logis. Il n'avait pas de serviteur, tenant trop à son indépendance. Portant Suzanne, il poussa du pied la porte de son domaine, déposa la jeune fille avec précaution sur une ottomane de couleur incarnat. Rodrigo vint lécher ses mains.

— Attends, mon chien, lui dit-il doucement.

Il se nettoya soigneusement à l'aide de vinaigre avant de chercher à ranimer Suzanne.

Elle brûlait de fièvre. Effrayé, Benjamin jeta un regard perdu autour de lui. Il était pris de panique à l'idée qu'elle pouvait mourir, elle aussi, comme tant de Marseillais avant elle.

Il devait la sauver !

Il la dévêtit, cherchant la trace d'une piqûre de puce, s'énerva de ne rien trouver. Il avait horriblement peur qu'elle ne soit atteinte de la peste pulmonaire, la plus redoutable des deux. Il lui passa l'une de ses chemises, beaucoup trop grande pour elle, lui frictionna les pieds et les mains avant d'entasser sur elle plusieurs manteaux pour la faire transpirer. Elle ouvrit lentement les yeux, sans vraiment le voir. Il en profita pour lui faire absorber de la thériaque. Suzanne remua la tête de droite à gauche, de gauche à droite, mais finit par absorber le liquide.

— Mal, murmura-t-elle en portant la main à sa tête puis à son ventre.

Une douleur fulgurante lui empoigna le cœur. « Pas elle ! » pensa-t-il. Depuis le premier jour, lorsqu'il l'avait vue dans la chambre de la maison close, il avait pensé qu'elle était celle qu'il attendait depuis longtemps. Par la suite, il avait apprécié son dévouement, son empathie et sa combativité. « Je veux me battre jusqu'au bout, lui avait-elle affirmé au chevet de Nanette. Mon oncle m'a appris qu'il ne fallait pas accorder autant d'importance à la religion. L'homme, voilà ce qui compte. »

S'il respectait les croyants, quels qu'ils soient, Benjamin peinait lui aussi à les suivre dans leurs intransigeances. Il avait vu souffrir des galériens, musulmans ou huguenots, des malades catholiques, protestants ou juifs. Lorsqu'il se trouvait au royaume chérifien[1], il avait tenté d'adoucir le

1. Nom donné alors au Maroc.

sort des esclaves, chrétiens et juifs. La lutte contre la souffrance était sa seule croyance.

Malgré la chaleur ambiante, il alluma un feu dans la cheminée, et prépara un bouillon épicé. Il versa dedans un électuaire opiacé, le diascordium. Un apothicaire le confectionnait pour lui, en respectant ses instructions à la lettre. Des feuilles sèches de scordium, des racines de tormentille et de gentiane, de la cannelle, du dictame de Crète, des semences de berberis, du galbanum, du vin des Canaries, du gingembre, du miel rosat et des roses rouges entraient dans sa composition. Mais surtout il contenait du laudanum qui allait faire dormir Suzanne.

Ensuite, il fit bouillir du vin dans un chaudron, y trempa une autre de ses chemises et la mit à Suzanne afin de la faire transpirer un peu plus.

Plongée dans une torpeur inquiétante, elle ne parvenait plus à ouvrir les yeux. Benjamin lui posa la main sur le front.

— Reste avec moi, je t'en supplie, implora-t-il.

Il avait fait tout ce qu'il pouvait faire. À présent, il fallait guetter l'apparition du premier bubon, et prier. Mais il n'avait jamais eu la foi.

Il ne pouvait compter que sur la force de son amour pour elle.

23

Septembre 1720

Elle n'était pas chez elle, sur le cours, parce qu'elle ne reconnaissait pas le tissu d'indienne qui recouvrait les murs de sa chambre, se dit Suzanne.

Elle tenta de se soulever sur un coude, retomba en arrière. Elle se sentait plus faible qu'un nouveau-né, et vaguement nauséeuse.

— Enfin ! soupira une voix masculine qu'elle reconnut aussitôt.

Benjamin Rivella se pencha au-dessus d'elle.

— Bienvenue dans le monde des vivants, ma mie, lui dit-il tandis qu'un sourire éclairait son visage las, mangé par une barbe de plusieurs jours.

Ne désirant pas être en reste, Gédéon se percha sur le lit et déclara :

— Suzanne, il est temps de te lever.

La jeune fille sourit à son tour.

— Cher vieux Gédéon ! Benjamin, c'est vous, n'est-ce pas, qui m'avez sauvée ?

— J'ai seulement tout mis en œuvre pour vous tirer d'affaire.

Il ne lui dirait pas à quel point il avait eu peur pour elle. Durant quatre jours et quatre nuits, il ne l'avait pas quittée, bassinant le lit, changeant toutes les deux heures sa chemise, épongeant son front, humectant ses lèvres, surveillant le gonflement du bubon de l'aine… Il l'avait soignée comme il l'eût fait pour une enfant, la lavant, la tenant propre, incapable de penser à des lendemains sans elle. Il l'aimait.

Il avait lutté contre ce sentiment, cette attirance, une bonne partie de l'été, parce qu'il ignorait s'il survivrait à l'épidémie. Or, à présent, il ne voulait plus attendre. Le temps était trop précieux.

Suzanne agita les mains, comme pour vérifier qu'elle en était capable. Ses doigts amaigris lui parurent diaphanes.

— Quelle sensation merveilleuse ! Je suis en vie ! Oh ! Benjamin, vous ne pouvez savoir… Il me semble revenir de loin.

— De fort loin, en effet, confirma-t-il.

Une ombre voila son regard. Il se rappelait cette nuit terrible durant laquelle il avait redouté de perdre la jeune fille. Elle passait d'un état de torpeur à un état d'agitation extrême, sans paraître le reconnaître. Elle brûlait de fièvre et le bubon avait doublé de taille.

Il s'était résolu à l'ouvrir, avait dû s'y reprendre à deux reprises tant ses mains tremblaient.

Il n'oublierait jamais le hurlement de Suzanne, cette expression de souffrance nue peinte sur son visage. Il était parvenu à éviter l'hémorragie et avait enduit d'un emplâtre la plaie tuméfiée. Emplâtre qu'il avait changé toutes les trois heures. À la fin de la journée, en voyant les humeurs s'écouler, il avait repris espoir.

— Mais vous-même…, reprit la jeune fille, vous avez été épargné ?

— Mes confrères et moi pensons que nous développons une certaine immunité. J'ai failli périr de la peste il y a plusieurs années, ai survécu grâce au médecin qui m'a transmis son savoir.

— Quelle chance ! Je suis peut-être immunisée moi aussi, désormais ?

— Je l'espère de tout mon cœur.

Il remonta le drap jusqu'à son menton.

— Dormez, à présent. Il faut reprendre des forces.

— Mais je me sens vivante ! se récria Suzanne. C'est si merveilleux…

Il l'enveloppa d'un regard attendri.

— Nous quitterons Marseille dès que vous serez rétablie.

— Nous ? répéta Suzanne.

Elle se rappelait que, début juillet, il lui avait affirmé ne pouvoir envisager d'abandonner ses patients. Elle ne l'en avait que plus admiré.

Il lui caressa les cheveux.

— L'hécatombe est effrayante mais l'on sent enfin quelque répit. La peste desserre son étreinte. La situation, logiquement, devrait continuer à s'améliorer avec le retour du froid. Un bon mistral pour chasser les miasmes… j'en rêve ! Mais il ne faut pas s'illusionner : ce fléau va s'étendre en Provence, si ce n'est déjà fait.

— Vous ne voulez pas dire que l'épidémie risque de gagner toute la Provence ?

Suzanne le considérait d'un air horrifié.

— J'ai bien peur que l'œuvre de mort ne soit déjà entamée, confirma-t-il.

Elle secoua la tête.

— Dans ce cas, que devons-nous faire ?

Un sentiment de panique la submergea. Revivre le cauchemar des derniers mois ? Non, c'était impossible !

— Partir, répondit-il sans hésiter. Loin d'ici. Là où l'on voudra bien de nous car on commence déjà à se méfier des pesteux de Marseille. De toute manière, la ville mettra un certain temps à renaître.

— Ma famille est originaire des Cévennes, réfléchit Suzanne à voix haute.

Épuisée, elle ferma les yeux.

— Pardonnez-moi, je n'en puis plus. Je vais dormir un peu.

Il se pencha, lui caressa le front.

— Reposez-vous, ma mie. Je veille.

Gédéon lui tint compagnie. Tous deux avaient appris à se connaître durant la maladie de Suzanne. Le perroquet tolérait la présence du médecin auprès de sa maîtresse, sans pour autant se laisser caresser.

Où aller ? s'interrogea Benjamin. Depuis la fin de ses études, il avait mené une existence aventureuse, du Maghreb au Levant, cherchant toujours à approfondir ses connaissances.

Pour la première fois, l'amour de Suzanne suscitait chez lui le désir de s'installer, de faire souche. N'était-il pas trop âgé pour elle ? Qu'avait-il à lui offrir ? Benjamin Rivella n'avait pas fait fortune en exerçant son art. À quarante ans, il ne possédait que sa besace, ses livres et quelques effets personnels.

Il veilla sur son sommeil durant deux bonnes heures. Lorsqu'elle ouvrit à nouveau les yeux, il s'émerveilla de lui trouver meilleure mine.

— Embrassez-moi, souffla-t-elle en tendant la main vers lui.

Il s'exécuta, sans plus se poser de questions.

La montagne de la Sainte-Victoire barrait l'horizon de sa masse calcaire. Chênes verts, chênes kermès, oliviers composaient un décor bucolique dont Suzanne ne se lassait pas.

À l'heure de la méridienne, le jardin baignait dans une douce torpeur. Installée sous un grand cèdre, Suzanne vérifia que le voile de mousseline protégeait bien le berceau de Valentin.

Elle avait prénommé ainsi son fils, en souvenir de Sorbières. Il était né six mois auparavant, et elle avait alors eu un peu de peine à assumer son statut de mère. Comme elle avait tenté de l'expliquer à Benjamin, elle n'avait pas de point de repère, rien. Elle n'avait pas gardé de souvenir de sa nourrice. Elle se rappelait simplement Sorbières penché au-dessus de son petit lit d'enfant, lui lisant *Les Essais* le soir. Benjamin avait esquissé un sourire lorsqu'elle le lui avait raconté. « Belle éducation ! Voilà donc pourquoi tu as la tête bien faite ! » avait-il ironisé.

Benjamin et elle étaient heureux, même s'ils s'étaient rencontrés dans des circonstances tragiques. Ils avaient quitté Marseille à la fin de l'automne 1720, alors que l'épidémie marquait réellement le pas, et s'étaient installés à Avignon.

Suzanne avait tout de suite aimé la ville des bords du Rhône, son animation, la beauté imposante du palais des Papes.

Le simple fait d'entendre sonner les cloches des nombreuses églises d'Avignon émerveillait Suzanne, lui faisant mesurer à quel point elle avait souffert du silence lugubre de Marseille. Cependant, elle se gardait de confier à leurs voisins d'où ils venaient. Ils avaient dû produire des certificats de santé pour pénétrer dans Avignon. Le seul mot « peste » inspirait une sainte terreur. Un véritable cordon sanitaire, limité par le Verdon, la Durance et le Rhône, empêchait de quitter la Provence contaminée.

Toute sortie en fraude, sans avoir fait de quarantaine, était passible de peine des galères pour les hommes, de fouet et de bannissement pour les femmes. On ne pouvait plus commercer avec l'extérieur, sauf pour les produits comme les poissons secs, les olives, les huiles, les vins, épices, parfums, soude et savon, soumis au respect de la quarantaine. La transmission du courrier faisait l'objet d'un véritable rituel. On jetait les paquets rassemblant les plis à trente pas des barrières. De l'autre côté, on les ramassait avec des pincettes trempées dans du vinaigre sous contrôle militaire. Chaque lettre était séchée et parfumée avant d'être expédiée à son destinataire.

Était-ce pour cette raison que Suzanne n'avait jamais reçu de réponse aux deux courriers envoyés à sa mère ? Elle avait recopié avec soin l'adresse d'Esther à Berlin, découverte dans les papiers de Sorbières et écrit une première missive dans laquelle elle racontait son histoire. Elle avait attendu, pour le faire, d'être installée à Avignon, car on leur avait raconté que dans de nombreuses villes, le courrier en provenance de Marseille était systématiquement brûlé sans même être ouvert ni, a fortiori, lu.

Après avoir longtemps guetté une réponse, elle avait fini par se dire que ce n'était pas si grave. Benjamin, leur petit Valentin et elle étaient heureux… que demander de plus ?

À intervalles réguliers, cependant, la question de ses origines revenait la tarauder. Elle désirait nouer des relations avec sa mère, tout en ayant peur des conséquences de ces retrouvailles.

L'une et l'autre n'avaient aucun souvenir commun. Seule leur affection pour Sorbières les unissait. Suzanne comprenait bien qu'Esther n'ait pas forcément envie de voir sa fille surgir ainsi. D'ailleurs, elle la croyait morte depuis vingt ans !

De plus, comment expliquerait-elle la situation à son époux ? La jeune femme se sentait prisonnière du passé et hésitait à s'imposer dans la vie de celle qui était partie s'installer en Prusse. Benjamin, à qui elle s'était ouverte de ses réticences, la comprenait et la soutenait. Il était son mari, son amant, son ami. Elle s'était décidée cependant à écrire à nouveau quelques jours après la naissance de leur fils. Parce qu'il fallait qu'elle sache.

La peste les avait rattrapés à Avignon durant l'été 1721, le 16 septembre exactement. Une nouvelle fois, le docteur Rivella s'était battu pour faire admettre la réalité, on avait refusé de l'écouter. Fin octobre, Le Thor, Caumont, Sorgues, Chateauneuf-du-Pape, Orange, Monteux étaient frappées à leur tour.

Suzanne avait l'impression de vivre un nouveau cauchemar. Elle avait alors supplié son mari.

— Je t'en prie, Benjamin, partons ! On t'a accusé de déparler, de susciter des craintes inutiles. Allons nous mettre à l'abri.

Il l'avait regardée, gravement.

— Me penses-tu capable d'une telle lâcheté ?

Vaincue, elle avait baissé la tête.

— Prends au moins soin de toi.

Il lui avait rappelé qu'il était certainement immunisé. Chaque matin, en le regardant quitter leur logis de la rue Saint-Agricol, elle avait l'impression de mourir.

Et puis l'épidémie avait reflué lentement. On avait fermé les portes, gardé les frontières avec le Languedoc et le Dauphiné. Munis d'un billet de santé en bonne et due forme, Benjamin et Suzanne avaient enfin pu quitter Avignon et étaient retournés à Aix. Ils s'étaient installés dans la maison des champs de Sorbières.

Là, ils cultivaient leur jardin au pied de la Sainte-Victoire et Benjamin avait créé un hospice dans le village le plus proche.

C'était une forme de bonheur simple que Suzanne savourait.

Depuis la mort de Sorbières, elle n'avait plus chanté. Il lui semblait parfois que l'épidémie de peste avait emporté son goût pour l'opéra.

Elle avait son époux auprès d'elle. Et Valentin.

24

1725

Le soleil apparut lentement au-dessus de la cime des arbres et le jardin d'Esther se nimba d'une douce lumière. Elle aimait ces petits matins d'été, quand chaque jour recélait la promesse de petits bonheurs. Elle murmura pour elle-même l'un de ses vers préférés de Racine : « Un je ne sais quel trouble empoisonne ma joie[1] », et esquissa un sourire teinté de mélancolie. Quiconque croisant le chemin de Mme Wizenstein pensait assurément qu'elle était une personne des plus respectables, attentive à l'éducation de ses enfants. Esther donnait aussi des leçons de français aux enfants des voisins, tout en continuant de s'intéresser aux livres.

Lorsque Melchior lui avait proposé de s'installer hors les murs de Berlin, quasiment à la campagne, Esther n'avait pas caché son enthousiasme. Depuis ses années d'enfermement à Montpellier, elle avait besoin de se sentir libre, et la proximité de la nature l'apaisait.

Berlin avait pris de l'importance, notamment grâce à l'arrivée des huguenots français, et la ville se développait

1. Extrait d'*Esther*.

à un rythme soutenu. Manufactures d'armes, de textiles, de bas, d'indiennes avaient largement contribué à l'essor de la cité.

Comme son frère Jean le faisait remarquer, Louis XIV avait contribué au déclin économique de la France en incitant des milliers de religionnaires à quitter leur pays.

Elle esquissa un sourire à l'évocation de Jean. Le frère et la sœur s'étaient retrouvés avec bonheur, bien qu'ils aient peu de souvenirs d'enfance à partager. L'ancien galérien savait écouter Esther. Vieilli par treize années de chiourme, il paraissait beaucoup plus âgé qu'Esther et, tout naturellement, avait succédé à son père à la tête de la petite colonie venue de France. Son expérience, son esprit de tolérance, sa culture faisaient de lui un médiateur estimé. Il formait avec leur demi-frère David un duo complémentaire. David, l'homme des chiffres, tempérait Jean, l'homme d'action.

Esther s'émerveillait souvent de leur entente. Elle se rendait environ une fois par quinzaine à Silberlinden en compagnie des enfants et Melchior venait l'y rejoindre le dimanche.

Jonathan aimait le domaine, qu'il parcourait à cheval ou à pied.

« Plus tard, je serai fermier, comme grand-père Élie », répétait-il lorsqu'il était encore un petit garçon. Il ne disait plus rien, à présent, mais sa mère était convaincue qu'il n'avait pas changé d'idée. Plusieurs générations cohabitaient à Silberlinden, chacun tenant à garder son indépendance. Elsa s'était réservé le petit salon attenant à sa chambre, où elle jouait toujours du clavecin. David sortait peu du bureau aménagé à l'étage. À vingt-deux ans, il n'était pas marié et avait tendance à se couper du monde. Esther savait par Jean que leur jeune frère avait souhaité épouser Coralie, la fille d'un aubergiste de Potsdam. Son père, cependant, informé par la rumeur publique de la fragile constitution de David, s'était opposé au mariage.

David avait accusé le choc et s'était refermé sur lui-même. Jean avait essayé de le réconforter, sans grand succès.

« Mon fils me ressemble sur ce point, il ne sait pas dire les choses », avait un jour confié Elsa à Esther. Après une phase d'observation mutuelle, les deux femmes avaient appris à s'estimer et même à s'entendre. Elsa passait du temps avec Jeanne-Louise. Elle lui avait enseigné le solfège puis à jouer du clavecin.

La fillette se plaisait à Silberlinden et y passait une partie de l'été.

« C'est la relève », disait Elsa, couvant les enfants d'Esther d'un regard attendri.

Les enfants d'Esther… ils ignoraient qu'ils avaient une sœur aînée, Suzanne, elle-même mère d'un petit garçon.

Esther avait eu l'impression de perdre la raison quand elle avait lu la lettre de Suzanne, qui lui était parvenue après six mois de pérégrinations dans une Europe qui redoutait la peste.

Elle l'avait lue et relue, cette lettre, essayant de comprendre ce qui s'était passé. Suzanne racontait, expliquait. Elle avait même pris la peine de recopier la lettre de Sorbières. Et, face à cette réalité incroyable, Esther avait perdu pied.

Suzanne… sa fille. Comment Sorbières avait-il pu agir ainsi, la plonger sciemment dans le désespoir ? Elle avait beau lui chercher des excuses, elle n'y parvenait pas. Même si elle se souvenait du drame qu'avait représenté pour elle l'attitude de Baptiste, elle ne comprenait pas la motivation de son ami. Certes, il avait désiré la protéger mais à quel prix ?

Perdue, en plein désarroi, Esther s'était confiée à Jean. Elle ne craignait pas son jugement. Il avait tant souffert lui-même qu'il faisait preuve de beaucoup de tolérance. S'il n'était pas devenu pasteur comme il l'aurait souhaité, il était toujours de bon conseil. Ce qu'il lui avait dit ce jour-là l'avait stupéfiée. Tous deux se promenaient dans le verger de Silberlinden. Les délicates fleurs de pommiers formaient un nuage de gaze rose, jeté à l'infini sur des centaines d'arbres. Vision magique qui réchauffait le cœur du frère et de la sœur.

Il l'avait écoutée, gravement, avant de faire remarquer : « Toi seule détiens la réponse à tes questions, sœurette. Tu ignorais tout de Suzanne. À présent, tu sais. À toi de choisir. Soit tu affrontes la vérité, soit tu gardes le silence. Aussi bien vis-à-vis de Melchior que de ta fille aînée. »

Elle aurait dû se douter que Jean ne choisirait pas ses mots au hasard. L'expression « fille aînée » la renvoyait à une réalité dérangeante. Elle avait trois enfants, dont Suzanne était l'aînée. Suzanne… quelle idée curieuse de l'avoir prénommée ainsi !

Trois mois s'étaient écoulés depuis cette conversation et Esther n'avait toujours pas arrêté sa décision. Melchior lui reprochait d'être lointaine, plongée dans ses pensées. Elle rougissait, se troublait mais gardait le silence. Incapable de se résoudre à lui révéler la vérité. Tout en sachant qu'une nouvelle fois, Suzanne était sacrifiée aux convenances.

Fin juillet, n'y tenant plus, elle demanda un entretien au pasteur Lafourche, un réfugié venant du Poitou. Elle appréciait ses sermons mesurés. Elle s'ouvrit à lui du passé. Elle attendait de lui une solution, il se contenta de hocher la tête et de garder le silence durant un temps qui lui parut interminable. Lorsqu'il reprit enfin la parole, ce fut pour lui dire :

— Vous seule devez vous décider. Si cela peut vous aider, cherchez la réponse dans la Bible.

Ce qu'elle fit le soir même. Elle prit la bible familiale, en bonne place dans la bibliothèque. Sur la page de garde, Melchior avait écrit leurs deux noms, la date de leur mariage et celles de la naissance de leurs enfants.

Esther l'ouvrit au hasard, lut.

Une femme oublie-t-elle l'enfant qu'elle allaite ?
Cesse-t-elle d'aimer l'enfant qu'elle a porté[1] *?*

Elle referma le livre en éprouvant un sentiment de paix intérieure.

Elle savait ce qu'elle devait faire.

---

1. Esaïe, XLIX, 15.

25

1824

Elle avait promis à son époux de ne pas être triste. Pourtant, la perspective de quitter la maison où elle vivait depuis plus de vingt-huit ans, de ne plus voir ses enfants durant longtemps désespérait Anna Bragant.

Elle s'essuya les yeux, se moucha. Le printemps allait bien à Silberlinden, elle l'avait toujours pensé.

— Maman... Je ne peux vraiment pas emporter mon piano ?

Sa fille, Magdalena, dix-huit ans, yeux verts, cheveux châtains, lui jeta un regard navré. Digne descendante d'Elsa Bragant qui avait enseigné le clavecin à Jeanne-Louise puis à Emma, Magdalena était une musicienne dans l'âme. Cependant, le voyage s'annonçant déjà assez long, il était hors de question d'emporter son piano-table carré.

Ses frères aînés, Mathias et Augustin, restaient en Prusse. Mathias succédait à leur père à la tête du domaine tandis qu'Augustin achevait ses études de médecine à Berlin. Nathanaël leur avait si souvent parlé de Jéricho, la propriété cévenole de leurs ancêtres, qu'ils n'étaient pas vraiment surpris d'apprendre son retour en France. Nathanaël était né avec le mal de vivre de l'exil. Eux ne se posaient pas ce genre de questions : ils se sentaient profondément prussiens.

La France n'était plus pour eux qu'une lointaine entité et ils étaient germanophones.

On parlait d'ailleurs de moins en moins le français à Berlin. L'assimilation des huguenots s'était faite au fil des générations.

— Heureusement, nous emmenons Jicky, soupira Magdalena, que les siens appelaient affectueusement Lena.

Jicky était une petite chienne rousse et blanche, fille de Vaillant, le chien de son père. Vaillant était mort durant l'hiver, à l'âge vénérable de treize ans, et Nathanaël avait refusé d'en choisir un nouveau dans le chenil. En revanche, Lena avait jeté son dévolu sur une petite boule au regard confiant, qui s'était mis en tête de s'attacher à ses pas. Jicky avait grandi mais gardé sa tête attendrissante. La jeune fille et elle étaient inséparables.

— Voyons, récapitula Anna. Nous avons nos malles, assez de provisions pour soutenir un siège, nos livres et nos papiers.

— Imagines-tu, enchaîna Nathanaël. Nous allons effectuer en sens inverse, et avec des documents en règle, le périple de grand-père Élie, en 1686. Il était parti seul avec ses souvenirs.

Toute la famille connaissait son histoire et savait combien le Grand Électeur avait aidé les huguenots français. Rassemblés après 1715, les Bragant s'étaient serré les coudes, formé un front uni. Jean s'était marié à plus de quarante-cinq ans avec la fille d'un pasteur. Ils avaient eu deux enfants, des jumeaux. Jeanne-Louise, la fille cadette d'Esther, s'était établie à Silberlinden pour élever son petit-neveu et sa petite-nièce, leur mère étant morte à leur naissance. Jeanne-Louise avait ainsi enterré son rêve de se consacrer à la musique. Elle savait que son oncle Jean avait besoin d'elle. Sa mère, Esther, n'avait jamais été très proche d'elle et elle agissait de même avec ses neveux. Jeanne-Louise s'était sacrifiée en toute connaissance de cause. Elle avait accepté l'idée de ne pas se marier, de ne pas avoir d'enfants, tout simplement parce qu'elle pensait que son dévouement allait de soi. Peut-être aussi espérait-elle que son choix de vie attendrirait sa mère. Mais Esther n'avait d'yeux que pour son fils et sa fille aînée. Suzanne avait horriblement souffert de se croire abandonnée et Esther s'efforçait de le lui faire oublier.

Comment, dans ces conditions, aurait-elle pu se soucier de Jeanne-Louise, introvertie et muette ?

David était mort en 1726 d'une terrible crise d'asthme et Elsa avait survécu à son fils vingt longues années. Elle s'était rapprochée de Jean, parce qu'il lui rappelait son époux.

Elle jouait le soir venu, et sa musique se diffusait sur la propriété. Elle avait connu l'immense bonheur de rencontrer Jean-Sébastien Bach, et pu échanger avec lui. La musique, toujours, lui avait permis de transcender sa peine. Le fils de Jean, Daniel, avait pris le relais à la mort de son père, en 1765. L'ancien galérien avait atteint l'âge vénérable de quatre-vingt-cinq ans.

À quelques années près, Nathanaël aurait pu le connaître ! Pierre, le fils de Daniel, avait repris Silberlinden tandis qu'Emma, sa tante, enseignait la musique au collège français de Berlin. Pierre avait épousé Mathilde, dont les parents étaient drapiers. Ils n'avaient eu qu'un fils, Nathanaël, qui, tout naturellement, s'était investi dans la vie du domaine.

Chacune de ces générations lui avait transmis l'amour de la belle ouvrage et le culte des anciens. Et, par-dessus tout, le souvenir de Jéricho, comme un paradis perdu.

Nathanaël ne se retourna pas quand la lourde berline eut franchi le portail de Silberlinden. Assise à côté de lui, Anna tamponnait ses yeux sans mot dire. Nathanaël lui prit la main.

— Nous reviendrons, promit-il à son épouse.

La brume légère montée du lac Léman estompait les contours des sommets enneigés. Chaque matin, Noémie venait saluer « son » lac, ce qui lui permettait de vérifier l'état des vignes.

À soixante ans, elle n'avait pas l'intention d'abdiquer un pouce de son autorité, et ce malgré l'impatience à peine refrénée de Jeb, son fils.

« Oh, Emmanuel, si seulement tu avais pu rester à mes côtés… », pensa-t-elle.

Emmanuel et Noémie Bragant avaient formé un couple exceptionnel durant trente-cinq ans, uni par l'amour et par la même passion pour leurs vignes. Le domaine Bragant, créé par Noé et Ninon au début du XVIIIe siècle, bénéficiant d'une vue imprenable sur le lac, produisait un vin blanc gouleyant apprécié des deux côtés de la frontière.

De retour en Suisse en 1722, Noé avait été ordonné pasteur à Lausanne. Ninon avait retrouvé un époux apaisé, que les souvenirs du passé hantaient moins. Noé s'était consacré à son ministère tout en épaulant Martin qui avait pris la relève. Martin avait épousé Marie-Thérèse, une solide Vaudoise qui avait apporté en dot des vignobles conséquents, situés au-dessus de Vevey. Ce mariage, qui paraissait dicté par l'intérêt, avait finalement dû être heureux, les deux époux ayant pour but premier la prospérité de leur vignoble. Leur fils aîné, Jacques, né en 1732, était mort avant d'atteindre ses quinze ans. Emmanuel, le petit dernier, né en 1750, avait succédé à Martin. Noémie et lui s'étaient mariés par une belle journée de septembre, juste avant les vendanges. Ils avaient mené une vie pleine et riche en bonheurs. Noémie réprima un soupir. Elle ne désirait pas évoquer Emmanuel, sous peine de perdre tout son courage.

Elle savait qu'on se défiait d'elle dans la région car elle était réputée dure en affaires. Certains la surnommaient la Reine mère, en supputant que Bethie, sa belle-fille, ne se laisserait pas marcher sur les pieds. Ceux qui espéraient assister à de sanglants règlements de comptes en étaient pour leurs frais. Noémie et Bethie savaient se tenir.

Tout était bien, se dit-elle, contemplant de nouveau le lac argenté sous le soleil.

Ses enfants, ses petits-enfants et elle vivaient en paix en pays vaudois, concrétisant le rêve de Ninon et de Noé, plus d'un siècle auparavant.

« Sauvegarde la famille », lui avait recommandé Emmanuel avant de mourir.

Pilier des Bragant de Vevey, Noémie était aussi un membre influent de la communauté protestante, une « sage » dont on sollicitait l'avis. Ce rôle la réconfortait, elle qui avait fait sienne l'histoire des Bragant, persécutés pour leur foi.

« J'ai eu une belle vie », se dit-elle, avant de murmurer une action de grâces.

Cette terre du Refuge était la sienne, et elle n'avait jamais songé à revenir en France. Le pays de Vaud était devenu la terre des Bragant.

La terre cévenole, le ciel d'un bleu dur, sans nuage, les arômes émanant de la garrigue avaient d'emblée séduit

Nathanaël. Lena, le nez à la portière, brûlait de se dégourdir les jambes en compagnie de Jicky mais sa mère ne se déridait pas. Depuis le début de leur périple, elle critiquait tout, à commencer par la nourriture. « Je ne suis pas chez moi », s'obstinait-elle à répéter en allemand, ce qui lui valait des coups d'œil curieux.

Au bout d'une semaine, son époux lui enjoignit de ne plus se plaindre. Si elle se sentait étrangère à la France, elle pouvait retourner à Silberlinden… mais elle le ferait seule. Lui ne l'accompagnerait pas. Anna s'était inclinée. « Je t'avais prévenue avant notre mariage, lui avait rappelé Nathanaël. Je tenais à revenir dans le pays de mes ancêtres. »

Il ne lui avait jamais menti. Il était un bon époux, et ce même s'ils partageaient plus un compagnonnage qu'une grande passion. En observant ses parents, Lena songeait qu'elle rêvait de tout autre chose. Un amour fou, une belle histoire… Elle lisait avec fièvre Rousseau, Chateaubriand et surtout Walter Scott, dont l'*Ivanohé* l'avait bouleversée. Lena connaissait l'allemand, le français et l'anglais, ce qui lui permettait de lire les œuvres dans leur version originale. Sa mère, excellente cuisinière et ménagère, ne partageait pas son goût pour la lecture, qu'elle considérait comme une perte de temps. Son père la comprenait et avait une préférence pour elle. Ses frères se moquaient souvent d'elle à ce propos. Lena n'en avait cure.

— Arrêtons-nous là ! décida Nathanaël Bragant, en tapant du doigt contre la vitre de séparation. Le cocher tira les rênes.

— Anduze ! annonça Nathanaël, qui avait longuement étudié les cartes avant le départ.

Les trois voyageurs descendirent de la berline après avoir fixé rendez-vous à leur cocher place Couverte. Nathanaël, le nez en l'air, admirait, commentait. Étant abonné comme son père avant lui à plusieurs revues françaises, il savait que le temple d'Anduze, de style néoclassique, avait été achevé l'année précédente.

La Révolution avait proclamé la liberté de culte après que l'édit de tolérance de Versailles, signé par Louis XVI le 7 novembre 1787, ait rétabli l'existence légale des protestants en France.

Désormais, les protestants avaient les mêmes droits que les catholiques. À quel prix ! songea Nathanaël, le visage soudain tendu.

Il était un descendant et, à ce titre, il entreprit de visiter les Desbois comme les Tancrède.

Il y avait à Silberlinden, dans le cabinet du maître de maison, des boîtes regroupant les lettres échangées par Élie Bragant avec ses cousins, son ami, mais aussi avec Léah Duteilh. Nathanaël y tenait énormément. Pour lui, ces courriers prouvaient l'intérêt que maître Élie avait porté tout au long de sa vie à son pays natal.

Ils furent reçus avec chaleur par l'arrière-petit-fils de Théophile Desbois, propriétaire d'une usine de filature du côté de Saint-Hippolyte.

La demeure Desbois était cossue et Gaspard, leur hôte, âgé d'une cinquantaine d'années, insista pour les héberger. Ils avaient tant de choses à se raconter !

Anna se dérida en découvrant la chambre confortable, le linge immaculé, fleurant bon la lavande. Lena tomba en arrêt devant le portrait d'un certain Salomon Desbois, pasteur qui avait trouvé refuge à Genève.

— Il a vécu dans cette maison plusieurs années avant la révocation, expliqua Gaspard. Retiré à Genève, il a écrit un ouvrage remarquable sur la situation des Cévennes et le Refuge genevois. C'était un cousin de mon grand-père Théophile et le grand-père de Léah, qui a vécu à Jéricho.

Lentement, Lena établissait dans sa tête des liens, des passerelles. Elle savait que la belle Léah, après avoir été horriblement persécutée, avait formé une famille heureuse avec son époux et leurs enfants. C'était la « branche anglaise », comme disait Nathanaël, ajoutant que Léah avait permis à Élie Bragant de retrouver sa fille Esther.

Étrangement, Lena se sentait proche de Léah, morte au milieu du XVIIIe siècle à un âge vénérable.

Par Gaspard, Nathanaël apprit que Jéricho se trouvait à l'abandon. La propriété avait mauvaise réputation, on la disait hantée à cause de la tragédie.

Un habitant d'Anduze avait voulu se l'approprier, en arguant du fait qu'il avait dénoncé les deux sœurs, Jeanne et Suzon, mais il était tombé du haut d'une échelle dans la clède et était mort sur le coup.

— Juste retour des choses, commenta Gaspard.

Le notaire Tancrède, ami d'Élie, avait fait procéder aux travaux indispensables pour maintenir la propriété en bon état. Après sa mort, cependant, son fils s'en était désintéressé.

Le domaine, vendu comme bien national en 1789, avait connu une période plus faste mais son acquéreur était mort à la bataille d'Essling et son fils unique à celle de Waterloo.

Depuis, Jéricho était laissé à l'abandon.

— Cela va changer, promit Nathanaël.

Gaspard lui sourit.

— Bienvenue dans nos Cévennes, mon cousin !

Le lendemain, Nathanaël et Lena partirent dès le lever du soleil pour le domaine. Anna, trop lasse, avait préféré rester à Anduze. Au fond, le père et la fille n'en étaient pas mécontents.

Lena comprit qu'elle désirait vivre à Jéricho dès qu'elle aperçut la bâtisse en pierres, accrochée à la terre cévenole.

Le soleil d'avril dorait les pierres, effaçant les outrages du temps. Si le jardin et le potager étaient en friche, la treille avait tenu bon et, dans le cimetière familial, les deux cyprès montaient toujours la garde.

Lena, la main dans la main de Nathanaël, échangea avec lui un regard empreint d'émotion.

— Tu te souviens, souffla-t-elle, grand-père Pierre racontait souvent que les Bragant qui revenaient à Jéricho devaient cueillir un bouquet d'asphodèles et le poser sur la tombe de l'arrière-grand-mère Jeanne. En souvenir d'Élie Bragant, notre aïeul.

Bouleversé, Nathanaël se racla la gorge. Il se trouvait sur la terre ancestrale avec sa fille, sa préférée, et il savait déjà qu'elle ferait souche à Jéricho. Au nom de tous les Bragant.

— Regarde ! reprit Lena en désignant un cerisier en fleur.

Jicky tournait autour d'eux en jappant.

Le soleil à présent haut dans le ciel faisait chanter les couleurs. Le printemps était là, et il y avait tout à faire pour rendre son lustre au domaine.

— Allons-y, le travail n'attend pas, déclara Nathanaël, la main sur l'épaule de sa fille.

Ils étaient revenus à Jéricho.

Chez eux.

REMERCIEMENTS

Il est des lieux qui vous « parlent ». J'ai éprouvé cette impression en visitant, en l'an 2000, le Musée du protestantisme dauphinois au Poët-Laval. Depuis ce jour, je porte en moi mes personnages des Sentiers de l'exil. *Il m'aura fallu quinze années pour écrire leur histoire.*

Je tiens d'ailleurs à remercier Jeannine Balland, notre grande dame de l'édition, qui a soutenu mon projet, ainsi que Cécile Rivière et Vincent Brochard.

J'ai reçu le meilleur accueil au Musée du Désert de Mialet où la très sympathique Suzon a répondu à mes questions avec beaucoup de patience, au Musée international de la Réforme à Genève, au Musée historique à Vevey.

J'ai voulu raconter l'histoire d'une famille, les Bragant, et de ce qui aurait pu leur arriver. Mes personnages sont imaginaires mais la plupart des faits sont historiques.

Depuis les années 2000, un ambitieux projet s'est mis en place en France, en Allemagne, en Suisse et en Italie.

« Sur les pas des huguenots », un chemin long de mille six cents kilomètres, part du musée du Poët-Laval, dans la Drôme, pour atteindre Bad Karlshafen, en Allemagne.

J'aime assez l'idée que, plus de trois cents ans après la Révocation de l'Édit de Nantes, des milliers de marcheurs mettent leurs pas dans ceux d'hommes et de femmes qui ont résisté, tout simplement.

L'histoire se vit au présent, et est chant de mémoire, ne l'oublions jamais.

Ce roman se veut un hymne à la tolérance.

Collection

FRANCE DE TOUJOURS ET D'AUJOURD'HUI

Jean ANGLADE
Une vie en rouge et bleu
Le Dernier de la paroisse
Le Choix d'Auguste
Le Sculpteur de nuages
Les Cousins Belloc
Le Grand Dérangement

Sylvie ANNE
Le Gantier de Jourgnac
La Maison du feuillardier

Sylvie BARON
Un été à Rochegonde
Les Ruchers de la colère

Jean-François BAZIN
Les Raisins bleus
Le Clos des Monts-Luisants
Le Vin de Bonne-Espérance
Les Compagnons du grand flot

Henriette BERNIER
Le Baron des champs

Jean-Baptiste BESTER
L'Homme de la Clarée
Plus près des anges
Les Amants de Sainte-Catherine

Françoise BOURDON
Le Moulin des Sources
Le Mas des Tilleuls
La Grange de Rochebrune
Retour au pays bleu
Le Fils maudit

Édouard BRASEY
Les Lavandières de Brocéliande
Les Pardons de Locronan
La Sirène d'Ouessant

Patrick BREUZÉ
Les Remèdes de nos campagnes
La Valse des nuages
L'Étoile immobile

Michel CAFFIER
Corne de brume
La Paille et l'Osier
Les Étincelles de l'espoir

Anne COURTILLÉ
La Tentation d'Isabeau
Le Gaucher du diable

Annie DEGROOTE
Les Racines du temps

Jérôme DELIRY
Une rivière trop tranquille
L'Héritage de Terrefondrée

Raphaël DELPARD
L'Enfant sans étoile
Pour l'amour de ma terre
L'Enfant qui parlait avec les nuages

Alain DUBOS
La Mémoire du vent
La Corne de Dieu

Marie-Bernadette DUPUY
Les Fiancés du Rhin
Angélina. Les mains de la vie
Le Temps des délivrances
La Force de l'aurore

Élise FISCHER
Les Noces de Marie-Victoire
Je jouerai encore pour nous
Villa Sourire

Emmanuelle FRIEDMANN
Le Rêveur des Halles
La Dynastie des Chevallier
L'Orphelinat

Alain GANDY
Les Cousins de Saintonge

Gérard GEORGES
Une terre pour demain
Le Destin des Renardias
Le Bal des conscrits
Mademoiselle Clarisse
Anatole, fils de personne

Georges-Patrick GLEIZE
La Fille de la fabrique
Pas plus tard que l'aurore
Le Serment des oliviers

Yves JACOB
Sous l'ombre des pommiers

Hélène LEGRAIS
L'Ermitage du soleil
Les Héros perdus de Gabrielle
Les Ailes de la tramontane
La Guerre des cousins Buscail
Les montagnes chantaient la liberté
Ceux du Château, ceux du Moulin

Philippe LEMAIRE
Rue de la Côte-Chaude
L'Enfant des silences
L'Oiseau de passage

Éric LE NABOUR
Retour à Tinténiac
La Louve de Lorient
À l'ombre de nos larmes

Jean-Paul MALAVAL
L'Or des Borderies
Soleil d'octobre
Les Noces de soie
La Villa des térébinthes
Rendez-vous à Fontbelair
La Folie des Bassompierre
Chronique des Strenquel
La Bastide aux chagrins

Antonin MALROUX
La Promesse des lilas
La Cascade des loups
La Pierre marquée
L'Homme aux ciseaux d'argent
Les prés refleuriront

Jean-Luc MOUSSET
L'Enfant des labours
Le Secret de Neige

Joël RAGUÉNÈS
La Maîtresse de Ker-Huella
La Dame de Roz Avel
La Sirène du port

Florence ROCHE
La Terre des Falgères

Geneviève SENGER
La Maison Vogel
L'Enfant de la Cerisaie
La Dynastie des Weber

Jean SICCARDI
La Source de saint Germain
Le Maître du diamant noir
L'Ivresse des anges

Bernard SIMONAY
L'Or du Solognot

Jean-Michel THIBAUX
L'Olivier du Diable
Le Maître des Bastides
Le Rappel du tambour

Katia VALÈRE
Après la nuit vient l'aube

Brigitte VAREL
Le Secret des pierres

Louis-Olivier VITTÉ
La Guérisseuse de Peyreforte
Là où coule une rivière
Le Secret de Tire-Lune

Collection

FRANCE DE TOUJOURS ET D'AUJOURD'HUI POLICIERS

Édouard BRASEY
L'Affaire Cabre d'or

Alfred LENGLET
Du poison dans les veines

Bernard SIMONAY
Le Marais des ombres

Collection

ROMAN D'AILLEURS

Jean-Jacques ANTIER
La Fiancée du kamikaze

Jean BERTOLINO
Pour qu'il ne meure jamais

Jean-Baptiste BESTER
Les Neiges de Toula

Alain DUBOS
La Ferme de Bonne-Espérance

Marie-Bernadette DUPUY
L'Orpheline des neiges
Le Rossignol de Val-Jalbert
Les Soupirs du vent
Les Marionnettes du destin

Éric LE NABOUR
La Dame de Kyoto

Michel PEYRAMAURE
Les Villes du silence
Tempête sur le Mexique
Mourir pour Saragosse

Bernard SIMONAY
La Fille de l'île Longue
L'Amazone de Californie

ROMANS HORS COLLECTION

Jean-Jacques ANTIER
Blanche du Lac
Le Convoi de l'espoir

Jean BERTOLINO
Et je te donnerai les trésors des ténèbres

Jean-Baptiste BESTER
Le Cocher du Pont-Neuf

Lucien DE PENA
L'Argent des autres

Michel PEYRAMAURE
Les Folies de la duchesse d'Abrantès
L'Orpheline de la forêt Barade
La Maison des tourbières

Joël RAGUÉNÈS
L'Instinct du prédateur

Bernard SIMONAY
Le Lys et les Ombres

DOCUMENTS

Jérôme DELIRY
Sept Enfants autour du monde

Charles GUILHAMON
Sur les traces des chrétiens oubliés

Frédéric PONS
Algérie. Le vrai état des lieux
Poutine

Georges VIEILLEDENT
Médecin de campagne, une vie

Photocomposition PCA (REZÉ)

Achevé d'imprimer en août 2015
par CPI Brodard et Taupin
pour le compte des Éditions Calman-Lévy
31, rue de Fleurus 75006 Paris

PAPIER À BASE DE FIBRES CERTIFIÉES

calmann-lévy s'engage pour l'environnement en réduisant l'empreinte carbone de ses livres. Celle de cet exemplaire est de :
1,4 kg éq. CO_2
Rendez-vous sur www.calmann-levy-durable.fr

N° d'éditeur : 1811119/01
N° d'imprimeur : 3012193
Dépôt légal : août 2015
Imprimé en France